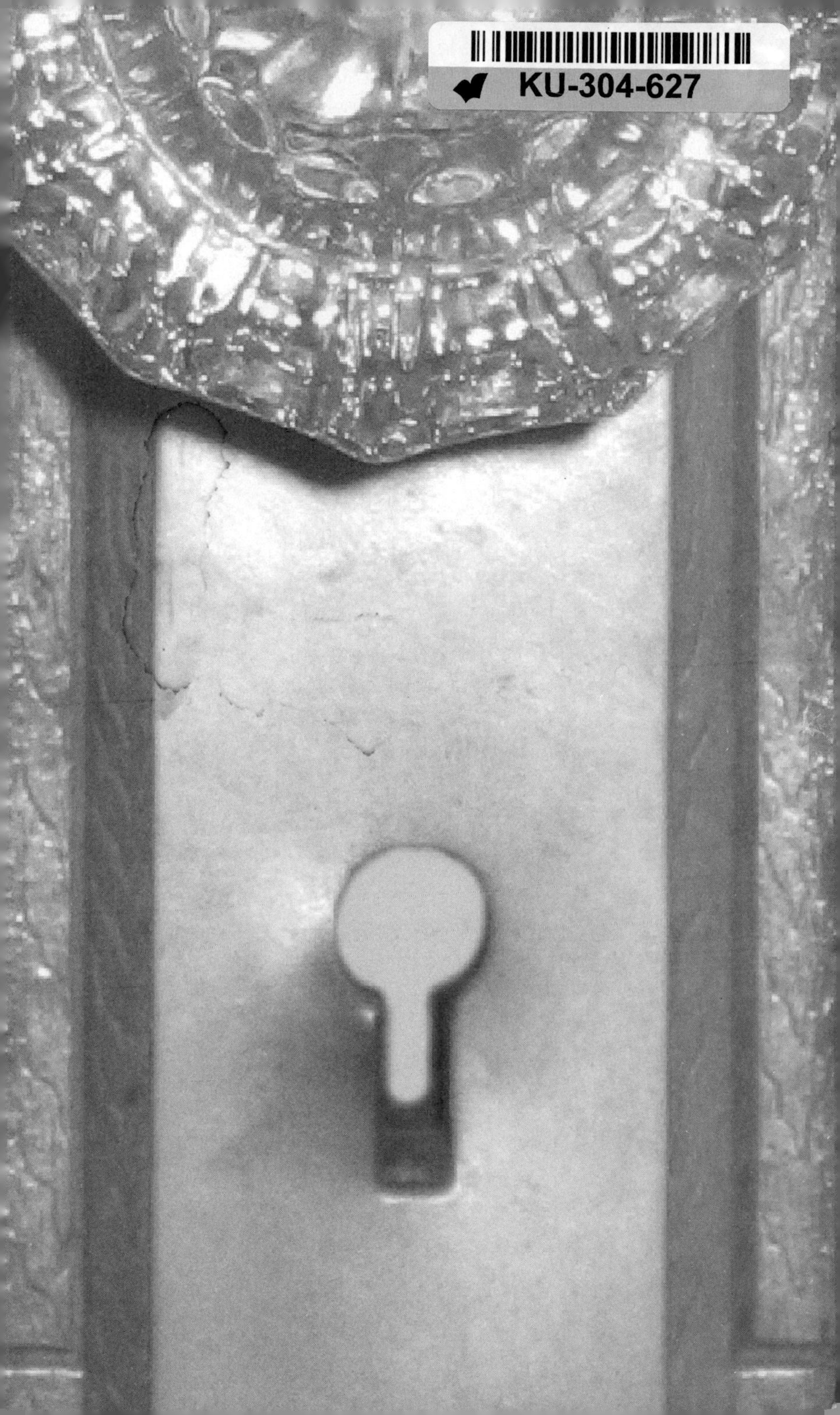

Oskar Schell ist altklug und naseweis, hochbegabt und phantasievoll. Eine kleine Nervensäge, die schon mit neun Jahren eine Visitenkarte besitzt, auf der sich Oskar als Erfinder, Schmuckdesigner und Tamburinspieler ausweist. Vor allem aber ist er todtraurig und tief verstört über den Verlust seines Vaters, der beim Angriff auf das World Trade Center ums Leben kam. Nun will er herausfinden, warum Thomas Schell, der ein Juweliergeschäft hatte, sich ausgerechnet an diesem Tag dort aufhielt. Mit seinem Tamburin zieht Oskar durch New York, auf der Suche nach einem Türschloss, in das ein geheimnisvoller Schlüssel passen soll, den er in den Hinterlassenschaften seines Vaters gefunden hat. Verbunden mit Oskars Geschichte und seinen Abenteuern in New York ist die seiner deutschen Großeltern, die nach der Bombardierung Dresdens, gezeichnet von Trauer und Verlust, nach New York immigriert sind. Drei Schicksale, drei Stimmen.

Mit Fantasie und stilistischer Brillianz setzt Foer das große Thema von Liebe und Verlust, von Tod und Einsamkeit in Szene. ›Extrem laut und unglaublich nah‹ ist ein berührendes, trauriges, zärtliches, ein herzzerreißendes und komisches Buch. Und Oskar Schell ist wie Holden Caulfield oder Oskar Matzerath ein unvergesslicher kindlicher Held großer Literatur.

Jonathan Safran Foer wurde 1977 geboren und studierte in Princeton Philosophie und Literatur. Er lebt und arbeitet in New York. Sein erster Roman ›Alles ist erleuchtet‹ (Bd. 15628) war nicht nur ein großer Erfolg in den USA, sondern machte ihn auch international bekannt.

Unsere Adresse im Internet: www.fischerverlage.de

EXTREM LAUT & UNGLAUBLICH NAH

JONATHAN SAFRAN FOER

Roman

Aus dem Amerikanischen von
Henning Ahrens

Fischer Taschenbuch Verlag

Bildnachweis

pp 1, 45, 75, 155, 179, 196, 279, 346, 347, 351 copyright © 2005 by Debra Melzer; 3, 222–223 © Marianne Müller; 5,136 copyright © 2005 by Christopher Moisan; 66, 68–70, 85 © by Houghton Mifflin; 76 © The Scotsman / Corbis Sygma; 77 © Underwood & Underwood / Corbis; 78 © Stephen Waits; 79 © Peter Johnson / Corbis; 80 © Alison Wright / Corbis; 81, 84, 272, 439–467 (rechte Seiten) Fotoillustration basierend auf einer Fotografie von Lyle Owerko © 2001 / Polaris; 82–83 © David Ball / Corbis; 86 © Chang W. Lee / New York Times; 87 © Randy Faris / Corbis; 88 »Earliest Human Relatives« (American Museum of Natural History) © Hiroshi Sugimoto; 89 © ESA / CNES / Corbis Sygma; 130, 263 © by Jonathan Safran Foer; 118 © Alan Schein Photography / Corbis; 121, 388 © Fleming / Corbis; 127 © Palani Mohan / Corbis; 206 © Lester V. Bergman / Corbis; 253 © Ralph Crane / Time & Life Pictures / Getty; 322 video grab courtesy of WNYW Television / AFP / Getty; 328 © James Leynse / Corbis; 337 © Mario Tama / Getty Images North America / Getty; 393 © Philip Harvey / Corbis; 406 copyright © 2005 by Anne Chalmers; 427 © Rob Matheson / Corbis

Die Briefe in diesem Roman richten sich zwar an lebende Personen, sind aber rein fiktiv.

4. Auflage: Februar 2008

Veröffentlicht im Fischer Taschenbuch Verlag,
einem Unternehmen der S. Fischer Verlag GmbH,
Frankfurt am Main, Mai 2007

Lizenzausgabe mit freundlicher Genehmigung
des Verlages Kiepenheuer & Witsch, Köln
Die Originalausgabe erschien
unter dem Titel ›Extremly loud and incredibly close‹

Druck und Bindung: CPI – Clausen & Bosse, Leck
Printed in Germany
ISBN 978-3-596-16922-1

Für

NICOLE,

meinen Inbegriff von Schönheit.

WAS ZUM?

Wie wäre es mit einem Teekessel? Wie wäre es, wenn die Tülle beim Austreten des Wasserdampfs wie ein Mund auf- und zuklappte und hübsche Melodien pfiffe, Shakespeare aufsagte oder einfach mit mir ablachte? Ich könnte auch einen Teekessel erfinden, der mir zum Einschlafen mit Dads Stimme etwas vorliest, vielleicht auch einen ganzen Haufen Kessel, die im Chor den Refrain von »Yellow Submarine« singen, einen Song der Beatles, die ich wahnsinnig gern mag, denn die Entomologie ist eine meiner *raisons d'être*, und das ist eine französische Redewendung, die ich gelernt habe. Eine super Idee wäre auch, meinem Hintern beizubringen, beim Furzen zu sprechen. Ganz besonders komisch wäre es, ihm beizubringen, dass er jedes Mal »Das war ich nicht!« sagt, wenn ich einen unglaublich fiesen Furz loslasse. Und wenn ich je einen unglaublich fiesen Furz im Spiegelsaal loslassen sollte, der in Versailles ist, das bei Paris ist, das in Frankreich ist, versteht sich von selbst, würde mein Hintern sagen: »*Ce n'était pas moi!*«

Oder kleine Mikrophone etwa. Wie wäre es, wenn jeder eins schlucken würde und wenn sie über kleine Lautsprecher, die in den Taschen unserer Overalls steckten, unseren Herzschlag übertragen würden? Wenn man dann nachts mit dem Skateboard durch die Straßen fährt, könnte man den Herzschlag aller anderen Menschen hören, und sie könnten unseren hören, ähnlich wie mit einem Echolot. Ich frage mich allerdings, ob dann alle Herzen gleichzeitig zu schlagen begännen, denn Frauen, die zusammenleben, bekommen ja auch zur gleichen Zeit die Regel, darüber weiß ich Bescheid, obwohl ich es lieber nicht wüsste. Das wäre wirklich krass, nur die Station im Krankenhaus, wo die Babys auf die Welt kommen, die klänge wie ein Kronleuchter auf einem Hausboot, weil die Babys noch keine Zeit hatten, ihren Herzschlag aufeinander abzustimmen. Und beim Zieleinlauf des New York City Marathon wäre ein Krach wie im Krieg.

Außerdem gibt es ziemlich viele Situationen, in denen man sofort die Flucht ergreifen muss, aber Menschen haben keine Flügel, jedenfalls noch nicht, wie wäre es also mit einem Vogelfutter-Hemd?

Wie auch immer.

Vor dreieinhalb Monaten hatte ich meine erste Ju-Jutsu-Stunde. Aus nahe liegenden Gründen war ich sehr an Selbstverteidigung interessiert, und Mom war der Meinung, dass mir eine weitere körperliche Betätigung außer Tamburin-Spielen gut täte, also hatte ich vor dreieinhalb Monaten meine erste Ju-Jutsu-Stunde. Wir waren vierzehn Kinder im Kurs, und wir trugen alle blütenweiße Gewänder. Wir übten die Verbeugung, und dann setzten wir uns hin, indianermäßig, und Sensei Mark bat mich, zu ihm zu kommen. »Tritt mir in die Eier«, sagte er zu mir. Das ließ mich aufhorchen. »*Excusez-moi*?«, sagte ich. Er spreizte die Beine und sagte zu mir: »Ich möchte, dass du mir mit voller Wucht in die Eier trittst.« Er legte sich die Hände auf die Hüften, holte Luft und schloss die Augen, und ich kapierte, dass es ihm Ernst war. »Hammerhart«, sagte ich, dachte aber: *Was zum*? Er sagte zu mir: »Na los, Junge. Zertritt mir die Eier.« »Ihnen die Eier zertreten?« Er lachte laut auf, die Augen immer noch geschlossen, und sagte: »Selbst wenn du wolltest, könntest du mir die Eier nicht zertreten. Ich will dir nur zeigen, dass ein durchtrainierter Körper jeden Schlag wegstecken kann. Und jetzt tritt mir in die Eier.« Ich erwiderte: »Ich bin Pazifist«, und da die meisten Kinder in meinem Alter noch nicht wissen, was das ist, drehte ich mich um und erklärte es den anderen: »Ich finde es falsch, jemand anderem die Eier zu zertreten, ganz grundsätzlich.« Sensei Mark sagte: »Darf ich dich etwas fragen?« Ich drehte mich wieder zu ihm um und sagte: »›Darf ich dich etwas fragen?‹ ist doch schon eine Frage.« Er sagte: »Träumst du davon, ein Ju-Jutsu-Meister zu werden?« »Nein«, erwiderte ich, obwohl ich eigentlich auch nicht mehr davon träume, später den Juwelierladen unserer Familie zu übernehmen. Er sagte: »Möchtest du wissen, wie ein Ju-Jutsu-Schüler zum Ju-Jutsu-Meister wird?« »Ich will alles wissen«, sagte ich zu ihm, aber auch das stimmte nicht mehr. Er sagte zu mir: »Ein Ju-Jutsu-Schüler wird zum Ju-Jutsu-Meister, indem er seinem Meister die Eier zertritt.« Ich erwiderte: »Wirklich faszinierend.« Vor dreieinhalb Monaten hatte ich meine letzte Ju-Jutsu-Stunde.

Ich hätte jetzt so gern mein Tamburin dabei, weil ich trotz allem immer noch Bleifüße habe, und manchmal hilft mir das beim Spielen. Das schwierigste Stück, das ich auf meinem Tamburin spielen kann, ist »Der Hummelflug« von Nikolai Rimski-Korsakow, und das ist auch der Klingelton, den ich mir aufs Handy heruntergeladen habe, das ich nach Dads Tod bekam. Dass ich den »Hummelflug« kann, ist eigentlich ein Wunder, denn streckenweise muss man sehr schnell spielen, und das fällt mir ziemlich schwer, weil meine Handgelenke noch nicht kräftig genug sind. Ron wollte mir ein fünfteiliges Drum-Set kaufen. *Money can't buy me love*, versteht sich von selbst, aber ich habe ihn doch gefragt, ob auch ein Becken-Set von Zildjian dabei wäre. Er sagte: »Was immer du willst«, und dann nahm er sich mein Jo-Jo vom Schreibtisch und tat so, als führte er einen Hund aus. Er meinte es einfach nur nett, aber ich war unglaublich genervt. »Jo-Jo *moi*!«, habe ich gesagt und riss ihm das Ding aus der Hand. In Wahrheit wollte ich sagen: »Du bist nicht mein Dad, und du wirst es nie sein.«

Ist doch krass, dass die Toten immer mehr werden, obwohl die Erde gleich groß bleibt und es irgendwann keinen Platz mehr gibt, um die Toten zu begraben, oder? Letztes Jahr hat mir Oma zu meinem neunten Geburtstag ein Abo für *National Geographic* geschenkt. Sie nennt die Zeitschrift immer »die *National Geographic*«. Und weil ich nur Weiß trage, hat sie mir außerdem einen weißen Blazer geschenkt, der mir viel zu groß ist, er bleibt mir also noch lange erhalten. Sie hat mir auch Großvaters Kamera geschenkt, die ich aus zwei Gründen besonders gern mochte. Ich fragte sie, warum Großvater die Kamera nicht mitgenommen habe, als er sie verlassen hat. Sie sagte: »Vielleicht wollte er, dass du sie bekommst.« Ich sagte: »Aber da war ich doch minus dreißig Jahre alt.« Sie sagte: »Trotzdem.« Wie auch immer – faszinierend fand ich, dass laut *National Geographic* die Zahl der heute lebenden Menschen die Zahl all derer übertrifft, die im Laufe der Menschheitsgeschichte gestorben sind. Anders gesagt: Wenn alle Menschen zur selben Zeit Hamlet spielen wollten, ginge das nicht, weil es nicht genug Schädel gibt!

Wie wäre es mit unterirdischen Wolkenkratzern für die Toten? Sie befänden sich unter den Wolkenkratzern der Lebenden, die auf der Oberfläche stehen. Man könnte die Menschen hundert Stockwerke tief in der Erde begraben, und unter der Welt der Lebenden gäbe es eine Welt der Toten. Ich fände es auch krass, wenn der Fahrstuhl am Platz bleiben und stattdessen der Wolkenkratzer auf und ab fahren würde. Um ins 95. Stockwerk zu gelangen, müsste man einfach die Taste mit der Fünfundneunzig drücken, und dann würde das Stockwerk zu einem kommen. Das könnte unter Umständen ziemlich hilfreich sein, denn wenn man sich im fünfundneunzigsten Stockwerk befindet und unter einem ein Flugzeug einschlägt, könnte einen das Gebäude ins Erdgeschoss fahren, und dann wären alle in Sicherheit, selbst wenn man ausgerechnet an dem Tag sein Vogelfutter-Hemd zu Hause gelassen hätte.

Bisher bin ich nur zwei Mal mit einer Limousine gefahren. Beim ersten Mal war es schrecklich, obwohl die Limousine große Klasse war. Ich darf weder zu Hause noch in einer Limousine Fernsehen gucken, aber ich fand es trotzdem super, dass ein Fernseher im Auto war. Ich wäre total gern an der Schule vorbeigefahren, damit mich Toothpaste und The Minch in einer Limousine gesehen hätten, aber Mom meinte, die Schule läge nicht auf dem Weg, und wir dürften nicht zu spät zum Friedhof kommen. »Warum nicht?«, fragte ich, und das hielt ich für eine klasse Frage, denn wenn man genauer darüber nachdenkt, warum nicht? Inzwischen ist es anders, aber früher war ich Atheist, und das bedeutet, dass ich nur an Dinge geglaubt habe, die ich auch sehen konnte. Ich habe geglaubt, wenn man tot ist, ist man tot und fühlt nichts mehr und träumt auch nichts mehr. Es ist auch nicht so, dass ich jetzt an etwas glauben würde, das ich nicht sehen kann, bestimmt nicht. Inzwischen glaube ich eher, dass alles unglaublich kompliziert ist. Und im Übrigen haben wir Dad auch gar nicht *wirklich* beerdigt.

Obwohl ich mich ziemlich zusammenriss, fand ich es nervig, dass Oma mich immer wieder betatschte, und deshalb kletterte ich auf den Beifahrersitz und tippte dem Fahrer auf die Schulter, bis er endlich auf mich aufmerksam wurde. »Wie. Lautet. Ihre. Benennung«, fragte ich mit meiner Stephen-Hawking-Stimme. »Wie bitte?« »Er möchte wissen, wie Sie heißen«, sagte Oma von hinten. Er gab mir seine Karte.

GERALD THOMPSON
Sunshine Limousine
In allen fünf Bezirken
(212) 570–7249

Ich gab ihm meine Karte und sagte: »Sei. Gegrüßt. Gerald. Ich. Bin. Oskar.« Er fragte mich, warum ich so rede. Ich erwiderte: »Oskars CPU ist ein Neural Net Processor. Ein lernfähiger Computer. Je mehr Kontakt er mit Menschen hat, desto mehr lernt er.« Gerald sagte: »O«, und dann sagte er: »K.« Weil ich nicht genau wusste, ob er mich mochte, sagte ich: »Ihre Sonnenbrille ist große Klasse.« Er sagte: »Zweite Wahl, glaube ich.« »Kennen Sie viele Schimpfwörter?« »Ein paar schon.« »Ich darf keine Schimpfwörter benutzen.« »Ist ja die Härte.« »Was bedeutet ›Ist ja die Härte‹?« »Nichts Gutes.« »Kennen Sie ›Scheiße‹?« »Auch ein Schimpfwort, oder?« »Nicht, wenn Sie stattdessen ›Scheibenkleister‹ sagen.« »Dann wohl nicht.« »Schleckopeck mich doch am Balzacarsch, du Scheibenkleister.« Gerald schüttelte den Kopf und lachte, aber nicht auf die fiese Art, das heißt, er lachte mich nicht aus. »Ich darf nicht einmal ›Muschi‹ sagen«, erzählte ich ihm, »es sei denn, ich meine meine Katze. Sie haben coole Autohandschuhe.« »Danke.« Dann fiel mir etwas ein, und ich musste es sofort loswerden: »Wenn Limousinen superlang wären, bräuchten sie überhaupt keinen Fahrer. Man könnte einfach hinten einsteigen, durch die Limousine gehen und vorne aussteigen, und dann wäre man am Ziel. Was in diesem Fall heißen würde, dass der Fahrersitz auf dem Friedhof wäre.« »Und ich jetzt das Spiel gucken könnte.« Ich klopfte ihm auf die Schulter und sagte: »Wenn Sie im Wörterbuch ›urkomisch‹ nachschlagen, finden Sie da ein Bild von sich.«

Auf der Rückbank hielt Mom etwas in ihrer Handtasche fest. An ihren Armmuskeln konnte ich sehen, dass sie fest drückte. Großmutter strickte weiße Fäustlinge, und ich wusste, die waren für mich, obwohl es draußen noch nicht kalt war. Ich hätte Mom gern gefragt, was sie so festhielt und warum sie es versteckte. Ich weiß noch, dass ich dachte: »Diese Fäustlinge ziehe ich nie an, *nie* im Leben, selbst wenn ich an Unterkühlung leide.«

»Da fällt mir noch was ein«, sagte ich zu Gerald, »man könnte ja auch eine *unglaublich* lange Limousine bauen, mit dem Rücksitz in der Scheide Ihrer Mutter und mit dem Vordersitz in Ihrem Mausoleum, dann wäre sie so lang wie Ihr Leben.« Gerald sagte: »Klar, aber wenn alle so lebten, würden sich die Menschen nie begegnen, oder?« Ich sagte: »Echt?«

Mom drückte ihre Handtasche, und Oma strickte, und ich sagte zu Gerald: »Ich habe mal ein französisches Huhn in den Bauch getreten.« Ich wollte ihn zum Lachen bringen, weil meine Bleifüße dann ein bisschen leichter geworden wären. Er erwiderte nichts, wahrscheinlich hatte er mich nicht gehört, also wiederholte ich: »Ich habe gerade gesagt, dass ich mal ein französisches Huhn in den Bauch getreten habe.« »Häh?« »Es hat ›*œuf*‹ gesagt.« »Was soll das sein?« »Ein Witz. Möchten Sie noch einen hören, oder haben Sie schon *un œuf* gehabt?« Er sah im Rückspiegel Oma an und fragte: »Was meint er damit?« Sie sagte: »Sein Großvater hat die Tiere mehr geliebt als die Menschen.« Ich sagte: »Kapiert? *Œuf*?«

Ich kroch wieder nach hinten, weil es gefährlich ist, mit dem Fahrer zu sprechen, besonders auf dem Highway, und auf dem fuhren wir gerade. Oma fing wieder an, mich zu betatschen, und das nervte mich, obwohl ich eigentlich Geduld mit ihr haben wollte. Mom sagte: »Mein Schatz«, und ich sagte: »*Oui*«, und sie sagte: »Hast du dem Postboten einen Schlüssel für unsere Wohung gegeben?« Diese Frage fand ich krass, denn sie war völlig aus der Luft gegriffen, aber wahrscheinlich suchte Mom nach etwas, das vom eigentlichen Thema ablenkte. Ich sagte: »Die Person, die die Post austrägt, ist eine Postbo*tin.*« Sie nickte vage in meine Richtung und fragte mich, ob ich der Postbotin einen Schlüssel gegeben habe. Ich nickte, denn bevor all die Sachen passiert sind, habe ich sie nie belogen. Es war einfach nicht nötig. »Und warum?«, fragte sie. Also erzählte ich es ihr: »Stan …« Und sie sagte: »Wer?« Und ich sagte: »Stan, der Portier. Manchmal holt er sich an der Ecke einen Kaffee, und ich wollte sichergehen, dass ich alle meine Päckchen kriege, also dachte ich, wenn Alicia …« »Wer?« »Die Postbotin. Wenn sie einen Schlüssel hätte, könnte sie uns die Sachen in den Flur stellen.« »Aber du kannst doch einer Fremden nicht unseren Schlüssel geben.« »Glücklicherweise ist Alicia keine Fremde.« »Wir haben viele Wertgegenstände in unserer Wohnung.« »Ich weiß. Wir haben echt tolle Sachen.« »Manchmal sind Leute, denen man vertraut, nicht so vertrauenswürdig, wie man glaubt, verstehst du? Was, wenn sie dich bestohlen hätte?« »Das würde sie nie tun.« »Und wenn doch?« »Sie würde es nicht tun.« »Hat sie dir denn einen Schlüssel für ihre Wohnung gegeben?« Mom war offenbar sauer auf mich, aber ich wusste nicht, warum. Ich hatte nichts Falsches getan. Und wenn doch, dann unabsichtlich. Ich hatte bestimmt nichts Falsches tun wollen.

Ich rutschte auf der Rückbank der Limousine näher an Oma und sagte zu Mom: »Wozu sollte ich einen Schlüssel für ihre Wohnung brauchen?« Sie merkte, dass ich dichtmachte, und ich merkte, dass sie mich nicht wirklich liebte. Ich kannte die Wahrheit, und die Wahrheit war, dass wir jetzt zu meiner Beerdigung führen, wenn sie die Wahl gehabt hätte. Ich sah zum Schiebedach der Limousine hoch, und ich stellte mir die Welt vor der Erfindung von Decken vor, und das führte mich zur Frage: Hat eine Höhle keine Decke, oder besteht eine Höhle nur aus Decke? »Vielleicht kannst du mich das nächste Mal vorher fragen, okay?« »Sei doch nicht sauer auf mich«, sagte ich, und ich langte über Omas Schoß und verriegelte und entriegelte ein paar Mal die Tür. »Ich bin überhaupt nicht sauer auf dich«, sagte sie. »Auch kein kleines bisschen?« »Nein.« »Hast du mich noch lieb?« Wahrscheinlich war dies nicht gerade der Moment, um ihr zu gestehen, dass ich den Schlüssel schon längst für den Pizza-Hut-Boten, den Mann vom UPS und auch für die netten Typen von Greenpeace hatte nachmachen lassen, damit sie mir Artikel über Rundschwanz-Seekühe und andere aussterbende Tierarten dalassen konnten, wenn Stan sich einen Kaffee holen ging. »Ich habe dich noch nie so lieb gehabt wie jetzt.«

»Mom?« »Ja?« »Ich möchte dich etwas fragen.« »Okay.« »Was drückst du da in deiner Tasche?« Sie zog die Hand heraus und öffnete die Tasche, und die war leer. »Ich drücke einfach nur«, sagte sie.

Obwohl es ein unglaublich trauriger Tag war, war Mom wunder-wunderschön. Ich suchte die ganze Zeit nach Worten, um es ihr zu sagen, aber alles, was mir einfiel, war blöd und falsch. Sie trug das Armband, das ich ihr gemacht hatte, und deshalb fühlte ich mich große Klasse. Ich mache gern Schmuck für sie, weil sie dann immer so glücklich ist, und sie glücklich zu machen ist noch eine meiner *raisons d'être*.

Inzwischen ist alles anders, aber ich habe sehr lange davon geträumt, den Juwelierladen unserer Familie weiterzuführen. Dad meinte immer, ich sei zu klug, um einen Laden zu führen. Das leuchtete mir nie ein, weil er klüger war als ich. Ich sagte es ihm. »Zunächst einmal«, erwiderte er, »bin ich nicht klüger als du, ich weiß höchstens mehr, und das liegt auch nur daran, dass ich älter bin. Alle Eltern wissen mehr als ihre Kinder, und alle Kinder sind klüger als ihre Eltern.« »Außer, das Kind ist geistig behindert«, sagte ich. Darauf hatte er nichts zu erwidern. »Du hast ›zunächst einmal‹ gesagt. Was ist das ›sodann‹?« »Das ›sodann‹ ist: Wenn ich wirklich so klug wäre, warum führe ich dann einen Laden?« »Stimmt«, sagte ich. Und dann fiel mir etwas ein: »Nein, halt – es wäre doch gar kein Familienbetrieb, wenn er nicht von jemandem aus unserer Familie geführt würde.« Er erwiderte: »Doch, natürlich. Nur, dass es die Familie von jemand anderem wäre.« Ich fragte: »Ja, aber was ist dann mit unserer Familie? Eröffnen wir einen neuen Laden?« Er sagte: »Irgendwas eröffnen wir dann schon.« Darüber dachte ich bei meiner zweiten Fahrt in einer Limousine nach, als ich gemeinsam mit dem Mieter Dads leeren Sarg ausgraben wollte.

Ein tolles Spiel, das ich mit Dad an manchen Sonntagen spielte, war die Aufklärungs-Expedition. Manchmal waren diese Aufklärungs-Expeditionen superleicht, etwa, wenn er mir den Auftrag gab, irgendetwas aus jedem Jahrzehnt des zwanzigsten Jahrhunderts mitzubringen – ich war schlau und brachte einen Steinbrocken mit –, und manchmal waren sie unglaublich schwierig und zogen sich über Wochen hin. Für unsere letzte Expedition, die wir nicht mehr zu Ende führen konnten, gab er mir eine Karte vom Central Park. Ich sagte: »Und?« Und er sagte: »Und was?« Ich sagte: »Bekomme ich denn keine Hinweise?« Er sagte: »Wo steht geschrieben, dass man immer Hinweise bekommen muss?« »Es gibt immer Hinweise.« »Für sich genommen, besagen Hinweise gar nichts.« »Gar keine Hinweise?« Er sagte: »Außer, dass fehlende Hinweise auch schon ein Hinweis sein könnten.« »Kein Hinweis soll ein Hinweis sein?« Er zuckte mit den Schultern, als hätte er keine Ahnung, was ich meinte. Das fand ich super.

Ich rannte den ganzen Tag im Park herum und suchte nach

Hinweisen, aber die Schwierigkeit bestand natürlich darin, dass ich überhaupt nicht wusste, wonach ich suchen sollte. Ich sprach mehrere Menschen an und fragte sie, ob sie wichtige Informationen für mich hätten, denn manchmal plante Dad die Aufklärungs-Expeditionen so, dass ich mit Leuten reden musste. Aber keiner, den ich fragte, sagte mehr als *Was zum*? Ich suchte rund um das Reservoir nach Hinweisen. Ich las jeden Anschlag an jedem Laternenpfahl und jedem Baum. Ich las die Beschreibungen der Tiere im Zoo. Ich brachte die Leute, die Drachen steigen ließen, sogar dazu, ihre Drachen einzuholen, damit ich sie untersuchen konnte, obwohl ich wusste, dass es eigentlich Quatsch war. Aber Dad war manchmal ziemlich gerissen. Ich fand nichts, und das war natürlich schlecht, außer, das Nichts wäre ein Hinweis. War das Nichts ein Hinweis?

An dem Abend bestellten wir uns General Tsos Tofu zum Essen, und mir fiel auf, dass Dad eine Gabel benutzte, obwohl er supergut mit Stäbchen umgehen konnte. »Halt mal!«, sagte ich und stand auf. Ich zeigte auf seine Gabel. »Ist die Gabel ein Hinweis?« Er zuckte mit den Schultern, und ich glaubte in dieser Geste eine Bestätigung dafür zu erkennen, dass es sich um einen zentralen Hinweis handelte. Ich dachte: *Gabel, Gabel.* Ich rannte in mein Labor und holte den Metalldetektor aus der Kiste im Schrank. Weil ich abends nicht allein in den Park durfte, kam Oma mit. Ich begann am Eingang in der 86. Straße, und um ja nichts auszulassen, ging ich in schnurgeraden Linien wie diese Mexikaner, die immer den Rasen mähen. Ich wusste, dass die Insekten lärmten, denn es war Sommer, aber ich hörte sie nicht, weil ich Kopfhörer trug. Es gab nur mich und das Metall im Boden.

Wenn das Piepen hektischer wurde, musste Oma die Taschenlampe auf die Stelle richten. Ich zog meine weißen Handschuhe an, holte die kleine Schaufel aus dem Beutel und grub supervorsichtig. Wenn ich etwas fand, entfernte ich die Erde wie ein richtiger Archäologe mit einem Pinsel. Obwohl ich an dem Abend nur einen kleinen Teil des Parks absuchte, förderte ich einen Vierteldollar und einige Heftklammern zu Tage, außerdem ein Kettchen, mit dem man eine Lampe an- und ausknipst, und einen Kühlschrank-Magneten mit Werbung für Sushi, über das ich Bescheid weiß, obwohl ich lieber nichts davon wüsste. Ich tat alle Beweisstücke in eine Tüte und markierte die Fundstellen auf der Karte.

Zu Hause untersuchte ich die Beweisstücke der Reihe nach in meinem Labor unter dem Mikroskop: ein krummer Löffel, ein paar Schrauben, eine rostige Schere, ein Spielzeugauto, ein Stift, eine Fahrradkette, ein Schlüsselanhänger, die kaputte Brille eines Menschen, der unglaublich schlechte Augen gehabt haben musste …

Ich brachte alles Dad, der am Küchentisch die *New York Times* las und dabei die Druckfehler mit seinem Rotstift anstrich. »Hier, das habe ich gefunden«, sagte ich und schubste meine Katze mit dem Tablett voller Beweisstücke vom Tisch. Dad warf einen Blick auf die Sachen und nickte. Ich fragte: »Und?« Er zuckte mit den Schultern, als hätte er keine Ahnung, was ich meinte, und er vertiefte sich wieder in seine Zeitung. »Kannst du mir nicht mal verraten, ob ich auf der richtigen Fährte bin?« Buckminster schnurrte, und Dad zuckte mit den Schultern. »Wie soll ich das wissen, wenn du mir nichts verrätst?« Dad umkringelte etwas in einem Artikel und sagte: »Das kannst du auch anders sehen: Warum solltest du auf der falschen Fährte sein?«

Er ging sich ein Glas Wasser holen, und ich sah nach, was er umkringelt hatte, denn er konnte ziemlich gerissen sein. In dem Artikel ging es um das vermisste Mädchen und die weit verbreitete Meinung, dass sie vom Kongressabgeordneten ermordet worden war, der sie gepoppt hatte. Ein paar Monate später wurde ihre Leiche im Rock Creek Park, Washington D. C., entdeckt, aber zu dem Zeitpunkt interessierte sich außer ihren Eltern schon niemand mehr für sie.

> Stellungnahme, die Hunderten von Pressevertretern im provisorischen Pressezentrum hinter dem Haus der Familie verlesen wurde, unterstrich Mr Levy seine feste Überzeugung, dass man seine Tochter finden werde. »Wir hören nicht auf zu suchen, bis wir einen konkreten Grund zur Einstellung der Suche haben, nämlich Chandras Rückkehr.« Während der kurzen Fragezeit wollte ein Reporter der Zeitung *El Pais* von Mr Levy wissen, ob er unter ›Rückkehr‹ eine ›wohlbehaltene Rückkehr‹ verstehe. Da der emotional erschütterte Mr Levy diese Frage nicht beantworten konnte, ergriff sein Anwalt das Wort. »Wir hoffen und beten weiter, dass Chandra wohlauf ist, und werden alles in unserer Macht Stehende tun, um sie

Das war kein Fehler! Das war eine Botschaft für mich!

An den nächsten drei Tagen ging ich jeden Abend wieder in den Park. Ich grub eine Haarspange und eine Rolle Pennys aus, eine Reißzwecke und einen Kleiderbügel, eine 9-Volt-Batterie und ein Schweizer Taschenmesser, einen winzigen Bilderrahmen und die Plakette eines Hundes namens Turbo, einen quadratischen Fetzen Alufolie und einen Ring, eine Rasierklinge und eine superalte Taschenuhr, die entweder um 5:37 Uhr morgens oder abends stehen geblieben war. Je mehr ich fand, desto weniger kapierte ich.

Ich breitete die Karte auf dem Esszimmertisch aus und beschwerte die Ecken mit 8-Volt-Batterien. Die Punkte, mit denen ich die Fundstellen markiert hatte, glichen Sternen am Himmel. Ich verband sie miteinander wie ein Astrologe, und wenn ich meine Augen zu Schlitzen zusammenkniff wie ein Chinese, schienen sich die Linien zum Wort »fragil« zu verbinden. Zerbrechlich. Was war fragil? War der Central Park fragil? War die Natur fragil? Waren meine Fundstücke fragil? Eine Reißzwecke ist nicht fragil. Ist ein krummer Löffel fragil? Ich radierte die Linien aus und verband die Punkte neu, und es ergab sich das Wort »Tür«. Daraufhin fiel mir *porte* ein, Französisch für Tür, versteht sich von selbst. Ich radierte die Linien noch einmal aus und verband die Punkte zu *»porte«*. Auf einmal wurde mir klar, dass ich die Punkte zu Wörtern wie »Cyborg«, »Schnabeltier«, »Bockmist« und, eine extreme Schlitzäugigkeit vorausgesetzt, sogar zu »Oskar« verbinden konnte. Ich konnte sie zu allen möglichen Wörtern verbinden, und das hieß, dass die Sache sinnlos war. Und nun werde ich nie mehr erfahren, was ich eigentlich finden sollte. Und das ist noch ein Grund, warum ich nachts nicht einschlafen kann.

Wie auch immer.

Fernsehen ist mir zwar verboten, aber ich darf mir Dokumentarfilme ausleihen, die für mein Alter freigegeben sind, und lesen darf ich sowieso alles. Mein Lieblingsbuch ist *Eine kurze Geschichte der Zeit*, das ich allerdings noch nicht durch habe, weil die Berechnungen darin unglaublich schwierig sind und Mom mir dabei keine große Hilfe ist. Am besten gefällt mir das erste Kapitel, in dem Stephen Hawking von einem berühmten Wissenschaftler erzählt, der einen Vortrag darüber hält, wie die Erde um die Sonne kreist und die Sonne im Sonnensystem und so weiter. Schließlich meldet sich eine ganz hinten sitzende Frau und sagt: »Was Sie da erzählen, ist doch völliger Unsinn. In Wahrheit ist die Erde eine Scheibe, die auf dem Rücken einer riesigen Schildkröte ruht.« Daraufhin fragt sie der Wissenschaftler, worauf die Schildkröte ruhe. Und sie antwortet: »Aber es sind doch alles Schildkröten, bis ganz unten.«

Diese Geschichte finde ich super, weil sie zeigt, wie dumm die Menschen manchmal sein können. Und auch, weil ich Schildkröten so gern mag.

Ein paar Wochen nach dem allerschlimmsten Tag fing ich an, lauter Briefe zu schreiben. Warum, weiß ich auch nicht, aber es war eine Sache, die meine Bleifüße leichter machte. Krass war nur, dass ich keine normalen Briefmarken benutzte, sondern welche aus meiner Sammlung, auch wertvolle, und manchmal fragte ich mich insgeheim, ob ich in Wahrheit nicht bloß Ballast abwerfen wollte. Den ersten Brief schrieb ich an Stephen Hawking. Ich frankierte ihn mit einer Briefmarke, die Alexander Graham Bell zeigte.

Lieber Stephen Hawking,
darf ich bitte Ihr Protegé sein?
Dankeschön,
Oskar Schell

Ich erwartete natürlich keine Antwort, klaro, weil er ein so außergewöhnlicher Mensch ist und ich so normal bin. Aber dann kam ich eines Tages aus der Schule, und Stan gab mir einen Brief und sagte mit der AOL-Stimme, die ich ihm beigebracht hatte: »Du hast Post!« Ich rannte die hundertfünf Stufen zu unserer Wohnung hinauf, und ich rannte in mein Labor, und ich ging in die Kammer, knipste meine Taschenlampe an und öffnete den Umschlag. Der Brief darin war getippt, versteht sich von selbst, denn Stephen Hawking kann seine Hände ja nicht mehr benutzen, weil er amyotrophische Lateralsklerose hat, über die ich Bescheid weiß, leider.

> *Vielen Dank für Ihren Brief. Da ich sehr viel Post bekomme, kann ich nicht alles persönlich beantworten. Trotzdem lese ich sämtliche Briefe und bewahre sie in der Hoffnung auf, sie eines Tages gebührend beantworten zu können.*
> *Bis dahin mit freundlichen Grüßen,*
> *Ihr Stephen Hawking*

Ich rief Mom auf dem Handy an. »Oskar?« »Du hast noch vor dem Klingeln abgenommen.« »Alles in Ordnung?« »Ich brauche ein Laminiergerät.« »Ein Lamiergerät?« »Ich habe hier was unglaublich Tolles, das ich unbedingt in Folie einschweißen muss.«

Dad deckte mich immer richtig gut zu, und dann erzählte er mir die tollsten Geschichten und wir lasen gemeinsam die *New York Times*, und manchmal pfiff er auch »I Am the Walrus«, denn das war sein Lieblingssong, obwohl er mir nie die genaue Bedeutung erklären konnte, was mich ziemlich frustrierte. Super war auch, dass wir in jedem Artikel, den wir lasen, irgendeinen Fehler fanden. Manchmal waren es Fehler in der Grammatik, manchmal stimmte ein Detail nicht, zum Beispiel eine geographische Angabe, und manchmal erzählte der Artikel einfach nicht die ganze Geschichte. Ich fand es Klasse, einen Dad zu haben, der schlauer als die *New York Times* war, und ich fand es Klasse, dass ich durch sein T-Shirt die Haare auf seiner Brust an der Wange spüren konnte und dass er selbst am Ende des Tages immer noch nach Rasieren roch. Bei ihm kam mein Kopf zur Ruhe. Ich brauchte mir nichts mehr auszudenken.

Als Dad mich an dem Abend richtig gut zudeckte, am Abend vor dem allerschlimmsten Tag, fragte ich ihn, ob die Erde eine Scheibe sei, die auf einer riesigen Schildkröte ruhe. »Wie bitte?« »Ich frage mich ja nur, warum die Erde nicht durch das All fällt, sondern bleibt, wo sie ist.« »Ist das wirklich mein Oskar, den ich hier zudecke? Haben ihm irgendwelche Außerirdischen zu Forschungszwecken das Gehirn geklaut?« Ich sagte: »Wir glauben doch nicht an die Existenz von Außerirdischen.« Er sagte: »Die Erde *fällt* durch das All. Das weißt du doch, Kumpel. Sie fällt die ganze Zeit in Richtung Sonne. Genau das meint man, wenn man sagt, dass sie sich um die Sonne dreht.« Also sagte ich: »Versteht sich von selbst, aber warum gibt es die Schwerkraft?« Er sagte: »Du fragst mich, warum es die Schwerkraft gibt?« »Ja, aus welchem Grund?« »Wer hat behauptet, dass es dafür einen Grund geben muss?« »Niemand. Eigentlich.« »Meine Frage war nur rhetorisch.« »Und was heißt das?« »Das heißt, dass ich keine Antwort erwartet habe, sondern nur etwas betonen wollte.« »Was betonen?« »Dass es keinen Grund geben muss.« »Aber wenn es keinen Grund gibt, warum gibt es das Universum dann überhaupt?« »Wegen günstiger Entstehungsbedingungen.« »Und warum bin ich dann dein Sohn?« »Weil Mom und ich miteinander geschlafen haben und weil eines meiner Spermen eines ihrer Eier befruchtet hat.« »Entschuldigung, aber mir wird übel.« »Tu nicht so kindisch.« »Naja, ich kapiere einfach nicht, warum wir existieren. Nicht wie, sondern warum.« Ich sah den Glühwürmchen seiner Gedanken zu, die in seinem Kopf auf ihrer Umlaufbahn kreisten. Er sagte: »Wir existieren, weil wir existieren.« »*Was zum*?« »Man kann sich alle möglichen Universen vorstellen, aber entstanden ist nun einmal dieses.«

Ich wusste, was er meinte, und ich widersprach ihm nicht, stimmte ihm aber auch nicht zu. Atheist zu sein heißt ja nicht, dass man nicht gern einen guten Grund dafür hätte, dass man existiert.

Ich stellte meinen Weltempfänger an, und mit Dads Hilfe bekam ich jemanden herein, der Griechisch sprach, und das war prima. Wir verstanden ihn zwar nicht, aber wir lagen da, betrachteten die im Dunkeln leuchtenden Sterne, die unter meiner Zimmerdecke klebten, und hörten eine Weile zu. »Dein Großvater konnte Griechisch«, sagte Dad. »Du meinst wohl, er *kann* Griechisch«, sagte ich. »Stimmt. Nur, dass er es hier nicht spricht.« »Vielleicht ist das ja seine Stimme im Radio.« Die erste Seite der Zeitung war wie eine Decke über uns gebreitet. Hinten zeigte sie das Foto eines Tennisspielers, und obwohl man nicht eindeutig sagen konnte, ob er fröhlich oder traurig war, wirkte er wie der Sieger.

»Dad?« »Ja?« »Erzählst du mir eine Geschichte?« »Gern.« »Eine gute?« »Im Gegensatz zu all den langweiligen, die ich dir sonst erzähle?« »Genau.« Ich schmiegte mich ganz, ganz dicht an ihn, so dicht, dass sich meine Nase in seine Achselhöhle bohrte. »Und du unterbrichst mich auch nicht?« »Ich gebe mir Mühe.« »Denn sonst kann man keine Geschichte erzählen.« »Und außerdem nervt es.« »Außerdem nervt es.«

Am liebsten mochte ich den Moment, bevor er anfing.

»Es gab einmal eine Zeit, da hatte New York einen sechsten Bezirk.« »Was ist ein Bezirk?« »Das meine ich mit Unterbrechung.« »Ja, klar, aber wenn ich nicht genau weiß, was ein Bezirk ist, kapiere ich die Geschichte doch gar nicht.« »Ein Bezirk ist deine unmittelbare Nachbarschaft. Oder auch die etwas weitere.« »Wenn es früher einen sechsten Bezirk gab, was sind dann die fünf Bezirke?« »Brooklyn, Queens, Staten Island, die Bronx und natürlich Manhattan, versteht sich von selbst.« »War ich schon mal in einem der anderen Bezirke?« »Bist du jetzt bald still?« »Ich will es doch einfach nur wissen.«

»Vor ein paar Jahren waren wir in der Bronx im Zoo. Weißt du noch?« »Nein.« »Und wir sind in Brooklyn gewesen, um uns die Rosen im Botanischen Garten anzuschauen.« »War ich in Queens?« »Ich glaube nicht.« »War ich in Staten Island?« »Nein.« »Hat es *wirklich* einen sechsten Bezirk gegeben?« »Genau das wollte ich dir gerade erzählen.« »Keine Unterbrechungen mehr – versprochen.«

Als Dad zu Ende erzählt hatte, stellten wir das Radio wieder an und bekamen jemanden herein, der Französisch sprach. Das war besonders toll, weil es mich an den Urlaub erinnerte, aus dem wir gerade zurückgekehrt waren und der von mir aus für immer hätte weitergehen können. Nach einer Weile fragte Dad mich, ob ich wach sei. Ich sagte Nein, denn ich wusste, dass er nicht gehen würde, bevor ich nicht richtig schlief, und außerdem wollte ich nicht, dass er am nächsten Tag bei der Arbeit müde war. Er gab mir einen Kuss auf die Stirn und wünschte mir eine gute Nacht, und dann war er zur Tür hinaus.

»Dad?« »Ja?« »Nichts.«

Das nächste Mal hörte ich seine Stimme, als ich am Tag darauf von der Schule nach Hause kam. Wegen dem, was passiert war, hatten wir früher Schluss. Ich machte mir keine Sorgen, weil Mom und Dad in Midtown arbeiteten, und Oma arbeitete sowieso nicht, versteht sich von selbst, also waren alle Menschen, die ich liebte, in Sicherheit.

Ich weiß noch, dass ich um 10:22 Uhr zu Hause war, denn ich schaue oft auf die Uhr. Die Wohnung war ganz still und leer. Auf dem Weg zur Küche dachte ich mir einen Hebel aus, vielleicht für die Haustür. Er würde im Wohnzimmer ein riesiges Rad in Bewegung setzen, dessen Speichen in ein an der Decke aufgehängtes Zahnrad fassten, das tolle Musik spielte, zum Beispiel »Fixing a Hole« oder »I Want to Tell You«, und dann wäre die Wohnung eine riesige Jukebox.

Erst kraulte ich Buckminster, um ihm zu zeigen, dass ich ihn lieb hatte, und dann hörte ich den Anrufbeantworter ab. Ich hatte noch kein Handy, und nach der Schule hatte Toothpaste gesagt, er wolle mich anrufen und mir sagen, ob ich ihm im Park beim Üben von Skateboard-Tricks zuschauen solle oder ob wir uns in der Drogerie mit den Nischen heimlich *Playboy*-Magazine anschauen würden.

Nachricht eins. Dienstag, 8:52 Uhr. Ist jemand zu Hause? Hallo? Hier ist Dad. Wenn ihr da seid, nehmt bitte ab. Ich habe es gerade im Büro versucht, aber niemand hat abgenommen. Hört zu, hier ist irgendwas passiert. Mir geht es gut. Wir sollen bleiben, wo wir sind, und auf die Feuerwehr warten. Wird schon gutgehen, bestimmt. Ich rufe nochmal an, wenn ich genauer weiß, was los ist. Wollte euch nur sagen, dass es mir gut geht. Macht euch keine Sorgen. Bis bald.

Dad hatte noch vier Mal angerufen: Um 9:12 Uhr, um 9:31 Uhr, um 9:46 Uhr und um 10:04 Uhr. Ich hörte mir alle Nachrichten an, und ich hörte sie mir ein zweites Mal an, und noch bevor ich wusste, was ich tun oder denken oder fühlen sollte, klingelte das Telefon.

Es war 10:26:47 Uhr.

Ich schaute auf die Nummer des Anrufers und sah, dass er es war.

WARUM ICH NICHT BEI DIR BIN

21.5.1963

An mein ungeborenes Kind: Ich war nicht immer stumm, ich konnte reden und reden und reden und reden, ich konnte nicht den Mund halten, das Schweigen überkam mich wie Krebs, es passierte bei einer meiner ersten Mahlzeiten in Amerika, ich wollte dem Kellner sagen: »Die Art, wie Sie mir das Messer gereicht haben, erinnert mich an …«, aber ich konnte den Satz nicht beenden, ihr Name kam mir nicht über die Lippen, ich versuchte es wieder, ihr Name kam nicht, sie war in mir verschlossen, wie seltsam, dachte ich, wie frustrierend, wie lächerlich, wie traurig, ich zog einen Stift aus der Tasche und schrieb »Anna« auf meine Serviette, zwei Tage später passierte mir das Gleiche und tags darauf noch einmal, sie war das Einzige, worüber ich reden wollte, es passierte mir immer wieder, wenn ich keinen Stift dabeihatte, schrieb ich »Anna« in die Luft – rückwärts von rechts nach links –, damit mein Gesprächspartner sah, was ich selbst nicht sagen konnte, und wenn ich telefonierte, wählte ich die Nummern – 2, 6, 6, 2 –, damit mein Gesprächspartner hörte, was ich selbst nicht sagen konnte. Als Nächstes ging mir das Wort »und« verloren, vielleicht, weil mich dieses Wort mit ihr verband, was für ein einfaches Wort, so leicht auszusprechen, was für ein schwer wiegender Verlust, ich musste »plus« sagen, das klang absurd, aber es war nicht zu ändern, »ich hätte gern einen Kaffee plus etwas Süßes«, wer möchte schon so sein. »Wollen« war ebenfalls ein

Wort, das mir früh verloren ging, was nicht hieß, dass ich plötzlich nichts mehr gewollt hätte – ich wollte im Gegenteil umso mehr –, ich konnte meine Wünsche einfach nicht mehr in ein Wort kleiden, also sagte ich stattdessen »begehre«, »ich begehre zwei Brötchen«, sagte ich zum Bäcker, was natürlich nicht ganz passte, der Sinn meiner Gedanken entglitt mir wie Blätter, die von einem Baum in einen Fluss fallen und davonschwimmen, der Baum war ich, der Fluss war die Welt. Als ich eines Nachmittags mit den Hunden im Park war, ging mir »komm« verloren, »gut« ging mir verloren, als mir der Friseur nach dem Schneiden den Spiegel hinhielt, »heulen« ging mir verloren – Verb und Substantiv, beides zugleich, es war zum Heulen. Ich verlor »tragen«, ich verlor die Dinge, die ich bei mir trug – »Tagebuch«, »Wechselgeld«, »Brieftasche« –, ich verlor sogar »Verlust«. Nach einiger Zeit hatte ich nur noch eine Hand voll Wörter, einen Gefallen nannte ich: »Die Sache, für die man sich bedankt«, wenn ich hungrig war, zeigte ich auf meinen Bauch und sagte: »Ich bin das Gegenteil von satt«, das »Ja« war mir verloren gegangen, aber ich hatte noch das »Nein«, also antwortete ich auf die Frage: »Bist du Thomas?« mit: »Nicht nein«, aber dann ging mir auch das »Nein« verloren, ich suchte einen Tattoo-Laden auf und ließ mir JA auf die linke Handfläche und NEIN auf die rechte Handfläche tätowieren, was soll ich sagen, das Leben wurde dadurch zwar nicht schöner, aber immerhin lebbarer, wenn ich mir mitten im Winter die Hände reibe, wärmt mich die Reibung von JA und NEIN, wenn ich in die Hände klatsche, zeige ich meinen Beifall durch die Trennung und Vereinigung von JA und NEIN, ich sage »Buch«, indem ich meine gefalteten Hände langsam auseinander falte, für mich stellt jedes Buch eine Balance zwischen JA und NEIN dar, selbst dieses, mein letztes, ganz besonders dieses. Bricht es mir das Herz? Natürlich, in jeder Sekunde an jedem Tag und in mehr Teile als die, aus denen es besteht, ich habe mich nie für einen stillen Menschen gehalten, schon gar nicht für einen schweigsamen, im Grunde habe ich nie darüber nachgedacht, alles ist anders, was mich von meinem Glück getrennt hat, war nicht die Welt, es waren nicht die Bomben und brennenden Häuser, ich war es, mein Denken, das Krebsgeschwür des Nicht-Loslassen-Könnens, ist Unwissenheit ein Glück, ich weiß es nicht, aber das Denken tut so weh, und wer kann mir verraten, was ich je durch das Denken erreicht habe, an welche herrlichen Orte hat mich das Denken je geführt? Ich denke und denke und denke, ich habe mich eine Million Mal aus dem Glück hinausgedacht, aber nicht einmal hinein. »Ich« war das letzte Wort, das ich noch sagen konnte, eigentlich furchtbar, aber so war es, ich lief durch mein Viertel und sagte: »Ich, ich, ich, ich.« »Möchtest du eine Tasse Kaffee, Thomas?« »Ich.« »Und vielleicht auch etwas Süßes?« »Ich.« »Wie findest du das Wetter?« »Ich.« »Du wirkst so verstört. Stimmt etwas nicht?« Ich hätte gern geantwortet: »Natürlich nicht«, ich hätte gern gefragt: »Was stimmt denn schon?« Ich hätte gern am Faden gezupft und den Schal meines Schweigens aufgeribbelt und wieder ganz von vorn begonnen, aber stattdessen sagte ich: »Ich.« Mir ist klar, dass ich nicht der Einzige mit dieser Krankheit bin, auf der Straße kann man alte Menschen hören, und manche von ihnen stöhnen: »Ach, ach, ach«, aber manche klammern sich auch an ihr letztes Wort, »Ich«, sagen sie, weil sie völlig verzweifelt sind, es ist kein Gejammere, es ist ein Gebet, und dann ging mir »Ich« verloren, und mein Schweigen war komplett. Ich begann, Bücher mit leeren Seiten mit mir herumzutragen, so wie dieses, und ich füllte sie mit allem, was ich nicht sagen konnte, so fing es an, wenn ich beim Bäcker zwei Brötchen kaufen wollte, schrieb ich auf die nächste leere Seite: »Zwei Brötchen, bitte«

und zeigte sie ihm, und wenn ich Hilfe brauchte, schrieb ich: »Hilfe«, und wenn ich über etwas lachen musste, schrieb ich: »Ha, ha, ha!«, und statt unter der Dusche zu singen, schrieb ich die Texte meiner Lieblingslieder auf, die Tinte färbte das Wasser blau oder rot oder grün, und die Musik lief mir an den Beinen hinunter, am Ende jeden Tages nahm ich das Buch mit ins Bett und ging die Seiten meines Lebens durch:

Zwei Brötchen, bitte

Ich hätte nichts gegen etwas Süßes einzuwenden

Tut mir Leid, aber ich habe es nicht kleiner

Sag es allen weiter …

Das Übliche, bitte

Vielen Dank, aber ich platze gleich

Weiß nicht genau, auf jeden Fall schon ziemlich spät

Hilfe

Ha, ha, ha!

Noch vor dem Ende des Tages gingen mir oft die leeren Seiten aus, und wenn ich dann jemandem auf der Straße oder in der Bäckerei oder an der Bushaltestelle etwas sagen musste, blieb mir nichts anderes übrig, als mein Tagebuch nach einem Satz zu durchforsten, den ich wiederverwenden konnte, wenn mich jemand fragte: »Und wie geht es dir?«, konnte die passendste Antwort lauten: »Das Übliche, bitte«, oder vielleicht auch: »Ich hätte nichts gegen etwas Süßes einzuwenden«, wenn mir Mr Richter, mein einziger Freund, vorschlug: »Warum versuchst du es nicht einmal wieder mit einer Skulptur? Was soll denn schon Schlimmes passieren?«, raschelte ich durch die Seiten meines vollen Buches: »Weiß nicht genau, auf jeden Fall schon ziemlich spät.« Ich verbrauchte Hunderte von Büchern, Tausende davon, sie lagen überall in der Wohnung herum, ich benutzte sie als Türstopper und Papierbeschwerer, ich stieg darauf, wenn ich an etwas herankommen musste, ich schob sie unter die Beine wackeliger Tische, ich benutzte sie als Bierdeckel und Untersetzer, ich legte die Vogelkäfige mit ihnen aus und erschlug damit Insekten, die ich hinterher um Vergebung bat, ich hielt meine Bücher nie für etwas Besonderes, sondern nur für notwendig, manchmal riss ich eine Seite heraus – »Tut mir Leid, aber ich habe es nicht kleiner« –, um irgendeine Schweinerei aufzuwischen, und manchmal riss ich einen ganzen Tag aus meinem Leben, um damit die Notreserve an Glühlampen einzuwickeln, ich erinnere mich an einen Nachmittag, den ich mit Mr Richter im Zoo des Central Park verbrachte, ich war schwer mit Futter für die Tiere beladen, nur ein Mensch, der nie ein Tier gewesen ist, kann Schilder aufhängen, die das Füttern untersagen, Mr Richter erzählte einen Witz, ich warf den Löwen Hamburger hin, er rüttelte mit seinem Lachen an den Käfigstäben, die Tiere trotteten in die Ecken ihres Geheges, wir lachten und lachten, gemeinsam und

jeder für sich, schweigend und laut, wir genossen unsere Gesellschaft und uns selbst auf die beste und ehrlichste Art, wir waren entschlossen, alles zu verdrängen, was verdrängt werden musste, aus dem Nichts eine neue Welt zu erschaffen, wenn an unserem Leben schon nichts mehr zu retten war, es war einer der besten Tage meines ganzen Lebens, ein Tag, an dem ich einfach nur lebte, ohne über mein Leben nachzudenken. Später im Jahr, als der Schnee die Eingangsstufen des Hauses allmählich zudeckte, als ich begraben unter allem, was ich verloren hatte, auf dem Sofa saß und der Morgen zum Abend wurde, machte ich mir ein Feuer und entfachte es mit meinem Lachen: »Ha, ha, ha!« »Ha, ha, ha!« »Ha, ha, ha!« »Ha, ha, ha!« Als ich deiner Mutter begegnete, hatte ich schon längst keine Wörter mehr, vielleicht hat das unsere Heirat überhaupt erst möglich gemacht, sie brauchte mich nie wirklich kennen zu lernen. Wir begegneten uns in der Columbian Bakery am Broadway, wir waren beide einsam, gebrochen und verwirrt nach New York gekommen, ich saß in der Ecke und rührte im Kaffee die Sahne um, ich ließ den Löffel in der Tasse kreisen, unablässig, es war ein kleines Sonnensystem, der Laden war halb leer, aber sie glitt neben mich auf die Bank, »Du hast alles verloren«, sagte sie, als teilten wir ein Geheimnis, »das sehe ich.« Wäre ich ein anderer Mensch in einer anderen Welt gewesen, dann hätte ich mich auch anders verhalten, aber ich war ich selbst, und die Welt war, wie sie war, und deshalb schwieg ich. »Ist schon gut«, flüsterte sie, den Mund zu dicht an meinem Ohr, »ich bin genauso. Das sieht man schon von weitem. Ist nicht, als wäre man Italiener. Wir stechen hervor wie Aussätzige. Schau doch nur, wie man uns anguckt. Sie wissen vielleicht nicht, dass wir alles verloren haben, aber sie wissen, dass uns etwas abhanden gekommen ist.« Sie war der Baum und auch der Fluss, dessen Wasser vom Baum fort floss,

»Es gibt Schlimmeres«, sagte sie, »Schlimmeres, als wie wir zu sein. Immerhin sind wir am Leben, denk daran«, ich merkte, dass sie diese letzten Worte gern zurückbekommen hätte, aber die Strömung war zu stark, »Und man darf nicht vergessen, dass herrliches Wetter ist«, ich rührte im Kaffee. »Aber wie ich höre, soll es heute Abend schlechter werden. Das hat man jedenfalls im Radio gesagt«, ich zuckte mit den Schultern, ich wusste nicht genau, was sie mit ›schlechter‹ meinte. »Eigentlich wollte ich bei A&P Thunfisch kaufen. Heute Morgen hatte ich ein paar Gutscheine in der Post. Man kann fünf Dosen zum Preis von drei bekommen. Ein echtes Schnäppchen! Im Grunde mag ich Thunfisch gar nicht. Ehrlich gesagt, bekomme ich davon Bauchschmerzen. Aber der Preis ist unschlagbar«, sie wollte mich zum Lachen bringen, aber ich zuckte nur mit den Schultern und rührte im Kaffee, »Aber ich bin unschlüssig«, sagte sie. »Das Wetter ist herrlich, und im Radio hat man gesagt, dass es heute Abend schlechter wird, also sollte ich stattdessen lieber in den Park gehen, obwohl ich leicht einen Sonnenbrand kriege. Und außerdem werde ich den Thunfisch heute Abend bestimmt nicht mehr essen. Wahrscheinlich nie, um ganz ehrlich zu sein. Ich kriege davon Bauchschmerzen, ehrlich gesagt. Das hat also überhaupt keine Eile. Aber das Wetter, das wird nicht bleiben, wie es ist. Jedenfalls ist es noch nie geblieben, wie es war. Du solltest vielleicht wissen, dass mir mein Arzt geraten hat, öfter vor die Tür zu gehen. Meine Augen sind schlecht, und er meint, dass ich viel zu selten vor die Tür gehe, er meint, dass es helfen könnte, wenn ich ein bisschen öfter vor die Tür ginge, wenn ich nur ein bisschen weniger Angst hätte …« Sie streckte eine Hand aus, und da ich nicht wusste, wie ich sie ergreifen sollte, brach ich ihr mit meinem Schweigen die Finger, sie sagte: »Du willst nicht mit mir reden, oder?« Ich holte mein Tagebuch aus dem Beutel und suchte nach der nächsten leeren Seite, es war die vorletzte. »Ich spreche nicht«, schrieb ich, »tut mir Leid.« Sie schaute mich von der Seite an und dann wieder ins Buch, sie legte sich die Hände vor die Augen und weinte, Tränen sickerten zwischen ihren Fingern durch und sammelten sich in kleinen Netzen, sie weinte und weinte und weinte, Servietten waren nicht in Reichweite, also riss ich die Seite aus dem Buch – »Ich spreche nicht. Tut mir Leid.« – und trocknete ihr damit die Wangen, meine Erklärung und meine Entschuldigung liefen ihr wie Maskara übers Gesicht, sie nahm mir den Stift weg und schrieb auf die nächste Seite meines Tagesbuchs, auf die letzte:

Bitte heirate mich

Ich blätterte zurück und zeigte auf: »Ha, ha, ha!« Sie blätterte vor und zeigte auf: »Bitte heirate mich.« Ich blätterte zurück und zeigte auf: »Tut mir Leid, aber ich habe es nicht kleiner.« Sie blätterte vor und zeigte auf: »Bitte heirate mich.« Ich blätterte zurück und zeigte auf: »Weiß nicht genau, auf jeden Fall schon ziemlich spät.« Sie blätterte vor und zeigte auf: »Bitte heirate mich«, und diesmal drückte sie den Finger auf »Bitte«, als wollte sie die Seite festhalten oder das Gespräch beenden oder durch das Wort zu dem vorstoßen, was sie wirklich meinte. Ich dachte über das Leben nach, über mein Leben, die Peinlichkeiten, die kleinen Zufälle, die Schatten von Weckern auf Nachttischen. Ich dachte über meine kleinen Siege nach und all das, was vor meinen Augen zerstört worden war, ich war auf dem Bett meiner Eltern in Nerzmänteln versunken, während sie unten Gäste bewirteten, ich hatte den einzigen Menschen verloren, mit dem ich mein ganzes Leben hätte verbringen können, ich hatte tausend Tonnen Marmor zurückgelassen, ich hätte Skulpturen herausmeißeln können, ich hätte mich aus dem Marmor meiner selbst herausmeißeln können. Ich hatte Freude erfahren, wenn auch bei weitem nicht genug, war es je genug? Das Ende des Leidens ist keine Rechtfertigung für das Leiden, und also hat das Leiden nie ein Ende, was bin ich doch verkorkst, dachte ich, was bin ich doch für ein Idiot, wie dumm und engstirnig, wie wertlos, wie lächerlich und zerquält, wie hilflos. Keines meiner Haustiere weiß, wie es heißt, was für ein Mensch bin ich denn überhaupt? Ich hob ihren Finger, als wäre es die Nadel eines Plattenspielers, und blätterte zurück, eine Seite nach der anderen:

Hilfe

GUGOLPLEX

Was das Armband angeht, das Mom bei der Beerdigung trug, so hatte ich Dads letzte Nachricht in Morsecode übertragen. Für die Pausen benutzte ich himmelblaue Perlen, lila Perlen für die Abstände zwischen den Buchstaben, und zwischen die Perlen flocht ich lange und kurze Bänder, die die langen und kurzen Piepse darstellten, die eigentlich Blips heißen, glaube ich, jedenfalls so ähnlich. Dad hätte es bestimmt gewusst. Ich brauchte neun Stunden dafür, und ich hatte erst überlegt, es Sonny zu schenken, dem Obdachlosen, der manchmal vor der Alliance Française steht und von dessen Anblick ich Bleifüße bekomme, oder vielleicht Lindy, der schicken, alten Dame, die ehrenamtlich Führungen im Museum of Natural History macht, weil ich dann ein besonderer Mensch für sie gewesen wäre, oder vielleicht einfach jemandem, der im Rollstuhl sitzt. Stattdessen schenkte ich es Mom. Sie meinte, es sei das schönste Geschenk, das sie je bekommen habe. Ich fragte sie, ob es besser als der essbare Tsunami von damals sei, als ich mich noch für essbare meteorologische Phänomene interessiert hatte. Sie sagte: »Anders.« Ich fragte sie, ob sie Ron liebe. Sie sagte: »Ron ist ein wunderbarer Mensch«, aber das war die Antwort auf eine Frage, die ich gar nicht gestellt hatte. Also fragte ich noch einmal: »Liebst du Ron?« Sie legte sich die Hand mit dem Ring auf ihr Haar und sagte: »Oskar, Ron ist ein *Freund.*« Ich hätte sie am liebsten gefragt, ob sie mit Ron poppe, und wenn sie Ja gesagt hätte, wäre ich weggerannt, und wenn sie Nein gesagt hätte, hätte ich sie gefragt, ob sie schweres Petting machten, eine Sache, über die ich Bescheid weiß. Ich hätte ihr am liebsten gesagt, dass sie noch kein Scrabble spielen solle. Oder noch nicht in den Spiegel schauen. Oder die Stereoanlage nur so laut stellen, dass man gerade eben etwas hört. Alles andere wäre unfair gegenüber Dad, und alles andere wäre unfair gegenüber mir. Aber ich schluckte die Fragen runter. Ich machte ihr noch mehr Morsecodeschmuck mit Dads Nachrichten – eine Halskette, einen Fußring, ein Paar lange Ohrringe, ein Diadem –, aber das Armband war eindeutig am schönsten, vielleicht, weil es sich dabei um die letzte Nachricht handelte. Dadurch war es am kostbarsten. »Mom?« »Ja?« »Nichts.«

Selbst nach einem Jahr hatte ich noch große Schwierigkeiten mit ganz einfachen Dingen, Duschen zum Beispiel, aus unerfindlichen Gründen, und Fahrstuhlfahren, versteht sich von selbst. Es gab jede Menge Sachen, bei denen ich panisch wurde, etwa Hängebrücken, Bazillen, Flugzeuge, Feuerwerke, Araber in der U-Bahn (obwohl ich kein Rassist bin), Araber in Restaurants und Coffee Shops und an anderen öffentlichen Orten, Baugerüste, Gullideckel und die Gitter in den U-Bahn-Stationen, herrenlose Taschen, Schuhe, Leute mit Schnurrbart, Rauch, Haarknoten, hohe Gebäude, Turbane. Die meiste Zeit hatte ich das unangenehme Gefühl, mich mitten in einem riesigen, schwarzen Ozean oder in einem tiefen Raum zu befinden. Ich hatte eher das Gefühl, als wäre alles unglaublich weit weg. Nachts war es am schlimmsten. Ich fing an, mir Sachen auszudenken, und dann konnte ich nicht mehr damit aufhören, genau wie Biber, über die ich Bescheid weiß. Die Leute glauben, dass sie Bäume fällen, um ihre Dämme damit zu bauen, aber in Wahrheit tun sie das, weil ihre Zähne unaufhörlich weiterwachsen, und wenn sie sie nicht ständig abschleifen würden, indem sie all die Baumstämme durchnagen, würden ihnen die Zähne ins Gesicht wachsen, und das wäre ihr Tod. So ging es mir damals mit meinem Gehirn.

Eines Nachts, als ich das Gefühl hatte, mir gugolplexviele Sachen ausgedacht zu haben, ging ich in Dads Kleiderkammer. Dort hatten wir immer im griechisch-römischen Stil miteinander gerungen und uns die irrsten Witze erzählt, und einmal hatten wir unter der Decke ein Pendel aufgehängt und Dominosteine im Kreis aufgestellt, um zu beweisen, dass sich die Erde dreht. Seit seinem Tod hatte ich die Kammer nicht mehr betreten. Mom war mit Ron im Wohnzimmer, sie hörten zu laut Musik und spielten irgendwelche Brettspiele. Sie vermisste Dad nicht. Bevor ich eintrat, behielt ich eine ganze Weile den Türknauf in der Hand.

Dads Sarg mochte leer sein, aber seine Kammer war voll. Und selbst nach mehr als einem Jahr roch sie immer noch nach Rasieren. Ich berührte alle seine weißen T-Shirts. Ich berührte die protzige Armbanduhr, die er nie getragen hatte, und die Ersatzschnürbänder seiner Sneaker, die nie wieder um das Reservoir laufen würden. Ich fasste in die Taschen all seiner Jacken (ich fand eine Taxiquittung, das Einwickelpapier eines Schokoriegels und die Visitenkarte eines Diamantenhändlers). Ich schlüpfte in seine Hausschuhe. Ich betrachtete mich in seinem Schuhlöffel aus Metall. Im Durchschnitt schlafen die Menschen innerhalb von sieben Minuten ein, aber ich konnte nicht einschlafen, selbst nach Stunden nicht, und meine Bleifüße wurden leichter, als ich zwischen seinen Sachen stand und die Dinge berührte, die er berührt hatte, und die Kleiderbügel noch ein bisschen gerader rückte, obwohl ich wusste, dass es Unsinn war.

Sein Smoking hing über dem Stuhl, auf dem er immer gesessen hatte, um sich die Schuhe zuzubinden, und ich dachte:

Krass. Warum hing er nicht bei seinen Anzügen? War er in der Nacht vor seinem Tod auf einer schicken Party gewesen? Aber warum hatte er seinen Smoking dann nicht aufgehängt? Musste der vielleicht in die Reinigung? Und an eine schicke Party konnte ich mich nicht erinnern. Ich konnte mich nur daran erinnern, dass er mich gut zugedeckt hatte, und dann hatten wir im Weltempfänger jemanden Griechisch sprechen hören, und dann hatte er mir eine Geschichte über New Yorks sechsten Bezirk erzählt. Wenn mir nichts weiter aufgefallen wäre, hätte ich den Smoking bestimmt schnell vergessen. Aber plötzlich fiel mir einiges auf.

Auf dem obersten Regal stand eine hübsche, blaue Vase. Was hatte eine hübsche, blaue Vase dort oben zu suchen? Ich kam nicht dran, versteht sich von selbst, also schob ich den Stuhl mit dem Smoking vor das Regal, und dann ging ich in mein Zimmer, um *Shakespeares Gesammelte Werke* zu holen, die mir Oma gekauft hatte, als sie hörte, dass ich Yorick spielen sollte, und ich schleppte die Bücher hinüber, immer vier Tragödien auf einmal, bis der Stapel hoch genug war. Ich kletterte darauf, und eine Sekunde stand ich auch. Aber als ich die Vase mit den Fingerspitzen berührte, begannen die Tragödien zu schwanken, und der Smoking lenkte mich unglaublich ab, und im nächsten Moment lag alles auf dem Fußboden, auch ich und die in Scherben gegangene Vase. »Das war ich nicht!«, brüllte ich, aber sie hörten mich gar nicht, weil die Musik zu laut war und weil sie zu laut lachten. Ich kroch in meinen inneren Schlafsack und zog den Reißverschluss bis ganz oben zu, nicht, weil ich verletzt gewesen wäre, und nicht, weil ich etwas zerbrochen hatte, sondern weil sie lachten. Obwohl ich wusste, dass es falsch war, verpasste ich mir selbst einen Schlag und hatte gleich einen blauen Fleck.

Als ich dann alles aufräumte, fiel mir noch etwas auf. Mitten zwischen den Glasscherben lag ein kleiner Umschlag, er hatte ungefähr die Größe einer drahtlosen Internet-Karte. *Was zum?* Ich öffnete ihn, und er enthielt einen Schlüssel. *Was zum? Was zum?* Der Schlüssel sah krass aus, offenbar war er für etwas extrem Wichtiges, denn er war kürzer und gedrungener als ein normaler Schlüssel. Ich stand vor einem Rätsel: ein kurzer und gedrungener Schlüssel in einem kleinen Umschlag in einer blauen Vase oben auf dem höchsten Regal dieser Kammer.

Zuerst tat ich das Naheliegendste, nämlich den Schlüssel klammheimlich in allen Schlössern unserer Wohnung auszuprobieren. Dass er nicht zur Eingangstür passte, wusste ich auch so, denn er entsprach nicht dem Schlüssel, den ich an einem Band um den Hals trage, damit ich in die Wohnung kann, wenn niemand zu Hause ist. Um unbemerkt zu bleiben, lief ich auf Zehenspitzen, und ich probierte den Schlüssel an der Badezimmertür, den Schlafzimmertüren und den Schubladen von Moms Kommode aus. Ich probierte ihn am Tisch in der Küche aus, an dem Dad immer die Überweisungsformulare für Rechnungen ausgefüllt hatte, und am Schrank neben dem Wäscheschrank, in den ich manchmal beim Versteckspielen gekrochen war, und an Moms Schmuckkassette. Der Schlüssel passte nirgendwo.

Als ich abends im Bett lag, erfand ich einen ganz speziellen Abfluss. Er würde sich unter jedem Kopfkissen in New York befinden und wäre mit dem Reservoir verbunden. Die Tränen aller Menschen, die sich in den Schlaf weinten, würden an denselben Ort fließen, und am nächsten Morgen würde man im Wetterbericht den Pegelstand des Reservoirs erfahren, und dann wüsste man, ob New York Bleifüße hatte. Und bei einer *echten* Katastrophe – der Explosion einer Atombombe oder mindestens bei einem Angriff mit biologischen Waffen – würde eine superlaute Sirene losgehen und alle Menschen in den

Central Park rufen, damit sie mit Sandsäcken einen Damm um das Reservoir errichteten.

Wie auch immer.

Am nächsten Morgen sagte ich Mom, ich sei krank und könne nicht zur Schule. Das war die allererste Lüge, die ich ihr je erzählen musste. Sie legte mir eine Hand auf die Stirn und sagte: »Ja, du fühlst dich tatsächlich ein bisschen heiß an.« Ich sagte: »Ich habe Fieber gemessen, und ich habe 39, 8.« Das war die zweite Lüge. Sie drehte sich um, und obwohl sie es auch allein konnte, bat sie mich, hinten den Reißverschluss ihres Kleides hochzuziehen, denn sie wusste, wie gern ich das tat. Sie sagte: »Ich habe den ganzen Tag Sitzungen, aber wenn du etwas brauchst, kann Oma kommen, und ich rufe dich jede Stunde an.« Ich sagte zu ihr: »Wenn ich nicht rangehe, schlafe ich oder bin gerade auf Klo.« Sie sagte: »Geh ran.«

Sobald sie zur Arbeit gefahren war, zog ich mich an und ging nach unten. Draußen vor dem Haus fegte Stan gerade den Bürgersteig. Ich versuchte, mich an ihm vorbeizuschleichen, aber er bemerkte mich. »Du siehst nicht besonders krank aus«, sagte er und fegte ein Büschel Blätter auf die Straße. Ich erwiderte: »Ich fühle mich aber krank.« Er fragte: »Und wohin geht Mr Fühlt-sich-krank?« Ich sagte: »Zur Drogerie in der 84. Straße, um Hustenbonbons zu kaufen.« Lüge Nr. 3. In Wahrheit wollte ich zum Schlüsselladen in der 79. Straße, Frazer & Sons.

»Willst du wieder den Schlüssel nachmachen lassen?«, fragte Walt. Wir klatschten uns kumpelhaft die Hände ab, und dann zeigte ich ihm den Schlüssel, den ich gefunden hatte, und fragte ihn, wofür er sein könnte. »Der ist für irgendeine abschließbare Kassette«, sagte Walt, der sich den Schlüssel vors Gesicht hielt und ihn über den Rand seiner Brille betrachtete. »Wahrscheinlich für einen Safe. Das sieht man an der Form.« Er zeigte auf ein Regal mit sechsundneunzig Schlüsseln. Ich hatte sie gezählt, deshalb wusste ich, wie viele es waren. »Keiner ist wie deiner, siehst du? Deiner ist viel dicker. Viel stabiler.« Ich berührte jeden Schlüssel im Regal, und aus irgendeinem Grund ging es mir dadurch besser. »Aber ich glaube nicht, dass er für einen richtigen Tresor ist. Eher für einen kleineren Safe. Vielleicht für einen tragbaren. Oder für ein Schließfach im Tresorraum einer Bank. Ein altes. Oder für eine feuerfeste Schatulle.« Ich musste kurz lachen, weil »Schatulle« so super altmodisch klang. »Der Schlüssel ist alt«, sagte er. »Vielleicht zwanzig oder dreißig Jahre.« »Woher wissen Sie das?« »Schlüssel sind mein Beruf.« »Sie sind ganz schön cool.« »Und es gibt nicht mehr viele Kassetten mit normalen Schlössern.« »Nein?« »Man benutzt doch kaum noch Schlüssel.« »Ich benutze Schlüssel«, sagte ich und zeigte ihm meinen Wohnungsschlüssel. »Ja, ich weiß«, sagte er. »Aber Menschen wie du sind eine aussterbende Art. Heutzutage ist alles elektronisch. Zahlencodes. Fingerabdruckerkennung.« »Wie schrecklich.« »Ich mag Schlüssel.« Ich überlegte kurz, und auf einmal bekam ich superschwere Bleifüße. »Aber wenn Menschen wie ich eine aussterbende Art sind, was passiert dann mit Ihrem Laden?« »Ich muss mich spezialisieren«, sagte er, »so ähnlich wie Läden für Schreibmaschinen. Im Moment ist mein Laden nur nützlich, aber bald wird er interessant sein.« »Vielleicht müssen Sie den Beruf wechseln.« »Ich mag meinen Beruf.«

Ich sagte: »Mir ist gerade eine Frage durch den Kopf gegangen.« »Schieß los.« »Schieß los?« »Schieß los. Sprich es aus. Frag.« »Sind Sie Frazer, oder sind Sie der Sohn?« »Der Enkel, um genau zu sein. Mein Großvater hat den Laden gegründet.« »*Cool.*« »Aber vermutlich bin ich auch der Sohn, weil mein Vater bis zu seinem Tod den Laden geführt hat. Und Frazer bin ich wahrscheinlich auch, weil mein Sohn mir im Sommer bei der Arbeit hilft.«

Ich sagte: »Ich habe noch eine Frage.« »Schieß los.« »Glauben Sie, dass ich die Firma ausfindig machen kann, die diesen Schlüssel hergestellt hat?« »Den hätte jeder herstellen können.« »Tja, aber wie soll ich dann das Schloss finden, zu dem er passt?« »Da kann ich dir leider auch nicht helfen, außer, dass du ihn bei jedem Schloss ausprobierst, das du siehst. Ich kann ihn dir aber jederzeit nachmachen.« »Ich könnte gugolplexviele Schlüssel gebrauchen.« »Gugolplex?« »Einen Gugol für die Macht des Gugol.« »Gugol?« »Das ist eine Eins mit hundert Nullen.« Er legte mir eine Hand auf die Schulter und sagte: »Du brauchst das passende Schloss.« Ich reckte meinen Arm so hoch wie möglich, um ihm auch eine Hand auf die Schulter legen zu können, und sagte: »Genau.«

Als ich gehen wollte, sagte er: »Warum bist du nicht in der Schule?« Ich dachte schnell nach und sagte dann: »Heute ist doch Martin-Luther-King-Jr.-Tag.« Lüge Nr. 4. »Ist der nicht im Januar?« »Er ist verschoben worden.« Lüge Nr. 5.

Bei meiner Rückkehr zur Wohnung sagte Stan: »Du hast Post!«

Lieber Osk,

hallo, Junge! Vielen Dank für deinen großartigen Brief und die kugelsicheren Trommelstöcke. Hoffentlich brauche ich sie nie! Ich muss gestehen, dass ich nie ernsthaft erwogen habe, Unterricht zu geben …

Ich hoffe, dir gefällt das beiliegende T-Shirt, das ich dreisterweise gleich für dich signiert habe.

Dein Kumpel
Ringo

Das beiliegende T-Shirt *mochte* ich nicht nur, ich fand es *irre*! Nur dass ich es leider nicht anziehen konnte, weil es nicht weiß war.

Ich laminierte Ringos Brief und heftete ihn in meinem Zimmer an die Wand. Dann recherchierte ich im Internet über Schlösser in New York. Ich fand haufenweise interessante Informationen. Zum Beispiel, dass es 319 Postämter und 207 352 Postfächer gibt. Natürlich hat jedes Fach ein Schloss. Außerdem fand ich heraus, dass es ungefähr 70 571 Hotelzimmer gibt, die meisten haben ein Türschloss, ein Badezimmerschloss, ein Schrankschloss und ein Schloss für die Minibar. Da ich keine Ahnung hatte, was eine Minibar ist, rief ich beim Plaza an, denn das ist ja ein berühmtes Hotel, und erkundigte mich. Danach wusste ich, was eine Minibar ist. In New York gibt es mehr als dreihunderttausend Autos, die 12 187 Taxis und 4425 Busse nicht mitgezählt. Außerdem erinnerte ich mich, beim U-Bahn-Fahren gesehen zu haben, wie die Schaffner die Türen mit einem Schlüssel öffneten und verschlossen, diese Schlösser gab es also auch noch. In New York leben mehr als neun Millionen Menschen (hier kommt alle halbe Minute ein Kind zur Welt), und jeder muss irgendwo wohnen, und die meisten Wohnungen haben eine Eingangstür mit zwei Schlössern, und die meisten Badezimmer kann man ebenfalls abschließen, einige andere Zimmer wahrscheinlich auch und die Schränke und Schmuckkästchen, versteht sich von selbst. Dann gibt es noch Büros und Kunstateliers und Lagerräume und Banken mit Schließfächern und Tore vor Höfen und Parkhäusern. Meiner Schätzung nach kamen auf einen Menschen in New York City – alles mit eingerechnet, von Fahrradschlössern über Riegel von Dachluken bis zu Kästchen für Manschettenknöpfe – ungefähr achtzehn Schlösser, insgesamt also gut 162 Millionen, eine Menge, mit der man eine Schlucht füllen konnte.

»Schell-Residenz … Hallo, Mom … Ein bisschen, aber immer noch ziemlich schlecht … Nein … Hmhm … Hmhm … Ich glaube schon … Hmhm, ich bestelle mir wohl etwas beim Inder … Ja, aber trotzdem … Okay. Hmhm. Mach ich … Ich weiß … Ich *weiß* … Tschüs.«

Ich stoppte die Zeit, und ich brauchte drei Sekunden, um ein Schloss zu öffnen. Dann rechnete ich nach: Wenn in New York jede halbe Minute ein Kind geboren wird und jeder Mensch achtzehn Schlösser besitzt, entsteht alle $2{,}\overline{777}$ Sekunden ein neues Schloss. Selbst, wenn ich nichts anderes tun würde, als Schlösser zu öffnen, würde ich jede Sekunde $0{,}\overline{333}$ Schlösser in Rückstand geraten. Und das auch nur, wenn der Weg von einem Schloss zum anderen nicht weit war, und wenn ich nicht essen und schlafen würde, was im Notfall okay wäre, weil ich sowieso nicht schlafen konnte. Ich brauchte eindeutig einen besseren Plan.

An diesem Abend zog ich meine weißen Handschuhe an, ging in Dads Kammer und fischte die Tüte mit den Scherben der Vase aus dem Papierkorb. Ich suchte nach weiteren Hinweisen. Ich musste höllisch aufpassen, um die Beweisstücke nicht zu verderben oder Moms Aufmerksamkeit zu wecken und mich nicht zu schneiden oder zu infizieren, und ich fand den Umschlag, in dem sich der Schlüssel befunden hatte. Erst da fiel mir etwas auf, das einem guten Detektiv schon im ersten Moment aufgefallen wäre: Irgendjemand hatte das Wort »Black« hinten auf den Umschlag geschrieben. Dass ich diesen Hinweis übersehen hatte, ärgerte mich irrsinnig, und ich verpasste mir einen blauen Fleck. Dads Handschrift sah krass aus. Sie wirkte flüchtig, als hätte er es eilig gehabt oder sich das Wort beim Telefonieren notiert oder als wäre er einfach nur mit den Gedanken woanders gewesen. Aber worüber hatte er nachgedacht?

Ich googelte herum und fand heraus, dass es keine Firma namens Black gab, die Schlüssel herstellte. Ich war ein bisschen enttäuscht, weil es eine logische Erklärung gewesen wäre, und logische Erklärungen sind immer die besten, wenn auch leider nicht die einzigen. Dann fand ich heraus, dass es in jedem Staat der USA einen Ort namens Black gibt, ja in fast jedem Land der Welt. In Frankreich gibt es zum Beispiel einen Ort namens Noir. Das half mir nicht groß weiter. Weil ich nicht anders konnte, suchte ich noch ein bisschen herum, aber es bedrückte mich. Einige der Bilder, die ich gefunden hatte, druckte ich aus – ein Hai, der ein Mädchen angreift, ein Mann, der zwischen den Twin Towers auf einem Seil balanciert, die Schauspielerin, die von ihrem richtigen Freund einen geblasen bekommt, ein Soldat, der im Irak geköpft wird, die Stelle einer Wand, an der ein berühmtes Gemälde hing, bevor es gestohlen wurde –, und ich tat die Bilder ins *Was-ich-erlebt-habe*, mein Album für alles, was in meinem Leben passiert.

Am nächsten Morgen sagte ich Mom, dass ich wieder nicht zur Schule gehen könne. Sie fragte mich, was nicht stimme. Ich erwiderte: »Das, was immer nicht stimmt.« »Bist du krank?« »Ich bin traurig.« »Wegen Dad?« »Wegen allem.« Sie setzte sich neben mich aufs Bett, obwohl sie es eigentlich eilig hatte. »Was heißt ›wegen allem‹?« Ich zählte an den Fingern auf: »Die Fleisch- und Milchprodukte in unserem Kühlschrank, Schlägereien, Autounfälle, Larry …« »Wer ist Larry?« »Der Obdachlose, der vor dem Museum of Natural History steht und beim Betteln immer sagt: ›Ist nur für Essen, ehrlich‹.« Sie drehte sich um, und während ich meine Aufzählung fortsetzte, zog ich ihr den Reißverschluss am Kleid hoch. »Dass du Larry nicht kennst, obwohl du ihn bestimmt ständig siehst, dass Buckminster immer nur schläft und frisst und ins Bad trottet und keine *raison d'etre* hat, der kleine, hässliche Typ ohne Hals, der im IMAX-Kino die Eintrittskarten einsammelt, dass die Sonne eines Tages explodiert, dass ich an jedem Geburtstag mindestens eine Sache geschenkt bekomme, die ich schon habe, arme Leute, die fett werden, weil sie Fast Food essen, weil es billiger ist …« An diesem Punkt gingen mir die Finger aus, obwohl ich gerade erst mit der Liste begonnen hatte, und weil ich wusste, dass Mom erst dann gehen würde, wenn ich alles aufgezählt hatte, sollte die Liste möglichst lang sein. »… Haustiere, dass ich ein Haustier habe, Albträume, Microsoft Windows, alte Menschen, die den ganzen Tag einsam herumsitzen, weil es niemandem einfällt, sie zu besuchen, und weil sie zu schüchtern sind, um jemanden einzuladen, Geheimnisse, Telefone mit Wählscheibe, dass chinesische Kellnerinnen ständig lächeln, selbst wenn es gar nichts Fröhliches oder Lustiges gibt, und außerdem, dass Chinesen mexikanische Restaurants besitzen, aber kein Mexikaner ein chinesisches Restaurant besitzt, Spiegel, Kassettendecks, dass ich in der Schule so unbeliebt bin, Omas Gutscheine, Lagerräume, Leute, die nicht wissen, was das Internet ist, schlechte Handschrift, schöne Lieder, dass es in fünfzig Jahren keine Menschen mehr gibt …« »Wer hat behauptet, dass es in fünfzig Jahren keine Menschen mehr gibt?« Ich fragte sie: »Bist du eine Optimistin oder eine Pessimistin?« Sie schaute auf ihre Uhr und sagte: »Ich bin *optimistisch*.« »In diesem Fall habe ich schlechte Neuigkeiten für dich, denn sobald es einfach genug ist, und das dauert nicht mehr lange, zerstört die Menschheit sich selbst.« »Warum machen dich schöne Lieder traurig?« »Weil sie nicht wahr sind.« »Nie?« »Nichts auf der Welt ist schön und wahr.« »Du klingst genau wie dein Dad.«

»Was meinst du damit, dass ich genau wie Dad klinge?« »Er hat auch solche Sachen gesagt.« »Welche Sachen?« »Ach, zum Beispiel, dass *nichts* so-und-so ist. Oder dass *alles* so-und-so ist.

Oder *versteht sich von selbst.*« Sie lachte. »Er war immer sehr apodiktisch.« »Was heißt ›apodiktisch‹?« »Dass man keinen Widerspruch duldet.« »Und was ist falsch daran, keinen Widerspruch zu dulden?« »Manchmal hat dein Dad vor lauter Bäumen den Wald nicht gesehen.« »Welchen Wald?« »Nichts.«

»Mom?« »Ja?« »Ich finde es nicht so toll, wenn du sagst, dass ich dich in bestimmten Dingen an Dad erinnere.« »Oh. Entschuldigung. Sage ich das oft?« »Du sagst es die ganze Zeit.« »Ich kann verstehen, dass du das nicht so toll findest.« »Und Oma sagt immer, dass ich sie in bestimmten Dingen an Opa erinnere. Das finde ich blöd, weil Dad und Opa nicht mehr leben. Und außerdem habe ich dann das Gefühl, nichts Besonderes zu sein.« »Das ist das Letzte, was Oma und ich wollen. Du weißt doch, dass du für uns etwas Besonderes bist, oder?« »Ich glaube schon.« »Etwas *ganz, ganz* Besonderes.«

Sie streichelte eine Weile meinen Kopf, und ihre Finger glitten hinter mein Ohr zu der Stelle, an der man fast nie berührt wird.

Ich fragte sie, ob ich nochmal ihren Reißverschluss zuziehen dürfe. Sie sagte: »Klar«, und zog ihn wieder halb runter. Sie sagte: »Ich glaube, es wäre gut, wenn du versuchen würdest, zur Schule zu gehen.« Ich sagte: »Ich versuche es ja.« »Wenigstens bis zur ersten großen Pause.« »Aber ich kann doch gar nicht aufstehen.« Lüge Nr. 6. »Und Dr. Fein hat mir geraten, auf meine Gefühle zu hören. Er hat gesagt, ich solle mir ab und zu eine Pause gönnen.« Das war keine richtige Lüge, aber auch nicht die ganze Wahrheit. »Ich möchte nur, dass es nicht zur Angewohnheit wird«, sagte sie. »Bestimmt nicht«, sagte ich. Als sie auf meine Bettdecke fasste, merkte sie offenbar, wie dick sie war, denn sie fragte mich, ob ich angezogen sei. Ich erwiderte: »Ja, und zwar, weil mir kalt ist.« Lüge Nr. 7. »Heiß ist mir natürlich sowieso.«

Sobald sie weg war, suchte ich meine Sachen zusammen und ging nach unten. »Du siehst besser aus als gestern«, meinte Stan. Ich sagte ihm, er solle sich um seinen eigenen Kram kümmern. Er sagte: »Oh, Mann.« Ich erwiderte: »Ist doch nur, weil ich mich heute schlechter fühle als gestern.«

Ich ging zum Laden für Künstlerbedarf in der 93. Straße, und ich fragte die Frau an der Tür, ob ich ihren Chef sprechen könne, denn genau das hatte Dad bei einer wichtigen Frage auch immer getan. »Was kann ich für dich tun?«, fragte sie. »Ich möchte Ihren Chef sprechen«, sagte ich. Sie sagte: »Ich weiß. Was kann ich für dich tun?« »Sie sind unbeschreiblich schön«, sagte ich zu ihr, denn sie war dick, und ich hielt das für ein besonders tolles Kompliment und hoffte, dass sie mich danach wieder mochte, obwohl ich ein Sexist war. »Danke«, erwiderte sie. Ich sagte: »Sie könnten ein Filmstar sein.« Sie schüttelte den Kopf, als wollte sie sagen: *Was zum?* »Wie auch immer«, sagte ich, und ich zeigte ihr den Umschlag und erklärte ihr, dass ich darin einen Schlüssel gefunden hätte und das passende Schloss dafür zu finden hoffte und das Wort ›Black‹ vielleicht irgendwie von Bedeutung sei. Ich wollte wissen, was sie mir über die Farbe Schwarz erzählen konnte, denn in Farben musste sie ja wohl Expertin sein. »Tja«, sagte sie, »ich weiß nicht, ob ich in irgendwas *Expertin* bin. Aber ich finde es immerhin auffällig, dass das Wort ›Black‹ mit einem roten Stift geschrieben worden ist.« Ich fragte sie, warum das auffällig sei, denn ich war davon ausgegangen, dass Dad einen der roten Stifte dafür benutzt hatte, mit denen er immer beim Lesen die *New York Times* korrigierte. »Komm mit«, sagte sie, und sie führte mich zu einem Regal, in dem zehn Stifte standen. »Schau mal.« Sie zeigte auf einen Block, der neben den Stiften lag.

how-now, brown cow?

ORANGE

Yellow.

blue

green

green

Orange

Purple

Orange

brown

purple

RED.

blue

Bridget Lee

Tom

RED.

purple

Mastanardi

black

Tom

Mastanardi

EN

blue

Rita

GRE TOM

Rita Mastanardi

orange Red

tom

purple

Tom

brown

Mike

Nat

green

Nat

pink

red

Green.

purple

purple

green

orange

brown

brown

green

BLUE

Black

»Siehst du?«, sagte sie. »Die meisten Leute schreiben die Farbe des Stiftes, den sie ausprobieren.« »Warum?« »Keine Ahnung. Ist vermutlich so ein psychologisches Ding.« »Ist psychologisch gleich geistig?« »Im Grunde schon, ja.« Ich dachte nach, und dann kam mir die Erkenntnis, dass ich das Wort ›blau‹ schreiben würde, wenn ich einen blauen Stift ausprobierte. »Was dein Dad gemacht hat – dass er den Namen einer Farbe in einer anderen Farbe geschrieben hat –, ist nicht einfach. Auf jeden Fall eher unnatürlich.« »Wirklich?« »Das hier ist noch schwieriger«, sagte sie, und sie schrieb etwas auf den nächsten Zettel und bat mich, es laut vorzulesen. Sie hatte Recht, es war ziemlich unnatürlich, denn einerseits wollte ich den Namen der Farbe sagen, und andererseits wollte ich sagen, was sie geschrieben hatte. Am Ende sagte ich gar nichts.

Ich fragte sie, was es ihrer Meinung nach zu bedeuten habe. »Tja«, sagte sie, »ich weiß nicht, ob es überhaupt etwas zu bedeuten hat. Aber schau mal: Wenn jemand einen Stift ausprobiert, schreibt er meist entweder den Namen der Farbe, die er benutzt, oder er schreibt seinen eigenen Namen. Und da ›Black‹ in Rot geschrieben ist, glaube ich fast, dass es sich um einen Namen handelt.« »Den eines Mannes oder den einer Frau?« »Und außerdem ...« »Ja?« »Außerdem ist das *B* groß geschrieben. Das deutet meiner Meinung nach ebenfalls auf einen Namen hin.« »Hammerhart!« »Wieso?« »Black wurde von Black geschrieben!« »Bitte?« »*Black* wurde von *Black geschrieben*! Ich muss Black finden!« Sie sagte: »Wenn ich dir noch irgendwie helfen kann, sag Bescheid.« »Ich liebe Sie.« »Würdest du bitte aufhören, dein Tamburin in meinem Laden zu schütteln?«

Sie ging, und ich blieb noch eine Weile stehen und versuchte, mit meinen Gedanken Schritt zu halten. Während ich darüber nachdachte, was Stephen Hawking als Nächstes getan hätte, blätterte ich den Block durch.

BLACK

Tina Cliff

green

J

pink

purple

purple

orange

BROWN

blue

blue

purple

Ray Cho

purple

purple

Sylvia

Ray Cho

blue

orange

Blue

Green

GREEN

purple

yellow

blue

Patrick

green

Patrick

blue

green

pink

Lythe!

yellow

purple

BROWN

den kannenberg

green

GREEN

purple

Pink

red

Black

Don

RAY CHO

purple

ORANGE.

Orange

Sarah

black

Dave Stanley

PURPLE

pink

blue

orange

black

red

orange

Dave Stanley

blue

blue

green

PURPLE

green

BLUE

green

brown

8

Wendy

Yellow

Yellow

Yellow

pink

MARCO

purple

blue

Kally Rica

YELLOW

Sarah

orange

GREEN

orange

RED

PARKER

blue

pink

blue

Sarah

Trisha Grand

green
Beth Feign
Yellow
black
orange
red
pink
John
black
Thomas Schell
purple
Purple
Purple
Jeremy
GREEN
orange
pink
Fred
BLU
brown
Pink
orange
BLUE
blue
green
red
GREEN
John
DENNIS
Purple
RED
BROWN
brown
blue
green
John
yellow
green
Nick

Ich riss die letzte Seite aus dem Block und rannte los, um die Chefin zu suchen. Sie half einem Kunden bei den Malpinseln, aber ich sah keinen Grund, sie nicht dabei zu stören. »Das ist mein Dad!«, sagte ich zu ihr und zeigte auf seinen Namen. »Thomas Schell!« »So ein Zufall«, sagte sie. Ich sagte zu ihr: »Die Sache ist nur, dass er nie Künstlerbedarf gekauft hat.« Sie sagte: »Vielleicht hast du nur nicht gewusst, dass er Künstlerbedarf gekauft hat.« »Vielleicht hat er auch nur einen Stift gebraucht.« Ich lief im Laden von Regal zu Regal und schaute nach, ob er noch etwas anderes ausprobiert hatte. Auf diese Weise wollte ich herausfinden, ob er tatsächlich Künstlerbedarf gekauft oder einfach nur Stifte ausprobiert hatte, weil er einen neuen brauchte.

Was ich entdeckte, war unglaublich.

Sein Name war *überall*. Er hatte Textmarker und Ölkreide und Buntstifte und Kreide und Stifte und Pastellfarben und Wasserfarben ausprobiert. Er hatte seinen Namen sogar in ein Stück Knetmasse geritzt, und da ich ein Modellierholz fand, das unten gelb war, wusste ich auch, womit er es getan hatte. Es war, als hätte er das größte Kunstprojekt aller Zeiten geplant. Ich begriff nur eines nicht: Es musste mehr als ein Jahr her sein.

Ich ging noch einmal zur Chefin. »Sie haben gesagt, dass ich Ihnen Bescheid sagen soll, wenn Sie mir noch irgendwie helfen können.« Sie sagte: »Lass mich diesen Kunden erst in Ruhe zu Ende bedienen, dann bin ich ganz für dich da.« Ich stand da, während sie den Kunden in Ruhe zu Ende bediente. Dann war sie ganz für mich da. Ich sagte: »Sie haben gesagt, dass ich Ihnen Bescheid sagen soll, wenn Sie mir noch irgendwie helfen können. Ja ... und ich muss mir alle Quittungen Ihres Ladens anschauen.« »Warum?« »Um herauszufinden, was mein Dad damals gekauft hat.« »Warum?« »Damit ich es weiß.« »Aber warum?« »Ihr Vater ist nicht umgekommen, also kann ich es Ihnen auch nicht erklären.« Sie fragte: »Dein Vater ist umgekommen?« Ich bejahte. Ich erzählte ihr, wie er ums Leben gekommen war und wie schlecht ich schlief und dass die Liste der Dinge, von denen ich Bleifüße bekam, schon fast länger war als die Liste mit den Dingen, die mich glücklich machten. Ich erzählte ihr: »Ich verpasse mir oft blaue Flecke.« Sie ging zu einer Kasse, eigentlich ein Computer, und tippte etwas ein. »Wie buchstabiert man den Namen noch gleich?« »S. C. H. E. L. L.« Sie drückte noch ein paar Tasten, zog ein Gesicht und sagte: »Nichts.« »Nichts?« »Er hat entweder nichts gekauft oder bar bezahlt.« »Scheibenkleister, warten Sie kurz.« »Bitte?« »Oskar Schell … Hallo, Mom … Weil ich im Bad bin … Weil es in meiner Tasche gesteckt hat … Hmhm. Hmhm. Ein bisschen, aber kann ich dich vielleicht zurückrufen, wenn ich nicht mehr im Bad bin? So etwa in einer halben Stunde? … Das ist jetzt zu privat … Ja, ich glaube schon … Hmhm … Hm*hm* … Okay, Mom … Klaro … Tschüs.«

»Gut, eine Frage habe ich noch.« »Sprichst du jetzt mit mir oder ins Telefon?« »Mit Ihnen. Wie lange liegen die Blöcke schon in den Regalen?« »Keine Ahnung.« »Sein Tod ist mehr als ein Jahr her. Das wäre ziemlich lange, oder?« »So lange können die Blöcke dort nicht gelegen haben.« »Sind Sie sicher?« »Ziemlich sicher.« »Wie sicher genau? Mehr als fünfundsiebzigprozentig oder weniger?« »Mehr.« »Neunundneunzigprozentig?« »Weniger.« »Neunzigprozentig?« »Ja, so ungefähr.« Ich konzentrierte mich ein paar Sekunden. »Das sind viele Prozente.«

Ich rannte nach Hause und recherchierte noch ein bisschen, und ich fand heraus, dass es in New York 472 Menschen namens Black gab. Sie hatten 216 verschiedene Adressen, weil ein paar Blacks unter einem Dach lebten, versteht sich von selbst. Ich stellte folgende Rechnung an: Wenn ich jeden Samstag zwei Blacks aufsuchen würde, was durchaus im Bereich des Möglichen lag, plus die Ferien, minus die Proben für *Hamlet* und andere Sachen wie Münz- und Mineralienbörsen, dann würde ich circa drei Jahre brauchen, um alle aufzusuchen. Aber drei Jahre der Ungewissheit wären unerträglich. Ich schrieb einen Brief.

Cher Marcel,

allô. Ich bin Oskars Mom. Ich habe schwer darüber nachgedacht, und ich bin zu dem Entschluss gelangt, dass es eigentlich keinen Grund für Oskar gibt, weiter Französischunterricht zu nehmen, und deshalb wird er von nun an nicht mehr wie bisher am Sonntag zu dir kommen. Ich möchte dir sehr herzlich für alles danken, was du ihm beigebracht hast, ganz besonders für das Konditional, denn das ist krass. Du brauchst mich nicht anzurufen, wenn Oskar nicht mehr zum Unterricht kommt, versteht sich von selbst, weil ich ja schon Bescheid weiß, weil es meine Entscheidung war. Ich werde dir aber weiterhin Schecks schicken, weil du so ein netter Kerl bist.

Votre ami dévouée,
Mademoiselle Schell

Das war mein grandioser Plan. Ich würde meine Samstage und Sonntage damit verbringen, alle Menschen namens Black aufzusuchen und herauszufinden, was sie über den Schlüssel in der Vase in Dads Kammer wussten. In anderthalb Jahren wüsste ich dann alles. Zumindest wüsste ich dann, dass ich einen neuen Plan brauchte.

Natürlich wollte ich am Abend, als ich beschloss, auf die Jagd nach dem Schloss zu gehen, mit Mom sprechen, aber ich brachte es nicht fertig. Nicht etwa, weil ich Ärger wegen meines Herumschnüffelns zu bekommen glaubte oder weil ich Angst gehabt hätte, sie könnte sauer wegen der Vase sein, und schon gar nicht, weil ich sauer war, weil sie so oft mit Ron lachte, obwohl sie das Reservoir mit ihren Tränen hätte füllen müssen. Ich kann nicht genau erklären, warum, aber ich war mir sicher, dass sie nichts von der Vase, dem Umschlag und dem Schlüssel wusste. Das Schloss war eine Sache zwischen mir und Dad.

Wenn sie mich in den acht Monaten, in denen ich in New York herumsuchte, fragte, wohin ich wolle und wann ich wiederkäme, sagte ich immer nur: »Ich gehe raus. Ich bin bald wieder da.« Was besonders krass war und worüber ich vielleicht etwas mehr hätte nachdenken sollen, war die Tatsache, dass sie mir keine weiteren Fragen stellte, nicht einmal: »Raus? Wohin genau?«, oder: »Bald? Wann genau?«, obwohl sie eigentlich so ängstlich war, besonders seit Dads Tod. (Sie hatte mir das Handy gekauft, damit wir uns immer wiederfinden konnten, und sie hatte mir gesagt, ich solle statt der U-Bahn Taxis nehmen. Sie war sogar mit mir zur Polizei gegangen, um meine Fingerabdrücke nehmen zu lassen, und das war super.) Warum machte sie sich dann plötzlich keine Sorgen mehr um mich? Jedes Mal, wenn ich unsere Wohnung verließ, um nach dem Schloss zu suchen, war mir ein bisschen leichter zumute, weil ich Dad näher kam. Aber mir wurde auch ein bisschen schwerer zumute, weil ich mich weiter von Mom entfernte.

Als ich in dieser Nacht im Bett lag, dachte ich ständig an den Schlüssel und daran, dass in New York alle $2{,}\overline{777}$ Sekunden ein Schloss zur Welt kommt. Ich zog mein *Was-ich-erlebt-habe*-Album aus dem Spalt zwischen Bett und Wand, und ich blätterte eine Weile darin herum und wünschte mir, endlich einschlafen zu können.

VOLUME
LCD BRIGHT
358min
100
F2.4
07:08:50:08
DVCAM
48K

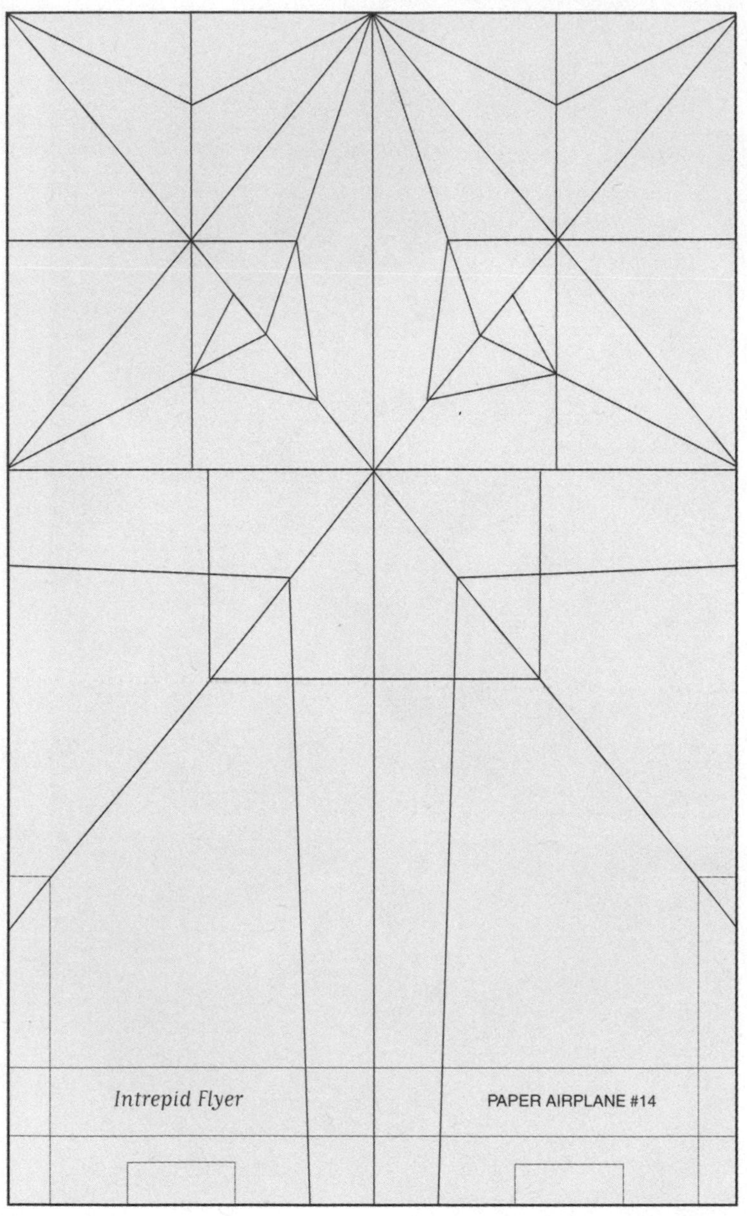
Intrepid Flyer
PAPER AIRPLANE #14

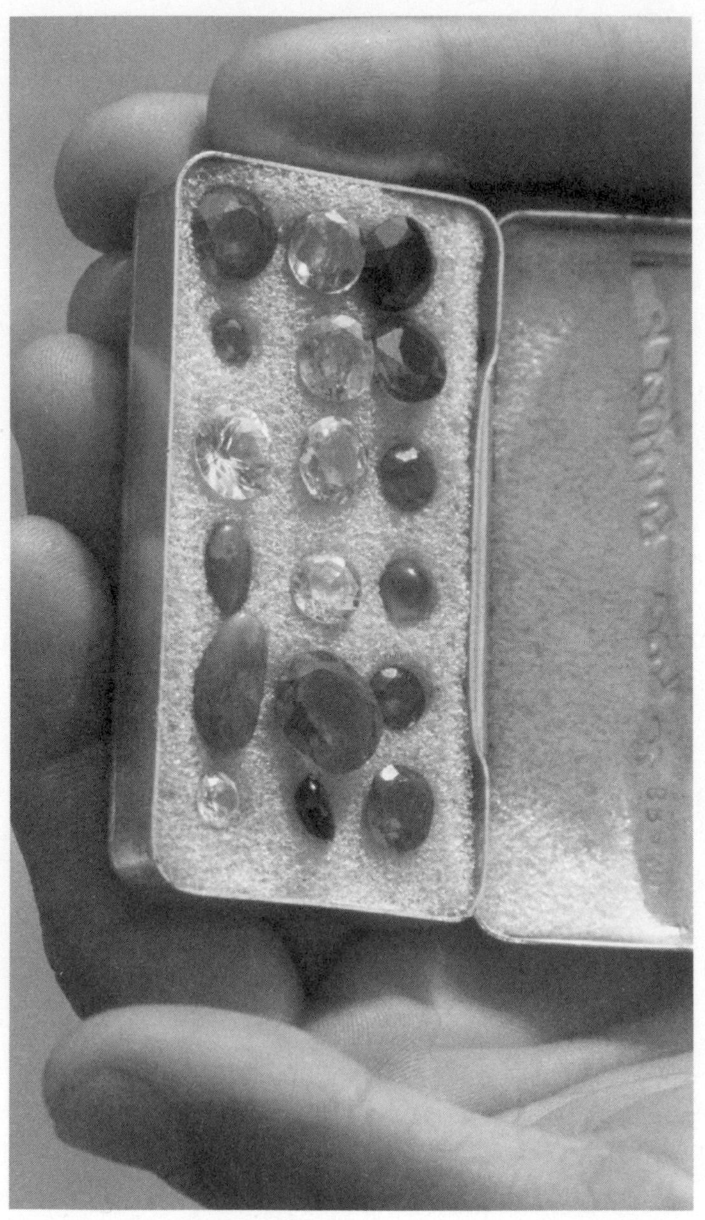

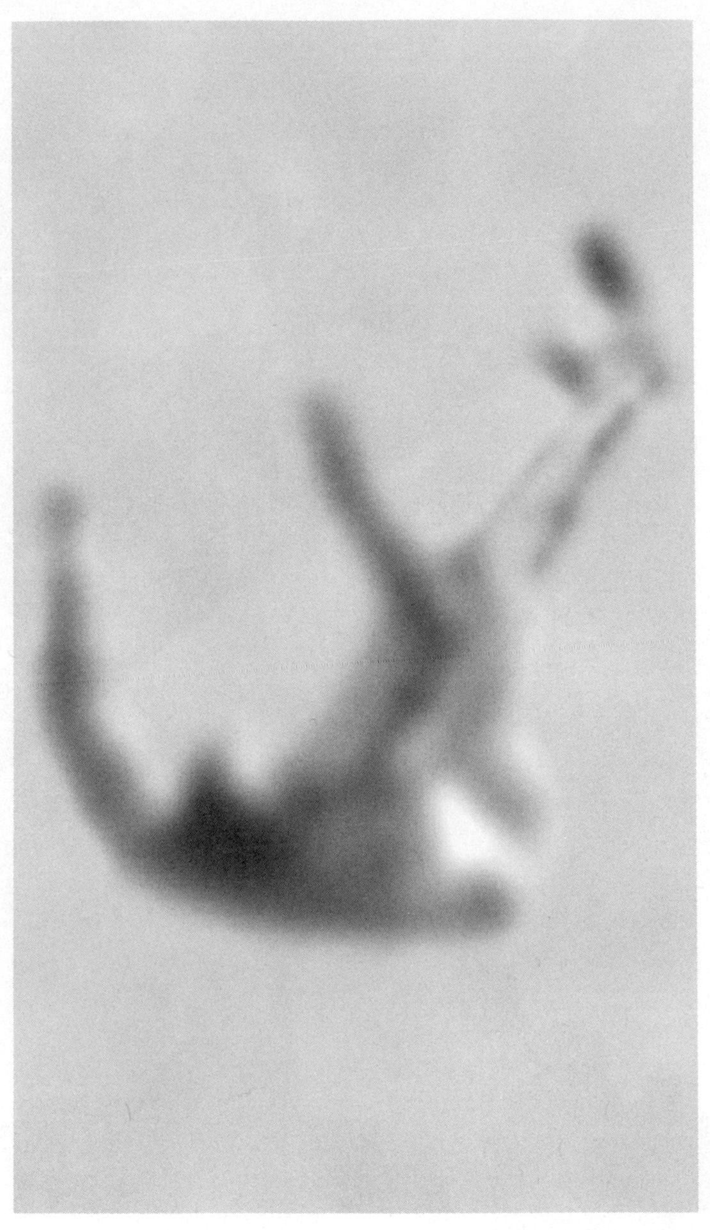

Purple

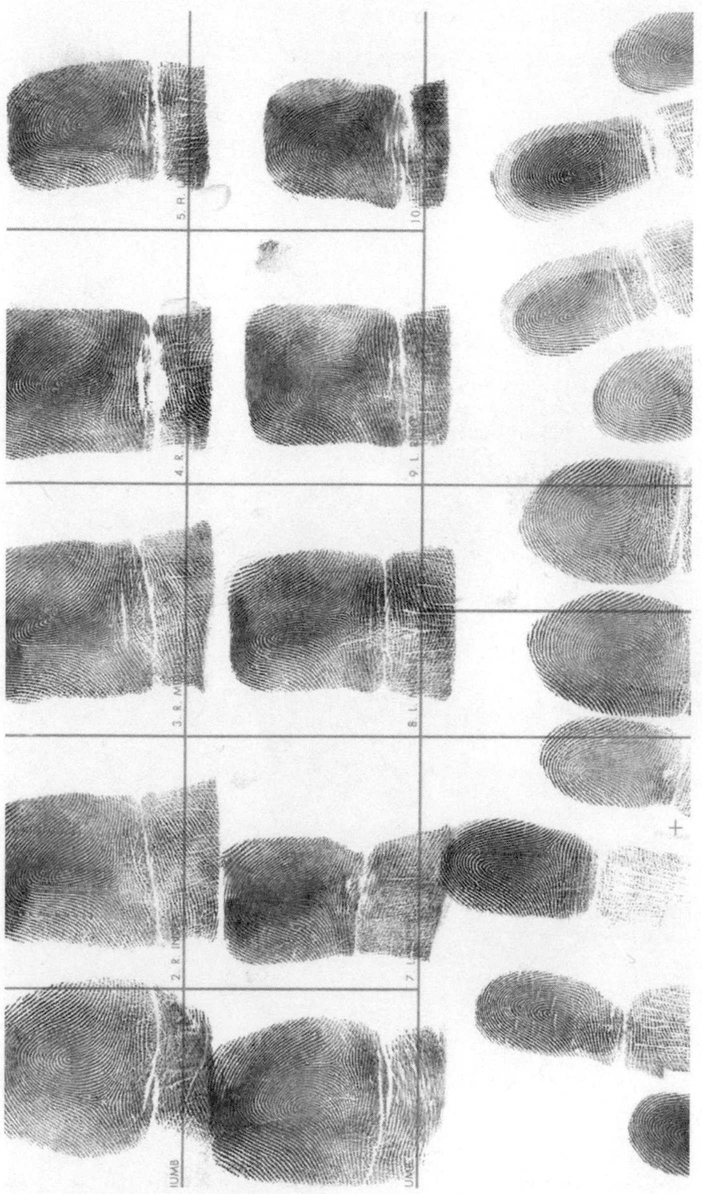

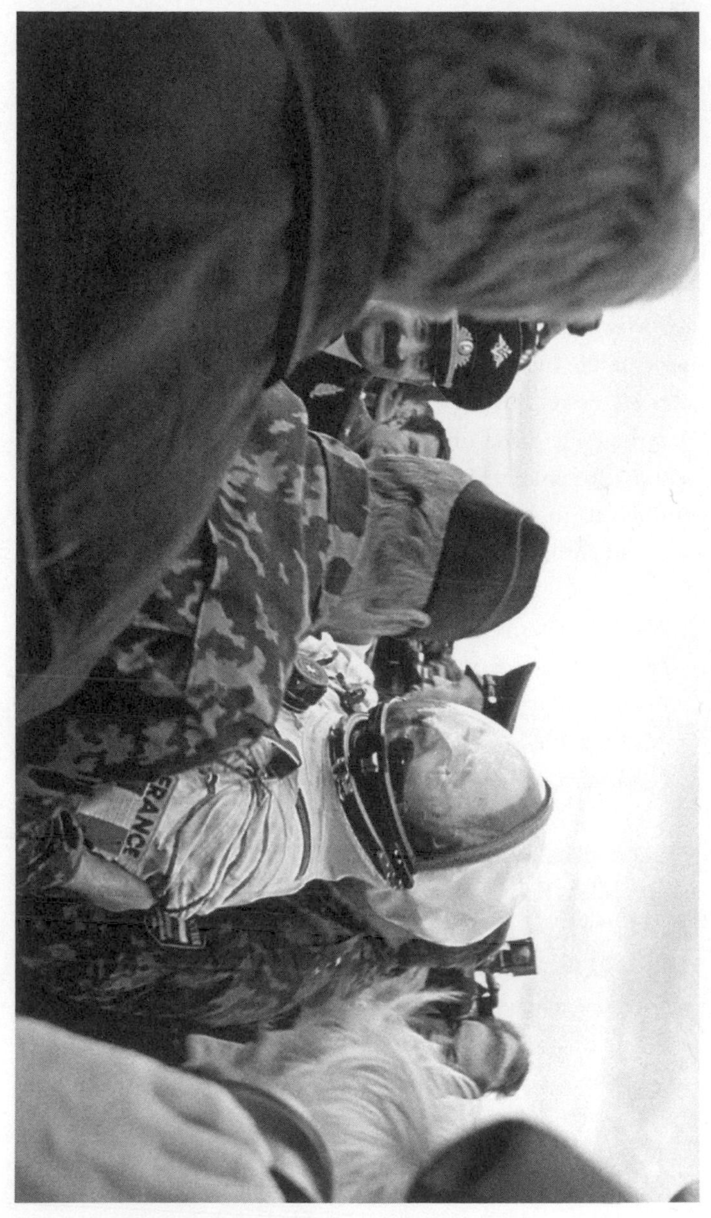
FRANCE

Nach einer Ewigkeit stieg ich aus dem Bett und ging in meine Kleiderkammer. Dort bewahrte ich das Telefon auf. Seit dem allerschlimmsten Tag hatte ich es nicht mehr hervorgeholt. Ich hatte einfach nicht gekonnt.

Ich denke ständig an die viereinhalb Minuten zwischen Dads Anruf und meiner Heimkehr. Stan streichelte mir über die Wange, eine ungewohnte Geste, und sagte: »Ich habe mich noch nie so gefreut, dich wiederzusehen.« Ich nahm zum letzten Mal den Fahrstuhl. Ich öffnete die Tür zu unserer Wohnung, stellte meine Tasche ab und zog die Schuhe aus, als wäre alles in bester Ordnung, denn ich wusste ja nicht, dass in Wahrheit alles ganz furchtbar war, und wie sollte ich das auch wissen? Ich kraulte Buckminster, um ihm zu zeigen, dass ich ihn lieb hatte. Ich ging zum Telefon, um die Anrufe abzuhören, und ich hörte sie mir der Reihe nach an.

Nachricht Eins: 8:52 Uhr
Nachricht Zwei: 9:12 Uhr
Nachricht Drei: 9:31 Uhr
Nachricht Vier: 9:46 Uhr
Nachricht Fünf: 10:04 Uhr

Ich überlegte, Mom anzurufen. Ich überlegte, Oma mit meinem Walkie-Talkie anzufunken. Ich hörte mir die Nachrichten ein zweites Mal an. Ich schaute auf meine Uhr. Es war 10:26:41 Uhr. Ich dachte daran, einfach wegzurennen und nie wieder mit jemandem zu reden. Ich dachte daran, mich unter meinem Bett zu verkriechen. Ich dachte daran, so schnell wie möglich in die Innenstadt zu fahren, um Dad irgendwie selbst zu retten. Und dann klingelte das Telefon. Ich schaute auf meine Uhr. Es war 10:26:47 Uhr.

Mom durfte diese Nachrichten niemals hören, das war klar,

denn eine meiner *rasions d'etre* besteht darin, Mom zu beschützen, und deshalb nahm ich mir das Geld, das Dad als Notreserve oben auf die Kommode gelegt hatte, und ich ging zu Radio Shack in der Amsterdam Avenue. Dort sah ich im Fernsehen, dass die Gebäude eingestürzt waren. Ich kaufte genau das gleiche Telefon noch einmal und rannte nach Hause und überspielte die Ansage unseres Anrufbeantworters auf das neue Telefon. Ich wickelte das alte Telefon in den Schal, den Oma nie fertig bekam, weil ich immer auf meiner Intimsphäre bestand, und ich steckte beides in eine Einkaufstüte, und ich steckte die Tüte in einen Karton, und diesen Karton steckte ich in einen anderen Karton, und ich versteckte ihn in meiner Kleiderkammer unter einem Haufen Zeug, wie zum Beispiel der Werkbank, auf der ich Schmuck bastele, und den Sammelalben für ausländische Münzen.

Doch in der Nacht, als ich die Suche nach dem Schloss zu meiner obersten *raison d'etre* erhob – jener *raison*, die über allen anderen stand –, musste ich die Nachrichten unbedingt hören.

Ich achtete höllisch darauf, keinen Lärm zu machen, als ich das Telefon aus den schützenden Hüllen holte. Obwohl ich es ganz leise gestellt hatte, damit Mom nicht wach wurde, füllte Dads Stimme das ganze Zimmer wie Licht, das schwach ist, den Raum aber trotzdem erhellt.

Nachricht Zwei. 9:12. Ich bin es nochmal. Seid ihr da? Hallo? Tut mir Leid, wenn. Es langsam etwas. Verraucht ist. Ich hatte gehofft, ihr wärt. Zu. Hause. Keine Ahnung, ob ihr wisst, was passiert ist. Aber. Ich. Will euch nur sagen, dass es mir gut geht. Alles. Ist. Okay. Ruft Oma an, wenn ihr diese Nachricht abhört. Sagt ihr, dass es mir gut geht. Ich melde mich bald wieder. Dann ist die Feuerwehr hoffentlich. Schon hier oben. Ich melde mich.

Ich wickelte das Telefon wieder in den halb fertigen Schal, steckte beides wieder in die Tüte, steckte die Tüte wieder in die eine Kiste und diese in die andere und versteckte alles unter einem Haufen Zeug in meiner Kleiderkammer.

Ich starrte eine Ewigkeit die Sterne an, die an meiner Zimmerdecke klebten.

Ich erfand etwas.

Ich verpasste mir einen blauen Fleck.

Ich erfand etwas.

Ich stieg aus dem Bett, ging zum Fenster und nahm das Walkie-Talkie. »Oma? Oma, hörst du mich? Oma? Oma?« »Oskar?« »Mir geht es gut. Over.«

»Es ist spät. Was ist denn los? Over.« »Habe ich dich geweckt? Over.« »Nein. Over.« »Was hast du gerade gemacht? Over.« »Ich habe mich mit dem Mieter unterhalten. Over.« »Ist er noch wach? Over.« Mom hatte zwar gesagt, ich solle keine Fragen nach dem Mieter stellen, aber manchmal konnte ich einfach nicht anders. »Ja«, sagte Oma, »aber er ist gerade gegangen. Er muss noch ein paar Besorgungen machen. Over.« »Um zwölf nach vier? Over.«

Der Mieter lebte seit Dads Tod bei Oma, und obwohl ich sie fast jeden Tag in ihrer Wohnung besuchte, war ich ihm noch nie begegnet. Er war ständig unterwegs, um etwas zu besorgen, oder er machte ein Nickerchen, oder er stand unter der Dusche, obwohl ich nie Wasser laufen hörte. Mom sagte zu mir: »Als Oma fühlt man sich irgendwann bestimmt ziemlich einsam, meinst du nicht?« Ich erwiderte: »Vermutlich fühlt sich jeder irgendwann ziemlich einsam.« »Aber sie hat keine Mom und auch keine Freunde wie Daniel und Jake und schon gar keinen Buckminster.« »Stimmt.« »Vielleicht braucht sie einfach einen imaginären Freund.« »Aber ich bin doch wirklich«, sagte ich. »Ja, und sie verbringt sehr gern Zeit mit dir. Aber du gehst zur Schule und triffst dich mit Freunden und probst für *Hamlet* und hast all deine Hobbys …« »Bitte nenn sie nicht Hobbys.« »Ich will ja auch nur sagen, dass du nicht die ganze Zeit bei ihr sein kannst. Und außerdem wäre es ja gut möglich, dass sie einen gleichaltrigen Freund braucht.« »Woher weißt du, wie alt ihr imaginärer Freund ist?« »Das kann ich natürlich nicht wissen.«

Sie sagte: »Ist doch nicht schlimm, wenn man einen Freund braucht.« »Meinst du jetzt Ron?« »Nein, ich meine Oma.« »Außer, dass du eigentlich Ron meinst.« »Nein, Oskar, ich meine ihn nicht. Und ich mag es nicht, wenn du in diesem Ton mit mir sprichst.« »In welchem Ton denn?« »Du hast wieder diesen vorwurfsvollen Ton gehabt.« »Ich weiß doch überhaupt nicht, was vorwurfsvoll ist. Wie kann ich da so einen Ton haben?« »Du wolltest nur, dass ich mich schlecht fühle, weil ich einen Freund brauche.« »Nein, wollte ich nicht.« Sie legte sich die Hand mit dem Ring aufs Haar und sagte: »Weißt du, Oskar, ich habe *wirklich* Oma gemeint, aber natürlich stimmt es, dass auch ich Freunde brauche. Was ist falsch daran?« Ich zuckte mit den Schultern. »Glaubst du nicht, dass Dad mir Freunde gegönnt hätte?« »Ich habe nicht so einen Ton gehabt.«

Oma wohnt im Haus gegenüber. Wir sind im fünften Stock, und sie ist im dritten, aber der Unterschied ist nicht besonders groß. Manchmal hängt sie Nachrichten für mich ins Fenster, die ich mit meinem Fernglas lesen kann, und einmal haben Dad und ich einen ganzen Nachmittag an einem Papierflieger gebastelt, den wir von unserer Wohnung in ihre werfen wollten. Stan stand unten auf der Straße und sammelte die Fehlwürfe ein. Ich kann mich noch an eine Nachricht erinnern, die sie nach Dads Tod schrieb: »Verlass mich nicht.«

Oma steckte den Kopf aus dem Fenster und legte ihren

Mund so unglaublich dicht ans Walkie-Talkie, dass ihre Stimme ganz verzerrt klang. »Alles in Ordnung? Over.« »Oma? Over.« »Ja? Over.« »Warum sind Streichhölzer so kurz? Over.« »Wie meinst du das? Over.« »Naja, sie brennen so schnell ab. Am Ende muss man sich immer beeilen, und manchmal verbrennt man sich sogar die Finger. Over.« »Ich bin natürlich nicht die Klügste«, meinte sie und machte sich damit wie immer klein, bevor sie ihre Meinung sagte, »aber ich glaube, dass Streichhölzer so kurz sind, damit sie in die Hosentasche passen. Over.« »Ja«, sagte ich. Ich hatte das Kinn auf die Hand und meinen Ellbogen auf die Fensterbank gestützt. »Das glaube ich auch. Aber wie wäre es, wenn Hosentaschen viel größer wären? Over.« »Tja, das weiß ich auch nicht so genau, aber wenn Hosentaschen sehr viel tiefer wären, wäre es natürlich mühsam, ganz unten dranzukommen. Over.« »Stimmt«, sagte ich, und weil die eine Hand müde wurde, nahm ich das Walkie-Talkie in die andere. »Wie wäre es mit einer tragbaren Hosentasche? Over.« »Eine tragbare Hosentasche? Over.« »Ja. So ähnlich wie eine Socke, aber mit einem Klettband außen, damit man sie überall dranmachen kann. Sie wäre natürlich nicht wie eine Tragetasche, weil sie zur Kleidung gehörte, und eigentlich wäre es gar keine richtige Hosentasche, weil sie außen säße und man sie abmachen könnte, was viele Vorteile hätte, zum Beispiel, dass es leichter ist, seinen Kram umzuräumen, wenn man sich umzieht, und dass man größere Sachen mitnehmen kann, weil die Tasche ja abnehmbar und ziemlich tief ist. Over.« Sie legte sich eine Hand auf das Nachthemd, dorthin, wo ihr Herz schlug, und sagte: »Hört sich große Klasse an. Over.« »Eine tragbare Tasche würde verhindern helfen, dass man sich zu oft die Finger an zu kurzen Streichhölzern verbrennt«, sagte ich, »und auch, dass man zu oft trockene Lippen wegen zu kurzer Labellos hat. Und überhaupt – warum sind

Schokoriegel so kurz? Hast du etwa je einen Schokoriegel gegessen, ohne danach noch mehr zu wollen? Over.« »Ich mag keine Schokolade«, sagte sie, »aber ich weiß, was du meinst. Over.« »Die Kämme könnten auch länger sein, sodass der Scheitel schnurgerade wäre, und es würde größere Mandys geben …« »Mandys?« »Handys für Männer.« »Ja, natürlich.« »Und größere Mandys sind leichter zu halten, vor allem, wenn man so dicke Finger hat wie ich, und wahrscheinlich könnte man die Vögel, die einen retten, sogar darauf dressieren, ihren Scheibenkleister in die tragbare Hosentasche zu machen …« »Wie meinst du das?« »Wenn du dein *Vogelfutter-Hemd* trägst.«

»Oskar? Over.« »Mir geht es gut. Over.« »Was ist los mit dir, mein Schatz? Over.« »Wie meinst du das, was mit mir los ist? Over.« »Was ist los mit dir? Over.« »Ich vermisse Dad. Over.« »Ich vermisse ihn auch. Over.« »Ich vermisse ihn sehr. Over.« »Ich auch. Over.« »Die ganze Zeit. Over.« »Die ganze Zeit. Over.« Ich konnte ihr nicht erklären, dass ich ihn *mehr* vermisste, mehr als sie oder irgendjemand sonst, weil ich ihr nichts vom Telefon erzählen konnte. Dieses Geheimnis war wie ein Loch in meinem Inneren, das jedes noch so kleine bisschen Freude verschluckte. »Habe ich dir je erzählt, dass Opa, selbst, wenn er es eilig hatte, bei jedem Tier angehalten hat, um es zu streicheln? Over.« »Das hast du mir gugolplexviele Male erzählt. Over.« »Oh. Und dass seine Hände von der Bildhauerei so rau und rot waren, dass ich ihn manchmal geneckt habe und sagte, in Wahrheit würden die Skulpturen seine Hände formen und nicht umgekehrt? Over.« »Das auch. Aber du kannst es mir gern nochmal erzählen, wenn du magst. Over.« Sie erzählte es mir nochmal.

Unten auf der Straße fuhr ein Rettungswagen vorbei, und ich versuchte mir vorzustellen, wer darin lag und was ihm passiert sein konnte. Hatte er sich den Fuß gebrochen, als er auf seinem Skateboard irgendein tolles Kunststück ausprobiert hatte? Oder lag er im Sterben, weil er an neunzig Prozent seines Körpers Verbrennungen dritten Grades erlitten hatte? Kannte ich ihn? Fragte sich jemand, der den Rettungswagen sah, ob ich darin lag?

Wie wäre es mit einem Gerät, das alle Menschen erkennt, die einen kennen? Wenn dann ein Rettungswagen auf der Straße vorbeifährt, könnte auf dem Dach groß angezeigt werden

KEINE SORGE! KEINE SORGE!

wenn das Gerät des Kranken in der Nähe keine Geräte von Bekannten ortet. Und wenn das Gerät *doch* das Gerät eines Bekannten ortet, würde der Rettungswagen den Namen des Kranken und den Satz

ES IST NICHTS ERNSTES! ES IST NICHTS ERNSTES!

anzeigen, oder, wenn es doch etwas Ernstes ist,

ES IST ETWAS ERNSTES! ES IST ETWAS ERNSTES!

Vielleicht könnte man seine Bekannten ja auch in eine Rangfolge bringen, je nachdem, wie sehr man sie mag, und wenn das Gerät des Kranken das Gerät des Menschen ortet, den er am meisten liebt oder von dem er am meisten geliebt wird, und wenn die Person im Rettungswagen richtig schlimm verletzt ist und vielleicht sogar in Todesgefahr schwebt, würde der Rettungswagen Folgendes anzeigen:

MACH'S GUT! ICH LIEBE DICH! MACH'S GUT! ICH LIEBE DICH!

Schön ist auch der Gedanke, dass die Person im Rettungswagen bei vielen Menschen ganz oben auf der Liste steht, und wenn die Person dann im Sterben liegt und der Rettungswagen durch die Straßen zum Krankenhaus rast, würde er die ganze Zeit anzeigen:

MACH'S GUT! ICH LIEBE DICH! MACH'S GUT! ICH LIEBE DICH!

»Oma? Over.« »Ja, mein Schatz? Over.« »Wenn Opa so toll war, warum ist er dann gegangen? Over.« Sie trat zurück und verschwand in ihrer Wohnung. »Er wollte nicht gehen. Er musste gehen. Over.« »Aber warum musste er gehen? Over.« »Ich weiß nicht. Over.« »Bist du nicht wütend deswegen? Over.« »Weil er gegangen ist? Over.« »Weil du nicht weißt, warum. Over.« »Nein. Over.« »Traurig? Over.« »Natürlich. Over.« »Warte kurz«, sagte ich, und ich rannte zu meiner Ausrüstung und schnappte mir Opas Kamera. Ich nahm sie mit zu meinem Fenster und machte ein Foto von Omas Fenster. Das Blitzlicht erhellte die zwischen uns liegende Straße.

10. *Walt*
9. *Lindy*
8. *Alicia*

Oma sagte: »Ich kann nur hoffen, dass du niemals jemanden mehr liebst, als ich dich liebe. Over.«

7. *Farley*

6. *The Minch/Toothpaste (gleichauf)*
5. *Stan*

Ich hörte, wie sie mir eine Kusshand zuwarf.

4. *Buckminster*
3. *Mom*

Ich warf ihr eine Kusshand zurück.

2. *Oma*

»Over und Ende«, sagte einer von uns.

1. *Dad*

Wir brauchen viel größere Hosentaschen, dachte ich, als ich im Bett lag und die Minuten herunterzählte, die ein normaler Mensch zum Einschlafen braucht. Wir brauchen riesengroße Hosentaschen, Hosentaschen für die ganze Familie und alle Freunde und auch die Menschen, die nicht auf unserer Liste stehen, Menschen, denen wir nie begegnet sind, die wir aber trotzdem beschützen wollen. Wir brauchen Hosentaschen für Stadtbezirke, ja für ganze Städte, eine Hosentasche, in die die ganze Erde passt.

Acht Minuten und zweiunddreißig Sekunden …

Aber ich wusste natürlich, dass es keine so riesengroßen Hosentaschen geben konnte und dass am Ende jeder alles verliert. Das konnte keine Erfindung verhindern, und deshalb kam ich mir in dieser Nacht wie die Schildkröte vor und hatte das Gefühl, dass im Universum alles übereinander gestapelt ist.

Einundzwanzig Minuten und elf Sekunden …

Was den Schlüssel betraf, so hatte ich ihn neben meinem Haustürschlüssel am Band befestigt und trug ihn wie einen Anhänger um den Hals.

Was mich betraf, so lag ich stundenlang wach. Buckminster rollte sich neben mir zusammen, und um nicht zu viel zu grübeln, konjugierte ich eine Weile.

Je suis

Tu es

Il/elle est

Nous sommes

Vous êtes

Ils/elles sont

Je suis

Tu es

Il/elle est

Nous

Als ich mitten in der Nacht erwachte, lagen Buckminsters Pfoten auf meinen Augenlidern. Er hatte offenbar gespürt, dass ich Albträume hatte.

MEINE GEFÜHLE

12. September 2003

Lieber Oskar,

diese Zeilen schreibe ich dir vom Flughafen.

Ich habe dir so viel zu sagen. Ich möchte ganz am Anfang beginnen, denn das hast du verdient. Ich möchte dir alles erzählen, ohne irgendetwas auszulassen. Aber wo liegt der Anfang? Und was ist alles?

Inzwischen bin ich eine alte Frau, aber ich war einmal ein Mädchen. Wirklich. Ich war ein Mädchen, so wie du ein Junge bist. Zu Hause bestand eine meiner Pflichten darin, die Post hereinzuholen. Eines Tages lag ein Brief an uns im Kasten. Er war an kein bestimmtes Familienmitglied adressiert. Vielleicht ist er ja für mich, dachte ich. Ich öffnete ihn. Ein Zensor hatte im Text zahlreiche Wörter unkenntlich gemacht.

14. Januar 1921

An den Empfänger dieses Briefes:

Ich heiße XXXXXXXXX XXXXXXXXXX, und ich bin XXXXXXXX im türkischen Arbeitslager XXXXXX, Block XXX. Ich weiß, dass ich froh sein kann, noch am Leben und XXXXXXX zu sein. Ich habe beschlossen, Ihnen zu schreiben, obwohl ich Sie nicht kenne. Meine Eltern XXXXXXX XXXXXX XXXXX. Meine Brüder und Schwestern XXX XXXXXXXXXXXX, der hauptsächliche XXXXXX XX

XXXXX XXXXXXXXXX! Seit ich hier bin, habe ich jeden Tag XXXXX XXX XXXXXX XXXXXX geschrieben. Ich tausche Brot gegen Briefmarken, habe aber noch nie eine Antwort bekommen. Manchmal tröstet mich der Gedanke, dass sie die Briefe, die wir schreiben, nicht aufgeben. XXXX XXX XXXXXXXX oder wenigstens XXXXX? XXXX XXXX in meinem ganzen XXXXXX XXXX XXXXXXX. XXX XXX XX XXXXX, und XXXXX XX XXXXX XX XXX, ohne je XXX XX XXXXXX, XXX XXXXXXXX XXX XXXXX Albtraum?

XXX XXXX XXX XXXX XXXXX! XXXXX XX XXX XX XXX XX XXXX, mir ein paar Worte zu schreiben. Sie können nicht ahnen, wie wichtig mir das wäre. Viele der XXXXXXXXXX haben Post bekommen, deshalb weiß ich, dass XXX XXXXXXXX XXXXXXXXXX. Nennen Sie mir nicht nur Ihren Namen, sondern tun Sie bitte auch ein Foto mit in den Umschlag. Tun Sie alles mit hinein.

Voller Hoffnung
und sehr herzlich,
Ihr XXXXXXXX XXXXXXXXX

Ich brachte den Brief sofort in mein Zimmer. Ich schob ihn unter die Matratze. Ich verschwieg ihn meinen Eltern. Wochenlang lag ich nachts wach und überlegte. Warum hatte man diesen Mann in ein türkisches Arbeitslager gesteckt? Warum war der Brief mit fünfzehn Jahren Verspätung angekommen? Wo war er in diesen fünfzehn Jahren gewesen? Warum hatte niemand auf seine Briefe geantwortet? Wie er schrieb, hatten andere Post bekommen. Warum hatte er den Brief an uns adressiert? Woher kannte er den Namen meiner Straße? Wie konnte er von Dresden wissen? Wo hatte er Deutsch gelernt? Was war aus ihm geworden?

Ich versuchte, anhand des Briefes so viel wie möglich über

den Mann herauszufinden. Seine Sprache war schlicht. Brot heißt Brot. Post heißt Post. Voller Hoffnung heißt voller Hoffnung heißt voller Hoffnung. Mir blieb nur die Handschrift.

Also bat ich meinen Vater, deinen Urgroßvater, den besten und warmherzigsten Menschen, den ich kannte, mir einen Brief zu schreiben. Ich sagte ihm, es sei egal, was er schreibe. Schreib einfach, sagte ich. Schreib irgendetwas.

Mein Schatz,

Du hast mich gebeten, dir einen Brief zu schreiben, also schreibe ich dir einen Brief. Ich kenne weder den Grund noch weiß ich, was ich schreiben soll, aber ich schreibe ihn trotzdem, denn ich liebe dich sehr und vertraue darauf, dass du einen guten Grund hast, mich um diesen Brief zu bitten. Ich hoffe, dass du eines Tages die Erfahrung machen wirst, für einen geliebten Menschen etwas zu tun, das du nicht verstehst.

Dein Vater

Dieser Brief ist die einzige Erinnerung an meinen Vater, die mir geblieben ist. Ich habe nicht einmal mehr ein Bild.

Als Nächstes ging ich zum Gefängnis. Dort arbeitete mein Onkel als Wärter. Ich konnte die Schriftprobe eines Mörders bekommen. Mein Onkel forderte ihn auf, einen Antrag auf vorzeitige Entlassung zu stellen. Damit spielten wir diesem Mann einen schrecklichen Streich.

An die Gefängnisleitung:

Mein Name ist Kurt Schlüter. Ich bin Häftling Nr. 24922. Ich sitze seit einigen Jahren ein. Ich weiß nicht genau, wie lange. Wir haben keine Kalender. Ich zähle die Tage mit Kreidestrichen an der Wand. Aber wenn es regnet, während ich schlafe, läuft das Wasser an der Wand hinunter. Und wenn ich aufwache, sind die Striche weg. Deshalb weiß ich nicht genau, wie lange ich hier bin.

Ich habe meinen Bruder ermordet. Ich habe ihm mit einer Schaufel den Schädel eingeschlagen. Mit derselben Schaufel habe ich ihn danach im Hof vergraben. Die Erde war rot. An der Stelle, wo seine Leiche lag, wuchs Unkraut. Nachts kniete ich mich dort manchmal hin und zog es aus, damit niemand etwas merkte.

Ich habe etwas Schreckliches getan. Ich glaube an ein Leben nach dem Tod. Ich weiß, dass man nichts wieder ungeschehen machen kann. Ich wünschte, meine Tage könnten weggewaschen werden wie die Kreidestriche an der Wand.

Ich habe versucht, ein besserer Mensch zu werden. Ich helfe den anderen Gefangenen bei ihren täglichen Pflichten. Ich habe Geduld gelernt.

Vielleicht interessiert es Sie nicht, aber mein Bruder hatte eine Affäre mit meiner Frau. Meine Frau habe ich nicht umgebracht. Ich möchte zu ihr zurückkehren, denn ich habe ihr vergeben.

Wenn Sie mich entlassen, werde ich ein guter Mensch sein, still und unauffällig.

Bitte erwägen Sie meinen Antrag.

Kurt Schlüter, Häftling Nr. 24922

Mein Onkel erzählte mir später, dass dieser Häftling mehr als vierzig Jahre im Gefängnis gesessen hatte. Er war als junger Mann verurteilt worden. Als er mir den Brief schrieb, war er alt und gebrochen. Seine Frau hatte längst wieder geheiratet. Sie hatte Kinder und Enkel. Obwohl er nie davon sprach, wusste ich, dass sich mein Onkel mit dem Häftling angefreundet hatte. Auch er hatte seine Frau verloren, und auch er war im Gefängnis. Er sprach nie davon, aber ich hörte an seiner Stimme, dass er Anteil am Schicksal des Häftlings nahm. Sie passten gegenseitig aufeinander auf. Und als ich einige Jahre später fragte, was aus dem Häftling geworden sei, erzählte mir mein Onkel, dass er immer noch einsitze. Er schrieb immer noch Briefe an die Gefängnisleitung. Er machte sich immer noch Vorwürfe und vergab immer noch seiner Frau, ohne zu ahnen, dass seine Worte niemanden erreichten. Mein Onkel ließ sich alle Briefe geben und versprach jedes Mal, sie weiterzuleiten. Aber stattdessen behielt er sie. Die Schubladen seiner Kommode waren voll davon. Ich weiß noch, dass mir der Gedanke kam, dass dies einen Menschen zum Selbstmord treiben konnte. Ich hatte Recht. Mein Onkel, dein Urgroßonkel, beging Selbstmord. Es kann natürlich auch sein, dass es nicht an dem Häftling lag.

Nun hatte ich die drei Schriftproben zum Vergleichen. Ich konnte erkennen, dass die Handschrift des Zwangsarbeiters eher der meines Vaters als der des Mörders glich. Aber ich brauchte noch mehr Briefe. So viele wie möglich.

Also ging ich zu meinem Klavierlehrer. Ich hätte ihn immer gern geküsst, aber ich hatte Angst, dass er mich auslachen würde. Ich bat ihn um einen Brief.

Dann bat ich die Schwester meiner Mutter. Sie liebte den Tanz, aber sie hasste das Tanzen.

Ich bat meine Schulkameradin Maria, mir einen Brief zu schreiben. Sie war lebenslustig und witzig. Sie lief gern nackt in ihrem leeren Haus herum, auch, als sie eigentlich schon zu alt dafür war. Nichts war ihr peinlich. Das bewunderte ich sehr, weil mir alles peinlich war, und das machte mich verletzlich. Sie hüpfte gern auf ihrem Bett herum. Sie hüpfte so viele Jahre auf ihrem Bett herum, dass eines Nachmittags, als ich ihr beim Hüpfen zuschaute, die Nähte von Kissen und Deckbett platzten. Das kleine Zimmer war voller Federn. Unser Lachen hielt die Federn in der Luft. Ich dachte über Vögel nach. Konnten sie auch fliegen, wenn niemand in der Nähe war, der lachte?

Ich ging zu meiner Großmutter, deiner Ururgroßmutter, und bat sie, mir einen Brief zu schreiben. Sie war die Mutter meiner Mutter. Die Mutter der Mutter der Mutter deines Vaters. Ich kannte sie nicht gut. Ich wollte sie auch gar nicht wirklich kennen lernen. Ich dachte wie ein Kind: Die Vergangenheit brauche ich nicht. Mir fiel nie ein, dass die Vergangenheit mich brauchen könnte.
Was für einen Brief?, fragte meine Großmutter.
Ich sagte ihr, sie könne schreiben, was sie wolle.
Du möchtest einen Brief von mir haben?, fragte sie.
Ich bejahte.
Oh, Gott segne dich, sagte sie.
Sie gab mir einen siebenundsechzig Seiten langen Brief. Er enthielt ihre ganze Lebensgeschichte. Sie hatte mein Anliegen zu ihrem gemacht. Hör mir zu.
Ich habe so viel erfahren. In ihrer Jugend hatte sie gesungen. Sie war als Mädchen in Amerika gewesen. Das war mir neu. Sie hatte sich so oft verliebt, dass sie irgendwann argwöhnte, überhaupt keine echte Liebe, sondern etwas viel Gewöhnlicheres zu empfinden. Ich erfuhr, dass sie nie Schwimmen gelernt hatte und gerade deshalb Flüsse und Seen liebte. Sie bat ihren Vater, meinen Urgroßvater und deinen Ururgroßvater, ihr eine Taube zu schenken. Stattdessen bekam sie einen Seidenschal von ihm. Also stellte sie sich vor, der Schal wäre eine Taube. Sie stellte sich sogar vor, dass er fliegen könne und es nur deshalb nicht tue, weil er seine wahre Identität nicht verraten wolle. So sehr liebte sie ihren Vater.
Der Brief wurde zerstört, aber seinen letzten Absatz weiß ich noch auswendig.
Sie schrieb: Am liebsten wäre ich wieder ein Mädchen und könnte mein Leben noch einmal von vorn beginnen. Ich habe viel mehr gelitten, als nötig gewesen wäre. Und meine

Freude war nie ganz ungetrübt. Ich hätte ein ganz anderes Leben führen können. Als ich in deinem Alter war, schenkte mir mein Großvater ein Rubinarmband. Es war mir zu groß und rutschte am Arm auf und ab. Es war fast eine Halskette. Später erzählte er mir, dass er es genau so beim Goldschmied bestellt habe. Die Größe sollte ein Maß seiner Liebe sein. Je mehr Rubine, desto größer die Liebe. Aber ich konnte es nicht gut tragen. Ich konnte es überhaupt nicht tragen. Und genau das will ich dir eigentlich sagen. Wenn ich dir jetzt ein Armband schenkte, wäre es doppelt so groß wie dein Handgelenk.

In Liebe,

deine Großmutter

Ich hatte Briefe von allen Menschen, die ich kannte. Ich breitete sie auf dem Fußboden meines Schlafzimmers aus und ordnete sie nach Gemeinsamkeiten. Einhundert Briefe. Ich ordnete sie immer wieder neu nach ihren Bezügen. Ich wollte begreifen.

Sieben Jahre später tauchte ein Freund aus meiner Jugendzeit in dem Augenblick wieder auf, als ich ihn am dringendsten brauchte. Ich war erst zwei Monate in Amerika. Ich wurde von einer Agentur unterstützt, musste aber bald selbst für mich sorgen. Ich wusste nicht, wie ich für mich sorgen sollte. Ich las den ganzen Tag Zeitungen und Zeitschriften. Ich wollte eine richtige Amerikanerin werden. Ich lernte alle Redewendungen. Chew the fat. Blow off some steam. Close but no cigar. Rings a bell. Ich habe mich bestimmt lächerlich angehört. Eigentlich wollte ich nur natürlich klingen. Ich gab die Sache auf.

Ich hatte ihn nicht mehr gesehen, seit ich alles verloren hatte. Ich hatte nie mehr an ihn gedacht. Er war mit Anna, meiner älteren Schwester, befreundet gewesen. Eines Nachmittags ertappte ich sie beim Küssen auf dem Feld hinter der Laube, die hinter unserem Haus stand. Ich war unglaublich aufgeregt. Ich hatte das Gefühl, als würde ich selbst jemanden küssen. Ich hatte noch nie geküsst. Ich war noch aufgeregter, als wenn ich selbst geküsst hätte. Unser Haus war klein. Anna und ich teilten ein Bett. Abends erzählte ich ihr, was ich gesehen hatte. Sie bat mich, die Sache für mich zu behalten. Ich versprach es.

Sie sagte: Warum sollte ich dir glauben?

Ich hätte am liebsten erwidert: Weil das, was ich gesehen habe, nicht mehr mir gehört, wenn ich es weitererzähle. Ich sagte: Weil ich deine Schwester bin.

Danke.

Darf ich euch beim Küssen zuschauen?

Ob du uns beim Küssen zuschauen darfst?

Du könntest mir ja sagen, wo ihr euch küsst, und dann verstecke ich mich dort und schaue euch zu.

Sie lachte so sehr, dass sie einen ganzen Vogelschwarm aufgescheucht hätte. Das war ihre Art einzuwilligen.

Manchmal küssten sie sich auf dem Feld hinter der Laube, die hinter unserem Haus stand. Manchmal küssten sie sich auf dem Schulhof hinter der Backsteinmauer. Sie küssten sich immer hinter irgendetwas.

Ich fragte mich, ob sie es ihm erzählt hatte. Ich fragte mich, ob sie spüren konnte, dass ich ihnen zuschaute, ob es die Sache aufregender für sie machte.

Warum hatte ich sie gebeten, zuschauen zu dürfen? Warum hatte sie eingewilligt?

Als ich etwas über den Zwangsarbeiter herausfinden wollte, ging ich auch zu Annas Freund. Ich ging zu jedem.

An Annas süße, kleine Schwester,

hier ist der Brief, um den du mich gebeten hast. Ich bin fast zwei Meter groß. Ich habe braune Augen. Angeblich habe ich große Hände. Ich möchte Bildhauer werden, und ich möchte deine Schwester heiraten. Mehr Träume habe ich nicht. Ich könnte noch mehr schreiben, aber das ist alles, was zählt.

Dein Freund

Thomas

Sieben Jahre später betrat ich eine Bäckerei, und da saß er. Zu seinen Füßen lagen Hunde, und neben ihm stand ein Käfig mit einem Vogel. Die sieben Jahre waren keine sieben Jahre. Es waren auch keine siebenhundert Jahre. Ihre Dauer konnte nicht in Jahren gemessen werden, genau wie der Ozean kein Maß für die Entfernung war, die wir zurückgelegt hatten, genau wie man die Toten nicht zählen kann. Ich wollte vor ihm davonlaufen, und ich wollte sofort zu ihm gehen.

Bist du Thomas?, fragte ich.

Er schüttelte den Kopf.

Doch, sagte ich. Ich weiß, dass du es bist.

Er schüttelte den Kopf.

Aus Dresden.

Er öffnete seine rechte Hand, auf deren Innenseite NEIN tätowiert war.

Ich kenne dich noch. Ich habe immer zugeschaut, wie du meine Schwester geküsst hast.

Er holte ein kleines Buch hervor und schrieb: Ich spreche nicht. Tut mir Leid.

Das brachte mich zum Weinen. Er wischte mir die Tränen ab. Aber er wollte nicht zugeben, wer er wirklich war. Er gab es nie zu.

Wir verbrachten den ganzen Nachmittag zusammen. Ich wollte ihn die ganze Zeit berühren. So viel empfand ich für diesen Menschen, den ich so lange nicht gesehen hatte. Vor sieben Jahren war er ein Riese gewesen, nun wirkte er klein. Am liebsten hätte ich ihm das Geld geschenkt, das ich von der Agentur bekommen hatte. Meine Geschichte brauchte ich ihm nicht zu erzählen, aber ich musste seine hören. Ich wollte ihn beschützen, ich konnte es, ich war mir sicher, obwohl ich mich selbst nicht beschützen konnte.

Ich fragte: Hast du deinen Traum wahr gemacht und bist Bildhauer geworden?

Er zeigte mir seine rechte Hand, und wir schwiegen.

Wir hatten uns so viel zu sagen, konnten es aber nicht.

Er schrieb: Geht es dir gut?

Ich erwiderte: Ich habe schlechte Augen.

Er schrieb: Aber geht es dir gut?

Ich erwiderte: Das ist eine ziemlich schwierige Frage.

Er schrieb: Das ist eine ziemlich klare Antwort.

Ich fragte: Geht es dir gut?

Er schrieb: Manchmal erwache ich morgens mit einem Gefühl der Dankbarkeit.

Wir unterhielten uns stundenlang, wiederholten aber immer nur das Gleiche.

Unser Kaffee ging zur Neige.

Der Tag ging zur Neige.

Ich fühlte mich noch einsamer, als wenn ich allein gewesen wäre. Wir wollten schon in verschiedene Richtungen davongehen. Wir wussten nicht, was wir sonst tun sollten.

Es ist schon spät, sagte ich.

Er zeigte mir die linke Hand, auf die JA tätowiert war.

Ich sagte: Ich sollte wohl nach Hause gehen.

Er blätterte in seinem Buch zurück und zeigte auf: Geht es dir gut?

Ich nickte.

Ich ging. Ich wollte zum Hudson gehen, ich wollte immer

weitergehen. Ich wollte den größten Stein suchen, den ich fand, und mich ertränken.

Aber dann hörte ich, wie er hinter mir in die Hände klatschte.

Ich drehte mich um, und er winkte mich zu sich.

Ich wollte vor ihm davonlaufen, und ich wollte zu ihm gehen.

Ich ging zu ihm.

Er fragte mich, ob ich ihm Modell stehen wolle. Er schrieb die Frage auf Deutsch, und erst da wurde mir bewusst, dass er den ganzen Nachmittag Englisch geschrieben und ich den ganzen Nachmittag Englisch gesprochen hatte. Ja, sagte ich auf Deutsch. Ja. Wir verabredeten uns für den nächsten Tag.

Seine Wohnung glich einem Zoo. Überall waren Tiere. Hunde und Katzen. Ein Dutzend Vogelkäfige. Aquarien. Terrarien mit Schlangen und Eidechsen und Insekten. Mäuse, die in Käfigen saßen, damit die Katzen nicht an sie herankamen. Wie die Arche Noah. Aber eine Ecke hielt er frei und sauber.

Den Platz spare er auf, schrieb er.

Wofür?

Für Skulpturen.

Ich hätte gern gewusst, von was oder wem, fragte aber nicht.

Er nahm mich bei der Hand. Eine halbe Stunde sprachen wir darüber, was er vorhatte. Ich sagte ihm, ich würde alles tun, was er wolle.

Wir tranken Kaffee.

Er schrieb, dass er in Amerika noch keine Skulptur gemacht habe.

Warum nicht?

Ich konnte nicht.

Warum nicht?

Wir sprachen nie über die Vergangenheit.

Aus irgendeinem Grund öffnete er die Ofenklappe.

Im Nebenzimmer zwitscherten Vögel.
Ich zog mich aus.
Ich setzte mich aufs Sofa.
Er betrachtete mich. Ich hatte mich noch nie vor einem Mann ausgezogen. Ich fragte mich, ob er das wusste.
Er kam zu mir und drehte mich hin und her, als wäre ich eine Puppe. Er legte mir meine Hände hinter den Kopf. Er winkelte mein rechtes Bein an. Seine Hände waren rau, vermutlich lag es an den Skulpturen, die er früher gemacht hatte. Er drückte meinen Kopf ein Stück nach unten. Er drehte meine Hände um. Seine Aufmerksamkeit füllte das Loch in meinem Inneren.
Am nächsten Tag kam ich wieder. Und am übernächsten Tag. Ich hörte auf, mir einen Job zu suchen. Alles, was zählte, war, dass er mich anschaute. Ich war bereit zu sterben, wenn es sein musste.
Es war immer das Gleiche.
Er sagte mir, was er vorhatte.
Ich sagte ihm, ich würde alles tun, was er wolle.
Wir tranken Kaffee.
Wir sprachen nie über die Vergangenheit.
Er öffnete die Ofenklappe.
Im Nebenzimmer zwitscherten die Vögel.
Ich zog mich aus.
Er brachte mich in die richtige Position.
Er arbeitete an der Skulptur.
Manchmal dachte ich an die hundert Briefe, die ich auf dem Fußboden meines Schlafzimmers ausgebreitet hatte. Hätte unser Haus nicht so lichterloh gebrannt, wenn ich sie eingesammelt hätte?
Nach jeder Sitzung sah ich mir die Skulptur an. Er ging die Tiere füttern. Er ließ mich mit der Skulptur allein, obwohl

ich ihn nie gebeten hatte, meine Intimsphäre zu wahren. Er spürte mein Bedürfnis auch so.
Ich begriff erst nach einigen Sitzungen, dass er an einer Skulptur Annas arbeitete. Er versuchte, das Mädchen von vor sieben Jahren wiederzuerschaffen. Bei der Arbeit sah er mich an, aber vor Augen hatte er sie.
Er brauchte immer länger, um mich in die richtige Position zu bringen. Er berührte immer mehr Stellen meines Körpers. Er drehte mich länger hin und her. Er winkelte volle zehn Minuten immer wieder mein Bein an. Er öffnete und schloss meine Hände.
Ich hoffe, es ist dir nicht peinlich, schrieb er auf Deutsch in sein kleines Buch.
Nein, sagte ich auf Deutsch. Nein.
Er winkelte einen meiner Arme an. Er streckte einen meiner Arme aus. In der nächsten Woche berührte er lange mein Haar, vielleicht für fünf Minuten, vielleicht für fünfzig.
Er schrieb: Ich suche einen Kompromiss, mit dem ich leben kann.
Ich hätte gern gewusst, was in dieser Nacht in ihm vorging.
Er berührte meine Brüste, er schob sie sanft auseinander.
Er schrieb: Ich glaube, so wird es gut werden.
Ich wollte wissen, was gut werden würde. Wie konnte es gut werden?
Er berührte mich am ganzen Körper. Ich erzähle dir alles, weil ich mich nicht dafür schäme, weil ich dabei etwas gelernt habe. Und ich verlasse mich darauf, dass du mich verstehst. Du bist der einzige Mensch, dem ich vertraue, Oskar.
Seine Bildhauerei bestand im Grunde darin, mich immer wieder in die richtige Position zu bringen. Ich war seine Skulptur. Er versuchte, mich so zu gestalten, dass er sich in mich verlieben konnte.

Er drückte meine Beine auseinander. Seine Hände legten sich sanft auf die Innenseiten meiner Schenkel. Ich drückte meine Schenkel zusammen. Er drückte sie auseinander.
Im Nebenzimmer zwitscherten Vögel.
Wir suchten einen Kompromiss, mit dem wir leben konnten.
In der nächsten Woche hielt er meine Beine von hinten, und in der übernächsten war er hinter mir. Es war das erste Mal in meinem Leben, dass ich mit jemandem schlief. Ich fragte mich, ob er das wusste. Ich hätte am liebsten geweint. Ich fragte mich: Warum schlafen die Menschen miteinander?
Ich sah die unvollendete Skulptur meiner Schwester an, und das unvollendete Mädchen erwiderte meinen Blick.
Warum schlafen die Menschen miteinander?
Wir gingen zusammen zur Bäckerei, in der wir uns damals begegnet waren.
Zusammen und jeder für sich allein.
Wir setzten uns an einen Tisch. Auf dieselbe Seite, mit Blick auf die Fenster.
Ich musste nicht wissen, ob er mich liebte.
Ich musste wissen, ob er mich brauchte.
Ich schlug in seinem Buch die nächste leere Seite auf und schrieb: Bitte heirate mich.
Er betrachtete seine Hände.
JA und NEIN.
Warum schlafen die Menschen miteinander?
Er nahm seinen Stift und schrieb auf die nächste und letzte Seite: Keine Kinder.
Das war unsere oberste Regel.
Einverstanden, erwiderte ich auf Englisch.
Wir sprachen nie wieder Deutsch miteinander.
Am nächsten Tag heirateten dein Großvater und ich.

DAS EINZIGE TIER

Das erste Kapitel von *Eine kurze Geschichte der Zeit* las ich, als Dad noch am Leben war, und ich bekam superschwere Bleifüße, als ich begriff, wie relativ unbedeutend das Leben ist und dass mein Dasein, gemessen am Universum und gemessen an der Zeit, eigentlich gar nichts wert war. Als Dad mich an diesem Abend richtig gut zudeckte und wir über das Buch sprachen, fragte ich ihn, ob er nicht eine Lösung für das Problem wisse. »Welches Problem?« »Das Problem, dass wir eigentlich so unbedeutend sind.« Er sagte: »Gut – was wäre, wenn dich ein Flugzeug mitten in der Sahara absetzte und du dort ein einziges Sandkorn mit einer Pinzette um einen Millimeter verschieben würdest?« Ich sagte: »Vermutlich würde ich jämmerlich verdursten.« Er sagte: »Ich meine den Moment, in dem du das Sandkorn verschiebst. Was würde er bedeuten?« Ich sagte: »Keine Ahnung. Was denn?« Er sagte: »Denk darüber nach.« Ich dachte darüber nach. »Ich denke mal, dann hätte ich ein Sandkorn verschoben.« »Was bedeuten würde?« »Was bedeuten würde, dass ich ein Sandkorn verschoben hätte?« »Was bedeuten würde, dass du die Sahara verändert hast.« »Echt?« »*Echt*? Die Sahara ist eine riesige Wüste. Und sie existiert seit Millionen von Jahren. Und du hättest sie verändert!« »Stimmt«, sagte ich und richtete mich auf. »Ich hätte die Sahara verändert!« »Und das würde bedeuten?«, fragte er. »Was denn? Verrat es mir.« »Ich rede nicht davon, die *Mona Lisa* zu malen oder

Krebs zu heilen. Ich rede davon, dass man ein Sandkorn um einen Millimeter verschiebt.« »Ja?« »Wenn du es *nicht* getan hättest, wäre die Menschheitsgeschichte auf die eine Art verlaufen …« »Hmhm?« »Aber du *hast* es getan, *also* …?« Ich stellte mich auf mein Bett, zeigte auf die Sterne, die unter der Zimmerdecke klebten, und schrie: »Ich habe den Lauf der Menschheitsgeschichte geändert!« »Ganz genau.« »Ich habe das Gesicht des Universums verändert!« »Sehr richtig.« »Ich bin Gott!« »Du bist Atheist.« »Ich existiere überhaupt nicht!« Ich ließ mich wieder aufs Bett fallen, genau in seine Arme, und wir mussten beide lachen.

So ähnlich fühlte ich mich, als ich beschloss, alle New Yorker namens Black aufzusuchen. Obwohl die Sache ziemlich unbedeutend war, war sie immerhin etwas, und ich musste etwas tun, wie Haie, die sich ständig bewegen müssen, weil sie sonst sterben, darüber wusste ich Bescheid.

Wie auch immer.

Ich beschloss, die Namen in alphabetischer Reihenfolge abzuarbeiten, von Aaron bis Zyna, obwohl es natürlich praktischer gewesen wäre, sie nach Bezirken zu ordnen. Außerdem beschloss ich, meine Mission zu Hause so gut wie möglich zu verheimlichen und außer Haus so ehrlich wie möglich zu sein, denn genau das war erforderlich. Wenn mich Mom also fragte: »Wo willst du hin und wann bist du wieder da?«, antwortete ich: »Raus. Später.« Wenn einer der Blacks etwas von mir wissen wollte, würde ich hingegen alles erzählen. Meine anderen Regeln lauteten, dass ich nicht wieder sexistisch oder rassistisch oder gerontophob oder homophob oder zu mitleidig und diskriminierend mit geistig oder körperlich behinderten Menschen wäre und dass ich nur lügen würde, wenn ich unbedingt musste, und ich musste oft lügen. Ich stellte mir ein spezielles Marschgepäck zusammen, das ein paar absolut unverzichtbare Dinge enthielt, etwa ein Magnum-Blitzlicht, einen Labello, ein paar Fig Newtons, Plastiktüten für Müll und wichtige Beweisstücke, mein Handy, den Text von *Hamlet* (damit ich auf den Fahrten von einem Black zum anderen die Regieanweisungen auswendig lernen konnte, denn Text hatte ich nicht), eine topographische Karte von New York, Jodtabletten für den Fall der Explosion einer schmutzigen Bombe, meine weißen Handschuhe, versteht sich von selbst, ein paar Tüten Fruchtsaft, ein Vergrößerungsglas, meinen *Petit Larousse* und ein paar andere nützliche Dinge. Es konnte losgehen.

Als ich rausging, sagte Stan: »Was für ein Tag!« »Ja.« Er fragte: »Und? Was steht heute auf dem Programm?« Ich zeigte ihm den Schlüssel. Er sagte: »Du ziehst in ein Schloss?« Ich sagte: »Sehr witzig. Vielleicht nach der nächsten Taschengelderhöhung.« Er schüttelte den Kopf und sagte: »Ich konnte es mir nicht verkneifen. Also – was steht auf dem Programm?« »Queens und Greenwich Village.« »Du meinst *Gren*-ich Village?« Das war die erste Enttäuschung auf meiner Expedition, denn ich hatte geglaubt, man würde den Namen aussprechen, wie man ihn schrieb, und das wäre ein toller Hinweis gewesen. »Wie auch immer.«

Ich brauchte drei Stunden und einundvierzig Minuten für den Fußmarsch zu Aaron Black, denn ich habe immer noch Angst vor öffentlichen Verkehrsmitteln, obwohl ich auch Angst davor habe, über Brücken zu gehen. Dad meinte immer, dass man seine Ängste manchmal im Zaum halten müsse, und das war eine solche Gelegenheit. Ich ging durch die Amsterdam Avenue und die Columbus Avenue und den Central Park und die Fifth Avenue und die Madison Avenue und die Park Avenue und die Lexington Avenue und die Third Avenue und die Second Avenue. Als ich mitten auf der Fifty-ninth Street Bridge stand, kam mir der Gedanke, dass Manhattan einen

Millimeter hinter mir und Queens einen Millimeter vor mir lag. Wie heißen die Teile von New York – genau in der Mitte des Midtown Tunnel, genau in der Mitte der Brooklyn Bridge, genau in der Mitte der Staten-Island-Fähre, wenn sie sich genau in der Mitte zwischen Manhattan und Staten Island befindet –, die in keinem der Bezirke liegen?

Ich tat einen Schritt, und ich war zum ersten Mal in Queens.

Ich ging durch Long Island City, Woodside, Elmhurst und Jackson Heights. Ich schüttelte die ganze Zeit mein Tamburin, weil ich auf diese Weise nicht vergaß, dass ich immer noch ich selbst war, obwohl ich durch einen fremden Stadtteil ging. Als ich das Gebäude schließlich erreichte, hielt ich vergeblich Ausschau nach dem Türsteher. Zuerst glaubte ich, er wäre einen Kaffee holen, aber nach einiger Zeit war er immer noch nicht da. Ich schaute durch die Tür und stellte fest, dass es gar keinen Tisch für ihn gab. Ich dachte: *Krass*.

Ich probierte meinen Schlüssel im Schloss aus, bekam aber nur die Spitze hinein. Ich sah, dass jede Wohnung einen Klingelknopf hatte, also drückte ich den für die Wohnung von A. Black, die Nummer 9e. Keine Antwort. Ich drückte noch einmal. Nichts. Ich hielt den Knopf fünfzehn Sekunden lang gedrückt. Immer noch nichts. Ich ließ mich zu Boden sinken und fragte mich, ob es zu waschlappig wäre, vor einem Mietshaus in Corona in Tränen auszubrechen.

»Ja, was denn, ja, was denn«, sagte eine Stimme aus dem Lautsprecher. »Immer mit der Ruhe.« Ich sprang auf. »Hallo«, sagte ich, »ich heiße Oskar Schell.« »Was willst du?« Er klang ziemlich sauer, obwohl ich nichts Böses getan hatte. »Haben Sie Thomas Schell gekannt?« »Nein.« »Ganz bestimmt nicht?« »Nein.« »Da gibt es einen Schlüssel. Wissen Sie etwas darüber?« »Was willst du denn überhaupt?« »Ich habe doch nichts Böses getan.« »Was willst du?« »Ich habe einen Schlüssel gefunden«,

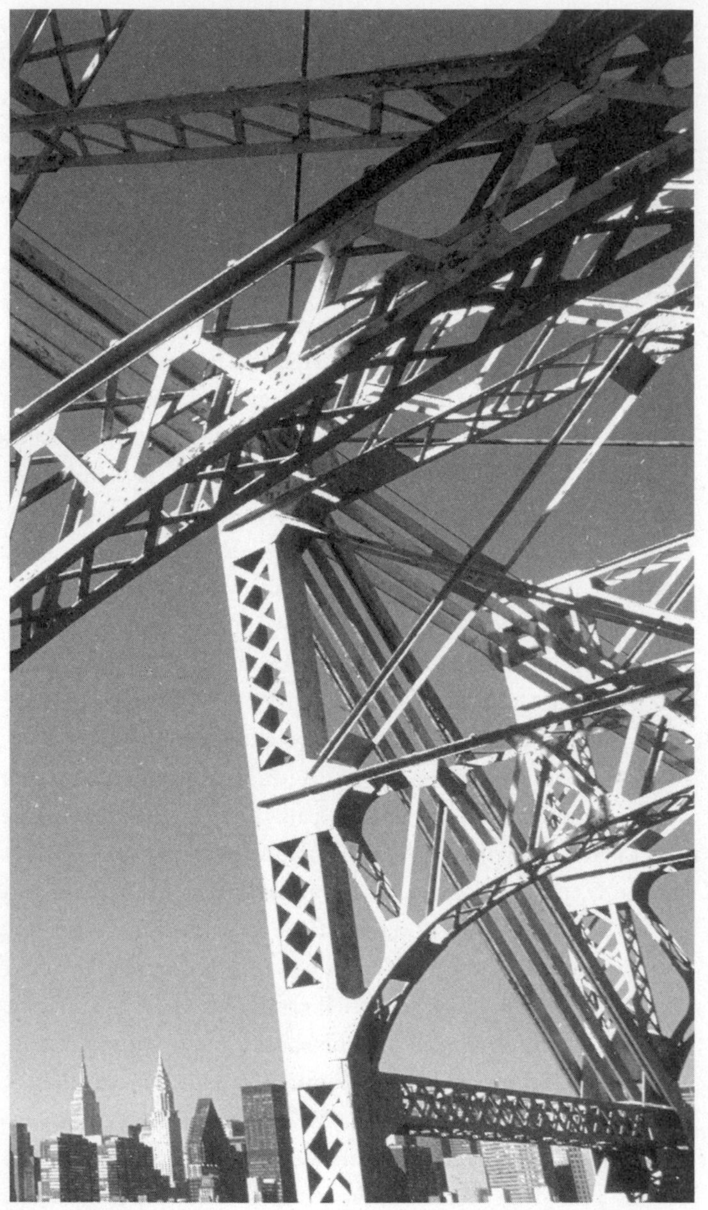

sagte ich, »und er hat in einem Umschlag gesteckt, auf dem Ihr Name stand.« »Aaron Black?« »Nein, nur Black.« »Der Name ist häufig.« »Ich weiß.« »Und eine Farbe.« »Versteht sich von selbst.« »Wiedersehen«, sagte die Stimme. »Aber ich will doch nur wissen, was mit dem Schlüssel ist.« »Wiedersehen.« »Aber …« »Wiedersehen.« Enttäuschung Nr. 2.

Ich setzte mich wieder auf den Boden und begann, im Eingang eines Mietshauses in Corona zu heulen. Ich hätte am liebsten alle Klingelknöpfe gedrückt und sämtlichen Bewohnern dieses blöden Hauses meine Flüche ins Ohr gebrüllt. Ich hätte mir am liebsten einen blauen Fleck verpasst. Ich stand auf und drückte noch einmal auf 9e. »Was. Willst. Du?« Ich sagte: »Thomas Schell war mein Dad.« »Und?« »*War*. Nicht *ist*. Er ist tot.« Er schwieg, aber ich wusste, dass er die Sprechtaste gedrückt hielt, weil in seiner Wohnung irgendetwas piepte und weil Jalousien im Wind klapperten, den ich auch hier unten spürte. Er fragte: »Wie alt bist du?« Sieben, behauptete ich, weil ich wollte, dass er mir wenigstens aus Mitleid half. Lüge Nr. 34. »Mein Dad ist tot«, sagte ich zu ihm. »Tot?« »Er ist nicht mehr am Leben.« Er schwieg. Ich hörte wieder das Piepen. Wir standen uns von Angesicht zu Angesicht gegenüber, auch wenn neun Stockwerke zwischen uns lagen. Schließlich sagte er: »Er muss ziemlich jung gestorben sein.« »Ja.« »Wie alt ist er gewesen?« »Vierzig.« »Zu jung.« »Das stimmt.« »Darf ich fragen, wie er gestorben ist?« Eigentlich wollte ich nicht darüber reden, aber dann fielen mir die Versprechen ein, die ich mir für die Suche gegeben hatte, und ich erzählte ihm alles. Ich hörte noch mehr Piepen und fragte mich, ob sein Finger nicht langsam müde wurde. Er sagte: »Wenn du hochkommst, sehe ich mir den Schlüssel an.« »Ich kann aber nicht hochkommen.« »Warum nicht?« »Weil Sie im neunten Stock wohnen, und das ist mir zu hoch.« »Wieso?« »Weil es so hoch oben nicht sicher ist.« »Aber hier oben ist es absolut sicher.« »Bis etwas passiert.« »Dir passiert schon nichts.« »Es ist eine meiner Regeln.« »Ich würde ja gern hinunterkommen«, sagte er, »aber ich kann nicht.« »Warum nicht?« »Ich bin sehr krank.« »Aber mein Dad ist tot.« »Ich hänge an allen möglichen Geräten. Darum habe ich auch so lange bis zur Sprechanlage gebraucht.« Wenn ich eine zweite Chance bekommen würde, würde ich die Sache anders machen. Aber man bekommt keine zweite Chance. Die Stimme sagte: »Hallo? Hallo? Bitte.« Ich schob meine Karte unter der Tür des Mietshauses durch und verschwand, so schnell ich konnte.

Abby Black lebte in der Nr. 1 eines Hauses in Bedford Street. Ich brauchte zwei Stunden und dreiundzwanzig Minuten für den Weg, und vom vielen Tamburinschütteln wurde meine Hand lahm. Über der Tür befand sich eine kleine Plakette, die darauf hinwies, dass die Dichterin Edna Saint Vincent Millay einst in diesem Haus gewohnt habe und dass es das schmalste Haus in ganz New York sei. Ich fragte mich, ob Edna Saint Vincent Millay wirklich eine Frau gewesen war, denn ihr Name klang ziemlich krass. Ich probierte den Schlüssel aus, aber er passte nur halb ins Schloss. Ich klopfte. Es wurde nicht geöffnet, obwohl ich drinnen jemanden reden hörte, und da mir der Gedanke kam, dass mit Nr. 1 vielleicht der erste Stock gemeint war, klopfte ich noch einmal. Ich war felsenfest entschlossen, den Leuten so richtig auf die Nerven zu gehen, falls nötig.

Eine Frau machte die Tür auf und sagte: »Was kann ich für dich tun?« Sie war unglaublich schön und hatte wie Mom ein Gesicht, das selbst dann zu lächeln schien, wenn sie gar nicht lächelte, und außerdem hatte sie große Brüste. Besonders gut gefiel mir, wie ihre Ohrringe ihren Hals streiften. Ich wünschte mir plötzlich, dass ich ihr irgendeine Erfindung mitgebracht

75
½

hätte, egal wie klein, damit sie einen Grund hatte, mich zu mögen. Zum Beispiel eine phosphoreszierende Brosche.

»Hi.« »Hallo.« »Sind Sie Abby Black?« »Ja.« »Ich bin Oskar Schell.« »Hallo.« »Hi.« Ich sagte zu ihr: »Das hören Sie bestimmt ständig von allen möglichen Leuten, aber wenn Sie im Lexikon den Begriff ›unglaublich schön‹ nachschlagen würden, wäre da ein Bild von Ihnen.« Sie musste ein bisschen lachen und sagte: »Das hat mir noch nie jemand gesagt.« »Ich wette doch.« Sie musste ein bisschen mehr lachen. »Nein, das hat mir noch nie jemand gesagt.« »Dann haben Sie mit den falschen Leuten zu tun.« »Könnte stimmen.« »Weil Sie nämlich unglaublich schön sind.«

Sie öffnete die Tür ein bisschen mehr. Ich fragte: »Haben Sie Thomas Schell gekannt?« »Wie bitte?« »Haben Sie Thomas Schell gekannt?« Sie überlegte. Ich fragte mich, warum sie erst überlegen musste. »Nein.« »Sind Sie sicher?« »Ja.« Ihr Ja klang irgendwie unsicher, und deshalb hatte ich den Verdacht, dass sie mir etwas verheimlichte. Aber was? Ich gab ihr den Umschlag und sagte: »Fällt Ihnen dazu etwas ein?« Sie betrachtete ihn eine Weile. »Ich glaube nicht. Müsste es?« »Nur wenn es so wäre«, erwiderte ich. »Es ist aber nicht so«, sagte sie. Ich glaubte ihr nicht.

»Darf ich reinkommen?«, fragte ich. »Ist nicht der beste Zeitpunkt.« »Warum nicht?« »Ich habe gerade zu tun.« »Was denn?« »Geht dich das etwas an?« »Ist das jetzt eine rhetorische Frage?« »Ja.« »Haben Sie einen Job?« »Ja.« »Welchen Job?« »Ich bin Epidemiologin.« »Sie erforschen Krankheiten.« »Ja.« »Faszinierend.« »Hör zu, ich weiß nicht genau, was du willst, aber wenn es mit diesem Umschlag zu tun hat, kann ich dir wirklich nicht helfen …« »Ich habe schrecklichen Durst«, sagte ich und griff mir an die Kehle, das internationale Zeichen für Flüssigkeitsbedarf. »An der Ecke ist ein Deli.« »Aber ich bin

Diabetiker und brauche Zuckersüßer.« Lüge Nr. 35. »Du meinst Süßstoff?« »Wie auch immer.«

Ich hatte ein schlechtes Gefühl beim Lügen, und ich bildete mir nicht ein, ein Ereignis vorhersehen zu können, bevor es eintrat, aber aus irgendeinem Grund wusste ich, dass ich in ihre Wohnung musste. Um meine Lüge wieder gutzumachen, schwor ich mir, bei meiner nächsten Taschengelderhöhung einen Teil der Erhöhung für Menschen zu spenden, die *wirklich* an Diabetes litten. Sie holte tief Luft, als wäre sie unglaublich genervt, aber sie schickte mich auch nicht weg. Von drinnen rief ihr ein Mann etwas zu. »Orangensaft?«, fragte sie. »Haben Sie vielleicht einen Kaffee?« »Komm mit«, sagte sie und ging in die Wohnung. »Möchtest du milchfreien Kaffeeweißer?«

Als ich ihr folgte, sah ich mich um, und alles war sauber und ordentlich. An den Wänden hingen schöne Fotos, und eines zeigte die Scheide einer Afro-Amerikanerin, und das stärkte mein Selbstbewusstsein. »Wo sind die Sofakissen?« »Es gibt keine.« »Was ist das hier?« »Meinst du das Gemälde?« »Ihre Wohnung riecht gut.« Im Nebenzimmer rief wieder der Mann, diesmal sehr laut und fast verzweifelt, aber sie reagierte nicht darauf, als hörte sie nichts oder als wäre es ihr egal.

Ich fasste viele Dinge in ihrer Küche an, weil mir das aus irgendeinem Grund ein gutes Gefühl gab. Ich fuhr mit dem Finger oben über ihre Mikrowelle, und er wurde grau. »*C'est sale*«, sagte ich, zeigte ihr den Finger und musste lachen. Sie wurde auf einmal sehr ernst. »Wie peinlich«, sagte sie. »Sie sollten mein Labor sehen«, sagte ich. »Ich weiß wirklich nicht, wie das kommt«, sagte sie. Ich sagte: »Sachen werden eben schmutzig.« »Aber ich habe es gern sauber. Jede Woche kommt die Putzfrau. Ich habe ihr hunderttausend Mal gesagt, dass sie überall sauber machen soll. Ich habe sie auch auf die Mikrowelle hingewiesen.« Ich fragte sie, warum sie sich über solche Kleinigkeiten aufrege. Sie sagte: »Ich finde, das sind keine Kleinigkeiten«, und ich dachte daran, was es bedeutete, ein Sandkorn um einen Millimeter zu verschieben. Ich holte ein feuchtes Haushaltstuch aus meinem Marschgepäck und wischte über die Mikrowelle.

»Wenn Sie Epidemiologin sind«, sagte ich, »wissen Sie bestimmt, dass Hausstaub zu siebzig Prozent aus menschlichen Hautpartikeln besteht?« »Nein«, sagte sie, »das weiß ich nicht.« »Ich bin Amateur-Epidemiologe.« »Die sind eher selten.« »Ja. Und einmal habe ich ein ziemlich faszinierendes Experiment gemacht. Ich habe Feliz gebeten, den Staub aus unserer Wohnung ein Jahr lang in einen bestimmten Müllsack zu tun. Dann habe ich ihn gewogen. Er wog 112 Pfund. Dann habe ich ausgerechnet, dass siebzig Prozent von 112 Pfund 78,4 Pfund sind. Ich wiege 76 Pfund und, wenn ich klitschnass bin, 78 Pfund. Das beweist zwar nicht wirklich etwas, aber ich finde es krass. Wo soll ich das hintun?« »Hier«, sagte sie und nahm mir das Haushaltstuch ab. Ich fragte sie: »Warum sind Sie traurig?« »Bitte?« »Sie sind traurig. Warum?«

Die Kaffeemaschine blubberte. Sie öffnete einen Schrank und holte einen Becher heraus. »Nimmst du Zucker?« Ich bejahte, denn Dad hat auch immer Zucker genommen. Als sie sich gesetzt hatte, stand sie sofort wieder auf und holte eine Schale Weintrauben aus dem Kühlschrank. Außerdem tat sie Kekse auf einen Teller. »Magst du Erdbeeren?«, fragte sie. »Ja«, antwortete ich, »aber ich habe keinen Hunger.« Sie holte auch noch ein paar Erdbeeren. Ich fand es krass, dass an ihrem Kühlschrank keine Lieferservice-Speisekarten oder kleine, magnetische Kalender oder Fotos ihrer Kinder hingen. In der Küche gab es nur ein einziges Bild: das neben dem Telefon hängende Foto eines Elefanten. »Das mag ich total«, sagte ich, und ich sagte es nicht nur, damit sie mich mochte. »Was magst du total?«, fragte sie. Ich zeigte auf das Foto. »Danke«, sagte sie. »Ich mag es auch.« »Ich habe gesagt, ich mag es *total.*« »Ja, ich mag es auch *total.*«

»Was wissen Sie über Elefanten?« »Nicht besonders viel.« »Nicht besonders viel wenig oder nicht besonders viel nichts?« »So gut wie gar nichts.« »Wussten Sie zum Beispiel, dass Forscher lange geglaubt haben, Elefanten hätten eine paranorme Wahrnehmungsgabe?« »Du meinst bestimmt paranormal, oder?« »Wie auch immer – Elefanten können sich aus weiter Entfernung miteinander verabreden, und sie kennen die zukünftigen Aufenthaltsorte ihrer Feinde und Freunde, und sie können ohne jeden geologischen Hinweis Wasser finden. Kein Mensch weiß, wie sie das anstellen. Wie schaffen sie das?« »Keine Ahnung.« »Wie machen sie das?« »Das?« »Wie können sie sich ohne paranormale Fähigkeiten über weite Entfernungen verabreden?« »Das fragst du mich?« »Ja.« »Ich weiß es nicht.« »Möchten Sie es wissen?« »Klar.« »Wirklich?« »Klar.« »Sie stoßen sehr, sehr, sehr, sehr tiefe Rufe aus, Rufe mit einer so tiefen Frequenz, dass Menschen sie nicht hören können. Sie reden miteinander. Ist das nicht unglaublich irre?« »Ja, ist es.« Ich aß eine Erdbeere.

»Es gibt eine Frau, die die letzten paar Jahre im Kongo oder so verbracht hat. Sie hat die Rufe der Elefanten aufgezeichnet und eine riesige Bibliothek davon zusammengestellt. Letztes Jahr hat sie dann begonnen, sie vorzuspielen.« »Wem vorzuspielen?« »Den Elefanten.« »Warum?« Ich fand es Klasse, dass sie immer ›warum‹ fragte. »Wie Sie vielleicht wissen, haben Elefanten ein viel, viel besseres Gedächtnis als andere Säugetiere.« »Ja, ich glaube, das weiß ich.« »Und diese Frau wollte einfach testen, wie gut ihr Gedächtnis wirklich ist. Sie spielte ihnen den Ruf eines Feindes vor, den sie ein paar Jahre zuvor aufgezeichnet hatte – einen Ruf, den die Elefanten nur einmal gehört hatten –, und sie gerieten in Panik, und manchmal ergriffen sie die Flucht. Sie konnten sich an Hunderte von Rufen erinnern. An Tausende. Vielleicht an unendlich viele. Ist das nicht faszinierend?« »Doch.« »Und *absolut* faszinierend ist, dass sie einer Elefantenfamilie den Ruf eines toten Angehörigen vorgespielt hat.« »Und?« »Sie haben sich daran erinnert.« »Wie haben sie darauf reagiert?« »Sie sind auf den Lautsprecher zugegangen.«

»Ich frage mich, was sie dabei empfunden haben.« »Wie meinen Sie das?« »Mit welchen Gefühlen sind sie auf den Lautsprecher zugegangen, als sie die Rufe ihrer Toten gehört haben? Voller Liebe? Voller Angst? Voller Wut?« »Das weiß ich nicht mehr.« »Haben sie angegriffen?« »Das weiß ich nicht mehr.« »Haben sie geweint?« »Nur Menschen können Tränen weinen. Wussten Sie das?« »Mir kommt es so vor, als würde der Elefant auf dem Foto weinen.« Ich stellte mich ganz dicht vor das Foto, und es stimmte. »Das ist bestimmt mit Photoshop bearbeitet worden«, sagte ich. »Aber darf ich für den Fall der Fälle trotzdem ein Foto von Ihrem Bild machen?« Sie nickte und fragte: »Könnte ich irgendwo gelesen haben, dass Elefanten als einzige Tiere ihre Toten begraben?« »Nein«, sagte ich, als ich Opas Kamera scharf stellte, »können Sie nicht. Elefanten sammeln bloß die Knochen ein. Nur Menschen begraben ihre Toten.« »Elefanten glauben doch bestimmt nicht an Geister.« Ich musste ein bisschen lachen. »Das würde kein ernst zu nehmender Forscher behaupten.« »Was meinst du dazu?« »Ich bin nur Amateur-Forscher.« »Und was meinst du dazu?« Ich drückte auf den Auslöser. »Meiner Meinung nach waren sie einfach verwirrt.«

Da begann sie zu weinen.

Ich dachte: *Eigentlich müsste ich weinen.*

»Nicht weinen«, sagte ich zu ihr. »Warum nicht?«, fragte sie.

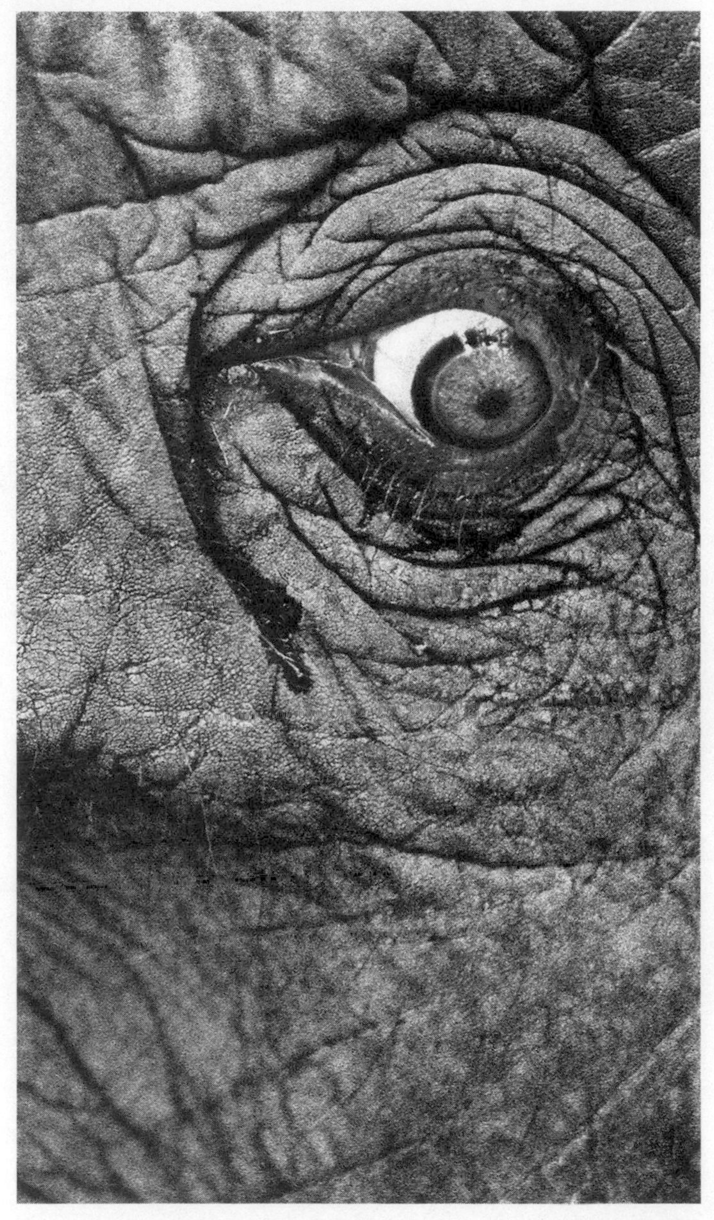

»Weil«, erwiderte ich. »Warum weil?«, fragte sie. Da ich den Anlass für ihre Tränen nicht kannte, fiel mir auch kein guter Grund ein. Weinte sie über die Elefanten? Oder über etwas anderes, das ich erzählt hatte? Oder über den verzweifelten Mann im Nebenzimmer? Oder über etwas, von dem ich nichts wusste? Ich sagte zu ihr: »Ich verpasse mir oft blaue Flecke.« Sie sagte: »Das tut mir Leid.« Ich erzählte ihr: »Ich habe der Forscherin, die die Elefantenlaute aufzeichnet, einen Brief geschrieben. Ich habe sie gefragt, ob ich nicht ihr Assistent werden könnte. Ich habe ihr geschrieben, ich könnte ja dafür sorgen, dass sie immer genug unbespielte Kassetten für die Aufnahmen hat, und dass ich Wasser abkochen könnte, damit man es gefahrlos trinken kann, oder dass ich einfach nur ihr Gepäck tragen könnte. Ihr Assistent schrieb mir als Antwort, dass sie schon einen Assistenten habe, versteht sich von selbst, dass sich aber vielleicht bei einem zukünftigen Projekt eine Zusammenarbeit ergeben könnte.« »Das ist schön. Da hast du etwas, worauf du dich freuen kannst.« »Ja.« Irgendjemand trat in die Küchentür, vermutlich der Mann, der aus dem Nebenzimmer gerufen hatte. Er steckte nur ganz kurz seinen Kopf in die Küche, sagte etwas, das ich nicht verstand, und ging wieder. Abby tat so, als hätte sie nichts bemerkt, aber ich konnte nicht so einfach darüber hinweggehen. »Wer war das?« »Mein Mann.« »Braucht er irgendetwas?« »Ist mir egal.« »Aber er ist Ihr Mann, und ich glaube, er braucht irgendetwas.« Sie musste wieder weinen. Ich ging zu ihr und legte ihr eine Hand auf die Schulter, wie Dad es bei mir immer getan hatte. Ich fragte sie, was in ihr vorgehe, denn das hat Dad auch immer gefragt. »Du findest das bestimmt alles ziemlich merkwürdig«, sagte sie. »Ich finde, dass viele Dinge ziemlich merkwürdig sind.« Sie fragte: »Wie alt bist du?« Ich sagte ihr, ich sei zwölf – Lüge Nr. 59 –, weil ich so alt sein wollte, dass sie sich in mich verlieben konnte. »Wieso klingelt ein Zwölfjähriger an fremden Türen?« »Ich bin auf der Suche nach einem Schloss. Und wie alt sind Sie?« »Achtundvierzig.« »Hammerhart! Sie wirken viel jünger.« Sie musste mitten im Weinen lachen und sagte: »Danke.« »Wieso lädt eine Achtundvierzigjährige einen Fremden in ihre Küche ein?« »Weiß ich nicht.« »Ich gehe Ihnen auf die Nerven«, sagte ich. »Du gehst mir nicht auf die Nerven«, sagte sie, aber es ist immer schwer zu glauben, wenn die Leute das behaupten.

Ich fragte: »Haben Sie Thomas Schell wirklich nicht gekannt?« Sie sagte: »Ich kenne keinen Thomas Schell«, aber aus irgendeinem Grund glaubte ich ihr *immer* noch nicht. »Vielleicht kennen Sie jemand anderen, der mit Vornamen Thomas heißt? Oder jemand anderen mit dem Nachnamen Schell?« »Nein.« Ich glaubte immer noch, dass sie mir etwas verschwieg. Ich zeigte ihr noch einmal den kleinen Umschlag. »Aber das ist doch Ihr Nachname, oder?« Sie betrachtete die Handschrift, und ich merkte, dass ihr daran etwas bekannt vorkam. Jedenfalls bildete ich mir das ein. Aber dann sagte sie: »Tut mir Leid. Ich glaube, ich kann dir nicht weiterhelfen.« »Und was ist mit dem Schlüssel?« »Welcher Schlüssel?« Da fiel mir ein, dass ich ihr den Schlüssel noch gar nicht gezeigt hatte. Wegen all dem Gerede – über Staub, über Elefanten – war ich völlig über den eigentlichen Grund meines Besuchs hinweggekommen.

Ich zog den Schlüssel unter meinem Hemd hervor und legte ihn in ihre Hand. Da ich die Schnur noch um den Hals hatte, musste sie sich vorbeugen, um den Schlüssel betrachten zu können, und ihr Gesicht war ganz dicht an meinem. So verharrten wir eine Weile. Es war, als wäre die Zeit stehen geblieben. Ich dachte an den stürzenden Körper.

»Tut mir Leid«, sagte sie. »Was tut Ihnen Leid?« »Tut mir Leid, aber ich kenne diesen Schlüssel nicht.« Enttäuschung Nr. 3. »Das tut mir auch Leid.«

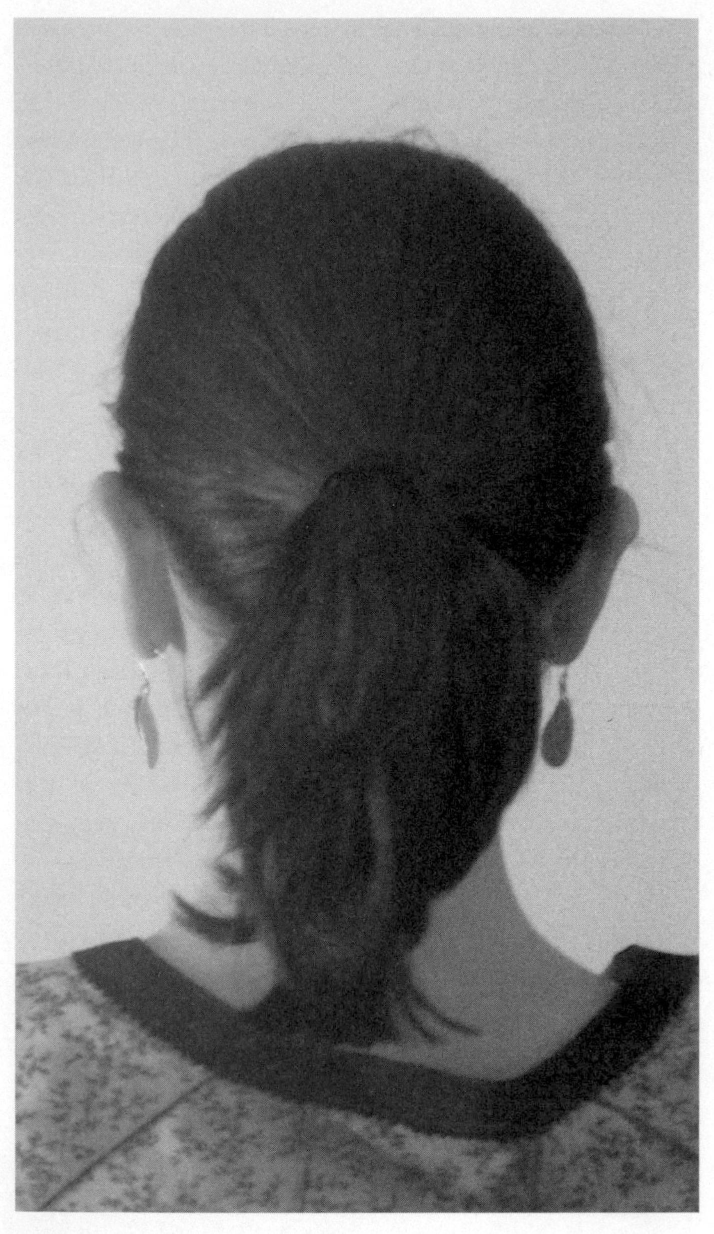

Unsere Gesichter waren sich unglaublich nah.

Ich sagte zu ihr: »In diesem Herbst führen wir *Hamlet* auf, falls Sie das interessiert. Wir haben einen echten Springbrunnen. Wenn Sie kommen möchten – die Premiere ist in zwölf Wochen. Sie wird bestimmt super.« Sie sagte: »Ich will's versuchen«, und ich konnte den Atem ihrer Worte auf meiner Wange spüren. Ich fragte sie: »Könnten wir uns nicht ein bisschen küssen?«

»Bitte?«, sagte sie, aber ihren Kopf zog sie trotzdem nicht zurück. »Ich mag Sie, und ich glaube, Sie mögen mich auch.« Sie sagte: »Ich glaube, das wäre keine gute Idee.« Enttäuschung Nr. 4. Ich fragte sie, warum nicht. Sie sagte: »Weil ich achtundvierzig bin, und weil du zwölf bist.« »Ja, und?« »Und weil ich verheiratet bin.« »Ja, und?« »Und weil ich dich gar nicht kenne.« »Haben Sie nicht das Gefühl, mich zu kennen?« Sie schwieg. Ich sagte zu ihr: »Der Mensch ist das einzige Tier, das errötet, lacht, Religionen hat, Kriege führt und sich auf die Lippen küsst. In gewisser Weise sind wir also umso mehr Mensch, je öfter wir uns auf die Lippen küssen.« »Und je mehr Kriege wir führen?« Nun schwieg ich. Sie sagte: »Du bist wirklich ein süßer Junge.« Ich erwiderte: »Junger Mann.« »Aber ich glaube, es wäre keine gute Idee.« »Muss es denn eine gute Idee sein?« »Ich denke schon.« »Darf ich wenigstens ein Foto von Ihnen machen?« Sie sagte: »Sehr gern.« Aber als ich Opas Fotoapparat einstellte, schlug sie sich aus irgendeinem Grund eine Hand vors Gesicht. Da ich sie nicht zwingen wollte, mir ihre Geste zu erklären, machte ich das Foto aus einer anderen Perspektive, die sowieso besser passte. »Hier ist meine Karte«, sagte ich zu ihr, als ich den Deckel wieder auf die Linse gesetzt hatte, »für den Fall, dass Ihnen doch noch etwas zu dem Schlüssel einfällt oder dass Sie einfach reden möchten.«

OSKAR SCHELL

ERFINDER, SCHMUCKDESIGNER, GOLDSCHMIED,

AMATEUR-ENTOMOLOGE, FRANKOPHILER,

VEGANER, ORIGAMIST, PAZIFIST, PERKUSSIONIST,

AMATEUR-ASTRONOM, COMPUTER-SPEZIALIST,

AMATEUR-ARCHÄOLOGE, SAMMLER VON:

seltenen Münzen, Schmetterlingen, die eines natürlichen Todes gestorben sind, Mini-Kakteen, Beatles-Andenken, Halbedelsteinen und anderen Dingen.

E-MAIL: OSKAR SCHELL@HOTMAIL.COM

TELEFON: PRIVAT/MOBIL: PRIVAT

FAX: ICH HABE NOCH KEIN FAX

Als ich nach Hause kam, ging ich nach gegenüber zu Oma. Im Grunde tat ich das jeden Nachmittag, weil Mom samstags und manchmal sogar sonntags in der Firma arbeitete und immer Angst um mich hatte, wenn ich allein war. Als ich mich dem Haus näherte, in dem Oma wohnte, sah ich auf, aber sie saß nicht wie sonst am Fenster und wartete auf mich. Ich fragte Farley, ob sie zu Hause sei, und als er sagte, er glaube schon, stieg ich die zweiundsiebzig Stufen hinauf.

Oben klingelte ich. Da Oma nicht an die Tür kam, öffnete ich selbst, denn sie lässt immer auf, obwohl ich das ein bisschen leichtsinnig finde, weil sich Menschen, denen man vertraut, manchmal als nicht so vertrauenswürdig erweisen wie erhofft. Als ich eintrat, war sie gerade auf dem Weg zur Tür. Sie sah aus, als hätte sie geweint, obwohl das nicht sein konnte, denn sie hatte mir einmal erzählt, dass sie ihren Vorrat an Tränen verbraucht habe, als Opa gegangen war. Ich hatte sie darüber aufgeklärt, dass bei jedem Weinen neue Tränen produziert werden. Sie hatte erwidert: »Wie auch immer.« Manchmal fragte ich mich, ob sie heimlich weinte.

»Oskar!«, sagte sie und umarmte mich wie üblich so, dass ich vom Boden abhob. »Ich bin okay«, sagte ich. »Oskar!«, wiederholte sie und hob mich noch einmal hoch. »Ich bin okay«, wiederholte ich, und dann fragte ich, wo sie gewesen sei. »Ich habe mich im Gästezimmer mit dem Mieter unterhalten.«

Als ich ein Baby war, passte Oma immer tagsüber auf mich auf. Von Dad wusste ich, dass sie mich damals im Waschbecken badete und meine Finger- und Zehennägel mit den Zähnen abbiss, weil ihr die Schere nicht geheuer war. Als ich alt genug war, um in der Wanne sitzen zu können und zu wissen, dass ich einen Penis und ein Skrotum und so weiter hatte, bat ich sie, mich beim Baden allein zu lassen. »Warum denn?« »Wegen meiner Intimsphäre.« »Wegen deiner Intimsphäre? Bei mir?« Ich wollte sie nicht verletzen, denn noch eine meiner *raisons d'etre* ist, sie nicht zu verletzen. »Einfach nur wegen meiner Intimsphäre.« Sie legte sich die Hände auf den Bauch und sagte: »Bei *mir*?« Sie erklärte sich einverstanden, draußen zu warten, aber nur unter der Bedingung, dass ich ein Wollknäuel hielt, dessen Faden unter der Badezimmertür durchführte und mit dem Schal verbunden war, den sie strickte. Alle paar Sekunden zog sie am Faden, und ich musste zur Antwort ebenfalls ziehen – und ribbelte auf diese Weise auf, was sie gerade gestrickt hatte –, damit sie wusste, dass ich okay war.

Als ich vier war, spielte sie einmal Monster und jagte mich quer durch die Wohnung, und ich schlug mir die Lippe an der Kante des Kaffeetisches auf und musste ins Krankenhaus. Oma glaubt zwar an Gott, aber an Taxis glaubt sie nicht, und deshalb blutete ich mir mein Hemd im Bus voll. Dad erzählte mir, dass sie unglaublich schwere Bleifüße gehabt habe, obwohl meine Lippe mit ein paar Stichen genäht war, und dass sie immer wieder herüberkam, um es ihm zu sagen. »Es war alles meine Schuld. Ihr dürft ihn nie wieder bei mir lassen.« Als ich sie danach zum ersten Mal wieder sah, sagte sie zu mir: »Ich habe so getan, als wäre ich ein Monster, und ich bin wirklich zu einem Monster geworden, weißt du?«

In der Woche nach Dads Tod blieb Oma bei uns in der Wohnung, weil Mom in Manhattan unterwegs war, um Zettel aufzuhängen. Wir spielten gugolplexviele Male Daumenhakeln, und ich gewann immer, selbst wenn ich eigentlich verlieren wollte. Wir sahen uns Dokumentarfilme an, die für mein Alter freigegeben waren, und wir backten veganische Topfkuchen und gingen oft im Park spazieren. Eines Tages lief ich vor und versteckte mich. Es gefiel mir, von jemandem gesucht zu werden und immer wieder meinen Namen zu hören. »Oskar! Oskar!« Vielleicht gefiel es mir eigentlich auch gar nicht, aber ich brauchte es in dem Moment.

Ich folgte ihr mit sicherem Abstand, während sie immer panischer wurde. »Oskar!« Sie weinte und suchte überall, aber ich zeigte mich nicht, denn ich war mir sicher, dass am Ende, wenn wir gemeinsam über die Sache lachten, alles wieder in Butter wäre. Ich sah sie nach Hause gehen, und ich wusste, dass sie sich dort wie immer auf die Stufen setzen und auf Mom warten würde. Sie würde ihr erzählen müssen, dass ich verschwunden war und dass ich, weil sie nicht gut auf mich aufgepasst hatte, für immer verschollen bliebe und die Familie der Schells damit ausgestorben sei. Ich rannte voraus durch die 82. und die 83. Straße, und als Oma unser Haus erreichte, sprang ich hinter der Tür hervor. »Aber ich habe doch gar keine Pizza bestellt!«, sagte ich und musste so schrecklich lachen, dass ich fast geplatzt wäre.

Sie begann einen Satz, und dann verstummte sie. Stan nahm sie beim Arm und sagte: »Setzen Sie sich doch, Oma.« Mit einer Stimme, die mir total fremd war, erwiderte sie: »Fassen Sie mich nicht an.« Dann machte sie kehrt und ging über die Straße zu ihrer Wohnung. Abends blickte ich durch mein Fernglas zu ihrem Fenster, und dort hing ein Zettel mit den Worten: »Verlass mich nicht.«

Seit diesem Tag will sie immer, dass wir bei Spaziergängen ein Spiel wie Marco Polo spielen, bei dem sie meinen Namen ruft, und dann muss ich antworten, damit sie weiß, dass ich okay bin.

»Oskar.«

»Ich bin okay.«

»Oskar.«

»Ich bin okay.«

Ich weiß nie genau, wann wir das Spiel spielen und wann sie meinen Namen einfach nur so sagt, also sage ich immer, dass ich okay bin.

Ein paar Monate nach Dads Tod fuhren Mom und ich zum Lagerhaus in New Jersey, wo er das Zeug aufbewahrte, das er nicht mehr brauchte, eines Tages aber vielleicht doch noch hätte brauchen können, vielleicht, wenn er sich zur Ruhe gesetzt hatte. Wir mieteten uns ein Auto, und obwohl es nicht weit war, brauchten wir über zwei Stunden für die Fahrt, weil Mom immer wieder anhielt, um sich irgendwo das Gesicht zu waschen. Das Lagerhaus war ziemlich chaotisch, und dunkel war es auch, und deshalb dauerte es lange, bis wir Dads kleinen Abstellraum endlich gefunden hatten. Wir stritten uns um seinen Rasierer, weil Mom ihn auf den Wegwerf-Haufen tun wollte, ich dagegen auf den Aufheb-Haufen. Sie sagte: »Für was aufheben?« Ich sagte: »Ist doch egal, für was.« Sie sagte: »Ist mir sowieso ein Rätsel, warum er einen Rasierer für drei Dollar aufgehoben hat.« Ich sagte: »Ist doch egal, warum.« Sie sagte: »Wir können nicht alles aufheben.« Ich sagte: »Dann wäre

es also auch okay, wenn ich nach deinem Tod alle deine Sachen wegwerfen und dich vergessen würde?« Ich bereute meine Worte schon, als ich sie aussprach. Mom entschuldigte sich, und das fand ich krass.

Wir fanden unter anderem mein altes Baby-Funk-Überwachungsset. Mom und Dad hatten immer ein Walkie-Talkie in die Wiege gelegt, damit sie hörten, wenn ich schrie, und manchmal kam Dad nicht zu mir, sondern sprach einfach ins Walkie-Talkie, damit ich wieder einschlief. Ich fragte Mom, warum er es aufgehoben habe. Sie sagte: »Vermutlich für später, wenn du Kinder hast.« »*Was zum?*« »So war dein Dad eben.« Allmählich kapierte ich, dass viele Sachen, die er aufbewahrt hatte – kistenweise Lego, sämtliche *Was ist was?*-Bücher, selbst die leeren Fotoalben –, vermutlich für später waren, wenn ich Kinder hatte. Ich weiß nicht, warum, aber irgendwie machte mich das wütend.

Wie auch immer – ich tat neue Batterien in die beiden Walkie-Talkies, und ich dachte, es wäre vielleicht lustig, wenn Oma und ich uns damit unterhielten. Ich gab ihr das Walkie-Talkie fürs Baby, damit sie keine Probleme mit irgendwelchen Tasten hatte, und es klappte super. Nach dem Aufwachen wünschte ich ihr einen guten Morgen. Und bevor ich zu Bett ging, sprachen wir meist noch miteinander. Sie wartete immer am anderen Ende auf mich. Ich habe keine Ahnung, wie sie wissen konnte, wann ich da war. Vielleicht wartete sie einfach den ganzen Tag auf mich.

»Oma? Kannst du meine Gedanken lesen?« »Oskar?« »Ich bin okay. Over.« »Wie hast du geschlafen, mein Schatz? Over.« »Was? Das habe ich nicht verstanden. Over.« »Ich habe gefragt, wie du geschlafen hast. Over.« »Gut«, sagte ich immer, das Kinn auf eine Hand gestützt, und schaute zu ihr hinüber, »keine Albträume. Over.« »Große Klasse. Over.« Wir haben uns nie besonders viel zu sagen. Sie erzählt mir immer wieder die gleichen Geschichten von Opa, zum Beispiel dass seine Hände ganz rau von der vielen Bildhauerei waren und dass er mit den Tieren sprechen konnte. »Besuchst du mich heute Nachmittag? Over.« »Ja. Ich glaube schon. Over.« »Versuch's bitte. Over.« »Ich versuche es. Over und Ende.«

An manchen Abenden nahm ich das Walkie-Talkie mit ins Bett und legte es neben mein Kopfkissen auf die Seite, wo sich Buckminster nicht zusammenrollte, damit ich hören konnte, was in Omas Schlafzimmer los war. Manchmal weckte sie mich mitten in der Nacht. Ich bekam Bleifüße wegen ihrer Albträume, denn ich wusste ja nicht, was sie träumte, und ich konnte ihr auch nicht helfen. Ich wurde von ihren Schreien geweckt, sodass mein Schlaf von ihrem Schlaf abhing, und wenn ich zu ihr sagte: »Keine schlechten Träume«, dann ging es mir um sie.

Oma strickte mir weiße Pullover, weiße Fäustlinge und weiße Mützen. Sie wusste, wie gern ich dehydrierte Eiscreme mochte, eine der sehr wenigen Ausnahmen, die ich mir als strenger Veganer gestatte, und das auch nur, weil die Astronauten sie zum Nachtisch essen. Also ging sie zum Hayden-Planetarium und kaufte mir welche. Sie sammelte hübsche Steine für mich auf, obwohl sie eigentlich nicht schwer tragen durfte, und meist war es sowieso nur der Schiefer aus Manhattan. Als ich ein paar Tage nach dem allerschlimmsten Tag zum ersten Mal zu Dr. Fein ging, sah ich, wie Oma einen riesigen Steinbrocken über den Broadway schleppte. Er war so groß wie ein Baby und wog bestimmt fast eine Tonne. Aber sie schenkte ihn mir nicht, und sie erzählte auch nie davon.

»Oskar.«

»Ich bin okay.«

Eines Nachmittags erzählte ich Oma, dass ich vielleicht ganz gern Briefmarken sammeln würde, und am nächsten Nachmittag hatte sie nicht nur drei Alben für mich, sondern auch – »Weil ich dich so liebe, dass es wehtut, und weil ich möchte, dass deine wunderbare Sammlung einen wunderbaren Anfang hat« – einen Briefmarkenbogen, der große amerikanische Erfinder zeigte.

»Du hast Thomas Edison«, sagte sie und zeigte auf eine der Briefmarken, »und Ben Franklin, Henry Ford, Eli Whitney, Alexander Graham Bell, George Washington Carver, Nikola Tesla, wer immer das sein mag, die Gebrüder Wright, J. Robert Oppenheimer ...« »Wer ist das?« »Er hat die Bombe erfunden.« »Welche Bombe?« »*Die* Bombe.« »Dann war er kein großer Erfinder!« Sie sagte: »Groß schon, aber nicht gut.«

»Oma?« »Ja, mein Schatz?« »Wo ist denn der Plattennummerblock?« »Der was?« »Der Streifen am Rand, auf dem die Nummern stehen.« »Auf dem die Nummern stehen?« »Ja.« »Den habe ich weggeworfen.« »Du hast *was* gemacht?« »Ich habe ihn weggeworfen. War das falsch?« Ich hatte das Gefühl, gleich ausflippen zu müssen, riss mich aber mächtig zusammen. »Ja, schon, denn ohne den Plattennummerblock sind sie nichts mehr wert!« »Bitte?« »Der *PLATTENNUMMERBLOCK!* Diese Briefmarken. Sind. *Wertlos*!« Sie starrte mich ein paar Sekunden an. »Ja«, sagte sie. »Ich glaube, davon habe ich gehört. Dann gehe ich morgen zum Briefmarkenladen und kaufe dir die Reihe noch einmal. Diese hier können wir auf Briefe kleben.« »Du musst mir keine neuen kaufen«, sagte ich, weil ich meine letzten Worte zurücknehmen und netter sein wollte, ein besserer Enkel, vielleicht auch nur einer, der ab und zu den Mund halten konnte. »Doch, das muss ich, Oskar.« »Ich bin okay.«

Wir verbrachten unglaublich viel Zeit miteinander. So viel Zeit habe ich vermutlich mit niemand anderem verbracht, jedenfalls nicht seit Dads Tod, Buckminster nicht mit eingerechnet. Trotzdem kannte ich andere Menschen besser als sie. Ich wusste zum Beispiel nicht, wie ihre Kindheit gewesen oder wie sie Opa begegnet war, wie ihre Ehe ausgesehen hatte oder warum er gegangen war. Wenn ich ihre Lebensgeschichte schreiben müsste, könnte ich nur sagen, dass ihr Mann mit Tieren sprechen konnte und dass ich nie jemanden so lieben sollte, wie sie mich liebte. Meine Frage lautet also: Wenn wir nicht versuchten, uns näher kennen zu lernen, was taten wir dann eigentlich die ganze Zeit?

»Hast du heute irgendwas Besonderes gemacht?«, fragte sie mich an dem Nachmittag, als ich mit der Suche nach dem Schloss begonnen hatte. Wenn ich mir überlege, was alles passiert ist, von Dads Beerdigung bis zum Ausgraben seines Sargs, frage ich mich immer, warum ich ihr damals nicht die Wahrheit gesagt habe. Ich hätte noch kehrtmachen können, denn ich war noch nicht an dem Punkt, an dem es kein Zurück mehr gibt. Sie hätte mich vielleicht nicht verstanden, aber ich hätte es trotzdem sagen können. »Ja«, sagte ich. »Ich habe die Kratz-und-Riech-Ohrringe für den Kunsthandwerksbasar fertig gestellt. Dann habe ich noch den Schwalbenschwanz aufgespießt, den Stan tot auf der Treppe gefunden hat. Und ich habe an ein paar Briefen geschrieben, mit denen ich in Verzug bin.« »An wen schreibst du?«, fragte sie, und ich war immer noch nicht am Punkt, an dem es kein Zurück mehr gab. »An Kofi Annan, Siegfried, Roy, Jacques Chirac, E. O. Wilson, Weird Al Yankovic, Bill Gates, Wladimir Putin und noch ein paar andere.« Sie fragte: »Warum schreibst du nicht an jemanden, den du kennst?« Ich sagte: »Ich kenne doch niemanden«, und verstummte, weil ich etwas hörte. Oder etwas zu hören glaubte. Ein Geräusch, als ginge jemand durch die Wohnung. »Was ist das?«, fragte ich. »Meine Ohren sind nicht besonders große

Klasse«, sagte sie. »Aber irgendjemand ist in der Wohnung. Vielleicht der Mieter?« »Nein«, sagte sie, »er ist vorhin ins Museum gegangen.« »Welches Museum?« »Ich weiß nicht, in welches. Er hat gesagt, er sei erst am späten Abend wieder zurück.« »Aber ich kann jemanden hören.« »Nein, kannst du nicht«, sagte sie. Ich sagte: »Doch, kann ich. Ich bin mir fast hundertprozentig sicher.« Sie sagte: »Vielleicht bildest du es dir nur ein?« Da war ich an dem Punkt, an dem es kein Zurück mehr gibt.

Vielen Dank für Ihren Brief. Da ich sehr viel Post bekomme, kann ich nicht alles persönlich beantworten. Trotzdem lese ich sämtliche Briefe und bewahre sie in der Hoffnung auf, sie eines Tages gebührend beantworten zu können.
Bis dahin mit freundlichen Grüßen,
Ihr Stephen Hawking

An diesem Abend blieb ich lange auf und entwarf Schmuck. Ich entwarf eine Fußspange für Querfeldein, die beim Gehen eine Spur aus leuchtend gelber Farbe hinterlässt, sodass man wieder nach Hause findet, wenn man sich verirrt hat. Außerdem entwarf ich ein Paar Eheringe, die den Puls messen und als Signal an den jeweils anderen Ring senden, der bei jedem Herzschlag rot aufleuchtet. Dann hatte ich noch eine Idee für einen ziemlich tollen Armreif: Man rollt seinen Lieblingsgedichtband auf, wickelt ein Gummiband darum, und nach einem Jahr nimmt man das Band ab und trägt das Buch als Armreif.

Ich weiß auch nicht, warum, aber beim Arbeiten musste ich ständig an den Tag denken, als Mom und ich nach New Jersey zu dem Lagerhaus gefahren waren. Ich kehrte in Gedanken immer wieder dorthin zurück, genau wie die Lachse, über die ich Bescheid weiß. Ich glaube, Mom hielt mindestens zehn Mal an, um sich das Gesicht zu waschen. Das Lagerhaus war so still und so dunkel, und wir waren die einzigen Menschen. Welche Getränke gab es im Automaten? Welche Schriftart hatten die Schilder? Ich ging im Geist die Kisten durch. Ich holte einen schönen, alten Filmprojektor heraus. Was hatte Dad zuletzt gefilmt? War ich mit auf dem Film gewesen? Ich erinnerte mich an den Berg Zahnbürsten, wie man sie beim Zahnarzt bekommt, und an drei Baseball-Bälle, die Dad beim Spiel gefangen und mit dem jeweiligen Datum versehen hatte. Welche Daten waren es gewesen? Im Geist öffnete ich eine Kiste mit alten Atlanten (in denen Deutschland geteilt und Jugoslawien eins war) und Souvenirs von Geschäftsreisen, zum Beispiel russische Holzpuppen mit Puppen in Puppen in Puppen ... Was davon hatte Dad für später aufgehoben, wenn ich Kinder hätte?

Es war 2:36 Uhr morgens. Ich ging in Moms Zimmer. Sie schlief, versteht sich von selbst. Ich sah zu, wie ihre Decke gleichzeitig mit ihr atmete. Als ich noch zu klein war, um biologische Prozesse kapieren zu können, meinte Dad immer, dass die Bäume einatmen, wenn die Menschen ausatmen. Ich wusste, dass Mom träumte, aber ich wollte nicht wissen, was sie träumte, denn ich hatte schon genug eigene Albträume, und wenn sie etwas Schönes geträumt hätte, wäre ich sauer auf sie gewesen. Ich berührte sie unglaublich sanft. Sie fuhr auf und sagte: »Was ist los?« Ich sagte: »Alles okay.« Sie packte mich an den Schultern und fragte: »Was ist los?« Ihr Griff tat weh, aber ich ließ mir nichts anmerken. »Weißt du noch, als wir nach New Jersey zu dem Lagerhaus gefahren sind?« Sie ließ mich los und legte sich wieder hin. »Was?« »Da, wo Dads alte Sachen sind.

Weißt du noch?« »Oskar, es ist mitten in der Nacht.« »Wie heißt das Ding?« »*Oskar.*« »Ich will doch nur wissen, wie das Ding heißt.« Sie griff nach ihrer Brille, die auf dem Nachtschrank lag, und ich hätte alle meine Sammlungen und jedes einzelne Schmuckstück, das ich bis dahin gemacht hatte, und sämtliche zukünftigen Geburtstags- und Weihnachtsgeschenke dafür gegeben, dass sie gesagt hätte: »Black Storage.« Oder: »Blackwell Storage.« Oder: »Blackman.« Oder wenigstens: »Midnight Storage.« Oder: »Dark Storage.« Oder: »Rainbow.«

Sie zog ein Gesicht, als würde ihr jemand wehtun, und sagte: »Store-a-Lot.«

Ich konnte die Enttäuschungen nicht mehr zählen.

WARUM ICH NICHT BEI DIR BIN
21.5.63

Deine Mutter und ich sprechen nie über die Vergangenheit, das ist eine Regel. Wenn sie im Bad ist, gehe ich an die Tür, und sie schaut mir nie über die Schulter, wenn ich schreibe, das sind noch zwei Regeln. Ich halte ihr Türen auf, berühre sie aber nie am Rücken, wenn sie durchgeht, ich darf ihr nicht beim Kochen zuschauen, sie faltet meine Hosen zusammen, lässt die Hemden aber neben dem Bügelbrett liegen, ich zünde keine Kerzen an, wenn sie mit im Zimmer ist, aber ich puste Kerzen aus. Eine Regel ist, dass wir nie traurige Musik hören, diese Regel haben wir schon früh aufgestellt, Lieder sind immer so traurig wie der Zuhörer, wir hören nur sehr selten Musik. Ich beziehe jeden Morgen das Bett neu, um wegzuwaschen, was ich geschrieben habe, wir schlafen nie zweimal im selben Bett, wir schauen uns nie Fernsehshows über kranke Kinder an, sie fragt mich nie, wie mein Tag war, wir sitzen beim Essen immer beide auf der gleichen Seite des Tisches mit Blick aufs Fenster. So viele Regeln, manchmal weiß ich schon gar nicht mehr, was eine Regel ist und was nicht, ob wir überhaupt irgendetwas um der Sache selbst willen tun, heute verlasse ich sie, ist das die zentrale Regel, oder bin ich gerade dabei, diese zentrale Regel zu brechen? Früher bin ich jedes Wochenende mit dem Bus hierher gefahren, um die Zeitschriften und Zeitungen einzusammeln, die die Flugreisenden beim Aufbruch liegen lassen, deine Mutter liest und liest und liest, sie will so viel Englisch wie möglich lesen, ist das eine Regel? Ich bin immer am späten Freitagnachmittag hierher gefahren und kam dann mit einer Zeitung und ein oder zwei Zeitschriften nach Hause, aber sie wollte mehr, mehr Slang, mehr Redewendungen, »bee's knees«, »cat's pyjamas«, »horse of a different color«, »dog-tired«, sie wollte sprechen, als wäre sie hier geboren worden, als stammte sie nicht von anderswo, also nahm ich immer einen Beutel mit, in den ich alles stopfte, was ich finden konnte, er wurde schwer, von so viel Englisch taten mir die Schultern weh, sie wollte mehr Englisch, also nahm ich einen Koffer mit, ich füllte ihn, bis ich den Reißverschluss kaum noch zubekam, das Englisch zog den Koffer zu Boden, vom vielen Englisch taten mir die Arme weh, die Hände, die Fingerknöchel, die Leute müssen geglaubt haben, dass ich tatsächlich irgendwo hinfliegen wollte, am nächsten Morgen tat mir der Rücken vom Englisch weh, ich hielt mich immer länger hier auf, ich blieb viel länger als nötig und sah den Flugzeugen zu, die Menschen hin und her beförderten, ich begann, zweimal pro Woche hierher zu fahren und mehrere Stunden zu bleiben, wenn ich nach Hause musste, wollte ich nicht weg, und wenn ich nicht hier war, wäre ich am liebsten hier gewesen, jetzt komme ich jeden Morgen, bevor wir den Laden öffnen, und jeden Abend nach dem Essen, warum nur, hoffe ich im Stillen, dass irgendwann einmal jemand aus dem Flugzeug steigt, den ich kenne, warte ich auf einen Verwandten, der nie kommt, erwarte ich Anna? Nein, darum geht es nicht, es geht nicht um Freude oder die Erlösung von meiner Last. Ich schaue gern Menschen zu, die wieder vereint sind, vielleicht ist das Unsinn, aber so ist es nun einmal, ich schaue gern Menschen zu, die aufeinander zulaufen, mir gefallen die Küsse und Tränen, mir gefällt die Ungeduld, mir gefallen die Geschichten, die der Mund nicht schnell genug erzählen kann, die Ohren, die nicht groß genug sind, um alles auf einmal hören zu können, die Augen, die von den vielen Veränderungen überfordert sind, ich mag die Umarmungen, das Zusammentreffen von Menschen, die endlich gestillte Sehnsucht, ich sitze mit einem Kaffee am Rand und schreibe in mein Tagebuch, ich schaue mir die Abflugzeiten an, die ich längst auswendig kenne, ich beobachte, ich schreibe, ich versuche, nicht an das Leben zu denken, das ich nicht verlieren wollte, aber trotzdem verloren habe und das erinnert werden muss, hier zu sein erfüllt mich mit tiefer Freude, auch wenn es im Grunde nicht meine Freude ist, und am Ende des Tages stopfe ich den Koffer mit längst überholten Neuigkeiten voll. Vielleicht war das die Geschichte, die ich mir erzählt habe, als ich deiner Mutter begegnet bin, ich habe geglaubt, wir könnten aufeinander zulaufen, ich habe geglaubt, wir könnten ein wunderbares Wiedersehen feiern, obwohl wir uns in Dresden kaum gekannt hatten. Aber so war es nicht. Wir traten mit ausgestreckten Armen auf der Stelle, aber wir streckten sie nicht nach einander aus, sondern hielten einander damit auf Abstand, alles zwischen uns war zu Regeln erstarrt, die unser gemeinsames Leben lenkten, alles war genau bemessen, eine Ehe der Millimeter, der Regeln, wenn sie aufsteht, um duschen zu gehen, füttere ich die Tiere – so lautet die Regel –, damit sie sich nicht geniert, sie beschäftigt sich irgendwie, wenn ich mich abends ausziehe – Regel –, sie geht zur Tür, um nachzuschauen, ob zugesperrt ist, sie sieht zur Vorsicht zweimal nach dem Ofen, sie geht zum Geschirrschrank, in dem ihre Porzellansammlungen stehen, sie schaut wieder einmal nach den Lockenwicklern, die sie seit unserer ersten Begegnung nicht mehr benutzt hat, und wenn sie sich auszieht, habe ich so viel zu tun wie noch nie in meinem Leben. Wir waren erst ein paar Monate verheiratet, da sperrten wir schon bestimmte Bereiche unserer Wohnung als »Nicht-Orte« ab, an denen man seine absolute Privatsphäre hatte, wir kamen überein, die abgesperrten Bereiche nicht anzuschauen, dass es sich dabei um Teile unserer Wohnung handelte, die gar nicht existierten und in denen man selbst vorübergehend aufhören konnte zu existieren, der erste war im Schlafzimmer, am Fußende des Bettes, wir markierten ihn mit rotem Klebeband auf dem Teppich, er war gerade groß genug, um darin stehen zu können, er war ein guter Ort, um sich aufzulösen, wir wussten, dass er da war, aber wir schauten nie hin, es klappte so gut, dass wir beschlossen, im Wohnzimmer ebenfalls einen Nicht-Ort einzurichten, das hielten wir für notwendig, denn hin und wieder möchte man sich auch im Wohnzimmer auflösen, und hin und wieder möchte man sich einfach so auflösen, diesen Bereich machten wir etwas größer, sodass sich einer von uns dort hinlegen konnte, die Regel lautete, dass wir diesen rechteckigen Bereich nie anschauten, er existierte nicht, und wenn man sich darin aufhielt, hörte man selbst auf zu existieren, das reichte für eine Weile, aber nur für eine Weile, wir brauchten noch mehr Regeln, an unserem zweiten Hochzeitstag bestimmten wir das ganze Gästezimmer zum Nicht-Ort, damals hielten wir das für eine gute Idee, manchmal bietet ein kleiner Fleck am Fußende des Bettes oder ein Rechteck im Wohnzimmer nicht genug Privatsphäre, die Innenseite der Gästezimmertür war Nichts, die Außenseite zum Flur war Etwas, der Knauf, der beide Seiten miteinander verband, war entweder Nichts oder Etwas. Die Wände des Flurs waren Nichts, selbst Bilder müssen sich manchmal auflösen, ganz besonders Bilder, aber der eigentliche Flur war Etwas, die Badewanne war Nichts, das Badewasser war Etwas, unsere Körperbehaarung war natürlich Nichts, aber wenn wir die Haare aus dem Sieb im Abfluss sammelten, waren sie Etwas, wir versuchten, uns das Leben einfacher zu machen, wir versuchten, das Leben mit unseren Regeln so zu gestalten, dass es möglichst einfach war. Aber dann kam es zum Konflikt zwischen Etwas und Nichts, morgens warf die Nichts-Vase einen Etwas-Schatten, er glich der Erinnerung an einen Menschen, den man verloren hatte, was bleibt da zu sagen, nachts schien das Nichts-Licht aus dem Gästezimmer unter der Nichts-Tür durch und befleckte den Etwas-Flur, was soll man dazu sagen. Es wurde schwierig, sich von Etwas zu Etwas zu bewegen, ohne aus Versehen durch ein Nichts zu laufen, und wenn ein Etwas – ein Schlüssel, ein Stift, eine Taschenuhr – aus Versehen an einem Nicht-Ort liegen blieb, war dieses Etwas für immer verloren, das war eine unausgesprochene Regel, wie fast alle unsere Regeln. Vor einem Jahr oder zwei Jahren erreichten wir den Punkt, an dem unsere Wohnung mehr Nichts als Etwas war, an sich hätte das nicht unbedingt ein Problem sein müssen, es hätte sogar von Vorteil sein können, es hätte uns retten können. Aber alles wurde noch schlimmer. Eines Nachmittags saß ich im zweiten Schlafzimmer auf dem Sofa und überlegte und überlegte und überlegte, als mir plötzlich bewusst wurde, dass ich mich auf einer Etwas-Insel befand. »Wie bin ich hierher gekommen?«, fragte ich mich, denn ich saß mitten im Nichts, »und wie komme ich wieder zurück?« Je länger deine Mutter und ich zusammenwohnten, desto öfter nahmen wir die Mutmaßungen des anderen als gegeben hin, je weniger offen ausgesprochen wurde, desto mehr wurde missverstanden, oft glaubte ich, dass wir eine bestimmte Stelle als Nichts gekennzeichnet hatten, während sie der festen Überzeugung war, wir seien übereingekommen, dass sie Etwas sei, unsere unausgesprochenen Vereinbarungen waren plötzlich Unvereinbarkeiten, sie führten zu Streit und Leiden, ich wollte mich vor ihren Augen ausziehen, das ist erst ein paar Monate her, und sie sagte: »Thomas! Was tust du da?«, und ich teilte ihr durch eine Geste mit: »Ich dachte, hier wäre Nichts«, und bedeckte meine Blöße mit einem meiner Tagebücher, und sie sagte: »Da ist Etwas!« Wir holten den Grundriss unserer Wohnung aus dem Schrank im Flur und klebten ihn innen an die Eingangstür, wir schieden Nichts und Etwas mit einem orangen und einem grünen Textmarker voneinander. »Das ist Etwas«, beschlossen wir. »Das ist Nichts.« »Etwas.« »Etwas.« »Nichts.« »Etwas.« »Nichts.« »Nichts.« »Nichts.« Wir legten alles endgültig fest, damit Glück und Friede ewig währen konnten, und erst am letzten Abend, unserem letzten gemeinsamen Abend, kam die unvermeidliche Frage auf, ich sagte zu ihr: »Etwas«, indem ich ihr die Hände aufs Gesicht legte und wie einen Brautschleier wieder hob. »Wir sind Etwas, oder?« Doch im Innersten meines Herzens wusste ich die Wahrheit.

Entschuldigung, können Sie mir sagen, wie spät es ist?

Das hübsche Mädchen wusste nicht, wie spät es war, sie sei in Eile, sagte sie, »Viel Glück«, ich lächelte, sie eilte davon, beim Laufen wehte ihr Rock, manchmal merke ich, wie meine Knochen unter der Last all meiner ungelebten Leben ächzen. In diesem Leben sitze ich in einem Flughafen und versuche, mich meinem ungeborenen Sohn zu erklären, ich fülle die Seiten dieses Tagebuchs, meines letzten, ich muss an einen Laib Schwarzbrot denken, den ich eines Nachts draußen liegen ließ, am nächsten Morgen konnte ich den Umriss der Maus erkennen, die sich mitten hindurchgefressen hatte, ich schnitt den Laib in Scheiben, und bei jedem Schnitt sah ich die Maus, ich muss an Anna denken, ich würde alles geben, um nie wieder an sie denken zu müssen, festhalten kann ich nur an dem, was ich verlieren will, ich muss an den Tag denken, an dem wir uns zum ersten Mal begegnet sind, sie war mit ihrem Vater gekommen, der meinen Vater besuchen wollte, sie waren Freunde, vor dem Krieg hatten sie über Kunst und Literatur gesprochen, aber als der Krieg ausbrach, sprachen sie nur noch über den Krieg, ich sah sie schon von weitem, ich war fünfzehn, sie war siebzehn, während sich unsere Väter drinnen unterhielten, setzten wir uns draußen ins Gras, wir waren ja noch so jung. Wir sprachen über nichts Besonderes, trotzdem war es, als sprächen wir über die ersten und letzten Dinge, wir rupften Hände voll Gras aus, und ich fragte sie, ob sie gern lese, sie sagte: »Nein, aber es gibt Bücher, die ich liebe, liebe, liebe«, sie sagte es genau so, dreimal, »Tanzt du gern?«, fragte sie, »Schwimmst du gern?«, fragte ich, wir sahen uns an, bis wir das Gefühl hatten, dass im nächsten Moment alles um uns herum in Flammen aufgehen würde, »Magst du Tiere?«, »Magst du schlechtes Wetter?«, »Magst du deine Freunde?« Ich erzählte ihr von meiner Skulptur, sie sagte: »Du wirst bestimmt ein großer Künstler.« »Woher willst du das wissen?«

»Ich weiß es einfach.« Ich sagte, dass ich schon längst ein großer Künstler sei, so unsicher war ich damals, sie sagte: »Ich meine berühmt«, ich sagte, das sei unwichtig, sie fragte mich, was mir wichtig sei, ich sagte, dass es mir nur um die Kunst an sich gehe, sie lachte und sagte: »Du durchschaust dich nicht«, ich sagte: »Natürlich durchschaue ich mich«, sie sagte: »Na klar«, ich sagte: »Doch!« Sie sagte: »Macht doch nichts, wenn man sich nicht durchschaut«, sie sah mein Innerstes, »Magst du Musik?« Unsere Väter kamen aus dem Haus und blieben vor der Tür stehen, einer von ihnen fragte: »Und was machen wir jetzt?« Ich wusste, dass sie gleich weg musste, ich fragte sie, ob sie gern Sport mache, sie fragte mich, ob ich gern Schach spiele, ich fragte sie, ob sie umgestürzte Bäume möge, sie kehrte mit ihrem Vater nach Hause zurück, mein Innerstes folgte ihr, mir blieb nur die Hülle, ich musste sie wiedersehen, ich wusste nicht, warum ich dieses Bedürfnis hatte, und genau deshalb war es ein so schönes Bedürfnis, es macht nichts, wenn man sich nicht durchschaut. Am nächsten Tag ging ich zu ihr, der Weg zum Stadtteil, in dem sie wohnte, dauerte eine Stunde, ich hatte Angst, unterwegs erkannt zu werden, zu viel zu erklären, was ich nicht hätte erklären können, ich setzte mir einen breitkrempigen Hut auf und hielt den Kopf gesenkt, ich hörte die Schritte anderer Passanten, wusste aber nicht, ob es Mann, Frau oder Kind war, ich hatte das Gefühl, über eine flach gelegte Leiter zu laufen, ich war zu schamhaft oder zu schüchtern, um mich bei ihr zu melden, lief ich die Leiter hinauf oder hinunter? Ich versteckte mich hinter einem Erdhaufen, der beim Ausheben eines Grabes entstanden war, eines Grabes für alte Bücher, die Literatur war die einzige Religion ihres Vaters, wenn ein Buch auf den Fußboden fiel, küsste er es, wenn er ein Buch durchgelesen hatte, schenkte er es meist jemandem, der ebenfalls in Bücher vernarrt war, wenn er keinen würdigen Empfänger fand, begrub er es, ich hielt den ganzen Tag Ausschau nach ihr, sah sie aber nicht, nicht auf dem Hof, nicht in einem Fenster, ich schwor mir zu bleiben, bis ich sie sah, aber bei Einbruch der Nacht wusste ich, dass ich nach Hause musste, ich hasste mich dafür zu gehen, warum war ich kein Mensch, der blieb? Ich ging mit gesenktem Kopf, ich musste die ganze Zeit an sie denken, obwohl ich sie kaum kannte, ich wusste nicht, welchen Gewinn ich von einem Wiedersehen hätte, aber ich wusste, dass ich bei ihr sein wollte, als ich am nächsten Tag wieder mit gesenktem Kopf zu ihr ging, kam mir der Gedanke, dass sie vielleicht überhaupt nicht an mich dachte. Die Bücher waren begraben worden, deshalb versteckte ich mich diesmal hinter ein paar Bäumen, ich stellte mir vor, wie sich ihre Wurzeln um die Bücher schlossen und Nährstoffe aus den Seiten sogen, ich stellte mir die Buchstabenringe im Holz der Stämme vor, ich wartete stundenlang, in einem der Fenster im zweiten Stock sah ich deine Mutter, sie war noch ein Mädchen, sie erwiderte meinen Blick, aber Anna sah ich nicht. Ein Blatt fiel, gelb wie Papier, ich musste nach Hause, und dann, am nächsten Tag, musste ich wieder zu ihr. Ich schwänzte die Schule, der Weg kam mir kurz vor, mein Nacken tat mir weh, weil ich die ganze Zeit den Kopf gesenkt hielt, ich streifte den Arm eines anderen Passanten – einen starken, breiten Arm –, und ich versuchte mir vorzustellen, wem er gehörte, einem Bauern, einem Steinmetz, einem Maurer, einem Zimmermann. Als ich ihr Haus erreichte, versteckte ich mich unter einem der Fenster an der Rückseite, in der Ferne ratterte ein Zug vorbei, Menschen kamen, Menschen gingen, Soldaten, Kinder, die Fensterscheibe vibrierte wie ein Trommelfell, ich wartete den ganzen Tag, war sie auf einem Ausflug, hatte sie etwas zu erledigen, versteckte sie sich vor mir? Als ich nach Hause kam, erzählte mir mein Vater, dass er noch einmal Besuch von ihrem Vater bekommen habe, ich fragte ihn, warum er so keuche, er sagte: »Die Dinge werden immer schlimmer«, mir wurde bewusst, dass ich morgens auf der Straße ihrem Vater begegnet sein musste. »Welche Dinge?« Hatte ihm der starke Arm gehört, der mich im Vorbeigehen gestreift hatte? »Alles. Die ganze Welt.« Hatte er mich erkannt oder hatten mich mein Hut und mein gesenkter Kopf getarnt? »Seit wann?« Vielleicht war er auch mit gesenktem Kopf gegangen. »Seit dem Anfang aller Dinge.« Je mehr ich versuchte, sie aus meinen Gedanken zu verbannen, desto mehr dachte ich an sie, desto schwerer fiel es mir, mich zu erklären, ich ging wieder zu ihr, ich lief die Strecke zwischen unseren Stadtvierteln mit gesenktem Kopf, sie war wieder nicht da, am liebsten hätte ich nach ihr gerufen, wollte aber nicht, dass sie meine Stimme hörte, all mein Verlangen hatte seinen Ursprung in dem einen, kurzen Gespräch, die halbe Stunde, die wir miteinander verbracht hatten, barg Stoff für hundert Millionen Diskussionen und wahnwitzige Geständnisse und tiefstes Schweigen. Ich hatte so viele Fragen an sie: »Liegst du gern mit dem Bauch auf dem Eis und suchst nach Dingen, die darin eingeschlossen sind?« »Magst du Theater?« »Hörst du gern etwas, bevor du es siehst?« Am nächsten Tag ging ich wieder hin, der Weg war anstrengend, mit jedem Schritt wuchs meine Überzeugung, dass sie schlecht von mir dachte oder, noch schlimmer, überhaupt nicht an mich dachte, ich lief mit gesenktem Kopf, den breitkrempigen Hut tief in die Stirn gezogen, wenn man sein Gesicht vor der Welt verbirgt, kann man die Welt nicht mehr sehen, und aus diesem Grund geschah es – mitten in meiner Jugend, mitten in Europa, zwischen unseren Stadtteilen, kurz bevor alles verloren ging –, dass ich mit etwas zusammenstieß und hinfiel. Es dauerte ein bisschen, bis ich wieder zur Besinnung kam, zuerst glaubte ich, ich wäre gegen

einen Baum gerannt, aber dann wurde der Baum zu einem Menschen, der ebenfalls am Boden lag und dabei war, wieder zur Besinnung zu kommen, und dann sah ich, dass sie es war, und sie sah, dass ich es war, »Hallo«, sagte ich und klopfte mir den Staub ab, »Hallo«, sagte sie. »Komischer Zufall.« »Ja.« Wie sollte ich erklären? »Wohin willst du?«, fragte ich. »Ich gehe einfach nur spazieren«, sagte sie, »und du?« »Ich gehe auch einfach nur spazieren.« Wir halfen uns gegenseitig auf die Beine, sie zupfte mir Blätter aus dem Haar, ich hätte gern ihr Haar berührt, »Nein, stimmt nicht«, fügte ich hinzu, ohne zu wissen, was ich als Nächstes sagen sollte, ich wollte nur, dass meine nächsten Worte wahrhaftig waren, ich wollte mein Innerstes zum Ausdruck bringen und verstanden werden, noch nie hatte ich etwas so sehr gewollt. »Ich wollte zu dir.« Ich erzählte ihr: »An den letzten sechs Tagen bin ich immer zu dir gegangen. Aus irgendeinem Grund muss ich dich unbedingt wiedersehen.« Sie schwieg, ich hatte mich lächerlich gemacht, es macht nichts, wenn man sich nicht durchschaut, und dann begann sie zu lachen, ich hatte noch nie erlebt, dass jemand so sehr lachte, sie lachte Tränen, die Tränen ließen noch mehr Tränen fließen, und weil ich mich so unglaublich schämte, begann ich ebenfalls zu lachen, »Ich wollte zu dir«, sagte ich wieder, als wollte ich die Sache noch schlimmer für mich machen, »weil ich dich wiedersehen wollte«, sie lachte und lachte, »Das ist also die Erklärung«, sagte sie, als sie wieder sprechen konnte. »Wofür?« »Dafür, dass du an den letzten sechs Tagen nie zu Hause warst.« Wir hörten auf zu lachen, ich nahm die Welt in mich auf, ordnete sie neu und sandte sie als Frage wieder aus: »Magst du mich?«

Können Sie mir bitte sagen, wie spät es ist?

Er antwortete: Acht nach halb zehn, er sah mir unglaublich ähnlich, ich merkte, dass es ihm ebenfalls auffiel, zum Zeichen, dass wir uns ineinander wiedererkannten, tauschten wir ein Lächeln, wie viele Menschen nehmen meine Identität an? Begehen wir alle dieselben Fehler, oder gibt es auch jemanden, der alles richtig oder wenigstens fast richtig macht, habe ich etwa die Identität eines anderen angenommen? Ich sagte mir selbst die Uhrzeit, und ich denke an deine Mutter, wie jung und alt sie ist, wie sie ihr Geld in einem Umschlag mit sich herumträgt, wie sie dafür sorgt, dass ich mich bei jedem Wetter mit Sonnenmilch eincreme, wie sie »Gesundheit« sagt, wenn sie geniest hat, ich wünsche ihr Gesundheit. Jetzt ist sie zu Hause und schreibt ihre Lebensgeschichte, wenn ich gehe, tippt sie, sie weiß nicht, welche Kapitel als Nächstes kommen. Das war meine Idee, und anfangs hielt ich sie für richtig gut, ich dachte, wenn deine Mutter nicht mehr litte, sondern schriebe, wenn sie eine Möglichkeit hätte, sich von ihrer Last zu erlösen, sie lebte einfach nur dahin, sie hatte nichts, das sie anregte, für das sie sorgen, das sie ihr Eigen nennen konnte, sie half im Laden aus, kam nach Hause und setzte sich in ihren großen Sessel und schaute in ihre Zeitschriften, sie las sie nicht, sondern starrte durch sie hindurch, auf ihren Schultern sammelte sich der Staub. Ich holte meine alte Schreibmaschine aus dem Schrank und schaffte alles Nötige für sie ins Gästezimmer, einen Kartentisch als Schreibtisch, einen Stuhl, Papier, ein paar Gläser, eine Karaffe mit Wasser, eine Kochplatte, ein paar Blumen, Cracker, es war kein richtiges Büro, aber es erfüllte seinen Zweck, sie sagte: »Aber es ist ein Nicht-Ort«, ich schrieb: »Gibt es einen besseren Ort für dich, um deine Lebensgeschichte aufzuschreiben?« Sie sagte: »Meine Augen sind schlecht«, ich erwiderte, sie seien gut genug, sie sagte: »Ich sehe kaum noch etwas«, sie legte sich die Finger auf die Augen, ich wusste, dass ihr so viel Aufmerksamkeit peinlich war, sie sagte: »Ich weiß doch gar nicht, wie man schreibt«, ich sagte ihr, das sei egal, man müsse die Wörter einfach kommen lassen, sie legte die Finger auf die Tasten wie eine Blinde, die ein fremdes Gesicht befühlt, und sagte: »Ich habe noch nie getippt«, ich sagte: »Drück einfach auf die Tasten«, sie sagte, sie wolle es versuchen, obwohl ich von Kindesbeinen an wusste, wie man Schreibmaschine schreibt, hatte ich es auch nie richtig gelernt. Monatelang war es das Gleiche, sie stand um vier Uhr früh auf und ging ins Gästezimmer, die Tiere folgten ihr, ich fuhr hierher, ich sah sie erst nach dem Frühstück wieder, und nach der Arbeit blieb jeder von uns für sich, wir sahen uns erst zur Schlafenszeit wieder, machte ich mir Sorgen um sie, weil sie ihre ganze Kraft in ihre Lebensgeschichte steckte, nein, ich freute mich für sie, ich kannte das Gefühl, das sie dabei hatte, die Begeisterung darüber, eine neue Welt zu erschaffen, hinter der Tür konnte ich die Geräusche der Schöpfung hören, wie die Lettern aufs Papier trafen, wie die Seiten aus der Maschine gezogen wurden, endlich einmal war alles besser als sonst, alles war so gut wie nur möglich, alles hatte einen Sinn, und in diesem Frühling, nach Jahren einsamer Arbeit, sagte sie schließlich eines Morgens: »Ich möchte dir etwas zeigen.« Ich folgte ihr ins Gästezimmer, sie zeigte auf den Kartentisch in der Ecke, auf dem die Schreibmaschine stand, eingezwängt zwischen zwei ungefähr gleich hohen Papierstapeln, wir gingen zusammen hin, sie berührte alles, was auf dem Tisch stand, dann reichte sie mir den linken Papierstapel, sie sagte: »Mein Leben.« »Wie bitte?«, fragte ich, indem ich mit den Schultern zuckte, sie tippte mit dem Finger auf die Seite, »Mein Leben«, sagte sie noch einmal, ich blätterte die Seiten durch, es waren mindestens tausend, ich legte den Stapel wieder ab, »Was soll das sein?«, fragte ich, indem ich ihre Hände auf die meinen legte und sie mit einer Drehung meiner Hände wieder abwarf, »Mein Leben«, sagte sie voller Stolz, »ich bin jetzt in der Gegenwart angelangt. Gerade eben. Ich habe mich selbst eingeholt. Als Letztes habe ich getippt: ›Jetzt zeige ich ihm, was ich geschrieben habe. Hoffentlich gefällt es ihm.‹« Ich nahm den Stapel wieder zur Hand und blätterte ihn noch einmal durch, denn ich wollte die Seite mit ihrer Geburt finden, die Seite mit ihrer ersten Liebe, ich wollte wissen, wann sie ihre Eltern zum letzten Mal gesehen hatte, und außerdem suchte ich Anna, ich suchte und suchte, ich schnitt mich mit dem Papier am Zeigefinger, und mein Blut tropfte und bildete eine kleine, rote Blume auf der Seite, auf der ich eigentlich hätte sehen sollen, wie sie jemanden küsste, aber alles, was ich sah, war dies:

Ich hätte am liebsten geweint, doch ich weinte nicht, ich hätte vermutlich weinen müssen, ich hätte uns beide hier in diesem Zimmer ertränken und unser Leiden beenden müssen, man hätte uns gefunden, wie wir mit dem Gesicht nach unten auf zweitausend weißen Seiten trieben oder unter dem Salz meiner verdunsteten Tränen begraben lagen, mir fiel ein, erst in diesem Moment und viel zu spät, dass ich vor Jahren das Farbband aus der Maschine genommen hatte, es war meine Rache an der Schreibmaschine und an mir selbst gewesen, ich hatte es der Länge nach herausgezogen und dabei das Negativ alles Getippten enthüllt – das zukünftige Zuhause, das ich immer wieder für Anna entworfen hatte, all meine unbeantwortet gebliebenen Briefe –, als könnte mich das vor meinem wahren Leben schützen. Noch schlimmer war die Erkenntnis – sie ist unaussprechlich, aber ich muss sie aufschreiben! –, dass deine Mutter die Leere nicht sehen konnte, sie konnte gar nichts sehen. Ich wusste, dass sie Probleme mit den Augen hatte, beim Gehen hielt sie sich an meinem Arm fest, sie hatte gesagt: »Meine Augen sind schlecht«, aber ich hatte immer geglaubt, dass sie nur einen Grund suchte, um mich berühren zu können, dass es nur eine Floskel war, warum bat sie nicht um Hilfe, warum wollte sie stattdessen diese Zeitschriften und Zeitungen, obwohl sie sie überhaupt nicht lesen konnte, war das ihre Art, um Hilfe zu bitten? Klammerte sie sich deshalb so an Geländern fest, wollte sie deshalb nicht, dass ich ihr beim Kochen zuschaute oder beim Umziehen oder beim Öffnen von Türen? Hatte sie immer etwas zum Lesen vor der Nase, damit sie nichts anderes anzuschauen brauchte? Hatte ich ihr mit all den Worten, die ich im Laufe der Jahre für sie notiert hatte, nie wirklich etwas gesagt? »Wunderbar«, sagte ich, indem ich ihre Schulter auf die vertraute Art streichelte, »ganz wunderbar.«

»Lies weiter«, sagte sie, »ich möchte wissen, wie du es findest.« Ich legte mir ihre Hand auf die Wange, ich neigte den Kopf zur Seite, für sie bedeutete diese Geste im Zusammenhang unseres Gesprächs: »Hier kann ich das nicht lesen. Ich nehme es mit ins Schlafzimmer, ich möchte deine Lebensgeschichte gründlich und in aller Ruhe lesen, das hat sie verdient.« Für mich bedeutete diese Geste im Zusammenhang unseres Gesprächs jedoch: »Ich habe vor dir versagt.«

Können Sie mir bitte sagen, wie spät es ist?

Anna und ich schliefen zum ersten Mal hinter der Laube ihres Vaters miteinander, der frühere Besitzer war ein Bauer gewesen, aber Dresden wuchs und schluckte die umliegenden Dörfer, und das Hofgrundstück wurde in neun Parzellen aufgeteilt, Annas Familie gehörte die größte. An einem Nachmittag im Herbst brach die alte Laube zusammen – »Ein Blatt zu viel«, scherzte Annas Vater –, und tags darauf errichtete er neue Wände, sie bestanden aus Bücherregalen, sodass Innen und Außen von Büchern getrennt wurden. (Das neue, überhängende Dach schützte die Bücher vor Regen, aber im Winter froren die Seiten zusammen, wenn der Frühling begann, lösten sie sich mit einem Seufzer voneinander.) Den Innenraum verwandelte er in eine kleine Stube, es gab zwei Sofas, abends begab er sich gern mit einem Glas Whisky und seiner Pfeife dorthin, er zog Bücher aus den Regalen und schaute durch die Lücken zur Innenstadt. Er war ein Intellektueller, wenn auch keiner von Bedeutung, vielleicht wäre er bedeutend geworden, wenn er länger gelebt hätte, vielleicht warteten große Bücher wie zusammengedrückte Sprungfedern in ihm, Bücher, die das Innen vom Außen geschieden hätten. Am Tag, als Anna und ich zum ersten Mal miteinander schliefen, begegnete ich ihm auf dem Hof, er stand dort mit einem etwas verlotterten Mann, dessen lockiges Haar in alle Richtungen abstand, dessen Brille verbogen und dessen weißes Hemd schwarz von der Druckerschwärze an seinen Händen war, »Thomas, ich möchte dir meinen Freund Simon Goldberg vorstellen.« Ich sagte guten Tag, ich wusste nicht, wer dieser Mann war und warum ich ihm vorgestellt wurde, ich wollte zu Anna, Herr Goldberg wollte wissen, was ich machte, seine Stimme war so schön und huckelig wie Kopfsteinpflaster, ich antwortete: »Ich mache gar nichts«, Annas Vater lachte, »Sei nicht so bescheiden«, sagte er. »Ich will Bildhauer werden.« Herr Goldberg nahm die Brille ab, zog sein Hemd aus der Hose und putzte die Gläser mit einem Zipfel. »Du willst Bildhauer werden?« Ich sagte: »Ich versuche jedenfalls, Bildhauer zu werden.« Er setzte die Brille wieder auf, er klemmte sich die Drahtbügel hinter die Ohren und sagte: »In deinem Fall ist versuchen gleich sein.« »Und was machen Sie?«, fragte ich und klang dabei etwas herausfordernder als beabsichtigt. Er sagte: »Ich mache überhaupt nichts mehr.« Annas Vater sagte zu ihm: »Sei nicht so bescheiden«, aber diesmal lachte er nicht, und zu mir sagte er: »Simon ist einer der großen Denker unserer Zeit.« »Ich versuche es jedenfalls«, sagte Herr Goldberg zu mir, als gäbe es nur uns zwei. »Was versuchen Sie?«, fragte ich und klang dabei etwas ratloser als beabsichtigt, er setzte die Brille wieder ab, »Ich versuche zu sein.« Während sich Herr Goldberg und Annas Vater in der Laube unterhielten, deren Bücher Innen und Außen trennten, unternahmen Anna und ich einen Spaziergang zum Ried, das hinter der grau-grünen Tonerde und neben dem alten Pferdestall lag, und wenn man wusste, wohin man schauen musste, konnte man von dort das Wasser sehen, wir versanken bis zu den Knöcheln im Schlamm und im Saft des Fallobstes, das wir aus dem Weg traten, vom oberen Rand des Grundstücks sahen wir den Bahnhof, dort herrschte große Hektik, der Krieg kam uns immer näher, Soldaten fuhren durch unsere Stadt nach Osten, und Flüchtlinge fuhren nach Westen oder blieben da, Züge kamen an und fuhren ab, zu Hunderten, am Ende waren wir wieder am Ausgangspunkt, draußen vor der Laube, die jetzt eine Stube war. »Komm, wir setzen uns«, flüsterte Anna, wir ließen uns auf der Erde nieder und lehnten uns an die Regale, wir hörten sie drinnen reden, der Pfeifenrauch, der zwischen den Büchern nach draußen drang, stieg uns in die Nase, Anna begann mich zu küssen, »Und wenn sie rauskommen?«, flüsterte ich, sie legte die Hände auf meine Ohren, was heißen sollte, dass sie zu laut redeten, um uns hören zu können. Sie berührte mich überall, was tat sie da, ich berührte sie überall, was tat ich da, wussten wir über etwas Bescheid, das wir noch gar nicht kannten? Ihr Vater sagte: »Du kannst bleiben, solange du willst. Du kannst für immer bleiben.« Sie zog sich das Hemd über den Kopf, ich griff nach ihren Brüsten, es war komisch, und es war ganz natürlich, sie zog mir das Hemd über den Kopf, in dem Augenblick, als ich nichts mehr sehen konnte, lachte Herr Goldberg und sagte: »Für immer«, ich hörte ihn im kleinen Raum auf und ab laufen, ich schob meine Hand unter ihren Rock, zwischen ihre Beine, es war, als müsste im nächsten Moment alles um uns herum in Flammen aufgehen, ich war völlig unerfahren, wusste aber genau, was zu tun war, es war wie in meinen Träumen, als hätte ich das Wissen längst in mir getragen wie zusammengedrückte Sprungfedern, alles, was geschah, war schon einmal geschehen und würde wieder geschehen, »Die Welt ist mir fremd geworden«, sagte Annas Vater, Anna drehte sich auf den Rücken, vor einer Wand aus Büchern, durch die Stimmen und Pfeifenrauch drangen, »Ich will mit dir schlafen«, flüsterte Anna, ich wusste genau, was ich tun musste, die Nacht brach an, Züge fuhren ab, ich hob ihren Rock, Herr Goldberg sagte: »Mir war sie nie vertrauter«, und ich konnte ihn auf der anderen Seite der Bücher atmen hören, hätte er eines aus dem Regal gezogen, dann hätte er alles gesehen. Aber die Bücher beschützten uns. Ich war nur eine Sekunde in ihr, da ging ich schon in Flammen auf, sie wimmerte, Herr Goldberg stampfte mit dem Fuß auf und schrie wie ein waidwundes Tier, ich fragte sie, ob alles in Ordnung sei, sie nickte, ich ließ mich auf sie sacken, drückte meine Wange an ihre Wange, und ich sah das Gesicht deiner Mutter in einem Fenster im zweiten Stock, »Warum weinst du dann?«, fragte ich, erschöpft und um eine Erfahrung reicher, »Krieg!«, sagte

Herr Goldberg zornig und niedergeschlagen, seine Stimme bebte: »Das sinnlose Morden geht weiter! Ein Krieg der Menschheit gegen die Menschheit, und er wird erst vorbei sein, wenn es niemanden mehr gibt, der kämpfen kann!« Sie sagte: »Es hat wehgetan.«

Können Sie mir bitte sagen, wie spät es ist?

Jeden Morgen vor dem Frühstück, noch bevor ich hierher fahre, gehe ich mit deiner Mutter ins Gästezimmer, die Tiere folgen uns, ich blättere in den leeren Seiten und zeige ihr durch Gesten, ob ich lachen oder weinen muss, wenn sie mich fragt, worüber ich lache oder worüber ich weine, tippe ich mit dem Finger auf die Seite, und wenn sie fragt: »Warum?«, lege ich ihre Hand zuerst auf ihr Herz und dann auf meines, oder ich lege ihren Finger auf den Spiegel oder ganz kurz auf die Kochplatte, manchmal frage ich mich, ob sie nicht doch alles weiß, in meinen nichtesten Nicht-Momenten frage ich mich, ob sie mich nicht einfach nur auf die Probe stellt, ob sie den ganzen Tag nur Unsinn tippt oder überhaupt nichts tippt, um meine Reaktion zu testen, sie will einfach wissen, ob ich sie wirklich liebe, mehr will man nicht vom anderen, nicht Liebe selbst, sondern die Gewissheit, dass man geliebt wird, eine Energie, ähnlich wie die der Batterien für die Taschenlampe im Flurschrank, die zur Ausrüstung für Notfälle gehört, »Zeig es niemand anderem«, sagte ich ihr am Morgen, als sie mir ihr Manuskript zum ersten Mal zeigte, vielleicht wollte ich sie durch diese Bitte schützen, vielleicht auch mich selbst, »Bis es ganz fertig ist, bleibt es unser Geheimnis. Wir arbeiten gemeinsam daran. Wir machen das größte Buch aller Zeiten daraus.« »Meinst du wirklich?«, fragte sie, draußen fielen Blätter von den Bäumen, drinnen dachten wir über solche Tatsachen gar nicht mehr nach, »Natürlich«, sagte ich, indem ich sie am Arm berührte, »Wenn wir uns nur genug Mühe geben.« Sie streckte die Hände aus und fand mein Gesicht, sie sagte: »Ich werde darüber schreiben.« Seit dem Tag habe ich sie immer ermutigt, habe sie gebeten, mehr zu schreiben, noch tiefer zu schürfen, »Beschreib sein Gesicht«, sage ich zu ihr und fahre mit der Hand über die leere Seite, und dann, am nächsten Morgen: »Beschreib seine Augen«, und dann, indem ich die Seite vor das

Fenster halte und Licht hindurchscheinen lasse, »Beschreib seine Iris«, und dann, »Seine Pupillen.« Sie fragt nie: »Wessen?« Sie fragt nie: »Warum?« Geht es auf diesen Seiten um meine Augen? Ich sah den linken Stapel aufs Doppelte und Vierfache anwachsen, ich hörte von Nebensächlichkeiten, die zu Abschweifungen wurden, die zu Absätzen wurden, die zu Kapiteln wurden, und da sie es mir erzählt hat, weiß ich, dass der einstige zweite Satz inzwischen der vorletzte ist. Vor zwei Tagen erzählte sie mir, dass ihre Lebensgeschichte schneller verlaufe als ihr Leben, »Wie meinst du das?«, fragte ich mit den Händen, »Mein Leben ist so langweilig«, sagte sie, »und mein Gedächtnis ist so gut.« »Könntest du auch über den Laden schreiben?« »Ich habe jeden Diamanten im Koffer beschrieben.« »Du könntest über andere Menschen schreiben.« »Die Geschichte meines Lebens ist die Geschichte aller Menschen, denen ich je begegnet bin.« »Du könntest über deine Gefühle schreiben.« Sie fragte: »Sind mein Leben und meine Gefühle nicht das Gleiche?«

Bitte entschuldigen Sie, wo bekommt man hier Tickets?

Ich habe dir so viel zu erzählen, aber mir läuft die Zeit davon, mir geht der Platz aus, dieses Buch ist bald voll, es könnte gar nicht genug Seiten haben, heute Morgen habe ich mich zum letzten Mal in der Wohnung umgeschaut, überall stand etwas geschrieben, auf den Wänden und den Spiegeln, ich hatte die Teppiche aufgerollt, um auf dem Fußboden schreiben zu können, ich hatte auf die Fensterscheiben und die Etiketten der Weinflaschen geschrieben, die wir geschenkt bekommen, aber nie getrunken hatten, ich trage nur kurzärmelige Hemden, selbst bei Kälte, weil auch meine Arme Bücher sind. Aber es gibt zu viel zu erzählen. Es tut mir Leid. Genau das wollte ich dir eigentlich sagen: Alles tut mir Leid. Mir tut Leid, mich von Anna verabschiedet zu haben, obwohl ich sie und unsere gemeinsame Zukunft vielleicht hätte retten, zumindest aber mit ihr hätte sterben können. Mir tut Leid, dass ich Unwichtiges nicht loslassen kann, dass ich mich nicht auf das Wesentliche konzentrieren kann. Mir tut Leid, was ich dir und deiner Mutter jetzt antun werde. Mir tut Leid, dass ich nie dein Gesicht sehen, dich nie füttern, dir nie Gute-Nacht-Geschichten erzählen werde. Ich habe auf meine Art versucht, mich zu erklären, aber wenn ich an die Lebensgeschichte deiner Mutter denke, ist mir klar, dass ich gar nichts erklärt habe, im Grunde sind wir beide gleich, ich habe ebenfalls Nichts geschrieben. »Die Widmung«, sagte sie heute früh zu mir, vor wenigen Stunden, als ich zum letzten Mal ins Gästezimmer ging, »Lies sie.« Ich legte ihr die Finger auf die Lider und öffnete ihre Augen weit genug, um ihr alles Mögliche mitteilen zu können, ich war drauf und dran, sie zu verlassen, ohne mich von ihr zu verabschieden, einer Ehe der Millimeter und Regeln den Rücken zu kehren, »Findest du es zu pathetisch?«, fragte sie und brachte mich damit wieder auf ihre unsichtbare Widmung, ich berührte sie mit der rechten Hand, ich wusste nicht, wem sie ihre Lebensgeschichte gewidmet hatte, »Findest du es lächerlich?« Ich berührte sie mit der rechten Hand, ich vermisste sie jetzt schon, ich überlegte mir die Sache zwar nicht anders, aber ich kam kurz ins Schwanken, »Du findest es doch nicht eitel, oder?« Ich berührte sie mit der rechten Hand, vermutlich hatte sie ihre Lebensgeschichte sich selbst gewidmet, »Bedeutet es dir alles?«, fragte sie und legte diesmal ihren Finger auf das, was nicht da war, ich berührte sie mit der linken Hand, vermutlich hatte sie ihre Lebensgeschichte mir gewidmet. Ich sagte ihr, ich müsse los. Mit vielen Gesten, die kein anderer Mensch verstanden hätte, fragte ich sie, ob sie etwas Besonders wolle. »Du bringst immer das Richtige mit«, sagte sie. »Ein paar Naturzeitschriften?« (Ich bewegte ihre Hände wie Flügel.) »Das wäre schön.« »Vielleicht etwas mit Kunst?« (Ich bewegte ihre Hand wie einen Pinsel und malte ein unsichtbares Bild vor uns.) »Gern.« Sie brachte mich wie immer zur Tür, »Kann sein, dass ich nicht zurück bin, bevor du einschläfst«, sagte ich zu ihr, legte ihr zuerst eine Hand auf die Schulter und dann ganz sanft auf die Wange. Sie sagte: »Aber ohne dich kann ich nicht einschlafen.« Ich drückte mir ihre Hände an den Kopf und nickte ihr ermutigend zu, wir suchten uns einen Etwas-Weg zur Tür. »Und was, wenn ich nicht ohne dich einschlafen kann?« Ich drückte mir ihre Hände an den Kopf und nickte, »Ja, was wäre dann?«, nickte ich, »Sag du mir, was dann wäre«, sagte sie, ich zuckte mit den Schultern, »Versprich mir, dass du gut auf dich aufpasst«, sagte sie und zog mir die Kapuze meines Mantels über den Kopf, »Versprich mir, dass du besonders gut auf dich aufpasst. Ich weiß, dass du nach links und nach rechts schaust, bevor du über die Straße gehst, aber ich möchte, dass du zweimal in beide Richtungen schaust, ich bitte dich darum.« Ich nickte. Sie fragte: »Hast du dich eingecremt?« Ich ließ sie durch Gesten wissen: »Draußen ist es kalt. Du bist erkältet.«

Sie fragte: »Ja, aber hast du dich eingecremt?« Zu meiner Überraschung berührte ich sie mit der rechten Hand. Ich konnte zwar eine Lüge leben, aber diese kleine Lüge war mir zu viel. Sie sagte: »Warte«, und rannte in die Wohnung und kam mit einer Tube Sonnencreme zurück. Sie drückte sich einen Klecks auf die Hand, verrieb ihn zwischen ihren Händen und verteilte die Creme auf meinem Nacken und auf meinen Handrücken und zwischen meinen Fingern und auf meiner Nase und auf meiner Stirn und auf den Wangen und auf dem Kinn, auf allem, was entblößt war, jetzt, am Schluss, war ich der Ton, und sie war die Bildhauerin, ich dachte: Furchtbar, dass wir leben müssen, aber tragisch, dass wir nur ein Leben haben, denn wenn ich zwei Leben gehabt hätte, hätte ich eines davon mit ihr verbracht. Ich wäre mit ihr in der Wohnung geblieben, hätte den Grundriss von der Tür genommen, hätte sie aufs Bett gedrückt, hätte gesagt: »Ich hätte gern zwei Brötchen«, hätte gesungen: »Sag es allen weiter«, hätte gelacht: »Ha, ha, ha!«, hätte geschrien: »Hilfe!« Dieses Leben hätte ich unter den Lebenden verbracht. Wir fuhren gemeinsam im Fahrstuhl nach unten und gingen bis zur Tür, sie blieb stehen, ich ging weiter. Ich wusste, dass ich dabei war, das zu zerstören, was sie wieder hatte aufbauen können, aber ich hatte nun einmal nur ein Leben. Ich hörte sie hinter mir. Da ich war, wie ich war, oder obwohl ich war, wie ich war, drehte ich mich noch einmal um, »Nicht weinen«, sagte ich zu ihr, indem ich mir die Finger aufs Gesicht legte und mir unsichtbare Tränen über die Wangen und zurück in die Augen wischte, »Ich weiß«, sagte sie, während sie sich echte Tränen von den Wangen wischte, ich stampfte mit den Füßen auf, um ihr zu sagen: »Ich fahre doch nicht zum Flughafen.« »Fahr zum Flughafen«, sagte sie, ich berührte sie an der Brust, ergriff ihre Hand und zeigte damit in die Welt, dann zeigte ich damit auf ihre Brust, »Ich weiß«, sagte sie, »natürlich weiß ich das.« Ich hielt ihre Hände und tat so, als stünden wir hinter einer unsichtbaren Mauer oder einem unsichtbaren Gemälde, dessen Oberfläche wir ertasteten, und obwohl ich dadurch riskierte, zu viel zu sagen, legte ich mir eine ihrer Hände auf die Augen, die andere legte ich ihr auf die Augen, »Du bist zu gut zu mir«, sagte sie, ich legte mir ihre Hände auf den Kopf und nickte, sie lachte, ich liebe ihr Lachen, obwohl ich sie in Wahrheit nicht wirklich liebe, sie sagte: »Ich liebe dich«, ich beschrieb ihr meine Gefühle, ich beschrieb sie ihr folgendermaßen: Ich nahm ihre Hände, ich richtete ihre Zeigefinger aufeinander und bewegte sie langsam, sehr langsam aufeinander zu, je näher sie sich kamen, desto langsamer bewegte ich sie, und dann, als sie nur noch um Haaresbreite voneinander entfernt waren und von beiden Seiten auf das Wort »Liebe« zeigten, hielt ich sie an, ich hielt ihre Finger an und ließ sie so. Ich weiß nicht, was sie sich dabei gedacht hat, ich weiß nicht, wie viel sie begriffen hat oder was sie nicht begreifen wollte, ich drehte mich um und ging davon, ich ging fort von ihr, ich schaute nicht zurück, ich werde nicht zurückschauen. Ich erzähle dir all dies, weil ich nie dein Vater sein werde, und weil du immer mein Kind sein wirst. Du sollst wenigstens wissen, dass ich nicht aus Egoismus gegangen bin, wie soll ich das erklären? Ich kann nicht leben, ich habe es versucht, aber ich kann einfach nicht. Wenn das zu schlicht klingt, dann ist es so schlicht, wie ein Berg schlicht ist. Deine Mutter hat ebenfalls gelitten, aber sie hat sich für das Leben entschieden, und sie hat gelebt, sei ihr ein Sohn und sei ihr ein Mann. Ich erwarte nicht, dass du mich je verstehst oder mir gar vergibst, vielleicht liest du diese Worte auch nie, selbst dann nicht, wenn deine Mutter sie dir geben sollte. Ich muss jetzt los. Ich will, dass du glücklich bist, das ist mir wichtiger als mein eigenes Glück, klingt das schlicht? Ich gehe fort.

Bevor ich ins Flugzeug steige, werde ich diese Seiten aus dem Buch reißen und zum Briefkasten bringen, ich werde den Umschlag mit »An mein ungeborenes Kind« adressieren, und ich werde kein einziges Wort mehr schreiben, nie mehr, ich bin fort, ich bin nicht mehr hier. In Liebe, dein Vater

Ich hätte gern ein Ticket nach Dresden.

Was tust du hier?

Du musst nach Hause. Du solltest längst im Bett sein.

Komm, ich bringe dich nach Hause.

Du bist doch verrückt. Du wirst dich erkälten.

Und du wirst dich erkälteren.

~~BLEIFÜSSE~~
SUPERSCHWERE BLEIFÜSSE

Zwölf Wochenenden später fand die Premiere von *Hamlet* statt, allerdings in einer gekürzten und aktualisierten Form, weil die Originalfassung zu lang und verwirrend ist und die meisten Kinder in meiner Klasse ADHS haben. Der berühmte »Sein oder nicht sein«-Monolog zum Beispiel, den ich aus *Shakespeares Gesammelte Werke* kenne, Omas Geschenk, war so zusammengestrichen worden, dass er nur noch aus: »Sein oder nicht sein, das ist hier die Frage« bestand.

Natürlich musste jeder eine Rolle haben, aber es gab nicht genug richtige Rollen, und ich ging nicht zu den Proben, weil ich an den Tagen zu schwere Bleifüße hatte, also bekam ich die Rolle des Yorick. Das war mir zunächst eher peinlich. Ich fragte Mrs Rigley, ob ich stattdessen im Orchester Tamburin spielen könnte oder so was in der Art. Sie sagte: »Es gibt kein Orchester.« Ich sagte: »Trotzdem.« Sie sagte zu mir: »Es wird bestimmt toll. Du wirst ganz in Schwarz sein, und die Maskenbildner malen deine Hände und deinen Hals schwarz an, und die Kostümbildner basteln dir einen Schädel aus Pappmaché, den du dir über den Kopf stülpst. Du wirst wirklich das Gefühl haben, körperlos zu sein.« Ich dachte kurz darüber nach, und dann machte ich ihr einen Gegenvorschlag: »Ich tue Folgendes – ich erfinde einen Unsichtbarkeitsanzug, der auf dem Rücken eine Kamera hat, die hinter mir alles filmt und das Bild auf einen Plasma-Bildschirm überträgt, den ich vor dem Bauch trage und der alles außer meinem Gesicht bedeckt. Das sieht dann aus, als wäre ich gar nicht da.« Sie sagte: »Kommt nicht in Frage.« Ich sagte: »Aber ist Yorick denn wirklich eine Rolle?« Sie flüsterte mir ins Ohr: »Wenn überhaupt, dann habe ich die Befürchtung, dass du allen die Show stiehlst.« Da fand ich es super, Yorick zu spielen.

Die Premiere war ziemlich Klasse. Wir hatten eine Nebel-Maschine, sodass der Friedhof wie der Friedhof in einem Kinofilm aussah. »Ach, armer Yorick!«, sagte Jimmy Snyder und fasste mir unters Kinn, »Ich kannte ihn, Horatio.« Ich hatte keinen Plasma-Bildschirm, denn die Kosten dafür hätten den Kostüm-Etat gesprengt, aber von unter dem Schädel konnte ich mich heimlich umschauen. Ich sah viele Bekannte, und das gab mir das Gefühl, etwas Besonderes zu sein. Mom und Ron und Oma waren da, versteht sich von selbst. Toothpaste war mit Mr und Mrs Hamilton gekommen, das freute mich, und Mr und Mrs Minch waren da, weil The Minch den Güldenstern spielte. Viele der Blacks, die ich an den letzten zwölf Wochenenden besucht hatte, waren ebenfalls gekommen. Ada und Agnes waren da. (Sie saßen sogar nebeneinander, obwohl sie nichts voneinander ahnten.) Ich sah Albert und Alice und Allen und Arnold und Barbara und Barry. Sie machten bestimmt die Hälfte des Publikums aus. Krass war nur, dass sie nicht wussten, was sie gemeinsam hatten, und das war ein bisschen wie bei den Sachen, die ich im Central Park ausgegraben hatte – die Heftzwecke, der verbogene Löffel, das quadratische Stück Aluminiumfolie und so weiter –, ohne einen blassen Schimmer zu haben, wie sie in Beziehung zueinander standen.

Ich hatte schreckliches Lampenfieber, aber ich behielt die Nerven, und mein Spiel war extrem subtil. Das weiß ich, weil die Leute stehend Beifall klatschten, und dabei fühlte ich mich große Klasse.

Die zweite Aufführung war auch ziemlich super. Mom war gekommen, aber Ron musste länger arbeiten. Das fand ich okay, denn ich legte sowieso keinen Wert auf seine Anwesenheit. Oma war da, versteht sich von selbst. Ich konnte keine Blacks sehen, aber mir war klar, dass die meisten Leute nur eine Aufführung besuchen, außer es sind deine Eltern, also machte es mir nichts aus. Ich versuchte, mich so richtig ins Zeug zu legen, und ich glaube, es klappte auch. »Ach, armer Yorick. Ich kannte ihn, Horatio: ein Bursche von unendlichem Humor, voll von den herrlichsten Einfällen. Er hat mich tausendmal auf dem Rücken getragen, und jetzt, wie schaudert meiner Einbildungskraft davor!«

Zur nächsten Vorstellung kam nur Oma. Mom hatte noch eine späte Sitzung, weil einer ihrer Fälle vor Gericht ging, und nach Ron fragte ich erst gar nicht, weil mir das peinlich gewesen wäre und weil ich ihn sowieso nicht dabeihaben wollte. Als ich so still wie möglich dastand, Jimmy Snyders Hand unter meinem Kinn, fragte ich mich: *Worin besteht der Sinn meines extrem subtilen Spiels, wenn im Grunde niemand zuschaut?*

Am nächsten Abend kam Oma vor der Aufführung nicht hinter die Bühne, um mir Hallo zu sagen, und sie sagte mir auch hinterher nicht Tschüs, aber sie war da. Durch die Augenlöcher sah ich sie hinten in der Turnhalle unter dem Basketballkorb stehen. Ihr Make-up sah im Licht ziemlich schrill aus, ihr Gesicht war fast ultraviolett. »Ach, armer Yorick.« Ich stand so still wie möglich, und ich dachte die ganze Zeit: *Welcher Prozess ist wichtiger als die größte Tragödie der Menschheitsgeschichte?*

Zur nächsten Aufführung kam wieder nur Oma. Sie weinte immer an den falschen Stellen, und sie lachte immer an den falschen Stellen. Sie klatschte bei der Nachricht von Ophelias Tod, eigentlich eine ziemlich schlimme Sache, und sie buhte, als

Hamlet am Ende im Duell mit Laertes zum ersten Mal trifft, aus offensichtlichen Gründen eigentlich eine ziemlich gute Sache.

»Hier hingen diese Lippen, die ich geküsst habe, ich weiß nicht, wie oft. Wo sind nun deine Schwänke? Deine Sprünge? Deine Lieder?«

Als wir vor der letzten Aufführung hinter der Bühne standen, machte Jimmy Snyder vor allen Helfern und Schauspielern Oma nach. Ich hatte gar nicht gemerkt, wie laut sie wirklich war. Ich hatte mich irrsinnig über mich geärgert, weil ich sie bemerkt hatte, aber das war Quatsch, denn es lag an ihr. Allen war es aufgefallen. Jimmy machte sie sehr treffend nach – wie sie an lustigen Stellen mit der Hand wedelte, als würde ihr eine Fliege vor dem Gesicht herumschwirren. Wie sie den Kopf zur Seite neigte, als würde sie sich unglaublich schwer auf etwas konzentrieren, und wie sie nieste und sich selbst »Gesundheit!« wünschte. Und wie sie weinte und so laut »Wie traurig« sagte, dass es jeder hörte.

Ich saß da, während er alle Kinder zum Lachen brachte. Selbst Mrs Rigley musste lachen, und ihr Mann, der während des Kulissenwechsels auf der Bühne Klavier spielte, lachte auch. Ich erzählte nicht, dass es meine Oma war, und ich sagte Jimmy nicht, er solle die Klappe halten. Ich musste sogar selbst lachen. Aber insgeheim wünschte ich mir, dass Oma in einer tragbaren Tasche steckte oder dass auch sie einen Unsichtbarkeitsanzug trüge. Ich wünschte, wir könnten uns an einen abgelegenen Ort verkrümeln, zum Beispiel in den Sechsten Bezirk.

An diesem Abend war sie wieder da, sie saß ganz hinten, obwohl nur die ersten drei Reihen besetzt waren. Ich behielt sie von unter dem Schädel im Auge. Sie hatte sich eine Hand auf ihr ultraviolettes Herz gelegt, und ich hörte sie sagen: »Wie traurig. Wie furchtbar traurig.« Ich dachte an den unfertigen Schal und den Steinbrocken, den sie über den Broadway geschleppt hatte, und daran, dass sie ein so langes Leben gelebt hatte, aber trotzdem noch unsichtbare Freunde brauchte, und an das Daumenhakeln, das wir mindestens tausend Mal gespielt hatten.

MARGIE CARSON: Hey, Hamlet, wo ist Polonius?
JIMMY SNYDER: Beim Nachtmahl.
MARGIE CARSON: Beim Nachtmahl? Wo?
JIMMY SNYDER: Nicht, wo er isst, sondern wo er gegessen wird.
MARGIE CARSON: Wow!
JIMMY SNYDER: Ein König könnte seine Staatsreise durch die Gedärme eines Bettlers machen.

An diesem Abend, auf dieser Bühne, unter diesem Schädel fühlte ich mich dem ganzen Universum unglaublich nah, aber ich fühlte mich auch extrem allein. Ich fragte mich zum allerersten Mal, ob das Leben die ganze Mühe lohnt, die man sich machen muss, um es leben zu können. Was *genau* macht das Leben lebenswert? Was ist so schrecklich daran, für immer tot zu sein und nichts mehr zu fühlen und nicht einmal mehr zu träumen? Was ist so toll am Fühlen und Träumen?

Jimmy fasste mir ans Kinn. »Hier hingen diese Lippen, die ich geküsst habe, ich weiß nicht, wie oft. Wo sind nun deine Schwänke? Deine Sprünge? Deine Lieder?«

Vielleicht lag es an all den Ereignissen der vergangenen zwölf Wochen. Oder vielleicht daran, dass ich mich an diesem Abend allem so nahe und gleichzeitig so allein fühlte. Ich mochte einfach nicht mehr tot sein.

ICH: Ach, armer Hamlet (*Ich fasse* JIMMY SNYDER *unters Kinn*): Ich kannte ihn, Horatio.

JIMMY SNYDER: Aber, Yorick ... du bist doch nur ... ein Schädel.

ICH: Na, und? Kann dir doch egal sein. Fick dich.

JIMMY SNYDER: (*Flüstert*) Das steht nicht im Text. (*Er blickt sich Hilfe suchend nach* MRS RIGLEY *um, die in der ersten Reihe sitzt und wild im Text blättert. Sie malt mit ihrer rechten Hand Kreise in die Luft, das internationale Zeichen für »improvisieren«.*)

ICH: Ich kannte ihn, Horatio; ein Vollidiot von schier unendlicher Blödheit und unübertroffen gar, wenn er sich im Jungenklo im zweiten Stock einen runterholte – ich habe Beweise. Er ist überdies legasthenisch.

JIMMY SNYDER: (*Fällt dazu nichts mehr ein*)

ICH: Wo sind nun deine Sticheleien? Deine Kapriolen? Deine lustigen Lieder?

JIMMY SNYDER: Was *redest* du da eigentlich?

ICH: (*Weise auf die Anzeigetafel*) Schwanzlutsch doch meinen Cockerspaniel, du stinkender, tieflöchriger Haufen Scheibenkleister!

JIMMY SNYDER: Huh?

ICH: Du wirst für schuldig befunden, Schwächere gequält zu haben; Naivlingen wie Toothpaste und The Minch und mir hast du das Leben zur Hölle gemacht; du hast geistig Behinderte nachgeäfft; du hast Menschen, die sowieso fast nie einen Anruf bekommen, am Telefon verarscht; du hast Haustiere und alte Menschen – die, ganz nebenbei gesagt, klüger und erfahrener sind als du – terrorisiert; du hast dich über mich lustig gemacht, nur weil ich eine Katze habe ... Und außerdem habe ich gesehen, wie du Müll einfach in die Gegend geworfen hast.

JIMMY SNYDER: Ich habe keine geistig Behinderten am Telefon verarscht.

ICH: Du bist ein Adoptivkind.

JIMMY SNYDER: (*Sucht im Publikum nach seinen Eltern*)

ICH: Und niemand liebt dich.

JIMMY SNYDER: (*Seine Augen füllen sich mit Tränen*)

ICH: Und du hast amyothrophische Lateralsklerose.

JIMMY SNYDER: Huh?

ICH: Im Namen der Toten ... (*Ich nehme den Schädel ab. Er ist zwar nur aus Pappmaché, aber richtig hart. Ich knalle ihn* JIMMY SNYDER *an den Kopf, einmal und noch einmal. Er geht zu Boden, er ist bewusstlos, ich staune über meine Kraft. Ich ziehe ihm noch einmal mit aller Gewalt eins über den Schädel, und er blutet aus Nase und Ohren. Trotzdem habe ich immer noch kein Mitleid. Ich will ihn bluten sehen, weil er nichts anderes verdient hat. Und weil alles andere sinnlos ist.* DAD *ist sinnlos.* MOM *ist sinnlos.* DAS PUBLIKUM *ist sinnlos. Die Klappstühle und die Nebelmaschine sind sinnlos. Shakespeare ist sinnlos. Die Sterne, von denen ich weiß, dass sie auf der anderen Seite der Turnhallendecke am Himmel stehen, sind sinnlos. Sinnvoll ist in diesem Augenblick nur, dass ich* JIMMY SNYDER *die Fresse poliere. Sein Blut. Ich schlage ihm die Zähne ein, und wahrscheinlich rutschen sie ihm glatt die Kehle runter. Überall ist Blut, es bedeckt alles. Ich schlage weiter mit dem Schädel auf seinen Schädel ein, und sein Schädel ist zugleich der Schädel von* RON *(weil er* MOM *hilft, weiterzuleben) und der Schädel von* DAD *(weil er tot ist) und der Schädel von* OMA *(weil sie mich in eine so peinliche Lage gebracht hat) und der Schädel von* DR. FEIN *(weil er mich gefragt hat, ob* DADS Tod *nicht auch etwas Gutes für mich haben könnte) und die Schädel aller anderen Menschen, die ich kenne.* DAS PUBLIKUM *applaudiert, alle Leute im* PUBLIKUM, *weil das, was ich tue, so irre sinnvoll ist.*

Sie klatschen stehend Beifall, während ich immer weiter auf JIMMY SNYDER *eindresche. Ich höre sie rufen)*

DAS PUBLIKUM: Danke! Danke, Oskar! Du bist großartig! Wir beschützen dich!

Das wäre super gewesen.

Jimmys Hand lag immer noch unter meinem Kinn, als ich durch die Augenlöcher des Schädels einen Blick ins Publikum warf. »Ach, armer Yorick.« Ich sah Abe Black, und er sah mich. Ich wusste, dass etwas Verwandtes in unseren Blicken lag, aber ich wusste nicht, was es war, und ich wusste auch nicht, ob es wichtig war.

Vor zwölf Wochen hatte ich Abe Black in Coney Island besucht. Ich bin zwar ein großer Idealist, aber ich wusste, dass der Fußweg dorthin viel zu weit war, also nahm ich ein Taxi. Noch bevor wir Manhattan verließen, wurde mir klar, dass die $7,68 in meinem Geldbeutel nicht reichten. Keine Ahnung, ob man es als Lüge werten soll, dass ich nichts sagte. Aber ich musste einfach hin, und ich hatte keine andere Wahl. Als der Taxifahrer vor dem Gebäude hielt, zeigte der Zähler $76,50. Ich sagte: »Mr Mahaltra, sind Sie ein Optimist oder ein Pessimist?« Er sagte: »Was?« Ich sagte: »Weil ich leider nur sieben Dollar und achtundsechzig Cent habe.« »Sieben Dollar?« »Und achtundsechzig Cent.« »Das kann doch nicht wahr sein.« »Leider doch. Aber wenn Sie mir Ihre Adresse geben, verspreche ich, Ihnen den Rest zu schicken. Wirklich. Versprochen.« Er senkte den Kopf aufs Lenkrad. Ich fragte ihn, ob alles in Ordnung sei. Er sagte: »Behalt deine sieben Dollar und achtundsechzig Cent.« Ich sagte: »Ich verspreche, dass ich Ihnen das Geld schicke. Wirklich. Versprochen.« Er gab mir seine Karte, eigentlich war es die Karte eines Zahnarztes, aber er hatte seine Adresse auf die Rückseite geschrieben. Dann sagte er etwas in einer Sprache, bei der es sich nicht um Französisch handelte. »Sind Sie sauer auf mich?«

Achterbahnen wecken eine irre Panik in mir, versteht sich von selbst, aber Abe überredete mich zu einer gemeinsamen Fahrt. »Zu sterben, ohne einmal im Cyclone gefahren zu sein, wäre eine Schande«, sagte er zu mir. »Es wäre eine Schande, überhaupt zu sterben«, erwiderte ich. »Ja, klar«, sagte er, »aber im Cyclone hast du wenigstens die Wahl.« Wir setzten uns in den vordersten Wagen, und wenn es bergab ging, riss Abe beide Arme hoch. Ich fragte mich die ganze Zeit, ob das, was ich dabei fühlte, wirklich etwas mit Fallen zu tun hatte.

Ich dachte darüber nach, welche Kräfte den Wagen auf den Schienen und mich im Wagen hielten. Zum einen die Schwerkraft, versteht sich von selbst. Zum anderen die Zentrifugalkraft. Und der Schwung. Und die Reibung der Räder auf den Schienen. Und der Windwiderstand oder etwas Ähnliches vermutlich. Wenn wir auf unsere Pfannkuchen warteten, brachte mir Dad immer Physik bei. Er malte mit Buntstiften auf Papiertischdecken. Er hätte alles erklären können.

Das Meer roch genauso krass wie das Essen, das man auf dem Bürgersteig kaufen konnte, zum Beispiel Zuckerkrapfen und Hot Dogs und Zuckerwatte. Der Tag war eine runde Sache, außer, dass Abe weder etwas vom Schlüssel noch von Dad wusste. Er sagte, er fahre nach Manhattan und könne mich mitnehmen, wenn ich wolle. Ich erwiderte: »Ich steige nicht zu Fremden ins Auto, und woher wissen Sie, dass ich nach Manhattan will?« Er sagte: »Wir sind uns nicht mehr fremd, und ich weiß auch nicht, woher ich das weiß.« »Haben Sie einen SUV?« »Nein.« »Gut. Haben Sie ein Hybrid-Auto mit Gasmotor und Elektroantrieb?« »Nein.« »Schlecht.«

Auf der Fahrt im Auto erzählte ich ihm, dass ich alle New

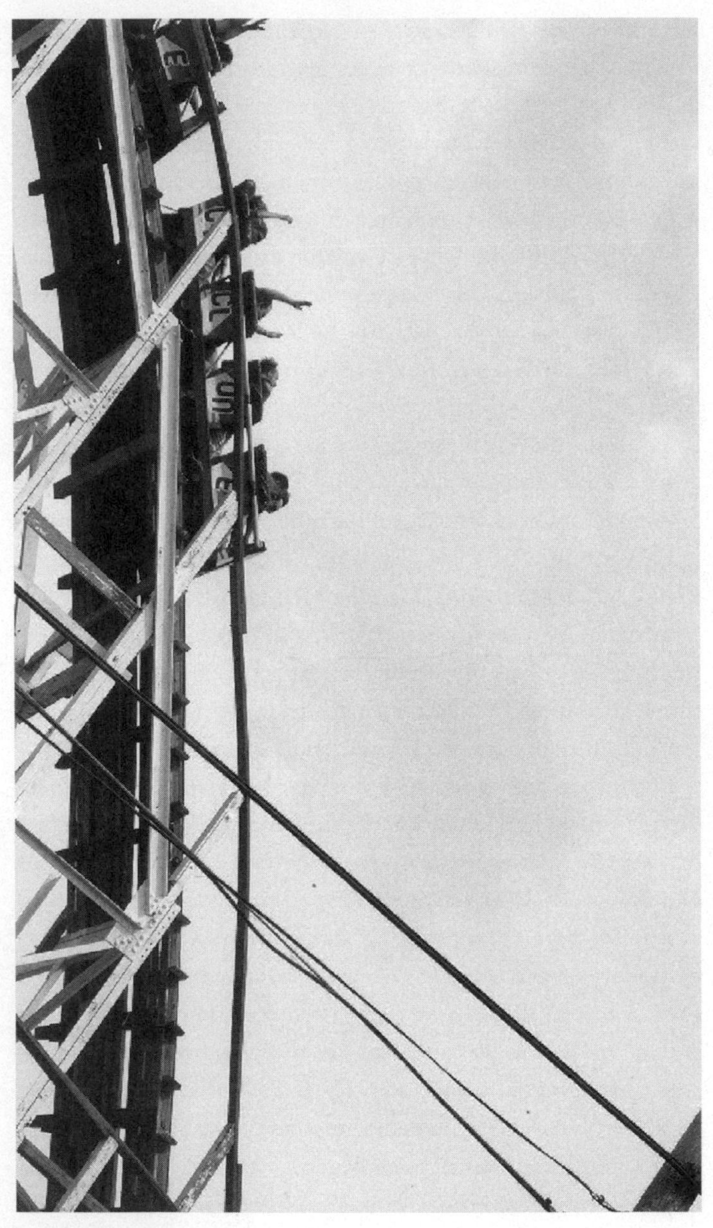

Yorker namens Black besuchen wolle. Er sagte: »Kann ich irgendwie verstehen, denn mir ist mal eine Hündin entlaufen. Sie war die beste Hündin der Welt. Ich hätte sie nicht mehr lieben oder besser behandeln können. Sie wollte gar nicht weglaufen. Sie war nur plötzlich verwirrt und lief erst diesem und dann jenem nach.« »Aber mein Dad ist nicht weggelaufen«, sagte ich. »Er wurde bei einem Terroranschlag getötet.« Abe sagte: »Ich habe dabei auch eher an *dich* gedacht.« Er setzte mich vor der Tür von Ada Blacks Wohnung ab, obwohl ich ihm gesagt hatte, ich könnte selbst dorthin finden. »Wenn ich weiß, dass du sicher gelandet bist, habe ich ein besseres Gefühl«, sagte er und klang wie Mom.

Ada Black besaß zwei Gemälde von Picasso. Sie wusste nichts über den Schlüssel, und darum waren mir die Gemälde piepschnurzegal, obwohl ich wusste, dass sie berühmt waren. Sie sagte, ich dürfe mich gern aufs Sofa setzen, aber ich erwiderte, dass ich nicht an Leder glaube, und blieb stehen. So eine irre Wohnung hatte ich noch nie gesehen. Die Fußböden glichen Schachbrettern aus Marmor, und die Decken glichen Torten. Alles machte den Eindruck, als gehörte es ins Museum, und deshalb machte ich ein paar Fotos mit Opas Kamera. »Ich möchte nicht unhöflich sein, aber sind Sie der reichste Mensch der Welt?« Sie fasste nach einem Lampenschirm und sagte: »Auf der Rangliste der reichsten Menschen der Welt bin ich die Nummer 467.«

Ich fragte sie, was sie angesichts der Tatsache empfinde, dass Obdachlose und Millionäre in der gleichen Stadt lebten. Sie sagte: »Ich spende viel Geld für wohltätige Zwecke, wenn du darauf hinauswillst.« Ich erwiderte, ich wolle auf gar nichts hinaus, sondern nur wissen, was sie fühle. »Ich fühle mich prima«, sagte sie und fragte mich, ob ich etwas trinken wolle. Ich bat sie um einen Kaffee, und sie bat jemanden im Nebenzimmer um einen Kaffee, und dann fragte ich, ob sie auch der Meinung sei, dass niemand mehr als eine bestimmte Summe Geld haben sollte, bevor nicht alle anderen dieselbe Summe hätten. Diese Idee hatte ich von Dad. Sie sagte: »Die Upper West Side ist auch nicht gerade billig, finde ich.« Ich fragte sie, woher sie wisse, dass ich an der Upper West Side wohnte. »Besitzt du überflüssige Sachen?« »Eigentlich nicht.« »Aber du sammelst Münzen?« »Woher wissen Sie, dass ich Münzen sammele?« »Viele junge Menschen sammeln Münzen.« Ich sagte zu ihr: »Ich brauche sie.« »Brauchst du sie genauso dringend, wie ein Obdachloser etwas zu essen braucht?« Allmählich begann mich das Gespräch zu irritieren. Sie sagte: »Gibt es mehr Sachen, die du brauchst, oder mehr Sachen, die du nicht brauchst?« Ich sagte: »Hängt davon ab, was man unter ›brauchen‹ versteht.«

Sie sagte: »Ob du es glaubst oder nicht, aber früher war ich noch idealistisch.« Ich fragte sie nach der Bedeutung von ›idealistisch‹. »Es bedeutet, dass du ein möglichst guter Mensch zu sein versuchst.« »Und das tun Sie nicht mehr?« »Es gibt bestimmte Fragen, die stelle ich nicht mehr.« Eine Afro-Amerikanerin servierte mir den Kaffee auf einem silbernen Tablett. Ich sagte zu ihr: »Ihre Uniform ist unglaublich schön.« Sie sah Ada an. »Wirklich«, sagte ich. »Ich finde, das Hellblau steht Ihnen ausgezeichnet.« Sie sah weiter Ada an. Ada sagte: »Danke, Gail.« Als die Frau wieder in die Küche ging, sagte ich: »Gail ist ein schöner Name.«

Sobald wir allein waren, sagte Ada: »Oskar, ich glaube, du hast Gail in eine unangenehme Situation gebracht.« »Wie meinen Sie das?« »Es war ihr peinlich.« »Ich wollte doch nur nett sein.« »Vielleicht hast du übertrieben.« »Aber wie kann man übertrieben nett sein?« »Du warst arrogant.« »Was heißt das?« »Du hast mit ihr geredet wie mit einem Kind.« »Nein, habe ich nicht.« »Hausangestellte zu sein ist nicht schlimm. Sie hat einen anständigen Job, und ich bezahle sie gut.« Ich sagte: »Ich wollte doch nur nett sein.« Und dann fragte ich mich: *Habe ich ihr gesagt, dass ich Oskar heiße?*

Wir saßen eine Weile da. Sie starrte aus dem Fenster, als wartete sie auf irgendein Ereignis im Central Park. Ich fragte: »Darf ich ein bisschen in Ihrer Wohnung herumschnüffeln?« Sie lachte und sagte: »Endlich mal jemand, der sagt, was er denkt.« Ich sah mich ein bisschen um, und es gab so viele Zimmer, dass ich mich fragte, ob die Wohnung innen größer war als außen. Aber ich fand keine Hinweise. Als ich wieder zurückkam, fragte sie mich, ob ich ein Finger-Brot wolle, und das brachte mich fast um, aber ich blieb höflich und sagte nur: »Hammerhart!« »Wie bitte?« »Hammerhart.« »Was soll das heißen?« »So etwa ›Auf keinen Fall‹.« Sie sagte: »Ich weiß, was ich bin.« Ich nickte, obwohl ich keine Ahnung hatte, was sie meinte oder wo der Zusammenhang bestand. »Selbst wenn ich nicht mag, was ich bin, weiß ich doch, was ich bin. Meine Kinder mögen, was sie sind, aber sie wissen nicht, was sie sind. Sag mir, was du schlimmer findest.« »Was sind nochmal die beiden Möglichkeiten?« Sie musste lachen und sagte: »Ich mag dich.«

Ich zeigte ihr den Schlüssel, aber sie hatte ihn noch nie gesehen und konnte mir nichts dazu erzählen.

Obwohl ich ihr gesagt hatte, ich brauchte keine Hilfe, nahm sie dem Portier das Versprechen ab, mich in ein Taxi zu setzen. Ich sagte ihr, ich könne mir kein Taxi leisten. Sie sagte: »Ich aber.« Ich gab ihr meine Karte. Sie sagte: »Viel Glück«, und sie legte mir die Hände auf die Wangen und gab mir einen Kuss auf die Stirn.

Das war der Samstag, und er war deprimierend.

Lieber Oskar Schell,

wir bedanken uns für Ihre Spende für die American Diabetes Foundation. Jeder Dollar zählt, sogar – wie in Ihrem Fall – jeder halbe Dollar.

Ich füge diesem Brief weiteres Informationsmaterial über die Stiftung bei, unter anderem unser Grundsatzprogramm, eine Broschüre über unsere vergangenen Aktivitäten und Erfolge sowie eine Beschreibung unserer zukünftigen Ziele, sowohl kurz- als auch langfristig.

Nochmals vielen Dank für Ihren Beitrag zu diesem dringenden Anliegen. Sie helfen, Leben zu retten.

Dankbar,
Patricia Roxbury
Präsidentin, Ortsgruppe New York

Man mag es kaum glauben, aber der nächste Black wohnte in unserem Haus, nur ein Stockwerk über uns. Unfassbar, aber wahr. Ich ging nach unten in die Lobby und fragte Stan nach dem Bewohner von 6a. Er sagte: »Habe nie jemanden hinein- oder hinausgehen sehen. Nur jede Menge Lieferungen und jede Menge Müll.« »*Cool.*« Er bückte sich und flüsterte: »Da spukt es.« Ich erwiderte im Flüsterton: »Ich glaube nicht an übernatürliche Phänomene.« Er sagte: »Gespenstern ist es wurscht, ob du an sie glaubst oder nicht«, und obwohl ich Atheist war, wusste ich, dass er sich irrte.

Ich ging die Treppen wieder hinauf, diesmal an unserem Stockwerk vorbei bis zum sechsten. Vor der Tür lag eine Matte, die den Besucher in zwölf Sprachen willkommen hieß. So etwas legt sich kein Gespenst vor die Wohnung. Ich probierte den Schlüssel aus, und da er nicht ins Schloss passte, drückte ich die Klingel, die genau an derselben Stelle saß wie unsere Klingel. Ich hörte drinnen Geräusche, vielleicht sogar unheimliche Musik, aber ich blieb tapfer stehen.

Nach einer unglaublich langen Zeit tat sich die Tür auf. »Kann ich etwas für dich tun!«, fragte mich ein alter Mann, und er fragte so laut, dass es eher ein Schrei als eine Frage war. »Ja. Hallo«, sagte ich. »Ich wohne unten in der 5a. Dürfte ich Ihnen vielleicht ein paar Fragen stellen?« »Hallo, junger Mann!«, sagte er, und er sah irgendwie krass aus, denn er trug ein rotes Barett wie manche Leute in Frankreich und eine Augenklappe wie ein Pirat. Er sagte: »Ich bin Mr Black!« Ich sagte: »Ich weiß.« Er machte kehrt und ging in seine Wohnung. Da ich annahm, dass ich ihm folgen sollte, folgte ich ihm.

Krass war auch, dass seine Wohnung hundertprozentig der unseren glich. Sie hatte die gleichen Fußböden, die gleichen Fensterbänke, ja selbst die gleichen grünen Kaminkacheln. Aber sie war auch völlig anders, weil anderes Zeug darin stand. Tonnenweise Zeug. Überall. Außerdem gab es mitten im Esszimmer eine große Säule. Sie war so groß wie zwei Kühlschränke und stand so im Weg, dass man keinen Tisch oder irgendwelche anderen Möbel ins Zimmer stellen konnte wie bei uns. »Wofür ist die?«, fragte ich, doch er hörte mich nicht. Auf dem Kaminsims standen haufenweise Puppen und anderer Krimskrams, und auf dem Fußboden lagen viele kleine Läufer. Er zeigte auf ein Schwert an der Wand und sagte: »Das habe ich aus Japan!« Ich fragte ihn, ob es ein Samurai-Schwert sei. Er sagte: »Ist eine Replik!« Ich sagte: »*Cool.*«

Er führte mich zum Küchentisch, der an der gleichen Stelle stand wie unser Küchentisch, und er setzte sich und klatschte sich mit der flachen Hand aufs Knie. »Tja!«, sagte er so laut, dass ich mir am liebsten die Ohren zugehalten hätte. »Ich hatte schon ein ziemlich abenteuerliches Leben!« Ich fand es krass, dass er das sagte, denn ich hatte ihn ja gar nicht nach seinem Leben gefragt. Und die Gründe meines Besuchs hatte ich ihm auch noch nicht erläutert. »Ich bin am 1. Januar 1900 geboren worden! Ich habe jeden Tag des zwanzigsten Jahrhunderts erlebt!« »Echt wahr?« »Meine Mutter hat meine Geburtsurkunde gefälscht, damit ich im Ersten Weltkrieg kämpfen konnte! Das war die einzige Lüge ihres Lebens! Ich war mit Fitzgeralds Schwester verlobt!« »Wer ist Fitzgerald?« »Francis Scott Key Fitzgerald, mein Junge! Ein großer Schriftsteller! Ein großer Schriftsteller!« »Oh.« »Ich habe immer draußen auf der Veranda gesessen und mich mit ihrem Vater unterhalten, während sie sich oben das Näschen puderte! Wir haben die spannendsten Gespräche geführt, ihr Vater und ich! Er war ein großer Mann, ein genauso großer Mann wie Winston Churchill!« Da ich nicht zugeben mochte, dass mir auch der Name Winston Churchill nichts sagte, beschloss ich insgeheim, ihn zu googeln, wenn ich wieder zu Hause war. »Eines Tages kam sie runter und war fertig zum Ausgehen! Ich bat sie, noch einen Moment zu warten, weil ihr Vater und ich mitten in diesem großartigen Gespräch waren, und ein großartiges Gespräch darf man auf keinen Fall unterbrechen, stimmt's!« »Weiß nicht genau.« »Später am Abend, als ich sie wieder vor der Veranda absetzte, sagte sie: ›Ich frage mich manchmal, ob du meinen Vater lieber magst als mich!‹ Von meiner Mutter habe ich diese absolut idiotische Ehrlichkeit geerbt, und in dem Moment schlug sie voll durch! Ich sagte zu ihr: ›Tue ich ja auch.‹ Tja, das war das letzte Mal, dass ich ›Tue ich ja auch‹ zu ihr gesagt habe, wenn du weißt, was ich meine!« »Weiß ich nicht.« »Ich habe die Kiste gegen die Wand gefahren! Junge, was habe ich die Kiste da gegen die Wand gefahren!« Er lachte dröhnend laut, und er klatschte sich aufs Knie. »Zum Brüllen!«, sagte er. »Wirklich! Ich habe nie wieder etwas von ihr gehört! Aber was soll's! Im Leben kommen und gehen so viele Menschen! Hunderttausende Menschen! Man muss die Tür immer offen halten, damit sie hereinkommen können! Aber das bedeutet auch, dass man sie wieder gehen lassen muss!«

Er stellte einen Teekessel auf den Herd.

»Sie sind weise«, sagte ich zu ihm. »Ich hatte mehr als genug Zeit, um weise zu werden! Sieh dir das an!«, dröhnte er und schnippte seine Augenklappe hoch. »Das war ein Nazi-Schrapnell! Ich war Kriegsberichterstatter, und zuletzt hatte ich mich einem britischen Panzerregiment angeschlossen, das am Rhein entlang vorstieß! Eines Nachmittags, gegen Ende 1944, gerieten wir in einen Hinterhalt! Mein Auge hat die ganze Seite voll geblutet, die ich gerade schrieb, aber diese Hurensöhne konnten mich nicht bremsen! Ich habe meinen Satz zu Ende geschrieben!« »Wie hat der Satz gelautet?« »Ach, was weiß ich! Wichtig ist doch nur, dass mir wegen dieser verdammten Krauts nicht der Stift aus der Hand gefallen ist! Der Stift ist mächtiger als das Schwert, merk's dir! Und das MG 34!« »Würden Sie die Augenklappe bitte wieder runterklappen?« »Sieh dir das an!«, sagte er und zeigte auf den Küchenfußboden, aber ich musste die ganze Zeit an sein Auge denken. »Unter den Läufern ist Eiche! Massive Eiche! Muss ich wissen, denn ich habe sie eigenhändig verlegt!« »Hammerhart«, sagte ich, und das sagte ich nicht nur aus Nettigkeit. Insgeheim führte ich schon eine Liste darüber, was ich tun konnte, um ihm ähnlicher zu sein. »Wir haben diese Küche selbst renoviert, meine Frau und ich! Mit diesen Händen!« Er zeigte mir seine Hände. Sie glichen den Händen des Skeletts im Wissenschaftskatalog, den Ron mir hatte kaufen wollen, nur dass sie Haut hatten, fleckige Haut, und von Ron wollte ich keine

Geschenke. »Wo ist Ihre Frau jetzt?« Der Teekessel begann zu pfeifen.

»Oh«, sagte er, »sie ist vor vierundzwanzig Jahren gestorben! Ist ewig her! Oder erst gestern passiert, wenn es nach meinem Leben geht!« »Oje.« »Alles halb so wild!« »Sind Sie denn gar nicht traurig, weil ich nach ihr gefragt habe? Wenn es so ist, können Sie es ruhig sagen.« »Nein!«, sagte er. »Der Gedanke an sie ist die zweitbeste Sache!« Er schenkte zwei Tassen Tee ein. »Haben Sie auch Kaffee?«, fragte ich. »Kaffee!« »Er bremst mein Wachstum, und ich habe Angst vor dem Tod.« Er klatschte mit einer Hand auf den Tisch und sagte: »Mein Junge, ich habe hier eine Packung Kaffee aus Honduras, da steht dein Name drauf!« »Aber Sie kennen meinen Namen doch gar nicht.«

Wir saßen noch eine Weile da, und er erzählte mir mehr aus seinem abenteuerlichen Leben. Soweit er wusste – und er wusste wirklich irrsinnig viel –, war er der einzige noch lebende Mensch, der in beiden Weltkriegen gekämpft hatte. Er war in Australien und Kenia und Pakistan und Panama gewesen. Ich fragte ihn: »Wenn Sie schätzen würden, in wie vielen Ländern wären Sie dann schätzungsweise gewesen?« »Da muss ich nicht schätzen! Einhundertzwölf!« »Gibt es überhaupt so viele Länder?« Er erwiderte: »Es gibt mehr Orte, von denen du nicht gehört hast, als Orte, von denen du gehört hast!« Das gefiel mir sehr. Er hatte über fast jeden Krieg des zwanzigsten Jahrhunderts berichtet, etwa den Spanischen Bürgerkrieg und den Völkermord in Osttimor und das ganze üble Zeug, das in Afrika passierte. All diese Kriege waren mir unbekannt, und deshalb wollte ich sie behalten, um sie zu Hause googeln zu können. Die Liste, die ich im Stillen führte, wurde unglaublich lang: Francis Scott Key Fitzgerald, die ihr Näschen pudert, Churchill, Mustang-Kabrio, Walter Cronkite, Knutschen, die

Schweinebucht, LP, Datsun, Kent State, Griebenschmalz, Ayatollah Khomeini, Polaroid, Apartheid, Drive-in, Favela, Trotzki, die Berliner Mauer, Tito, *Vom Winde verweht*, Frank Lloyd Wright, Hula-Hula, Technicolor, der Spanische Bürgerkrieg, Grace Kelly, Osttimor, Rechenschieber, eine ganze Reihe afrikanischer Orte, deren Namen ich gleich wieder vergaß. Es waren so viele fremde Namen und Dinge, dass ich sie gar nicht alle im Kopf behalten konnte.

Seine Wohnung war voll gestopft mit den Sachen, die er in all den Kriegen seines Lebens gesammelt hatte, und ich machte mit Opas Kamera Fotos davon. Es gab fremdsprachige Bücher und kleine Statuen und Rollen mit schönen Bildern und Cola-Dosen aus aller Welt, und auf seinem Kaminsims lagen ziemlich viele Steine, allerdings keine besonderen. Spannend war aber, dass neben jedem Stein ein kleiner Zettel lag, auf dem stand, woher der Stein stammte und wann er aufgesammelt worden war, zum Beispiel: »Normandie, 19.6.44«, oder: »Huach'on Dam, 9.4.51«, oder: »Dallas, 22.11.63«. Das war echt spannend. Krass war allerdings, dass auf dem Kaminsims auch viele Patronenkugeln lagen, und sie hatten keine Zettel dabei. Ich fragte ihn, wie er sie unterscheiden könne. »Eine Kugel ist eine Kugel ist eine Kugel!«, sagte er. »Aber ist ein Stein nicht auch ein Stein?«, fragte ich. Er sagte: »Absolut nicht!« Ich hatte zwar das Gefühl, ihn zu verstehen, war mir aber noch nicht ganz sicher und zeigte auf die Rosen, die in einer Vase auf dem Tisch standen. »Ist eine Rose eine Rose?« »Nein! Eine Rose ist keine Rose ist keine Rose!« Und dann fiel mir aus irgendeinem Grund »Something in the Way She Moves« ein, und ich fragte: »Ist ein Liebeslied ein Liebeslied?« Er sagte: »Ja!« Ich überlegte kurz. »Ist Liebe Liebe?« Er sagte: »Nein!« Eine Wand hing voller Masken, die er von seinen Reisen mitgebracht hatte, zum Beispiel aus Armenien und Chile und

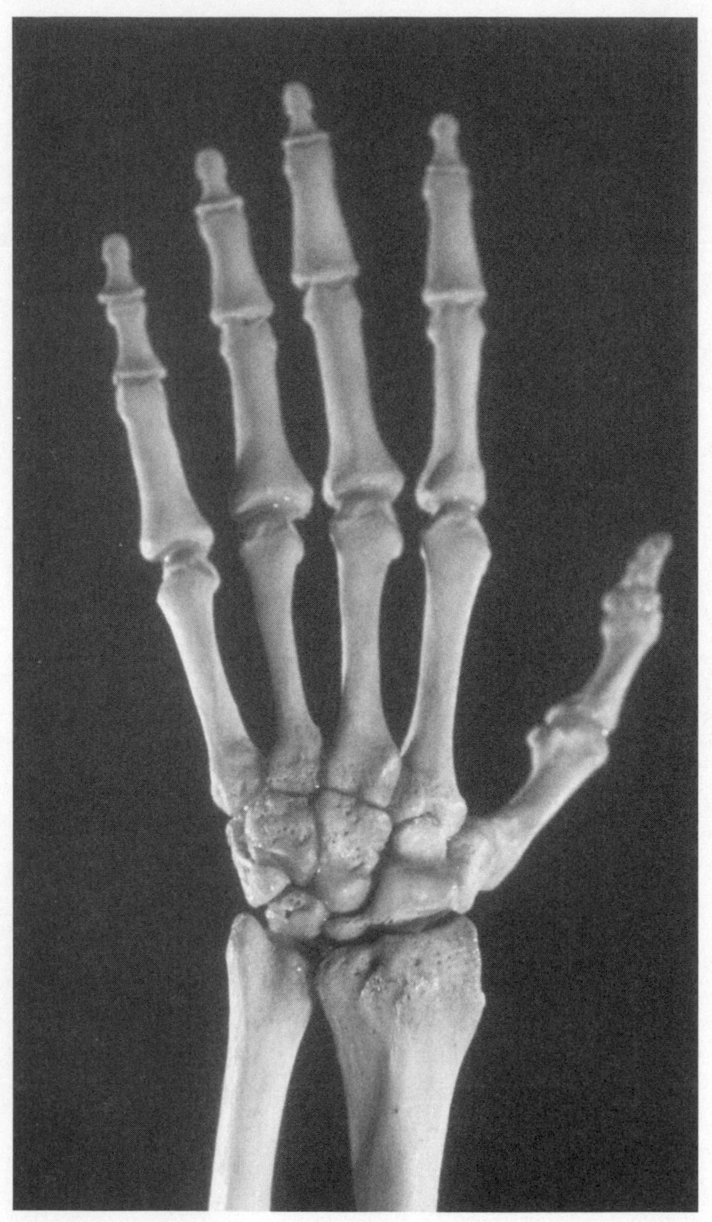

Äthiopien. »Die Welt ist nicht schrecklich«, sagte er und setzte sich eine Maske aus Kambodscha auf, »aber sie wimmelt von schrecklichen Menschen!«

Ich trank noch eine Tasse Kaffee, und dann wusste ich, dass ich endlich zur Sache kommen musste, also zog ich mir die Schnur mit dem Schlüssel über den Kopf und gab sie ihm. »Wissen Sie, zu welchem Schloss der Schlüssel gehört?« »Glaube nicht!«, dröhnte er. »Vielleicht haben Sie ja meinen Vater gekannt?« »Wer war dein Vater?« »Er hieß Thomas Schell. Bis zu seinem Tod hat er in der 5a gewohnt.« »Nein«, sagte er, »der Name sagt mir nichts!« Ich fragte ihn, ob er sich hundertprozentig sicher sei. Er sagte: »Ich habe lange genug gelebt, um zu wissen, dass ich mir nicht hundertprozentig irgendwas bin!«, und er stand auf, ging an der Säule vorbei ins Esszimmer und von dort zum Garderobenschrank, der sich in der Nische unter der Treppe befand. In dem Moment begriff ich, dass seine Wohnung anders war als unsere, weil sie ein Obergeschoss hatte. Er öffnete den Schrank, der einen Katalog enthielt wie in einer Bücherei. »*Cool.*«

Er sagte: »Das ist meine biographische Kartei.« »Was?« »Ich habe sie genau dann begonnen, als ich anfing zu schreiben! Für jeden Menschen, auf den ich eines Tages vielleicht wieder Bezug nehmen muss, habe ich eine Karte angelegt! Es gibt eine Karte für jeden Menschen, über den ich geschrieben habe! Und Karten für Menschen, mit denen ich während der Arbeit an meinen Artikeln gesprochen habe! Und Karten für Menschen, über die ich Bücher lese! Und Karten für Menschen, die in den Fußnoten der Bücher auftauchen! Morgens beim Zeitunglesen habe ich für jeden, der biographisch von Bedeutung war, eine Karte angelegt! Das tue ich immer noch!« »Warum gehen Sie nicht einfach ins Internet?« »Ich besitze keinen Computer!« Da begann mir langsam der Kopf zu schwirren.

»Wie viele Karten haben Sie?« »Ich habe sie nie gezählt! Inzwischen dürften es Zehntausende sein! Vielleicht sogar Hunderttausende!« »Und was notieren Sie darauf?« »Ich notiere den Namen der jeweiligen Person und eine Ein-Wort-Biographie!« »Nur *ein* Wort?« »Jeder wird auf ein Wort eingedampft!« »Und das soll hilfreich sein?« »Das ist absolut hilfreich! Heute Morgen habe ich einen Artikel über lateinamerikanische Währungen gelesen! Er bezog sich auf das Werk eines gewissen Manuel Escobar! Also habe ich bei Escobar nachgeschaut! Und siehe da – er ist in meiner Kartei! Manuel Escobar: Gewerkschafter!« »Aber er ist doch bestimmt auch Ehemann oder Vater oder Beatles-Fan oder Jogger oder was weiß ich.« »Natürlich! Man könnte ein Buch über Manuel Escobar schreiben! Und darin würden auch noch Sachen fehlen! Man könnte zehn Bücher schreiben! Man könnte immer weiterschreiben!«

Er zog Schubladen auf und holte eine Karte nach der anderen heraus.

»Henry Kissinger: Krieg!«

»Ornette Coleman: Musik!«

»Che Guevara: Krieg!«

»Jeff Bezos: Geld!«

»Philip Guston: Kunst!«

»Mahatma Gandhi: Krieg!«

»Er war doch Pazifist«, sagte ich.

»Ganz genau! Krieg!«

»Arthur Ashe: Tennis!«

»Tom Cruise: Geld!«

»Elie Wiesel: Krieg!«

»Arnold Schwarzenegger: Krieg!«

»Martha Stewart: Geld!«

»Rem Koolhaas: Architektur!«

»Ariel Sharon: Krieg!«

»Mick Jagger: Geld!«

»Yasir Arafat: Krieg!«

»Susan Sontag: Denken!«

»Wolfgang Puck: Geld!«

»Papst Johannes Paul II: Krieg!«

Ich fragte ihn, ob er eine Karte für Stephen Hawking habe.

»Aber sicher!«, sagte er und zog eine Schublade auf und holte eine Karte heraus.

STEPHEN HAWKING: ASTROPHYSIK

»Haben Sie auch eine Karte für sich selbst?«

Er zog eine andere Schublade auf.

A. R. BLACK: ~~KRIEG~~ EHEMANN

»Haben Sie denn auch eine Karte für meinen Dad?« »Thomas Schell, richtig!« »Richtig.« Er ging zur Schublade für den

Buchstaben »S« und zog sie halb auf. Seine Finger durchkämmten die Karten, als wären es die Hände eines Mannes, der wesentlich jünger als einhundertdrei war. »Tut mir Leid! Nichts!« »Könnten Sie zur Vorsicht noch einmal nachschauen?« Seine Finger durchkämmten wieder die Karten. Er schüttelte den Kopf. »Tut mir Leid!« »Und was, wenn eine Karte falsch eingeordnet ist?« »Dann hätten wir ein Problem!« »Könnte das sein?« »Passiert manchmal! Marilyn Monroe war über ein Jahrzehnt in der Kartei verschollen! Ich habe immer wieder unter Norma Jean Baker nachgeschaut und mich dabei für besonders schlau gehalten, aber ich hatte vergessen, dass sie als Norma Jean Mortenson zur Welt gekommen ist!« »Wer ist Norma Jean Mortenson?« »Marilyn Monroe!« »Und wer ist Marilyn Monroe?« »Sex!«

»Haben Sie eine Karte für Mohammed Atta?« »Atta! Der Name sagt mir was! Moment!« Er zog die Schublade für den Buchstaben »A« auf. Ich sagte zu ihm: »Mohammed ist der häufigste Name auf der Welt.« Er zog eine Karte heraus und sagte: »Bingo!«

MOHAMMED ATTA: KRIEG

Ich hockte mich auf den Fußboden. Er wollte wissen, was mit mir los sei. »Nichts. Ich frage mich nur, warum Sie eine Karte für ihn haben, aber keine für meinen Dad.« »Wie meinst du das!« »Das ist nicht fair.« »Was ist nicht fair!« »Mein Dad war gut. Mohammed Atta war böse.« »So!« »Also müsste mein Dad auch in der Kartei sein.« »Warum glaubst du, dass es gut ist, darin zu sein!« »Weil es bedeutet, dass man biographisch bedeutend ist.« »Und warum sollte das gut sein!« »Ich möchte auch bedeutend sein.« »Von zehn bedeutenden Menschen haben neun mit Geld oder Krieg zu tun!«

Ich bekam trotzdem superschwere Bleifüße. Dad war kein großer Mann, er war kein Winston Churchill, wer immer das sein mochte. Dad war nur jemand, der einen familieneigenen Juwelierladen betrieb. Er war ein stinknormaler Dad. Doch in dem Moment wünschte ich mir von ganzem Herzen, dass er ein großer Mann gewesen wäre. Ich wünschte mir, er wäre berühmt gewesen, berühmt wie ein Filmstar, denn er hätte es verdient. Ich wünschte, Mr Black hätte über ihn geschrieben und sein Leben riskiert, um der ganzen Welt von Dad zu erzählen. Ich wünschte, er hätte Erinnerungsstücke an Dad in seiner Wohnung stehen.

Ich dachte scharf nach: Wenn man Dad auf ein Wort eindampfte, welches wäre es? Juwelier? Atheist? Schreibt man *New York Times*-Korrekturleser in einem Wort?

»Suchst du etwas!«, fragte Mr Black. »Dieser Schlüssel hier hat meinem Dad gehört«, sagte ich und zog ihn wieder unter dem Hemd hervor, »und ich würde gern wissen, welches Schloss er öffnet.« Er zuckte mit den Schultern und dröhnte: »Das würde ich auch gern wissen!« Dann schwiegen wir eine Weile.

Ich war kurz davor zu weinen, aber da ich nicht vor Mr Black weinen wollte, fragte ich ihn nach der Toilette. Er zeigte zur Treppe. Als ich sie hochstieg, klammerte ich mich ans Geländer und begann, mir Erfindungen auszudenken: Airbags für Wolkenkratzer, solarbetriebene Limousinen, die unendlich weit fahren können, ein reibungsloses, ewiges Jo-Jo. Im Bad roch es nach altem Mann, und ein paar Kacheln waren von der

Wand gefallen und lagen auf dem Fußboden. Hinter einer Ecke des Spiegels, der über dem Waschbecken hing, steckte das Foto einer Frau. Sie saß am Küchentisch, an dem wir gerade gesessen hatten, und obwohl sie drinnen war – versteht sich von selbst –, trug sie einen riesengroßen Hut. Das verriet mir, dass es sich um einen besonderen Menschen handelte. Sie hatte eine Hand um eine Teetasse gelegt. Ihr Lächeln war irrsinnig schön. Ich fragte mich, ob sie bei der Aufnahme an der Hand geschwitzt hatte und ob ihr Schweiß an der Tasse kondensiert war. Ich fragte mich, ob Mr Black das Foto gemacht hatte.

Bevor ich wieder nach unten ging, schnüffelte ich noch ein bisschen herum. Ich war schwer beeindruckt, wie intensiv Mr Black gelebt hatte und wie sehr er darauf aus war, sein Leben um sich zu haben. Ich probierte den Schlüssel an allen Türen aus, obwohl er gesagt hatte, ihn nicht zu kennen. Nicht, dass ich ihm misstraute, im Gegenteil, ich vertraute ihm. Aber ich wollte am Ende meiner Suche sagen können: Ich habe alles Menschenmögliche versucht. Es gab eine Schranktür, aber der Schrank enthielt nichts Spannendes, nur einen Haufen Mäntel. Eine andere Tür führte in ein Zimmer mit vielen Kisten. Von ein paar nahm ich den Deckel ab, und sie waren voller Zeitungen. Teilweise waren die Zeitungen ganz vergilbt, und manche sahen fast aus wie Herbstlaub.

Ich schaute in einen anderen Raum, offenbar sein Schlafzimmer. Darin stand das irrste Bett, das ich je gesehen habe, denn es bestand aus Baumstücken. Die Beine waren Stümpfe, Kopf- und Fußende waren Stämme, und der Himmel war aus Ästen. Außerdem war es von oben bis unten mit den unglaublichsten Metallgegenständen bedeckt, zum Beispiel mit Münzen, Bolzen und einem Anstecker mit der Aufschrift ROOSEVELT.

»Das war mal ein Baum im Park!«, sagte Mr Black hinter

mir, und ich erschrak so sehr, dass meine Hände zitterten. Ich fragte: »Sind Sie sauer auf mich, weil ich herumgeschnüffelt habe?«, doch er hatte mich anscheinend nicht gehört und fuhr einfach fort. »Am Reservoir. Sie ist mal über eine seiner Wurzeln gestolpert! Damals, als ich ihr den Hof gemacht habe! Sie ist hingefallen und hat sich an der Hand geschnitten! Nur ein kleiner Schnitt, aber ich habe ihn nie vergessen! Das ist so lange her!« »Aber an Ihrem Leben gemessen war es wie gestern, richtig?« »Gestern! Heute! Vor fünf Minuten! Jetzt!« Er sah zu Boden. »Sie hat mich immer wieder gebeten, eine Pause bei meinen Berichterstattungen einzulegen! Sie wollte mich zu Hause haben!« Er schüttelte den Kopf und sagte: »Aber ich hatte auch meine Bedürfnisse.« Er senkte den Blick, dann sah er wieder mich an. Ich fragte: »Und was haben Sie daraufhin gemacht?« »Die meisten Jahre habe ich sie behandelt, als wäre sie mir völlig egal! Ich war immer nur zwischen den Kriegen zu Hause und habe sie monatelang allein gelassen! Irgendwo war immer Krieg!« »Wussten Sie, dass es im Laufe der letzten dreieinhalb Jahrtausende nur 230 friedliche Jahre in der zivilisierten Welt gegeben hat?« Er erwiderte: »Sag mir, welche 230 Jahre das sein sollen, und ich glaube dir!« »Ich weiß nicht, welche, aber ich weiß, dass es stimmt.« »Und wo ist sie denn, diese zivilisierte Welt, von der du sprichst!«

Ich fragte ihn, warum er schließlich doch mit der Kriegsberichterstattung aufgehört habe. Er sagte: »Mir wurde auf einmal klar, dass ich eigentlich mit einem Menschen an einem Ort sein wollte!« »Dann sind Sie also endgültig nach Hause zurückgekehrt?« »Ich habe sie dem Krieg vorgezogen! Und das Erste, was ich nach meiner Rückkehr getan habe – noch bevor ich die Wohnung wieder betrat –, war, in den Park zu gehen und diesen Baum zu fällen! Mitten in der Nacht! Ich dachte, irgendjemand würde mich abhalten, aber nichts dergleichen ist passiert! Ich habe die Baumstücke nach Hause geschafft! Ich habe dieses Bett daraus gezimmert! In unseren letzten gemeinsamen Jahren war es unser Ehebett! Ich wünschte, ich hätte früher begriffen, was ich wirklich wollte!« Ich fragte: »Was war Ihr letzter Krieg?« Er sagte: »Diesen Baum zu fällen war mein letzter Krieg!« Ich fragte ihn, wer gewonnen habe, und ich fand meine Frage ziemlich nett, weil er natürlich voller Stolz antworten konnte, dass er ihn gewonnen habe. Er sagte: »Die Axt hat gewonnen! Ist immer so!«

Er trat an das Bett und legte einen Finger auf den Kopf eines Nagels. »Sieh dir das an!« Ich gebe mir ja immer Mühe, ein Mensch zu sein, der mit offenen Augen durch die Welt läuft, wissenschaftliche Methoden anwendet und genau hinschaut, aber mir war nicht aufgefallen, dass das Bett von oben bis unten mit Nägeln bedeckt war. »Seit ihrem Tod habe ich jeden Morgen einen Nagel ins Bett geschlagen! Das ist das Erste, was ich nach dem Aufwachen tue! Achttausendsechshundertneunundzwanzig Nägel!« Ich fragte ihn, warum, und das hielt ich ebenfalls für eine ziemlich nette Frage, weil er natürlich antworten konnte, dass er sie sehr geliebt habe. Er sagte: »Ich weiß nicht, warum!« Ich sagte: »Aber wenn Sie nicht wissen, warum, warum tun Sie es dann?« »Hilft mir vermutlich irgendwie! Erhält mich am Leben! Ist natürlich Unsinn, ich weiß!« »Ich finde nicht, dass es Unsinn ist.« »Nägel sind nicht leicht! Einer schon! Eine Hand voll schon! Aber so viele!« Ich erwiderte: »Im Durchschnitt enthält der menschliche Körper genug Eisen für einen drei Zentimeter langen Nagel.« Er sagte: »Das Bett wurde schwer! Der Fußboden ächzte, als hätte er Schmerzen! Manchmal bin ich mitten in der Nacht aufgewacht, weil ich Angst hatte, das Bett könnte durch die Fußböden in die darunter liegende Wohnung krachen!« »Sie konnten meinetwegen nicht schlafen.« »Also habe ich unten die

Säule gebaut! Hast du von der Universitätsbibliothek in Indiana gehört?« »Nein«, sagte ich, dachte aber immer noch über die Säule nach. »Sie versinkt jedes Jahr einen knappen Zentimeter tiefer in der Erde, weil man beim Bau das Gewicht all der Bücher nicht mit einkalkuliert hat! Darüber habe ich mal einen Artikel geschrieben! Damals habe ich nicht daran gedacht, aber jetzt fällt mir Debussys *Die versunkene Kathedrale* ein, eines der schönsten Musikstücke, das je geschrieben worden ist! Ich habe es seit Jahren nicht mehr gehört! Willst du mal was sehen!« »Okay«, sagte ich, denn obwohl ich ihn nicht kannte, hatte ich das Gefühl, ihn zu kennen. »Mach die Hand auf!«, sagte er, und ich tat es. Er holte eine Büroklammer aus der Hosentasche. Er drückte sie mir in die Hand und sagte: »Jetzt die Faust ballen!« Ich ballte die Faust. »Jetzt den Arm ausstrecken!« Ich streckte den Arm aus. »Jetzt die Faust öffnen!« Die Büroklammer sauste zum Bett.

Erst in diesem Moment fiel mir auf, dass der Schlüssel vom Bett angezogen wurde. Er war relativ schwer, und deshalb war nur wenig zu merken. Die Schnur schnitt nur ganz sanft in meinen Nacken, und der Schlüssel schwebte nur ein winziges Stückchen über meiner Brust. Ich dachte an das viele Metall, das im Central Park begraben lag. Wurde es auch ein klitzekleines bisschen vom Bett angezogen? Mr Black schloss die Hand um den schwebenden Schlüssel und sagte: »Ich habe meine Wohnung seit vierundzwanzig Jahren nicht mehr verlassen!« »Wie meinen Sie das?« »Betrüblicherweise meine ich genau, was ich sage, mein Junge! Ich habe meine Wohnung seit vierundzwanzig Jahren nicht mehr verlassen! So lange sind meine Füße nicht mehr auf dem Erdboden gelaufen!« »Und warum nicht?« »Dafür muss es keinen Grund geben!« »Und wenn Sie etwas brauchen?« »Was brauche ich in meinem Alter denn unbedingt noch!« »Essen. Bücher. Zeug.« »Ich bestelle mir Essen, und es wird mir gebracht! Ich bestelle Bücher bei den Buchhandlungen und Videos bei den Videotheken! Stifte, Bürokram, Reinigungsmittel, Arzneien! Ich bestelle sogar meine Kleidung am Telefon! Sieh dir das an!«, sagte er, und er zeigte mir seinen Bizeps, der sich nicht nach oben, sondern nach unten wölbte. »Ich war neun Tage Champion im Fliegengewicht!« Ich fragte: »An welchen neun Tagen?« Er sagte: »Glaubst du mir etwa nicht!« Ich sagte: »Doch, doch, natürlich.« »Die Welt ist riesig«, sagte er, »aber eine Wohnung auch! Und der hier ebenfalls!« Er zeigte auf seinen Kopf. »Aber Sie sind doch so viel gereist. Sie haben so viel erlebt. Fehlt Ihnen die Welt nicht?« »Doch! Sehr!«

Ich hatte so schwere Bleifüße, dass ich froh über die Säule unter uns war. Wie hatte ein so einsamer Mensch die ganze Zeit so dicht in meiner Nähe leben können? Wenn ich davon gewusst hätte, wäre ich hochgegangen, um ihm Gesellschaft zu leisten. Oder ich hätte ihm Schmuck gebastelt. Oder ihm die tollsten Witze erzählt. Oder ihm ein exklusives Tamburin-Konzert gegeben.

Ich begann mich zu fragen, ob es in meiner Nähe noch mehr Menschen gab, die so einsam waren. Ich dachte an den Text von »Eleanor Rigby«: Wo kommen all die einsamen Menschen her? Und wo gehören sie hin?

Wie wäre es, wenn das Wasser, das aus der Dusche kommt, eine chemische Substanz enthalten würde, die auf eine ganze Reihe von Dingen reagiert, zum Beispiel auf den Herzschlag und die Körpertempertatur und die Gehirnwellen, und die Hautfarbe der jeweiligen Stimmung entsprechend verändert? Bei großer Aufregung wäre die Haut plötzlich grün, und bei Wut wäre sie rot, versteht sich von selbst, und wenn man sich so richtig scheibenkleisterig fühlt, wäre sie braun, und wenn man traurig ist, wäre sie blau.

Dann würde jeder wissen, wie sich der andere fühlt, und man könnte rücksichtsvoller miteinander umgehen, denn einem Menschen mit knallroter Hautfarbe würde man natürlich nie sagen, dass man sich ein Loch in den Bauch geärgert hat, weil er viel zu spät dran ist, ebenso wenig, wie man einem Menschen mit rosa Hautfarbe auf den Rücken klopfen und sagen würde: »Gratuliere!«

Eine gute Erfindung wäre es außerdem, weil man oft alles Mögliche auf einmal fühlt, ohne genau zu wissen, was. *Bin ich frustriert? Oder bin ich einfach nur panisch?* Und diese Verwirrung hat einen Einfluss auf die Stimmung, sie wird zur beherrschenden Stimmung, und man wird zu einem grauen, verwirrten Menschen. Aber durch das Spezialwasser würde man seine orangefarbenen Hände sehen und denken: *Ich bin glücklich! Eigentlich war ich die ganze Zeit glücklich! Was bin ich erleichtert!*

Mr Black sagte: »Einmal habe ich über ein russisches Dorf berichtet! Dort lebte eine Künstlergemeinschaft! Sie hatten aus den Städten fliehen müssen! Ich hatte gehört, dass überall Gemälde hingen! Ich hatte gehört, dass man vor lauter Gemälden die Wände nicht mehr sehen könne! Sie hatten die Decken bemalt, die Teller, die Fenster, die Lampenschirme! War das eine Rebellion! War das eine Gestaltungskraft! Taugten die Gemälde etwas, oder tat das im Grunde gar nichts zur Sache! Ich musste es mit eigenen Augen sehen, und ich musste der Welt davon berichten! Nur ein paar Tage bevor ich hinkam, erfuhr Stalin von der Gemeinschaft und schickte seine Schergen hin, die allen die Arme brachen! Das war schlimmer, als sie zu töten! Es war ein schrecklicher Anblick, Oskar: Sie hatten ihre Arme mehr schlecht als recht geschient und hielten sie ausgestreckt vor sich! Sie sahen aus wie Zombies! Sie konnten nicht selbst essen, weil sie die Hände nicht mehr zum Mund führen konnten! Und weißt du, was passiert ist!« »Sind sie verhungert?« »Sie haben sich gegenseitig gefüttert! Das ist der Unterschied zwischen Hölle und Himmel! In der Hölle verhungert man! Im Himmel füttert man einander!« »Ich glaube nicht an ein Leben nach dem Tod.« »Ich auch nicht, aber an diese Geschichte glaube ich schon!«

Und dann kam mir plötzlich ein Gedanke. Ein großartiger Gedanke. Ein wunderbarer Gedanke. »Wollen Sie mir helfen?« »Wie bitte!« »Bei der Sache mit dem Schlüssel.« »Dir helfen!« »Sie könnten mich begleiten.« »Möchtest du, dass ich dir helfe!« »Ja.« »Aber ich brauche keine Fürsorge! Von niemandem!« »Hammerhart«, erwiderte ich. »Aber Sie sind irre klug, und Sie wissen viel, Sie wissen unglaublich viel mehr als ich, und außerdem wäre es gut, ein bisschen Gesellschaft zu haben, also sagen Sie bitte Ja.« Er schloss die Augen und schwieg. Ich wusste nicht genau, ob er über unseren Wortwechsel nachdachte oder ob er an etwas anderes dachte oder ob er vielleicht einfach eingeschlafen war, denn ich weiß, dass das alten Menschen wie Oma manchmal passiert, sie können nicht anders. »Sie müssen sich ja nicht sofort entscheiden«, sagte ich, weil ich nicht wollte, dass er sich unter Druck gesetzt fühlte. Ich erzählte ihm von den 162 Millionen Schlössern und dass die Suche vermutlich ziemlich lange dauern würde, vielleicht sogar anderthalb Jahre, und wenn er sich die Sache erst in Ruhe überlegen wolle, sei das völlig okay, er könne dann ja einfach herunterkommen und mir seine Entscheidung mitteilen. Er dachte weiter nach. »Lassen Sie sich so viel Zeit, wie Sie wollen«, sagte ich. Er dachte weiter nach. Ich fragte ihn: »Haben Sie sich schon entschieden?«

Er schwieg.

»Was meinen Sie dazu, Mr Black?«

Nichts.

»Mr Black?«

Ich tippte ihm auf die Schulter, und er hob unvermittelt den Kopf.

»Hallo?«

Er lächelte wie Mom, wenn sie entdeckt, dass ich etwas nicht ganz Astreines angestellt habe.

»Ich habe deine Lippen gelesen!« »Was?« Er zeigte auf seine Hörgeräte, die mir bis dahin nicht aufgefallen waren, obwohl ich mich immer wahnsinnig bemühe, dass mir nichts entgeht. »Ich habe sie schon vor langer Zeit ausgeschaltet!« »Sie haben sie ausgeschaltet?« »Vor einer Ewigkeit!« »Mit Absicht?« »Ich wollte Batterien sparen!« »Wozu?« Er zuckte auf eine Art mit den Schultern, die mich im Unklaren darüber ließ, ob er Ja oder Nein meinte. Und dann kam mir noch ein Gedanke. Ein schöner Gedanke. Ein wahrer Gedanke. »Soll ich die Hörgeräte für Sie einschalten?«

Er sah mich an und gleichzeitig durch mich hindurch, als wäre ich eine Buntglasscheibe. Ich fragte ihn noch einmal und bewegte die Lippen dabei langsam und präzise, damit er mich auf jeden Fall verstand: »Soll. Ich. Die. Hörgeräte. Für. Sie. Einschalten?« Er sah mich immer noch an. Ich fragte ein drittes Mal. Er sagte: »Ich weiß nicht, wie ich Ja sagen soll!« Ich erwiderte: »Brauchen Sie auch nicht.«

Ich trat hinter ihn und sah, dass jedes seiner Hörgeräte ein winziges Rädchen hatte.

»Sei vorsichtig!«, sagte er, und er klang fast bittend. »Es ist schon so ewig lange her!«

Ich trat vor ihn, damit er meine Lippen sehen konnte, und ich versprach ihm, so vorsichtig wie möglich zu sein. Dann trat ich wieder hinter ihn und drehte unglaublich behutsam und millimeterweise an den Rädchen. Nichts geschah. Ich drehte sie noch ein paar Millimeter. Und dann noch ein paar. Ich trat vor ihn. Erst zuckte er mit den Schultern, dann zuckte ich mit den Schultern. Ich trat wieder hinter ihn und drehte noch ein bisschen mehr an den Rädchen, bis sie nicht mehr weitergingen. Ich trat vor ihn. Er zuckte mit den Schultern. Vielleicht funktionierten die Hörgeräte nicht mehr, vielleicht waren die Batterien an Altersschwäche eingegangen, vielleicht war er auch völlig ertaubt, seit er sie abgeschaltet hatte, alles gut möglich. Wir sahen uns an.

Da tauchte aus dem Nirgendwo ein Vogelschwarm auf und flog extrem nah und unglaublich laut am Fenster vorbei. Es waren ungefähr zwanzig Vögel. Vielleicht auch mehr. Sie wirkten fast wie ein einziger Vogel, weil sie irgendwie alle genau wussten, was zu tun war. Mr Black fasste sich an die Ohren und stieß eine Reihe krasser Laute aus. Er begann zu weinen – nicht vor Glück, das war mir klar, aber auch nicht aus Traurigkeit.

»Alles in Ordnung mit Ihnen?«, flüsterte ich.

Er nickte, weinte beim Klang meiner Stimme aber noch mehr.

Ich fragte ihn, ob ich noch ein bisschen Krach machen solle.

Er nickte, und dabei strömten ihm immer mehr Tränen über die Wangen.

Ich ging zum Bett und rüttelte daran, wodurch ein paar Nadeln und Büroklammern abfielen.

Er weinte immer mehr.

»Soll ich die Hörgeräte wieder ausschalten?«, fragte ich, aber er schenkte mir keine Beachtung mehr. Er ging durchs Zimmer und legte die Ohren an alles, was Geräusche machte, selbst an so leise Dinge wie Heizungsrohre.

Ich wäre am liebsten dageblieben und hätte zugeschaut, wie er der Welt lauschte, aber es war schon spät, und um halb fünf Uhr hatte ich eine *Hamlet*-Probe, und es war eine extrem wichtige Probe, denn es war die erste mit Beleuchtung. Ich sagte Mr Black, dass ich ihn am nächsten Samstag um sieben Uhr morgens abholen käme, und dann würden wir loslegen. Ich sagte zu ihm: »Ich bin noch nicht einmal mit den A's durch.« Er sagte: »Okay«, und beim Klang seiner eigenen Stimme musste er am meisten weinen.

Nachricht Drei. 9:31 Uhr. Hallo? Hallo? Hallo?

Als Mom mich an diesem Abend zudeckte, merkte sie, dass mich etwas beschäftigte, und sie fragte mich, ob ich über irgendetwas reden wolle. Ich wollte, aber nicht mit ihr, also sagte ich: »Ist nicht böse gemeint – aber lieber nicht.« »Ganz bestimmt nicht?« »*Très fatigué*«, sagte ich und wedelte mit einer Hand. »Soll ich dir noch etwas vorlesen?« »Nein, ist schon gut.« »Wir könnten die *New York Times* auf Fehler durchsehen.« »Nein, danke.« »Na gut«, sagte sie, »na gut.« Sie gab mir einen Kuss und knipste das Licht aus, und als sie aus dem Zimmer gehen wollte, sagte ich: »Mom?«, und sie sagte: »Ja?«, und ich sagte: »Versprichst du mir, dass ich nicht begraben werde, wenn ich gestorben bin?«

Sie kam wieder zu mir und legte mir eine Hand auf die Wange und sagte: »Du wirst nicht sterben.« Ich erwiderte: »Doch, das werde ich.« Sie sagte: »Bis dahin ist noch lange hin. Du hast noch ein langes, langes Leben vor dir.« Ich erwiderte: »Du weißt ja, dass ich extrem tapfer bin, aber ich kann die Ewigkeit nicht in einem kleinen Loch unter der Erde verbringen. Das kann ich einfach nicht. Hast du mich lieb?« »Natürlich habe ich dich lieb.« »Dann lass mich in eines von diesen Mausoleum-Dingern bringen.« »Ein Mausoleum?« »Wie die, über die ich gelesen habe.« »Müssen wir unbedingt darüber reden?« »Ja.« »Jetzt?« »Ja.« »Warum?« »Weil ich schon morgen sterben könnte.« »Morgen stirbst du noch nicht.« »Dad hat

auch nicht damit gerechnet, dass er am nächsten Tag sterben würde.« »Aber das passiert dir nicht.« »Klar, ihm ist es ja auch nicht passiert.« »Oskar.« »Tut mir Leid, aber ich will einfach nicht begraben werden.« »Willst du denn nicht bei Dad und mir sein?« »Dad ist doch gar nicht mehr da!« »Bitte?« »Sein Körper wurde zerstört.« »Rede nicht solche Sachen.« »Welche Sachen? Es stimmt doch. Ich weiß nicht, warum alle immer so tun, als wäre er noch da.« »Reg dich bitte ab, Oskar.« »Sein Sarg ist nur eine leere Kiste.« »Er ist mehr als eine leere Kiste.« »Warum sollte ich die Ewigkeit neben einer leeren Kiste verbringen wollen?«

Mom sagte: »Seine Seele ist noch hier«, und das machte mich *richtig* wütend. Ich sagte zu ihr: »Dad hatte keine Seele! Er hatte Zellen!« »Die Erinnerung an ihn ist noch hier.« »Hier ist die Erinnerung an ihn«, sagte ich und zeigte auf meinen Kopf. »Dad hatte eine Seele«, sagte sie, als wollte sie unser Gespräch ein Stück zurückspulen. Ich erwiderte: »Er hatte Zellen, und die sind jetzt auf den Dächern und im Fluss und in den Lungen von Millionen Menschen in New York, die ihn jedes Mal einatmen, wenn sie den Mund aufmachen, um zu reden!« »So etwas darfst du nicht sagen.« »Aber das ist die *Wahrheit*! Warum darf ich nicht die *Wahrheit* sagen?« »Langsam drehst du durch.« »Du hast kein Recht, unlogisch zu sein, nur weil Dad tot ist, Mom.« »Doch, habe ich.« »Nein, hast du nicht.« »Reg dich endlich wieder ab, Oskar.« »Fick dich!« »Wie bitte?« »Tut mir Leid. Ich meinte: Leck mich.« »Ich glaube, du brauchst eine Auszeit, Oskar.« »Ich brauche ein Mausoleum!« »Oskar!« »Lüg mich nicht an!« »Wer lügt hier?« »Wo warst du?« »Wo war ich wann?« »An dem Tag!« »An welchem Tag?« »An *dem* Tag!« »Wie meinst du das?« »Wo warst du!« »Ich war bei der Arbeit.« »Warum warst du nicht zu Hause?« »Weil ich zur Arbeit muss.« »Warum hast du mich nicht von der Schule abgeholt, wie es andere Mütter getan haben?« »Oskar, ich bin so schnell wie möglich nach Hause gekommen. Ich brauche länger für den Heimweg als du. Ich dachte, es wäre besser, dich zu Hause zu treffen, als dich vor der Schule warten zu lassen, bis ich komme.« »Aber du hättest da sein müssen, als ich nach Hause gekommen bin.« »Ich wünschte, ich wäre da gewessen, aber es war mir unmöglich.« »Du hättest es möglich machen müssen.« »Das Unmögliche kann ich nicht möglich machen.« »Hättest du aber tun sollen.« Sie sagte: »Ich bin so schnell wie möglich nach Hause gekommen.« Und dann begann sie zu weinen.

Die Axt gewinnt.

Ich schmiegte mich an sie. »Ich brauche ja nichts Ausgefallenes, Mom. Einfach nur etwas über der Erde.« Sie holte tief Luft, legte einen Arm um mich und sagte: »Das könnte klappen.« Ich versuchte, auf etwas Witziges zu kommen, weil ich dachte, dass sie nicht mehr sauer auf mich wäre und dass ich wieder geborgen wäre, wenn ich etwas Witziges sagte. »Mit ein bisschen Ellbogenfreiheit.« »Wie?« »Ich brauche dann ein bisschen Ellbogenfreiheit.« Sie lächelte und sagte: »Okay.« Ich zog noch einmal die Nase hoch, denn ich merkte, dass es klappte. »Und ein Bidet.« »Auf jeden Fall. Ein Bidet gehört zur Grundausstattung.« »Und einen Elektrozaun.« »Elektrozaun?« »Damit mir die Grabräuber nicht alle Juwelen klauen.« »Juwelen?« »Klar«, sagte ich, »ein paar Juwelen brauche ich doch auch.«

Wir mussten beide lachen, und das war notwendig, damit sie mich wieder lieb hatte. Ich zog mein Gefühlslagen-Buch unter dem Kopfkissen hervor, schlug die aktuelle Seite auf und stufte VERZWEIFELT zu BEDRÜCKT herab. »Hey, das ist ja super!«, sagte Mom, die mir über die Schulter schaute. »Nein«, sagte ich, »das ist bedrückt. Und bitte nicht über die Schulter gucken.« Sie rieb mir die Brust, und das war schön, obwohl ich mich ein bisschen zur Seite drehen musste, damit sie nicht merkte, dass ich noch den Schlüssel um den Hals trug und dass es zwei Schlüssel waren.

»Mom?« »Ja?« »Nichts.«

»Was hast du, mein Schatz?« »Ach, ich fände es nur toll, wenn Matratzen Ausbuchtungen für die Arme hätten, damit es genau passt, wenn man sich auf die Seite dreht.« »Ja, das wäre schön.« »Und vermutlich auch gut für den Rücken, weil das Rückgrat dann gerade wäre, und ich weiß, dass das wichtig ist.« »Das ist wichtig.« »Man könnte sich dann auch besser einkuscheln. Denn sonst kommt einem doch immer ein Arm in die Quere.« »Stimmt.« »Und dass man sich besser einkuscheln kann, ist wichtig.« »Sehr.«

~~BEDRÜCKT~~

OPTIMISTISCH, ABER REALISTISCH

»Ich vermisse Dad.« »Ich auch.« »Wirklich?« »Natürlich. Was denkst du denn?« »Vermisst du ihn denn *richtig*?« »Wieso fragst du das?« »Du verhältst dich einfach nicht so, als würdest du ihn richtig vermissen.« »Wovon redest du?« »Du weißt doch genau, wovon ich rede.« »Nein, weiß ich nicht.« »Ich höre dich immer lachen.« »Du hörst mich lachen?« »Im Wohnzimmer. Mit Ron.« »Du glaubst, dass ich Dad nicht vermisse, nur weil ich ab und zu lache?« Ich drehte mich von ihr weg auf die andere Seite.

~~OPTIMISTISCH, ABER REALISTISCH~~

EXTREM DEPRIMIERT

Sie sagte: »Ich weine auch ziemlich oft.« »Davon merke ich nichts.« »Vielleicht liegt es daran, dass ich es dir lieber nicht zeige.« »Warum nicht?« »Weil es für uns beide unfair wäre.«

»Nein, wäre es nicht.« »Ich möchte, dass wir nach vorn schauen.« »Wie viel weinst du?« »Wie viel?« »Einen Löffel voll? Eine Tasse? Eine Badewanne? Wenn du alles zusammenzählst.« »So kann man das nicht messen.« »Wie dann?«

Sie sagte: »Ich versuche irgendwie, glücklich zu sein. Lachen macht mich glücklich.« Ich sagte: »Ich versuche nicht, glücklich zu sein, und ich werde es auch nicht sein.« Sie sagte: »Solltest du aber.« »Warum?« »Weil Dad bestimmt gewollt hätte, dass du glücklich bist.« »Dad hätte gewollt, dass ich ihn in Erinnerung behalte.« »Warum kannst du ihn nicht in Erinnerung behalten *und* glücklich sein?« »Warum bist du in Ron verliebt?« »Was?« »Du bist doch offensichtlich in ihn verliebt, und ich will wissen, warum. Was ist so toll an ihm?« »Bist du schon mal auf den Gedanken gekommen, dass alles viel komplizierter ist, als es den Anschein hat, Oskar?« »Der Gedanke kommt mir ständig.« »Ron ist ein *Freund*.« »Dann versprich mir, dass du dich nie mehr verliebst.« »Ron macht auch eine Menge durch, Oskar. Wir helfen uns gegenseitig. Wir sind *befreundet*.« »Versprich mir, dass du dich nie mehr verliebst.« »Warum soll ich dir das versprechen?« »Entweder, du versprichst mir, dich nie mehr zu verlieben, oder ich liebe dich nicht mehr.« »Du bist unfair.« »Ich muss nicht fair sein! Ich bin dein Sohn!« Sie seufzte unglaublich tief und sagte: »Du erinnerst mich so an Dad.« Und dann rutschte mir etwas heraus, das ich gar nicht hatte sagen wollen. Ich bereute die Worte schon beim Aussprechen, weil sie vielleicht mit Dads Asche vermischt waren, die ich bei unserem Besuch bei Ground Zero eingeatmet hatte. »Wenn ich die Wahl gehabt hätte, wärst du es gewesen!«

Sie starrte mich eine Sekunde an, stand dann auf und ging aus dem Zimmer. Ich wünschte, sie hätte die Tür zugeknallt, aber sie tat es nicht. Sie schloss sie so vorsichtig wie immer. Ich konnte hören, dass sie nicht davonging.

~~EXTREM DEPRIMIERT~~
UNGLAUBLICH ALLEIN

»Mom?«

Nichts.

Ich stieg aus dem Bett und ging zur Tür.

»Ich nehme es zurück.«

Sie sagte nichts, aber ich konnte sie atmen hören. Ich griff nach dem Türknauf, weil ich dachte, dass sie vielleicht den anderen hielt.

»Ich habe gesagt, dass ich es zurücknehme.«

»So etwas kann man nicht zurücknehmen.«

»Kann man sich für so etwas entschuldigen?«

Nichts.

»Nimmst du meine Entschuldigung an?«

»Ich weiß nicht.«

»Wieso weißt du es nicht?«

»Oskar, ich *weiß es nicht.*«

»Bist du sauer auf mich?«

Nichts.

»Mom?«

»Ja?«

»Bist du noch sauer auf mich?«

»Nein.«

»Bestimmt nicht?«

»Ich war nie sauer auf dich.«

»Was dann?«

»Ich war verletzt.«

~~UNGLAUBLICH ALLEIN~~

ICH GLAUBE, ICH BIN AUF DEM FUSSBODEN EINGESCHLAFEN. ALS ICH AUFWACHTE, ZOG MOM MIR DAS HEMD AUS UND HALF MIR IN DEN PYJAMA, UND DABEI HAT SIE BESTIMMT MEINE BLAUEN FLECKEN GESEHEN. ICH HABE SIE LETZTEN ABEND VOR DEM SPIEGEL GEZÄHLT, UND ES WAREN EINUNDVIERZIG. EIN PAAR SIND RICHTIG FETT, ABER DIE MEISTEN SIND KLEIN. ICH VERPASSE MIR KEINE BLAUEN FLECKEN, DAMIT MOM SIE SIEHT, ABER ICH WILL TROTZDEM, DASS SIE MICH FRAGT, WOHER ICH SIE HABE (OBWOHL SIE DAS WAHRSCHEINLICH WEISS), UND MITLEID MIT MIR HAT (WEIL SIE BEGREIFEN SOLL, WIE SCHWER ALLES FÜR MICH IST) UND SICH SCHRECKLICH FÜHLT (WEIL SIE AN MANCHEN BLAUEN FLECKEN SCHULD IST) UND MIR VERSPRICHT, NICHT ZU STERBEN UND MICH ALLEIN ZU LASSEN. ABER SIE HAT NICHTS GESAGT. ICH HABE NICHT EINMAL IHREN BLICK MITBEKOMMEN, ALS SIE DIE BLAUEN FLECKEN GESEHEN HAT, WEIL ICH DAS HEMD ÜBER DEM KOPF HATTE WIE EINE HOSENTASCHE ODER EINEN TOTENSCHÄDEL.

MEINE GEFÜHLE

Über die Lautsprecher werden Flüge angekündigt. Wir achten nicht darauf. Die Ansagen können uns egal sein, denn wir fliegen nirgendwohin. Ich vermisse dich jetzt schon, Oskar. Ich habe dich schon vermisst, als ich noch bei dir war. Genau das war mein Problem. Ich vermisse, was ich schon habe, und ich umgebe mich mit Dingen, die mir fehlen.

Jedes Mal, wenn ich eine neue Seite in die Maschine stecke, schaue ich deinen Großvater an. Ich bin so erleichtert, wenn ich sein Gesicht sehe. Sein Anblick gibt mir ein Gefühl von Geborgenheit. Seine Schultern sind eingefallen. Sein Rücken ist krumm. Früher in Dresden war er ein Riese. Ich bin froh, dass seine Hände immer noch so rau sind. Die Skulpturen haben sie nie verlassen.

Mir fällt jetzt erst auf, dass er immer noch seinen Ehering trägt. Hat er ihn bei seiner Rückkehr wieder aufgesteckt oder hat er ihn all die Jahre getragen? Bevor ich hierher fuhr, habe ich die Wohnung abgeschlossen. Ich knipste alle Lampen aus und schaute nach, ob auch kein Wasserhahn tropft. Es fällt schwer, von einem Ort Abschied zu nehmen, an dem man gelebt hat. Das kann genauso schwer fallen wie der Abschied von einem Menschen. Wir sind nach unserer Heirat eingezogen. Damals war die Wohnung größer. Wir brauchten den Platz. Wir brauchten Platz für die vielen Tiere, und jeder von uns beiden brauchte Platz für sich. Dein Großvater schloss die teuerste Versicherung ab. Ein Angestellter der Versicherung kam vorbei und machte Fotos. Wenn irgendetwas passiert wäre, hätte man die Wohnung wieder so herrichten können, wie sie gewesen war. Er verknipste einen ganzen Film. Er machte ein Foto vom Fußboden, ein Foto von der Badewanne. Ich habe das, was ich war, nie mit dem verwechselt, was ich hatte. Als der Angestellte weg war, holte dein Großvater seine eigene Kamera heraus und machte noch mehr Fotos. Was tust du da?, fragte ich ihn.

Besser auf Nummer Sicher gehen, schrieb er. Damals glaubte ich, dass er Recht hatte, aber inzwischen habe ich meine Zweifel.

Er fotografierte alles. Die Unterseiten der Regalbretter im Schrank. Die Rückseiten der Spiegel. Selbst die kaputten Sachen. Die Sachen, an die man sich eigentlich nicht mehr erinnern möchte. Er hätte die Wohnung wieder errichten können, indem er die Fotos zusammenklebte.

Und die Türknäufe. Er fotografierte jeden Türknauf in der Wohnung. Jeden einzelnen. Als hinge die Zukunft der Welt von Türknäufen ab. Als würden wir uns Gedanken über Türknäufe machen, wenn wir die Fotos tatsächlich einmal brauchen sollten.

Ich weiß nicht, warum mir das so wehtat.

Ich sagte zu ihm: Es sind nicht einmal schöne Türknäufe.

Er schrieb: Aber es sind unsere Türknäufe.

Ich war auch sein.

Er machte nie ein Foto von mir, und wir schlossen nie eine Lebensversicherung ab.

Einen Satz der Fotos bewahrte er in seiner Kommode auf. Einen anderen Satz klebte er in seine Tagebücher, um sie bei sich zu haben, falls in unserer Wohnung etwas passieren sollte.

Unsere Ehe war nicht unglücklich, Oskar. Er wusste, wie

er mich zum Lachen bringen konnte. Und manchmal brachte ich ihn zum Lachen. Wir mussten Regeln aufstellen, aber das muss jeder. Kompromisse sind nichts Schlimmes. Selbst wenn man in fast jeder Hinsicht Kompromisse schließt.

Er bekam einen Job in einem Juwelierladen, weil er sich mit den Maschinen auskannte. Er arbeitete so hart, dass man ihn zum stellvertretenden Geschäftsführer und schließlich zum Geschäftsführer ernannte. Er machte sich nichts aus Schmuck. Er hasste ihn. Er meinte immer, Schmuck sei das genaue Gegenteil von Skulpturen.

Aber er kam damit über die Runden, und er versicherte mir, es gehe ihm gut dabei.

Wir eröffneten unseren eigenen Laden in einer Gegend, die an eine schlechte Gegend grenzte. Der Laden war von elf Uhr vormittags bis sechs Uhr abends geöffnet. Aber es gab immer etwas zu tun.

Wir verbrachten unser Leben damit, unseren Lebensunterhalt zu verdienen.

Nach der Arbeit fuhr er manchmal zum Flughafen. Ich bat ihn, mir Zeitungen und Zeitschriften mitzubringen. Zuerst, weil ich amerikanische Redewendungen lernen wollte. Aber das gab ich bald auf. Trotzdem bat ich ihn weiter, zum Flughafen zu fahren. Ich wusste, dass er dafür meine Erlaubnis haben wollte. Ich habe ihn nicht aus Nettigkeit dorthin geschickt.

Wir gaben uns die größte Mühe. Wir versuchten immer, einander zu helfen. Aber nicht aus Hilflosigkeit. Er musste Sachen für mich besorgen, und ich musste Sachen für ihn besorgen. Das gab unserem Leben einen Sinn. Manchmal bat ich ihn sogar um etwas, das ich eigentlich gar nicht wollte, nur damit er es mir besorgen konnte. Wir verbrachten unsere Tage damit, einander zu helfen, einander zu helfen. Ich holte ihm seine Hausschuhe. Er machte mir meinen Tee. Ich stellte die Heizung an, damit er die Klimaanlage anstellen konnte, damit ich die Heizung anstellen konnte. Seine Hände blieben rau.

Es war Halloween. Das erste in unserer Wohnung. Es klingelte an der Tür. Dein Großvater war auf dem Flughafen. Ich machte die Tür auf, und da stand ein kleines Mädchen, das sich ein weißes Laken mit Augenlöchern übergehängt hatte. Gib mir Süßes, oder ich geb dir Saures!, sagte sie. Ich wich einen Schritt zurück.

Wer bist du?

Ich bin ein Gespenst!

Warum trägst du das Laken?

Weil Halloween ist!

Und was ist Halloween?

An Halloween verkleiden sich die Kinder und klingeln an Türen, und dann bekommen sie Süßigkeiten.

Ich habe aber keine Süßigkeiten.

Es ist Hal-lo-ween!

Ich bat sie um einen Moment Geduld. Ich ging ins Schlafzimmer. Ich zog einen Umschlag unter unserer Matratze hervor. Unsere Ersparnisse. Unser Geld zum Leben. Ich holte zwei Hundert-Dollar-Scheine heraus und steckte sie in einen anderen Umschlag, den ich dem Gespenst gab.

Ich bezahlte es, damit es verschwand.

Ich schloss die Tür und knipste alle Lichter aus, damit nicht noch mehr Kinder an der Tür klingelten.

Offenbar hatten die Tiere begriffen, denn sie umringten mich und drückten sich an mich. Als dein Großvater abends nach Hause kam, verschwieg ich ihm die Sache. Ich dankte ihm für die Zeitungen und Zeitschriften. Ich ging ins Gästezimmer und tat so, als würde ich schreiben. Ich schlug immer wieder auf die Leertaste. Meine Lebensgeschichte bestand aus Leere.

Die Tage vergingen, einer nach dem anderen. Und manchmal auch weniger als einer. Wir sahen uns an und zeichneten Lagepläne im Kopf. Ich sagte ihm, meine Augen seien schlecht, weil ich wollte, dass er mir Aufmerksamkeit schenkte. Wir richteten in der Wohnung sichere Orte ein. Dort hörte man auf zu sein.

Ich hätte alles für ihn getan. Vielleicht war das meine Krankheit. Wir schliefen an Nicht-Orten miteinander und knipsten das Licht aus. Es war wie weinen. Wir mochten einander dabei nicht anschauen. Es musste immer von hinten sein. Wie beim ersten Mal. Und ich wusste, dass er dabei nicht an mich dachte.

Er packte mich so fest, und er stieß mich so heftig. Als wollte er durch mich hindurch in etwas anderes stoßen.

Warum schlafen die Menschen miteinander?

Ein Jahr verstrich. Noch ein Jahr. Noch ein Jahr. Noch eines.

Wir verdienten unseren Lebensunterhalt.

Ich konnte das Gespenst nicht vergessen.

Ich brauchte ein Kind.

Was hat es zu bedeuten, dass man ein Kind braucht?

Eines Morgens erwachte ich und wusste, woraus das Loch in meinem Inneren bestand. Ich wusste, dass ich für mein Leben Kompromisse schließen konnte, aber nicht für das Leben, das nach mir kam. Ich konnte es nicht erklären. Zuerst kam das Bedürfnis, dann kamen die Erklärungen.

Ich ließ es nicht aus Schwäche geschehen, aber auch nicht aus Stärke. Es war einfach ein Bedürfnis. Ich brauchte ein Kind.

Ich versuchte, es vor ihm zu verheimlichen. Ich versuchte, es so lange zu verheimlichen, bis nichts mehr zu machen war. Es war das tiefste Geheimnis. Leben. Es war sicher in mir verwahrt. Ich trug es mit mir herum. Wie er die Wohnung in seinen Tagebüchern mit sich herumtrug. Ich zog weite Hemden an. Beim Sitzen legte ich mir Kissen auf den Bauch. Nackt war ich nur an Nicht-Orten.

Aber ich konnte es nicht für immer geheim halten.

Wir lagen im Dunkeln im Bett. Ich wusste nicht, wie ich es ihm sagen sollte. Doch, ich wusste es, aber ich brachte es nicht über die Lippen. Ich nahm eines seiner Tagebücher vom Nachtschrank.

Die Wohnung war nie dunkler gewesen.

Ich knipste die Lampe an.

Um uns wurde es Licht.

Die Wohnung wurde noch dunkler.

Ich schrieb: Ich bin schwanger.

Ich gab ihm das Buch. Er las den Satz.

Er nahm den Stift und schrieb: Wie konnte das passieren?

Ich schrieb: Ich habe dafür gesorgt, dass es passiert.

Er schrieb: Aber wir hatten eine Regel.

Auf der nächsten Seite war ein Türknauf.

Ich blätterte um und schrieb: Ich habe die Regel gebrochen.

Er setzte sich im Bett auf. Ich weiß nicht, wie viel Zeit verstrich.

Er schrieb: Alles wird gut.

Ich erwiderte, gut sei nicht genug.

Alles wird ~~gut~~ bestens.

Ich erwiderte, eine Lüge helfe jetzt auch nicht mehr.

Alles wird ~~gut~~ ~~bestens~~.

Ich fing an zu weinen.

Es war das erste Mal, dass ich vor ihm weinte. Es war wie miteinander schlafen.

Ich stellte ihm eine Frage, die mich beschäftigt hatte, seit wir vor Jahren die ersten Nicht-Orte eingerichtet hatten.

Was sind wir? Etwas oder Nichts?

Er legte mir seine Hände aufs Gesicht und hob sie wieder.

Ich wusste nicht, was er mir damit sagen wollte.

Am nächsten Morgen hatte ich eine schlimme Erkältung.

Ich wusste nicht, ob die Krankheit durch das Baby oder deinen Großvater kam.

Als ich mich vor seiner Fahrt zum Flughafen von ihm verabschiedete, hob ich seinen Koffer an und merkte, dass er schwer war.

Da wusste ich, dass er mich verlassen wollte.

Ich überlegte, ob ich ihn aufhalten sollte. Ihn zu Boden zwingen und dazu bringen sollte, mich zu lieben. Am liebsten hätte ich ihn an den Schultern nach unten gezogen und ihm ins Gesicht geschrien.

Ich folgte ihm zum Flughafen.

Ich beobachtete ihn den ganzen Vormittag. Ich wusste nicht, wie ich ihn ansprechen sollte. Ich sah, wie er in sein Buch schrieb. Ich sah, dass er immer wieder Leute nach der Uhrzeit fragte, obwohl alle nur auf die große, gelbe Uhr an der Wand zeigten.

Es war komisch, ihn von weitem zu sehen. Er kam mir so klein vor. Hier draußen in der Welt war er mir viel wichtiger als in der Wohnung. Ich wollte ihn vor all den schrecklichen Schicksalsschlägen beschützen, von denen man oft unverdient getroffen wird.

Ich schlich mich ganz dicht an ihn heran. Bis direkt hinter ihn. Ich sah, wie er schrieb: Furchtbar, dass wir leben müssen, aber tragisch, dass wir nur ein Leben haben. Ich trat einen Schritt zurück. Ich konnte nicht so dicht hinter ihm stehen. Selbst da nicht. Hinter einer Säule versteckt, sah ich zu, wie er weiterschrieb und nach der Uhrzeit fragte und sich die rauen Hände an den Knien rieb. Ja und Nein.

Ich sah ihm zu, als er sich in der Schlange anstellte, um ein Ticket zu kaufen.

Ich fragte mich: Wann greife ich ein, um zu verhindern, dass er fortgeht?

Ich wusste nicht, wie ich ihn fragen oder es ihm sagen oder ihn bitten sollte.

Als er ganz vorne in der Schlange stand, ging ich zu ihm.

Ich berührte ihn an der Schulter.

Ich kann sehen, sagte ich. Was für ein dummer Satz. Meine Augen sind schlecht, aber ich kann sehen.

Was tust du hier?, schrieb er mit den Händen.

Plötzlich war ich ganz schüchtern. Schüchternheit war mir fremd. Scham war mir nicht fremd. Schüchternheit bedeutet, den Blick von etwas abzuwenden, das man haben will. Scham bedeutet, den Blick von etwas abzuwenden, das man nicht haben will.

Ich weiß, dass du fortgehst, sagte ich.

Du musst nach Hause, schrieb er. Du solltest längst im Bett sein.

Okay, sagte ich. Ich wusste nicht, wie ich das sagen sollte, was mir eigentlich auf dem Herzen lag.

Komm, ich bringe dich nach Hause.

Nein. Ich will nicht nach Hause.

Er schrieb: Du bist doch verrückt. Du wirst dich erkälten.

Ich bin schon erkältet.

Und, du wirst dich erkälteren.

Ich fand es unfassbar, dass er einen Scherz machte. Und ich fand es unfassbar, dass ich lachen musste.

Das Lachen erinnerte mich an unseren Küchentisch, an dem wir so viel gelacht hatten. An diesem Tisch waren wir einander nahe. Anders als im Bett. In unserer Wohnung begann alles durcheinander zu gehen. Wir aßen nicht am Esszimmertisch, sondern im Wohnzimmer am Kaffeetisch. Wir wollten nah am Fenster sein. Wir füllten die Standuhr mit den leeren Tagebüchern deines Großvaters, als wären sie die Zeit selbst. Wir legten seine vollen Tagebücher in die Badewanne im zweiten Bad, das wir nie benutzten. Wenn ich doch einmal schlafe, schlafwandele ich. Einmal stellte ich dabei die Dusche an. Ein paar Bücher trieben im Wasser, und ein paar waren an ihrem Platz geblieben. Als ich am nächsten Morgen aufwachte, merkte ich, was ich angestellt hatte. Seine Tage färbten das Wasser grau.

Ich bin nicht verrückt, erwiderte ich.

Du musst nach Hause.

Ich bin so müde, erwiderte ich. Nicht zermürbt, sondern wie abgenutzt. Wie eine dieser Frauen, die eines Morgens beim Erwachen sagen: Ich kann kein Brot mehr backen.

Du hast doch nie ein Brot gebacken, schrieb er. Wir scherzten immer noch.

Dann ist es eben so, als wäre ich erwacht und hätte ein Brot gebacken, sagte ich, und selbst da scherzten wir noch. Ich fragte mich, ob einmal die Zeit käme, da wir nicht mehr scherzten. Wie wäre das wohl? Welches Lebensgefühl hätte ich dann?

Als ich ein Mädchen war, glich mein Leben Musik, die immer lauter wurde. Alles berührte mich. Ein Hund, der einem Fremden hinterherlief. Das berührte mich tief. Ein Kalender, der den falschen Monat anzeigte. Ich hätte darüber weinen mögen. Ich tat es auch. Wo der Rauch aus einem Schornstein endete. Wie eine umgekippte Flasche am Rand eines Tisches lag.

Ich habe mein Leben damit verbracht, meine Gefühle abzustumpfen.

Ich fühlte mit jedem Tag weniger.

Hat das mit dem Altwerden zu tun? Oder ist es etwas Schlimmeres?

Man kann sich nicht vor Traurigkeit schützen, ohne sich gleichzeitig vor Glück zu schützen.

Er versteckte sein Gesicht hinter dem aufgeschlagenen Tagebuch. Als wären die Umschlagseiten seine Hände. Er weinte. Wer brachte ihn zum Weinen?

Der Gedanke an Anna?

Der Gedanke an seine Eltern?

Der Gedanke an mich?

Der Gedanke an ihn selbst?

Ich entriss ihm das Buch. Es war feucht, Tränen liefen über die Seiten, das Buch selbst schien zu weinen. Er schlug sich die Hände vors Gesicht.

Ich möchte dich weinen sehen, sagte ich zu ihm.

Ich will dich nicht verletzen, sagte er, indem er den Kopf von links nach rechts schüttelte.

Es verletzt mich, wenn du mich nicht verletzen willst, erwiderte ich. Ich möchte dich weinen sehen.

Er senkte die Hände. Auf einer Wange stand in Spiegelschrift JA. Auf einer Wange stand in Spiegelschrift NEIN. Er hielt den Kopf immer noch gesenkt. Die Tränen liefen ihm nicht über die Wangen, sondern fielen aus seinen Augen zu Boden. Ich möchte dich weinen sehen, sagte ich. Nicht, weil ich meinte, dass er es mir schuldig wäre. Und auch nicht, weil ich meinte, es ihm schuldig zu sein. Wir waren es einander schuldig, und das ist etwas anderes.

Er hob den Kopf und sah mich an.

Ich bin nicht wütend auf dich, sagte ich.

Aber das müsstest du.

Ich habe doch die Regel gebrochen.

Aber ich habe eine Regel aufgestellt, mit der du nicht leben konntest.

Meine Gedanken schweifen ab, Oskar. Ich muss an Dresden denken, an die Perlenkette meiner Mutter, feucht vom Schweiß auf ihrem Nacken. Meine Gedanken flitzen über den Mantelärmel meines Vaters. Sein Arm war so dick und kräftig. Ich war mir sicher, dass er mich mein ganzes Leben beschützen würde. Und das hat er auch getan. Selbst nachdem ich meinen Vater verloren hatte. Die Erinnerung an seinen Arm legt sich um mich, wie er früher seinen Arm um mich gelegt hat. Jeder neue Tag war an den vorhergehenden gekettet. Aber die Wochen hatten Flügel. Jeder, der glaubt, dass eine Sekunde schneller vergeht als ein Jahrzehnt, hat nicht das gleiche Leben gelebt wie ich.

Warum verlässt du mich?

Er schrieb: Ich weiß nicht, wie ich leben soll.

Das weiß ich auch nicht, aber ich versuche es wenigstens.

Ich weiß nicht einmal, wie ich es versuchen soll.

Ich hätte ihm so viel zu sagen gehabt. Aber ich wusste, dass es ihn verletzt hätte. Also begrub ich es in mir und ließ auf diese Weise zu, dass es mich verletzte.

Ich berührte ihn mit einer Hand. Es war mir immer so wichtig, ihn zu berühren. Es war etwas, wofür ich lebte. Warum, konnte ich nie erklären. Kleine, flüchtige Berührungen. Meine Finger an seiner Schulter. Die Berührung unserer Hüften, wenn wir im Bus aneinander gedrängt wurden. Ich konnte es nicht erklären, aber ich brauchte es. Manchmal stellte ich mir vor, dass ich all unsere flüchtigen Berührungen zusammennähte. Wie viele hunderttausend Male muss man sich mit den Fingern streifen, bis es dasselbe ist wie miteinander schlafen? Warum schlafen die Menschen miteinander?

Meine Gedanken wenden sich meiner Kindheit zu, Oskar. Der Zeit, als ich ein Mädchen war. Ich sitze hier und denke an Hände voll Kieselsteine und an den Tag, als ich zum ersten Mal merkte, dass ich Haare unter den Achseln hatte.

Meine Gedanken ringeln sich um den Hals meiner Mutter. Ihre Perlenkette.

Ich erinnere mich an den Tag, als mir zum ersten Mal der Duft von Parfüm gefiel, und ich erinnere mich daran, wie Anna und ich im Dunkeln in unserem Schlafzimmer lagen, in unserem warmen Bett.

Eines Nachts erzählte ich ihr, was ich hinter der Laube gesehen hatte, die hinter unserem Haus stand. Ich musste ihr versprechen, es für mich zu behalten. Ich versprach es ihr.

Darf ich euch beim Küssen zuschauen?

Ob du uns beim Küssen zuschauen darfst?

Du könntest mir sagen, wo ihr euch küsst, und dann verstecke ich mich dort und schaue euch zu.

Sie lachte, und damit sagte sie Ja.

Mitten in der Nacht wurden wir wach. Ich weiß nicht, wer als Erste wach wurde. Oder ob wir gleichzeitig wach wurden.

Wie fühlt es sich an?, fragte ich sie.

Wie fühlt sich was an?

Das Küssen.

Sie lachte.

Es fühlt sich feucht an, sagte sie.

Ich lachte.

Es fühlt sich feucht und weich und beim ersten Mal ziemlich komisch an.

Ich lachte.

So, sagte sie und packte meinen Kopf und zog mich zu sich heran.

Ich war noch nie im Leben so verliebt gewesen, und ich war in meinem ganzen Leben nie mehr so verliebt.

Wir waren unschuldig.

Was sollte unschuldiger sein als die Küsse, die wir im Bett miteinander tauschten?

Hätte es etwas weniger Wertvolles verdient, zerstört zu werden?

Ich sagte zu ihm: Wenn du bleibst, gebe ich mir noch mehr Mühe.

Gut, schrieb er.

Verlass mich nur bitte nicht.

Gut.

Wir vergessen diesen Tag.

Gut.

Aus irgendeinem Grund muss ich an Schuhe denken. An all die Paare, die ich in meinem Leben getragen habe. Wie oft meine Füße hinein und hinaus geschlüpft sind. Wie ich sie immer so vor das Fußende des Bettes stelle, dass ihre Spitzen davon wegzeigen.

Meine Gedanken sausen durch einen Schornstein nach unten und brennen.

Oben Schritte. Brutzelnde Zwiebeln. Das Geklimper von Kristallgläsern.

Wir waren nicht reich, aber wir hatten alles, was wir brauchten. Von meinem Schlafzimmerfenster beobachtete ich die Welt. Und ich war vor der Welt in Sicherheit. Ich sah zu, wie mein Vater langsam zerbrach. Je näher uns der Krieg kam, desto mehr zog mein Vater sich zurück. War das seine einzige Möglichkeit, uns zu beschützen? Jeden Abend verbrachte er Stunden in seiner Laube. Manchmal schlief er sogar dort. Auf dem Fußboden.

Er wollte die Welt retten. So war er eben. Aber er wollte seine Familie nicht in Gefahr bringen. So war er eben. Wahrscheinlich hat er mein Leben im Geist gegen ein Leben abgewogen, das er hätte retten können. Oder zehn Leben. Oder hundert. Wahrscheinlich war er zu dem Entschluss gelangt, dass mein Leben mehr wog als hundert andere Leben.

In diesem Winter wurde sein Haar ganz grau. Ich glaubte, es wäre Schnee. Er versprach uns, dass alles gut würde. Ich war noch ein Kind, aber ich wusste, dass nicht alles gut würde. Trotzdem wurde mein Vater in meinen Augen dadurch nicht zum Lügner. Er wurde zu meinem Vater.

Es war am Morgen vor der Bombardierung, als ich beschloss, den Brief des Zwangsarbeiters zu beantworten. Ich weiß nicht, warum ich so lange damit gewartet hatte oder was mich dazu trieb, ihm an diesem Tag zu schreiben.

Er hatte mich gebeten, ein Foto mitzuschicken. Ich mochte keins der Fotos von mir. Inzwischen weiß ich, worin die eigentliche Tragödie meiner Kindheit bestand. Sie bestand nicht in der Bombardierung. Sondern darin, dass ich mich auf Fotos nie leiden mochte. Ich mochte mich einfach nicht leiden.

Ich beschloss, am nächsten Tag zu einem Fotografen zu gehen und ein Foto von mir machen zu lassen.

Abends probierte ich vor dem Spiegel alle meine Kleider aus. Ich kam mir vor wie ein hässlicher Filmstar. Ich bat meine Mutter, mir zu zeigen, wie man sich schminkt. Sie fragte nicht nach dem Grund.

Sie zeigte mir, wie man Rouge auflegt. Wie man sich die Augen anmalt. Sie hatte mich noch nie so oft am Gesicht berührt. Es hatte nie einen Anlass dazu gegeben.

Meine Stirn. Mein Kinn. Meine Schläfen. Meinen Hals. Warum weinte sie?

Ich ließ den unvollendeten Brief auf meinem Tisch liegen.

Das Papier schürte den Brand, der unser Haus zerstörte.

Ich hätte den Brief mit einem hässlichen Foto abschicken sollen.

Ich hätte alles abschicken sollen.

Der Flughafen wimmelte von Menschen, die ankamen und abflogen. Aber es gab nur deinen Großvater und mich.

Ich nahm sein Tagebuch und blätterte es durch. Ich zeigte auf: Wie frustrierend, wie lächerlich, wie traurig.

Er blätterte das Buch durch und zeigte auf: Die Art, wie du mir gerade das Messer gereicht hast.

Ich zeigte auf: Wäre ich ein anderer Mensch in einer anderen Welt gewesen, dann hätte ich mich auch anders verhalten.

Er zeigte auf: Manchmal möchte man einfach nur verschwinden.

Ich zeigte auf: Macht doch nichts, wenn man sich nicht durchschaut.

Er zeigte auf: Wie traurig.

Ich zeigte auf: Und ich hätte auch nichts gegen etwas Süßes einzuwenden.

Er zeigte auf: Weinte und weinte und weinte.

Ich zeigte auf: Nicht weinen.

Er zeigte auf: Gebrochen und verwirrt.

Ich zeigte auf: Wie traurig.

Er zeigte auf: Gebrochen und verwirrt.

Ich zeigte auf: Etwas.

Er zeigte auf: Nichts.

Ich zeigte auf: Etwas.

Keiner von uns beiden zeigte auf: Ich liebe dich.

Aber wir kamen nicht darum herum. Wir konnten nicht darüber klettern oder einfach so lange laufen, bis wir es umgangen hatten.

Wie schade, dass man ein ganzes Leben braucht, um zu lernen, wie man leben muss, Oskar. Denn wenn ich mein Leben noch einmal leben könnte, würde ich vieles anders machen.

Ich würde mein Leben ändern.

Ich würde meinen Klavierlehrer küssen, auch wenn er mich deshalb auslachte.

Ich würde mit Maria auf dem Bett hüpfen, auch wenn ich mir dabei lächerlich vorkäme.

Ich würde hässliche Fotos von mir verschicken, Tausende.

Was machen wir jetzt?, schrieb er.

Das musst du entscheiden, sagte ich.

Er schrieb: Ich will nach Hause.

Was ist dein Zuhause?

Zuhause ist der Ort mit den meisten Regeln.

Ich wusste, was er meinte.

Und wir werden noch mehr Regeln aufstellen müssen, sagte ich.

Damit es noch mehr von einem Zuhause hat.

Ja.

Gut.

Wir fuhren direkt zum Juwelierladen. Er stellte den Koffer ins Hinterzimmer. An diesem Tag verkauften wir ein Paar Smaragdohrringe. Und einen Verlobungsring mit einem Diamanten. Und ein goldenes Armband für ein kleines Mädchen. Und eine Uhr für jemanden, der auf dem Weg nach Brasilien war.

An diesem Abend umarmten wir uns im Bett. Er küsste mich am ganzen Körper. Ich glaubte ihm. Ich war nicht dumm. Ich war seine Frau.

Am nächsten Morgen fuhr er zum Flughafen. Ich wagte nicht, seinen Koffer anzuheben.

Ich wartete auf seine Heimkehr.

Stunden vergingen. Und Minuten.

Ich machte den Laden um elf Uhr nicht auf.

Ich wartete am Fenster. Ich glaubte immer noch an ihn.

Ich aß nichts zu Mittag.

Sekunden vergingen.

Der Nachmittag verflog. Der Abend brach an.

Ich aß nichts zu Abend.

In den Leerstellen zwischen den Augenblicken verstrichen Jahre.

Dein Vater strampelte in meinem Bauch und gab mir einen Tritt.

Was wollte er mir damit sagen?

Ich stellte die Vogelkäfige in die Fenster.

Ich öffnete die Fenster, und ich öffnete die Käfigtüren.

Ich kippte die Fische in den Abfluss.

Ich brachte die Hunde und Katzen nach unten und löste ihr Halsband.

Ich setzte die Insekten auf der Straße aus.

Und die Reptilien.

Und die Mäuse.

Ich sagte zu ihnen: Geht.

Alle.

Geht.

Und sie gingen.

Und sie kehrten nicht zurück.

GLÜCK, GLÜCK

INTERVIEWER: Würden Sie bitte beschreiben, was an dem Morgen passiert ist?

TOMAYASU: Ich habe das Haus mit meiner Tochter, Masako, verlassen. Sie musste zur Arbeit. Ich wollte eine Freundin besuchen. Dann gab es Fliegeralarm. Ich sagte zu Masako, ich wolle doch lieber nach Hause. Sie sagte: »Ich gehe ins Büro.« Ich machte den Haushalt und wartete auf die Entwarnung.

Ich machte die Betten. Ich räumte den Wäscheschrank auf. Ich putzte die Fenster mit einem feuchten Tuch. Da sah ich einen Blitz. Zuerst hielt ich ihn für das Blitzlicht eines Fotoapparats. Inzwischen klingt das lächerlich. Der Blitz stach mir in die Augen. Ich konnte nicht mehr klar denken. In der ganzen Wohnung gingen die Fensterscheiben kaputt. Es klang wie das »Pst!«, mit dem mich meine Mutter immer ermahnt hatte, still zu sein.

Als ich wieder zu Bewusstsein kam, merkte ich, dass ich nicht mehr auf den Beinen stand. Ich war in ein anderes Zimmer geschleudert worden. Ich hatte immer noch das Tuch in der Hand, aber es war nicht mehr feucht. Mein einziger Gedanke war, dass ich meine Tochter finden musste. Ich schaute aus dem Fenster und sah einen meiner Nachbarn, er war fast nackt. An seinem ganzen Körper schälte sich die Haut ab. Sie hing ihm von den Fingerspitzen. Ich fragte ihn, was passiert sei. Er war zu erschöpft, um antworten zu können. Er sah sich ständig um, wahrscheinlich suchte er seine Familie. Ich dachte: *Ich muss los. Ich muss los und Masako suchen.*

Ich zog mir die Schuhe an und nahm meinen Luftschutz-Umhang mit. Ich machte mich auf den Weg zum Bahnhof. Massen von Menschen kamen mir entgegen, sie flohen aus der Stadt. In der Luft lag ein Geruch, der mich an gegrillten Tintenfisch erinnerte. Offenbar stand ich unter Schock, denn die Menschen glichen an den Strand gespülten Tintenfischen.

Ein junges Mädchen kam auf mich zu. Die Haut schmolz ihr vom Körper. Sie war wie Wachs. Das Mädchen murmelte: »Mutter. Wasser. Mutter. Wasser.« Anfangs glaubte ich, es wäre Masako. Aber ich hatte mich geirrt. Ich gab ihr kein Wasser. Im Nachhinein tut mir das Leid. Aber ich wollte einfach nur meine Masako finden.

Ich rannte den ganzen Weg bis zum Bahnhof von Hiroshima. Er quoll über von Menschen. Manche waren tot. Viele lagen auf dem Boden. Sie riefen nach ihren Müttern und baten um Wasser. Ich ging zur Tokiwa-Brücke. Um zum Büro meiner Tochter zu kommen, musste ich hinüber.

INTERVIEWER: Haben Sie die pilzförmige Wolke gesehen?

TOMAYASU: Nein, ich habe die Wolke nicht gesehen.

INTERVIEWER: Sie haben die pilzförmige Wolke wirklich nicht gesehen?

TOMAYASU: Ich habe die pilzförmige Wolke nicht gesehen. Ich habe Masako gesucht.

INTERVIEWER: Aber die Wolke hat sich doch über der Stadt ausgebreitet?

TOMAYASU: Ich habe Masako gesucht. Mir wurde gesagt, ich dürfe nicht über die Brücke. Ich dachte, vielleicht ist sie ja schon zu Hause, also bin ich umgekehrt. Ich war am Nikitsu-

Schrein, als der schwarze Regen zu fallen begann. Ich fragte mich, was das war.

INTERVIEWER: Können Sie den schwarzen Regen beschreiben?

TOMAYASU: Ich habe zu Hause auf sie gewartet. Ich habe die Fenster geöffnet, obwohl sie keine Scheiben mehr hatten. Ich bin die ganze Nacht wach geblieben und habe gewartet. Aber sie ist nicht nach Hause gekommen. Um halb sechs Uhr am nächsten Morgen kam Herr Ishido vorbei. Seine Tochter arbeitete im gleichen Büro wie meine Tochter. Ich hörte ihn nach Masakos Haus fragen. Ich rannte nach draußen. Ich rief: »Hier ist es, hier drüben!« Herr Ishido kam zu mir herauf. Er sagte: »Beeilen Sie sich! Nehmen Sie Kleidung mit und gehen Sie zu ihr. Sie ist am Ufer des Ota.«

Ich rannte, so schnell mich die Beine trugen. So schnell konnte ich eigentlich gar nicht rennen. Als ich zur Tokiwa-Brücke kam, lagen dort Soldaten auf der Erde. Um den Bahnhof von Hiroshima sah ich noch mehr Tote liegen. Am Morgen des Siebten gab es viel mehr Tote als am Sechsten. Als ich das Flussufer erreichte, wusste ich nicht genau, wo ich war. Ich suchte Masako. Ich hörte jemanden »Mutter!« rufen. Ich erkannte ihre Stimme. Ich fand sie in einem schrecklichen Zustand vor. So erscheint sie mir immer noch in meinen Träumen. Sie sagte: »Du hast so lange gebraucht.«

Ich entschuldigte mich bei ihr. Ich sagte zu ihr: »Ich bin so schnell wie möglich gekommen.«

Wir beide waren ganz allein. Ich wusste nicht, was ich tun sollte. Ich war keine Krankenschwester. Ihre Wunden eiterten, und Maden saßen darin. Ich versuchte, sie zu waschen. Aber ihre Haut löste sich vom Körper. Überall kamen Maden zum Vorschein. Ich konnte sie nicht wegwischen, weil ich sonst ihre Haut und ihre Muskeln mit weggewischt hätte. Ich musste die Maden einzeln herausziehen. Sie wollte wissen, was ich machte. Ich erwiderte: »Ach, gar nichts, Masako.« Sie nickte. Neun Stunden später ist sie gestorben.

INTERVIEWER: Sie haben sie die ganze Zeit im Arm gehalten?

TOMAYASU: Ja, ich habe sie im Arm gehalten. Sie sagte: »Ich will nicht sterben.« Ich erwiderte: »Du wirst nicht sterben.« Sie sagte: »Ich verspreche dir, dass ich nicht sterbe, bevor wir zu Hause sind.« Aber sie hatte Schmerzen, und sie schrie immer wieder: »Mutter.«

INTERVIEWER: Es fällt Ihnen bestimmt schwer, darüber zu sprechen.

TOMAYASU: Als ich erfahren habe, dass Ihre Organisation Augenzeugenberichte sammelt, wusste ich, dass ich kommen muss. Sie starb in meinen Armen mit den Worten: »Ich will nicht sterben.« So ist der Tod. Welche Uniformen die Soldaten tragen, ist egal. Wie gut die Waffen sind, ist egal. Wenn alle sehen könnten, was ich gesehen habe, gibt es nie wieder Krieg, habe ich gedacht.

Ich drückte die Stop-Taste meines Kassettenrekorders, weil das Interview zu Ende war. Die Mädchen weinten, und die Jungs würgten, als müssten sie sich gleich übergeben.

»Tja«, sagte Mr Keegan, der sich vom Stuhl erhob und sich mit einem Taschentuch über die Stirn wischte, »das ist weiß Gott viel Stoff zum Nachdenken, Oskar.« Ich sagte: »Ich bin aber noch nicht fertig.« Er sagte: »Ich finde, das war ein gutes Ende.« Ich erklärte: »Da die Hitzewellen in gerader Linie vom Ort der Explosion ausgegangen sind, konnten Wissenschaftler die Position des Hitzekerns anhand mehrerer Messpunkte genau feststellen. Sie haben sich die Schatten angeschaut, die von dazwischenliegenden Objekten geworfen wurden, und von diesen Schatten konnte man sowohl auf die Höhe schließen, in der die Explosion stattgefunden hatte, als auch auf den Durchmesser des Feuerballs im Moment seiner größten Hitzeentwicklung. Ist das nicht irre?«

Jimmy Snyder meldete sich. Ich rief ihn auf. Er fragte: »Warum bist du eigentlich so krass?« Ich fragte, ob er seine Frage rhetorisch meine. Mr Keegan schickte ihn zu Rektor Bundy. Ein paar Kinder lachten. Ich wusste, dass ihr Lachen gemein war, das heißt, sie lachten über mich, aber ich ließ mich davon nicht weiter erschüttern.

»Ein weiterer interessanter Aspekt der Explosion war das Verhältnis zwischen dem Grad der Zerstörung und den Farben, weil dunkle Farben das Licht absorbieren, versteht sich von selbst. Am Vormittag der Explosion fand in einem der Stadtparks eine wichtige Schachpartie zwischen zwei Großmeistern statt, die auf einem lebensgroßen Brett ausgetragen wurde. Die Bombe vernichtete alles: die Zuschauer auf ihren Sitzen, die Leute, die das Spiel gefilmt haben, ihre schwarzen Kameras, die Stoppuhren, selbst die Großmeister. Übrig blieben nur die weißen Schachfiguren auf den weißen Feldern.«

Als Jimmy aus dem Klassenzimmer ging, sagte er: »Hey, Oskar, wer ist Buckminster?« Ich erwiderte: »Richard Buckminster Fuller war ein Wissenschaftler, Philosoph und Erfinder. Am berühmtesten ist er für die geodäsische Kuppel des amerikanischen Pavillons auf der Weltausstellung von 1967, deren berühmteste Variante der Buckyball ist. Fuller ist 1983 gestorben, glaube ich.« Jimmy sagte: »Ich meine *deinen* Buckminster.«

Ich kapierte nicht, warum er mich das fragte, denn ich hatte Buckminster erst vor ein paar Wochen zu Vorführzwecken mit in die Schule genommen und vom Dach fallen lassen, um zu zeigen, dass Katzen ihren Sturz bremsen, indem sie sich in kleine Fallschirme verwandeln, und dass Katzen eher einen Sturz aus dem zwanzigsten Stockwerk überleben als einen aus dem achten, weil sie ungefähr acht Stockwerke brauchen, bis sie kapieren, was Sache ist, und sich entspannen und abbremsen. Ich sagte: »Buckminster ist mein Kätzchen.«

Jimmy zeigte auf mich und sagte: »Ha, ha!« Die Kinder lachten gemein. Ich kapierte nicht, was so komisch daran war. Mr Keegan wurde ärgerlich und sagte: »Jimmy!« Jimmy sagte: »Wieso? Was habe ich denn getan?« Ich wusste, dass auch Mr Keegan im Stillen lachen musste.

»Eigentlich wollte ich sagen, dass man einen halben Kilometer vom Hypozentrum entfernt einen Zettel gefunden hat, und die Buchstaben, die man in Japan Schriftzeichen nennt, waren sauber ausgebrannt. Weil ich unbedingt wissen wollte, wie das aussieht, habe ich zuerst selbst versucht, Buchstaben auszuschneiden, aber ich war nicht geschickt genug, also habe ich ein bisschen recherchiert und einen Drucker in der Spring Street ausfindig gemacht, der sich aufs Ausstanzen spezialisiert hat, und er meinte, er würde es für zweihundertfünzig Dollar tun. Ich habe ihn gefragt, ob die Steuer schon darin enthalten sei. Er meinte nein, aber ich fand, dass die Sache das Geld trotzdem wert war, und ich habe die Kreditkarte meiner Mom genommen, und, wie auch immer – hier ist der Zettel.« Ich hielt einen Zettel mit der ersten Seite der japanischen Ausgabe von *Eine kurze Geschichte der Zeit* hoch, die ich mir bei Amazon.co.jp besorgt hatte. Ich schaute die Klasse durch die Geschichte von den Schildkröten an.

Das war am Mittwoch.

Am Donnerstag verbrachte ich die Pause in der Bibliothek und las die neue Ausgabe von *American Drummer*, die Higgins, der Bibliothekar, extra für mich abonniert hat. Sie war langweilig. Ich ging ins naturwissenschaftliche Labor, weil ich hoffte, dass Mr Powers mit mir ein paar Experimente machte. Er sagte, eigentlich wolle er mit ein paar Lehrern zu Mittag essen, und er dürfe mich im Labor nicht allein lassen. Also

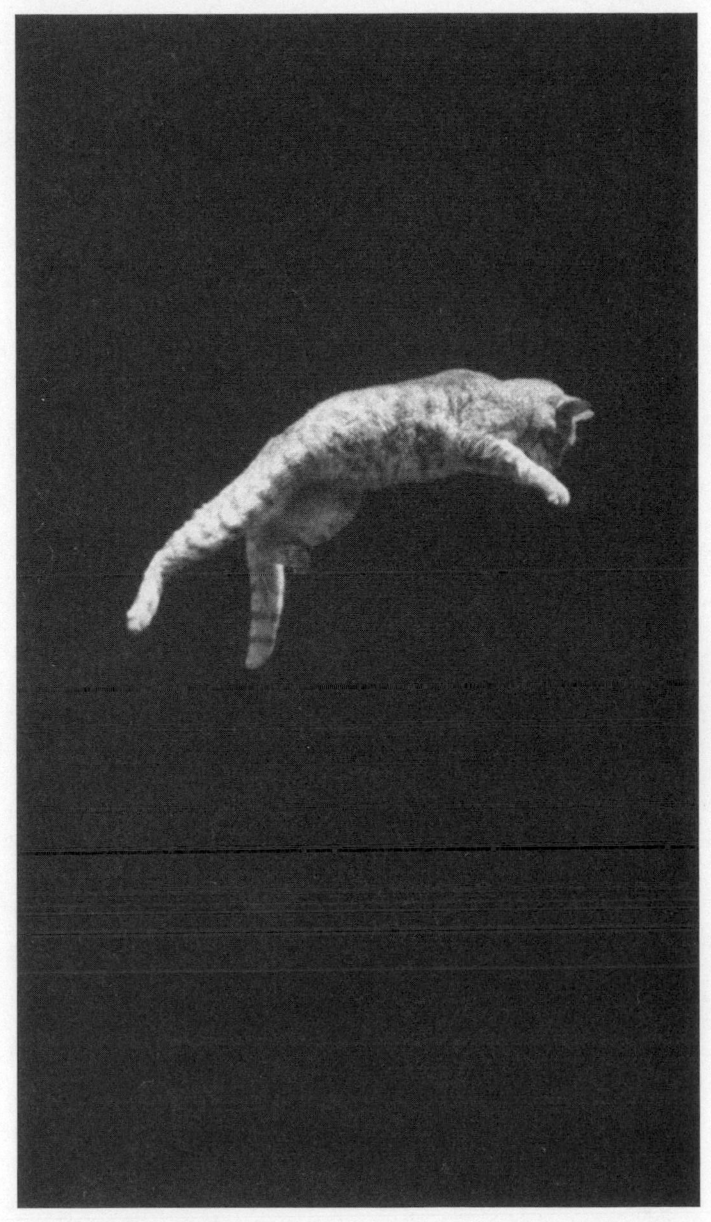

bastelte ich ein bisschen Schmuck im Werkraum, weil man sich dort unbeaufsichtigt aufhalten darf.

Am Freitag rief mir Jimmy Snyder von der anderen Seite des Pausenhofs etwas zu, und dann kam er mit einer ganzen Horde von Freunden zu mir herüber. Er sagte: »Hey, Oskar, soll dir Emma Watson einen runterholen oder soll sie dir lieber einen blasen?« Ich erwiderte, dass ich nicht wisse, wer Emma Watson sei. Matt Colber sagte: »Hermine, du Spasti.« Ich sagte: »Wer ist Hermine? Und ich bin nicht spastisch gelähmt.« Dave Mallon sagte: »Aus *Harry Potter*, du Schwuli.« Steve Wicker sagte: »Sie hat echt süße Titten.« Jake Riley sagte: »Wichsen oder blasen?« Ich sagte: »Aber ich bin ihr doch noch nie begegnet.«

Ich kenne viele Paarungsdetails, aber die Paarung selbst ist mir ziemlich fremd. Alles, was ich weiß, musste ich mir über das Internet beibringen, weil ich niemanden fragen kann. Ich weiß zum Beispiel, dass man jemandem einen bläst, indem man seinen Penis in den Mund nimmt. Ich weiß, dass Penis Pimmel oder auch Schwanz heißt. Und Steifer, versteht sich von selbst. Ich weiß, dass die Scheide einer Frau beim Sex feucht wird, aber ich weiß nicht, *wovon* sie feucht wird. Ich weiß, dass eine Möse sowohl die Scheide als auch der Hintern ist. Ich glaube, ich weiß, was ein Dildo ist, aber was ein Schwanzring ist, weiß ich nicht. Ich weiß auch, dass man beim Analverkehr jemanden in den Anus bumst, obwohl ich das lieber nicht wüsste.

Jimmy Snyder schubste mich und sagte: »Sag, dass deine Mom eine Nutte ist.« Ich sagte: »Deine Mom ist eine Nutte.« Er sagte: »Sag, dass *deine* Mom eine Nutte ist.« Ich sagte: »*Deine* Mom ist eine Nutte.« »Sag: ›Meine‹ ›Mom‹ ›ist eine Nutte‹.« »Deine Mom ist eine Nutte.« Matt und Dave und Steve und Jake fingen an zu lachen, aber Jimmy wurde richtig, richtig wütend. Er hob eine Faust und sagte: »Gleich bist du tot.« Ich sah mich nach einem Lehrer um, aber es war keiner in Sicht. »Meine Mom ist eine Nutte«, sagte ich. Ich ging hinein und las noch ein paar Sätze in *Eine kurze Geschichte der Zeit*. Dann zerbrach ich einen Kugelschreiber. Als ich nach Hause kam, sagte Stan: »Du hast Post!«

> *Lieber Oskar,*
> *vielen Dank, dass du mir die $ 76,50 geschickt hast. Um ehrlich zu sein, habe ich nicht wirklich geglaubt, dass du deine Schulden bezahlen würdest. Von nun an glaube ich jedem.*
> *(Taxifahrer) Marty Mahaltra*
> *PS: Kein Trinkgeld?*

An diesem Abend zählte ich sieben Minuten ab und dann vierzehn Minuten und dann dreißig. Ich wusste, dass ich kein Auge zutun würde, weil ich ständig aufgeregt daran dachte, morgen wieder nach dem Schloss suchen zu können. Ich begann zu erfinden wie ein Biber. Ich überlegte mir, dass in hundert Jahren jeder Name im Telefonbuch von 2003 für einen Toten stehen würde und dass ich einmal bei The Minch in einer Fernsehshow gesehen hatte, wie jemand ein Telefonbuch mit bloßen Händen in zwei Hälften riss. Ich merkte, dass ich nicht wollte, dass in hundert Jahren jemand das Telefonbuch von 2003 in zwei Hälften zerreißen würde, denn obwohl zu diesem Zeitpunkt alle Menschen darin lange tot wären, gefiel mir die Vorstellung nicht besonders. Also erfand ich eine Telefonbuch-Blackbox, das heißt ein Telefonbuch aus dem Material, aus dem die Blackbox eines Flugzeugs besteht. Ich konnte immer noch nicht einschlafen.

Ich erfand eine Briefmarke, deren Rückseite nach Crème brulée schmeckt.

Ich konnte immer noch nicht einschlafen.

Wie wäre es, wenn man Blindenhunde darauf dressiert, Sprengstoff aufzuspüren, sodass sie Blindensprengstoffspürhunde wären? Auf diese Weise könnten Blinde Geld dafür erhalten, von ihren Hunden herumgeführt zu werden, und dann wären sie nützliche Mitglieder unserer Gesellschaft, und außerdem würden wir uns alle sicherer fühlen. An Einschlafen war immer weniger zu denken.

Als ich erwachte, war es Samstag.

Ich ging nach oben, um Mr Black abzuholen, und er wartete schon vor seiner Tür und schnippte mit dem Finger neben seinem Ohr. »Was ist das?«, fragte er, als ich ihm das Geschenk gab, das ich für ihn gemacht hatte. Ich zuckte mit den Schultern, so wie Dad es immer getan hatte. »Was soll ich damit?« Ich erwiderte: »Aufmachen, versteht sich von selbst.« Aber ich konnte meine Freude nicht bezähmen, und noch bevor er die Schachtel ausgepackt hatte, sagte ich: »Ich habe Ihnen eine Halskette mit einem Kompass-Anhänger gebastelt, damit Sie immer wissen, wo Sie sich im Verhältnis zum Bett befinden!« Er packte weiter aus und sagte: »Wie nett von dir!« »Ja«, sagte ich und nahm ihm die Schachtel wieder ab, weil ich sie schneller auspacken konnte. »Außerhalb Ihrer Wohnung funktioniert der Anhänger vermutlich nicht, weil das Magnetfeld des Bettes immer schwächer wird, je weiter man sich davon entfernt, aber egal.« Ich reichte ihm die Kette, und er hängte sie sich um den Hals. Das Bett sei nördlich von uns, sagte ich.

»Wohin soll es gehen?«, fragte er. »In die Bronx«, sagte ich. »Mit dem IRT?« »Dem was?« »Dem IRT-Zug.« »Es gibt keinen IRT-Zug, und ich benutze keine öffentlichen Verkehrsmittel.« »Warum nicht?« »Weil sie ein nahe liegendes Ziel für

Anschläge sind.« »Wie willst du uns dann dorthin bringen?« »Zu Fuß.« »Von hier aus sind das gut und gern zwanzig Meilen«, sagte er. »Und hast du mich je zu Fuß laufen sehen?« »Sie haben Recht.« »Am besten, wir nehmen den IRT.« »Es gibt keinen IRT.« »Dann nehmen wir eben, was wir finden.«

Auf dem Weg nach draußen sagte ich: »Stan, darf ich dir Mr Black vorstellen? Mr Black, darf ich Ihnen Stan vorstellen?« Mr Black streckte eine Hand aus, und Stan schüttelte sie. Ich sagte zu Stan: »Mr Black wohnt in 6a.« Stan zuckte zurück, aber ich glaube nicht, dass Mr Black beleidigt war.

Wir fuhren fast den ganzen Weg zur Bronx unterirdisch, und das löste eine irre Panik in mir aus, aber als wir die ärmeren Viertel erreichten, fuhren wir überirdisch, und das gefiel mir besser. In der Bronx standen viele Gebäude leer, und das merkte ich daran, dass die Fenster kaputt waren und dass man selbst bei hoher Geschwindigkeit in die Wohnungen schauen konnte. Wir stiegen aus dem Zug und gingen dann hinab zur Straße. Als wir nach der Adresse suchten, nahm Mr Black mich bei der Hand. Ich fragte ihn, ob er Rassist sei. Er sagte, die Armut mache ihn nervös, nicht die Menschen. Ich fragte ihn aus Spaß, ob er schwul sei. Er sagte: »Ich glaube schon.« »Echt?«, fragte ich, aber ich entzog ihm nicht die Hand, denn ich bin ja nicht homophob.

Weil der automatische Türöffner kaputt war, hatte man einen Backstein vor die Tür gelegt. Die Wohnung von Agnes Black befand sich im dritten Stock, und es gab keinen Fahrstuhl. Mr Black sagte, er wolle unten auf mich warten, denn die Stufen in der U-Bahn seien für heute genug Stufen für ihn gewesen. Also ging ich allein nach oben. Der Fußboden im Flur war klebrig, und aus irgendeinem Grund waren alle Spione schwarz übermalt worden. Hinter einer der Türen sang jemand, und hinter ein paar anderen konnte ich Fernseher hören. Ich probierte meinen Schlüssel in Agnes' Schloss aus, aber er passte nicht, also klopfte ich.

Die Tür wurde von einer kleinen Frau im Rollstuhl geöffnet. Ich glaube, sie war Mexikanerin. Oder Brasilianerin oder so etwas Ähnliches. »Entschuldigen Sie bitte, aber heißen Sie Agnes Black?« Sie sagte: »Nichtich espreche Inglesisch.« »Was?« »Nichtich espreche Inglesisch.« »Tut mir Leid«, sagte ich, »aber ich verstehe Sie nicht. Könnten Sie den Satz bitte noch einmal wiederholen und dabei etwas deutlicher sprechen?« »Nichtich espreche Inglesisch«, sagte sie. Ich hob einen Finger, das internationale Zeichen für »Einen Moment, bitte«, und dann rief ich von der Treppe zu Mr Black hinunter: »Ich glaube, sie spricht kein Englisch!« »Was spricht sie denn dann?« »Was sprechen Sie?«, fragte ich sie und begriff erst im nächsten Moment, wie dumm meine Frage war. Ich nahm einen neuen Anlauf: »*Parlez-vous français?*« »*Español*«, sagte sie. »*Español!*«, brüllte ich nach unten. »Großartig!«, brüllte Mr Black zurück. »Ich habe auf meinen Reisen ein bisschen *Español* aufgeschnappt!« Also schob ich ihren Rollstuhl ans Treppengeländer, und sie brüllten sich abwechselnd etwas zu, was irgendwie krass war, weil ihre Stimmen hin und her gingen, ohne dass sie einander zu Gesicht bekamen. Sie mussten gleichzeitig lachen, und ihr Lachen lief die Treppe hinauf und hinunter. Dann brüllte Mr Black: »Oskar!« Und ich brüllte: »Das ist mein Name, nutzen Sie ihn nicht ab!« Und er brüllte: »Komm runter!«

Als ich wieder unten im Eingangsflur stand, erklärte mir Mr Black, dass die gesuchte Frau Kellnerin im Windows on the World gewesen sei. »*Was zum*?« »Die Frau, Feliz, mit der ich gerade gesprochen habe, hat sie nicht persönlich gekannt. Sie hat nur von ihr gehört, als sie eingezogen ist.« »Echt?« »So etwas würde ich mir doch nicht ausdenken.« Wir kehrten auf die Straße zurück und gingen zu Fuß weiter. Ein Auto fuhr vorbei, in dem dröhnend laut Musik lief, und die Musik ließ mein Herz vibrieren. Ich hob den Blick und sah, dass zwischen vielen Fenstern Leinen gespannt waren, an denen Wäsche hing. Ich fragte Mr Black, ob es das sei, was die Leute mit »Wäscheleinen« meinten. Er sagte: »Genau das ist gemeint.« Ich erwiderte: »Habe ich mir schon gedacht.« Wir liefen noch ein Stückchen. Auf der Straße spielten Kinder mit Steinen Fußball und lachten fröhlich. Mr Black hob einen der Steine auf und steckte ihn ein. Er schaute auf das Straßenschild und dann auf seine Uhr. Vor einem Laden saßen ein paar alte Männer auf Stühlen. Sie rauchten Zigarren und schauten sich die Welt an, als liefe sie im Fernsehen.

»Das ist ein echt krasser Gedanke«, sagte ich. »Was?« »Dass sie dort gearbeitet hat. Vielleicht hat sie meinen Dad gekannt. Oder auch nicht, aber vielleicht hat sie ihn an dem Morgen bedient. Er war ja dort, im Restaurant. Er hatte eine Verabredung. Vielleicht hat sie ihm Kaffee nachgeschenkt.« »Gut möglich.« »Vielleicht sind sie gemeinsam gestorben.« Mir war klar, dass er darauf nichts antworten konnte, denn sie waren natürlich gemeinsam gestorben. Die eigentliche Frage war, *wie* sie gemeinsam gestorben waren, etwa, ob sie an verschiedenen Enden des Restaurants oder nebeneinander gestanden hatten oder so. Vielleicht waren sie gemeinsam aufs Dach gestiegen. Auf manchen Fotos konnte man sehen, dass sich die Menschen beim Sprung an den Händen gefasst hatten. Vielleicht hatten sie das auch getan. Oder vielleicht hatten sie einfach miteinander geredet, bis das Gebäude in sich zusammengestürzt war. Über was hätten sie reden können? Sie waren ja ziemlich verschiedene Menschen gewesen. Vielleicht hatte Dad ihr von mir erzählt. Ich fragte mich wirklich, was er ihr erzählt haben könnte. Ich wusste nicht genau, wie ich es finden sollte, dass er jemandes Hand gehalten hatte.

»Hat sie Kinder gehabt?«, fragte ich. »Keine Ahnung.« »Fragen Sie sie.« »Wen fragen?« »Wir gehen zurück und fragen die Frau, die jetzt in der Wohnung lebt. Ich wette, sie weiß, ob Agnes Kinder hatte.« Er wollte nicht wissen, warum mir das so wichtig war, und er bestand auch nicht darauf, dass sie uns schon alles erzählt hatte, was sie wusste. Wir liefen drei Blocks zurück, und ich ging hoch und schob ihren Rollstuhl ans Geländer, und sie unterhielten sich eine Weile die Treppe hinauf und hinunter. Dann brüllte Mr Black: »Sie hatte keine Kinder!« Aber ich fragte mich, ob er mich belog, denn obwohl ich kein Spanisch kann, war mir klar, dass sie wesentlich mehr als nur »nein« gesagt hatte.

Auf dem Rückweg zur U-Bahn fiel mir etwas ein, und dann wurde ich wütend. »Moment mal«, sagte ich. »Worüber haben Sie vorhin gelacht?« »Vorhin?« »Als Sie das erste Mal mit der Frau gesprochen haben, mussten Sie lachen. Sie beide.« »Das weiß ich nicht mehr«, sagte er. »Das wissen Sie nicht mehr?« »Ich kann mich nicht mehr daran erinnern.« »Versuchen Sie, sich daran zu erinnern.« Er dachte kurz nach. »Ich kann mich nicht mehr daran erinnern.« Lüge Nr. 77.

An der U-Bahn-Station holten wir uns ein paar Tamales, die eine Frau aus einem großen, auf einem Karren stehenden Topf verkaufte. Eigentlich mag ich kein Essen, das nicht einzeln verpackt oder nicht von Mom zubereitet ist, aber wir setzten uns auf die Bordsteinkante und aßen unsere Tamales. Mr Black sagte: »Wenn überhaupt, dann fühle ich mich wie nach einem Bad im Jungbrunnen.« »Was ist ein Jungbrunnen?« »Ein Brunnen, in dem man wieder jung wird.« »Dann fühle ich mich auch wie nach einem Bad im Jungbrunnen.« Er legte mir einen Arm um die Schultern und sagte: »Prima.« »Die Tamales sind doch veganisch, oder?« Als wir die Treppe zur U-Bahn hinaufstiegen, schüttelte ich mein Tamburin, und als der Zug unter die Erde fuhr, hielt ich den Atem an.

Albert Black stammte aus Montana. Eigentlich hatte er davon geträumt, Schauspieler zu werden, hatte aber nicht nach Kalifornien gewollt, weil es zu dicht bei seiner Heimat lag, und Schauspieler zu werden hat schließlich den Sinn, sich in jemand anderen zu verwandeln.

Alice Black war irrsinnig nervös, weil sie in einem Gebäude wohnte, dass für industrielle Zwecke gedacht war und in dem eigentlich niemand wohnen durfte. Bevor sie uns die Tür öffnete, mussten wir ihr schwören, nicht vom Wohnungsamt zu sein. Ich sagte: »Ich schlage vor, dass Sie uns durch den Spion in Augenschein nehmen.« Das tat sie, und dann sagte sie: »Ach, du bist das«, was ich krass fand, und dann ließ sie uns rein. Ihre Hände waren schwarz von Holzkohle, und überall gab es Bilder, und alle zeigten denselben Mann. »Sind Sie vierzig?« »Ich bin einundzwanzig.« »Ich bin neun.« »Ich bin einhundertdrei.« Ich fragte sie, ob sie die Bilder selbst gezeichnet habe. »Ja.« »Alle?« »Ja.« Ich fragte sie nicht, wer der Mann auf den Bildern war, weil ich Angst hatte, dass mir die Antwort Bleifüße machen könnte. So oft zeichnete man jemanden nur, wenn man ihn liebte und vermisste. Ich sagte zu ihr: »Sie sind irrsinnig schön.« »Danke.« »Können wir uns küssen?« Mr Black stieß mich mit dem Ellbogen in die Seite und fragte sie: »Wissen Sie etwas über diesen Schlüssel?«

Lieber Oskar Schell,

ich antworte stellvertretend für Dr. Kaley, die zurzeit auf einer Forschungsexpedition im Kongo unterwegs ist. Sie hat mich gebeten, Ihnen auszurichten, wie sehr sie sich über Ihre Begeisterung über ihre Arbeit mit den Elefanten freut. Da ich bereits als ihr Assistent tätig bin – und da die Mittel, wie Sie aus eigener Erfahrung wissen werden, knapp bemessen sind –, ist sie augenblicklich nicht in der Lage, einen weiteren Assistenten zu beschäftigen. Trotzdem hat sie mich gebeten, Ihnen mitzuteilen, dass sie für den nächsten Herbst ein Projekt im Sudan plant, bei dem sie Hilfe gebrauchen könnte, sofern Sie weiterhin interessiert und abkömmlich sein sollten. (Die Anträge auf Fördermittel werden soeben geprüft.)

Bitte schicken Sie uns Ihren Lebenslauf mit Angaben über Ihre bisherigen Forschungsprojekte, Kopien Ihrer Abschlussarbeit und Dissertation sowie zwei Empfehlungsschreiben.

Mit besten Wünschen, Gary Franklin

Allen Black lebte an der Lower East Side und arbeitete als Portier in einem Gebäude in Central Park South, und dort machten wir ihn auch ausfindig. Er sagte, er hasse seinen Job als Portier, weil er damals in Russland Ingenieur gewesen sei und seine Gehirnzellen jetzt abstürben. Er zeigte uns einen kleinen, tragbaren Fernseher, den er in der Tasche hatte. »Er ist auch für DVDs«, sagte er, »und wenn ich eine E-Mail-Adresse hätte, könnte ich meine Mails damit abholen.« Ich sagte ihm, dass ich ihm E-Mail einrichten könne, wenn er wolle. Er sagte: »Ja?« Ich nahm seinen Apparat, den ich zwar nicht kannte, aber ziemlich schnell kapierte, und ich richtete ihm alles ein. Ich fragte: »Welchen Benutzernamen möchten Sie?« Ich schlug ihm »Allen« vor oder »AllenBlack« oder einen Spitznamen. »Oder einfach ›Ingenieur‹. Das wäre cool.« Er legte sich einen Finger auf den

Schnurrbart und dachte nach. Ich fragte ihn, ob er Kinder habe. Er sagte: »Einen Sohn. Er ist bald größer als ich. Größer und klüger. Er wird ein hervorragender Arzt werden. Ein Gehirnchirurg. Oder Richter am Supreme Court.« »Sie könnten natürlich auch den Namen Ihres Sohnes nehmen, obwohl das ein bisschen verwirrend wäre.« Er sagte: »Portier.« »Wie bitte?« »Nimm ›Portier‹.« »Sie haben freie Wahl.« »Portier.« Ich gab ihm den Benutzernamen »Portier215«, weil es schon 214 Portiers gab. Als wir gingen, sagte er: »Viel Glück, Oskar.« Ich fragte ihn: »Woher wissen Sie denn, dass ich Oskar heiße?« Mr Black sagte: »Du hast es ihm doch erzählt.« Als ich nachmittags wieder zu Hause war, schickte ich ihm eine Mail: »Sehr schade, dass Sie nichts über den Schlüssel wissen, aber es hat mich trotzdem gefreut, Ihre Bekanntschaft zu machen.«

Lieber Oskar,

deine Ausdrucksweise zeigt, dass du ein intelligenter, junger Mann bist, aber da ich dir nie begegnet bin und nicht weiß, wie weit deine Erfahrung in wissenschaftlicher Forschungsarbeit reicht, ist es mir äußerst schwer gefallen, eine Empfehlung für dich zu schreiben.

Vielen Dank für deine freundlichen Worte zu meiner Arbeit und viel Glück für deine Projekte, sowohl wissenschaftlich als auch sonst.

Mit sehr herzlichen Grüßen,
Jane Goodall

Arnold Black kam sofort zur Sache: »Ich kann dir wirklich nicht helfen, tut mir Leid.« Ich sagte: »Aber wir haben Ihnen doch noch gar nicht erzählt, wie Sie uns helfen können.« Ihm traten Tränen in die Augen, und er sagte: »Tut mir Leid«, und schloss die Tür. Mr Black sagte: »Auf, marsch, marsch.« Ich nickte, aber insgeheim dachte ich: *Krass.*

> *Vielen Dank für Ihren Brief. Da ich sehr viel Post bekomme, kann ich nicht alles persönlich beantworten. Trotzdem lese ich sämtliche Briefe und bewahre sie in der Hoffnung auf, sie eines Tages gebührend beantworten zu können.*
> *Bis dahin mit freundlichen Grüßen,*
> *Ihr Stephen Hawking*

Die Woche war irrsinnig langweilig, außer, wenn mir der Schlüssel einfiel. Obwohl ich wusste, dass es in New York 161 999 999 Schlösser gab, die er nicht aufschließen konnte, hatte ich immer noch das Gefühl, dass er der Schlüssel zu allem war. Ich fasste ihn immer wieder an, einfach nur, um mich zu vergewissern, dass er da war, wie das Pfefferspray, das ich in der Tasche trug. Ich richtete die Schnur so, dass die Schlüssel – einer für die Wohnung, einer für Ich-wusste-nicht-was – auf meinem Herz lagen, und das war schön, außer, dass es sich manchmal zu kalt anfühlte, und deshalb klebte ich mir an der Stelle ein Heftpflaster auf die Brust, und darauf lagen die Schlüssel.

Der Montag war langweilig.

Am Dienstagnachmittag musste ich zu Dr. Fein. Ich begriff nicht, warum ich Hilfe nötig hatte, denn ich war der Ansicht, dass man Bleifüße haben *musste*, wenn man seinen Vater verloren hat, und dass man nur *dann* Hilfe nötig hat, wenn man *keine* Bleifüße deswegen hat. Aber ich ging trotzdem hin, weil meine Taschengelderhöhung davon abhing.

»Hallo, Kumpel.« »Ich bin nicht Ihr Kumpel.« »Gut. Nun ja. Herrliches Wetter heute, findest du nicht auch? Wenn du willst, können wir rausgehen und Ball spielen.« »Ja, das Wetter ist herrlich. Nein, ich will nicht Ball spielen.« »Bist du sicher?« »Sport ist nicht faszinierend.« »Was findest du faszinierend?« »Welche Antwort erwarten Sie jetzt?« »Wieso glaubst du, dass ich etwas erwarte?« »Wieso glauben Sie, dass ich schwachsinnig bin?« »Ich glaube doch gar nicht, dass du schwachsinnig bist. Ich glaube auf keinen Fall, dass du schwachsinnig bist.« »Danke.« »Weshalb bist du deiner Meinung nach hier, Oskar?« »Ich bin hier, Dr. Fein, weil es meine Mom belastet, dass ich im Moment nicht mit meinem Leben klarkomme.« »Muss sie das belasten?« »Nicht wirklich. Mit dem Leben kommt man sowieso nicht klar.« »Was meinst du damit, wenn du sagst, dass du im Moment nicht mit dem Leben klarkommst?« »Ich bin ständig emotional.« »Bist du jetzt gerade emotional?« »Jetzt gerade bin ich extrem emotional.« »Was empfindest du?« »Alles Mögliche.« »Zum Beispiel …« »Gerade jetzt empfinde ich Trauer, Glück, Wut, Liebe, Schuld, Freude, Scham, und ein bisschen lachen muss ich auch, weil sich ein Teil meines Gehirns an etwas Witziges erinnert, das Toothpaste einmal angestellt hat und das ich nicht verraten darf.« »Hört sich an, als würdest du furchtbar viel auf einmal empfinden.« »Er hat Klosterfrau Melissengeist in die Schokoladencroissants getan, die wir beim Gebäck-Basar des Französisch-Clubs verkauft haben.« »Das ist *wirklich* witzig.« »Ich fühle alles.« »Und deine Emotionalität – hat sie Auswirkungen auf deinen Alltag?« »Tja, um Ihre Frage zu beantworten: Ich glaube, dass Sie das falsche Wort gewählt haben. Emotionalität. Aber ich weiß, was Sie meinen. Ja, ich muss oft weinen, meist wenn ich allein bin. Es fällt mir extrem schwer, zur Schule zu gehen. Ich kann auch nicht bei Freunden übernachten, weil ich panisch werde, wenn ich nicht bei

Mom bin. Ich komme mit anderen Menschen nicht gut klar.« »Was ist deiner Meinung nach mit dir los?« »Ich empfinde zu viel. Das ist mit mir los.« »Glaubst du, man kann zu viel empfinden? Oder empfindet man nur etwas Falsches?« »Mein Inneres reibt sich am Außen.« »Gibt es einen Menschen, bei dem sich Innen und Außen nicht reiben?« »Keine Ahnung. Ich kann nur für mich sprechen.« »Vielleicht macht ja gerade das die Persönlichkeit eines Menschen aus: die Reibung zwischen Innen und Außen.« »Aber bei mir ist sie schlimmer.« »Ich frage mich, ob nicht alle glauben, dass es bei ihnen schlimmer ist als bei anderen.« »Kann sein. Aber bei mir ist es wirklich schlimmer.«

Er lehnte sich auf dem Stuhl zurück und legte seinen Stift auf den Tisch. »Darf ich dir eine persönliche Frage stellen?« »Wir leben in einem freien Land.« »Sind dir irgendwelche kleinen Haare auf deinem Skrotum aufgefallen?« »Skrotum.« »Das Skrotum ist das Säckchen unter deinem Penis, das deine Hoden enthält.« »Meine Eier.« »Richtig.« »Faszinierend.« »Lass dir eine Sekunde Zeit und denk darüber nach. Ich kann mich auch umdrehen.« »Ich muss nicht darüber nachdenken. Ich habe keine kleinen Haare auf meinem Skrotum.« Er notierte etwas auf einem Zettel. »Dr. Fein?« »Howard.« »Sie haben gesagt, dass ich Ihnen mitteilen soll, wenn mir etwas peinlich ist.« »Ja.« »Das war mir peinlich.« »Tut mir Leid. Es war natürlich eine sehr persönliche Frage, ich weiß. Ich habe sie nur gestellt, weil man bei Veränderungen des Körpers manchmal starke emotionale Erschütterungen durchlebt. Ich habe mich nur gefragt, ob ein Teil dessen, was in dir vorgeht, vielleicht mit Veränderungen deines Körpers zu tun hat.« »Hat es nicht. Es hat damit zu tun, dass mein Dad den schrecklichsten Tod gestorben ist, den sich jemals jemand ausdenken kann.«

Er sah mich an, und ich sah ihn an. Ich schwor mir, nicht als Erster wegzuschauen. Aber ich tat es trotzdem, wie immer.

»Wie wäre es mit einem Spielchen?« »Eine knifflige Sache?« »Nicht unbedingt.« »Ich mag knifflige Sachen.« »Ich auch. Aber das hier ist keine knifflige Sache.« »Ist ja die Härte.« »Ich sage ein Wort, und ich möchte, dass du mir das nennst, was dir als Allererstes dazu einfällt. Ob Wort, Name oder Geräusch. Ganz egal. Deine Antworten können weder falsch noch richtig sein. Keine Regeln. Wollen wir das mal ausprobieren?« Ich sagte: »Schießen Sie los.« Er sagte: »Familie.« Ich sagte: »Familie.« Er sagte: »Tut mir Leid. Ich glaube, ich habe das nicht richtig erklärt. Ich nenne ein Wort, und du sagst mir das Allererste, was dir dazu einfällt.« Ich sagte: »Sie haben ›Familie‹ gesagt, und dazu ist mir Familie eingefallen.« Er sagte: »Versuch, nicht dasselbe Wort zu benutzen. Okay?« »Okay. Ich meine: Ja.« »Familie.« »Schweres Petting.« »Schweres Petting?« »Das ist, wenn ein Mann die Scheide einer Frau mit den Fingern reibt. Richtig?«

»Ja, richtig. Gut. Es gibt keine falschen Antworten. Was ist mit Geborgenheit?« »Was soll damit sein?« »Okay.« »Ja.« »Bauchnabel.« »Bauchnabel?« »Bauchnabel.« »Dazu fällt mir nur Bauchnabel ein.« »Versuch es einfach. Bauchnabel.« »Zu Bauchnabel fällt mir wirklich gar nichts ein.« »Geh in dich.« »In meinen Bauchnabel?« »In deinen Kopf, Oskar.« »Oh.« »Bauchnabel. Bauchnabel.« »Anus des Bauches?« »Gut.« »Schlecht.« »Nein, ich meinte ›gut‹. Gut gemacht.« »Ja, ich denke mir ständig Sachen aus. Mein Kopf quillt über vor Ideen.« »Quelle.« »Wasser.« »Feiern.« »Rau-rau.« »Ist das Gebell?« »Wie auch immer.« »Okay. Super.« »Ja.« »Schmutzig.« »Bauchnabel.« »Unbequem.« »Extrem.« »Gelb.« »Die Farbe eines Bauchnabels.« »Besser, wenn es nur ein Wort ist, okay?« »Dafür, dass dieses Spiel keine Regeln hat, hat es aber ziemlich viele Regeln.« »Verletzung.« »Realistisch.« »Kürbis.« »Resopal.« »Resopal?« »Kürbis?« »Zuhause.« »Wo das Zeug ist.« »Notfall.« »Dad.« »Ist dein Dad der

Anlass des Notfalls oder seine Lösung?« »Beides.« »Glück.« »Glück. Uff. Tut mir Leid.« »Glück.« »Ich weiß nicht.« »Versuch es. Glück.« »Weiß nicht.« »Glück. Geh in dich.« Ich zuckte mit den Schultern. »Glück, Glück.« »Dr. Fein?« »Howard.« »Howard?« »Ja?« »Das ist mir jetzt peinlich.«

Den Rest der Dreiviertelstunde redeten wir, obwohl ich ihm nichts mehr zu sagen hatte. Ich wollte nicht bei ihm sein. Ich wollte nirgendwo sein, wo ich nicht nach dem Schloss suchen konnte. Kurz bevor Mom hereinkam, sagte Dr. Fein, dass er gern einen Plan aufstellen würde, damit die nächste Woche besser liefe als die letzte. Er sagte: »Warum nennst du mir nicht einfach ein paar Dinge, die du tun könntest, Dinge, die du dir vornimmst. Und nächste Woche reden wir dann darüber, wie erfolgreich du sie in die Tat umgesetzt hast.« »Ich werde versuchen, zur Schule zu gehen.« »Gut. Sehr gut. Was noch?« »Vielleicht werde ich versuchen, ein bisschen mehr Geduld mit Schwachsinnigen zu haben.« »Gut. Und was noch?« »Keine Ahnung, vielleicht gebe ich mir Mühe, nicht mehr so viel durch meine Emotionalität zu verderben.« »Sonst noch etwas?« »Ich werde versuchen, netter zu Mom zu sein.« »Und?« »Reicht das nicht?« »Doch. Das ist mehr als genug. Und nun möchte ich noch von dir wissen, wie du die Dinge schaffen willst, die du dir vorgenommen hast.« »Ich werde meine Gefühle tief in mir begraben.« »Wie meinst du das, deine Gefühle begraben?« »Ich werde nichts rauslassen, ganz egal, wie viel ich empfinde. Wenn ich weinen muss, werde ich innerlich weinen. Wenn ich einen blauen Fleck will, verpasse ich mir einen. Wenn mein Herz verrückt spielt, werde ich keiner Menschenseele was davon erzählen. Es hilft ja doch nichts. Es macht die Sache für alle anderen nur noch schlimmer.« »Aber wenn du deine Gefühle tief in dir begräbst, bist du nicht mehr du *selbst*, oder?« »Ja?« »Darf ich dir noch eine letzte Frage stellen?« »Welche?« »Glaubst du, dass der Tod deines Vaters nicht auch etwas Gutes für dich haben könnte?« »Ob ich glaube, dass der Tod meines Vaters etwas *Gutes* für mich haben könnte?« »Ja. Glaubst du, dass der Tod deines Vaters nicht auch etwas Gutes für dich haben könnte?« Ich trat meinen Stuhl um, ich schmiss seine Papiere quer durchs Zimmer und brüllte: »Nein! Natürlich nicht, du beschissenes Arschloch!«

Das hätte ich jedenfalls am liebsten getan. Stattdessen zuckte ich nur mit den Schultern.

Ich verließ das Zimmer und sagte Mom, sie sei an der Reihe. Sie fragte mich, wie es gelaufen sei. Ich sagte: »Ganz gut.« Sie sagte: »In meinem Beutel sind deine Zeitschriften. Und eine Tüte Fruchtsaft.« Ich sagte: »Danke.« Sie bückte sich und gab mir einen Kuss.

Als sie hineingegangen war, holte ich leise das Stethoskop aus meinem Marschgepäck, kniete mich hin und drückte das Wie-auch-immer-das-Ende-heißen-mag an die Tür. Die Birne? Dad hätte es gewusst. Ich bekam nicht viel mit, und manchmal wusste ich nicht, ob sie gerade schweigen oder ob ich einfach nicht hörte, was sie sagten.

nicht zu viel auf einmal erwarten
ich weiß
Sie?
Was *ich?*
Sie tun?
Um mich geht es doch nicht
Bis Sie das Gefühl haben *es unmöglich für Oskar ist, zu*

Aber bis er das Gefühl hat *ist es* *sich gut zu fühlen.*
weiß nicht. *ein Problem.*
Sie?

Ich weiß
wissen Sie nicht?

Stunden, um das zu erklären.

was Sie machen wollen?
Anfangen leicht ob Sie glücklich?
Was ist so lustig?

war früher jemand mir eine Frage, und ich konnte Ja sagen
oder aber glaube nicht mehr an einfache Antworten.

Vielleicht falschen Fragen. Vielleicht zu erinnern,
dass es auch einfache Dinge gibt.

Und was ist einfach?
Wie viele Finger hoch?
So einfach ist das auch nicht.

Ich möchte reden wird nicht einfach sein.

Sie je darüber nachgedacht
Was?

wie es scheint. selbst ein Krankenhaus, wie wir es
uns vorstellen sicheres Umfeld.

Zuhause ist ein sicheres Umfeld.

Für wen zum Teufel halten Sie sich eigentlich?

Tut mir Leid.

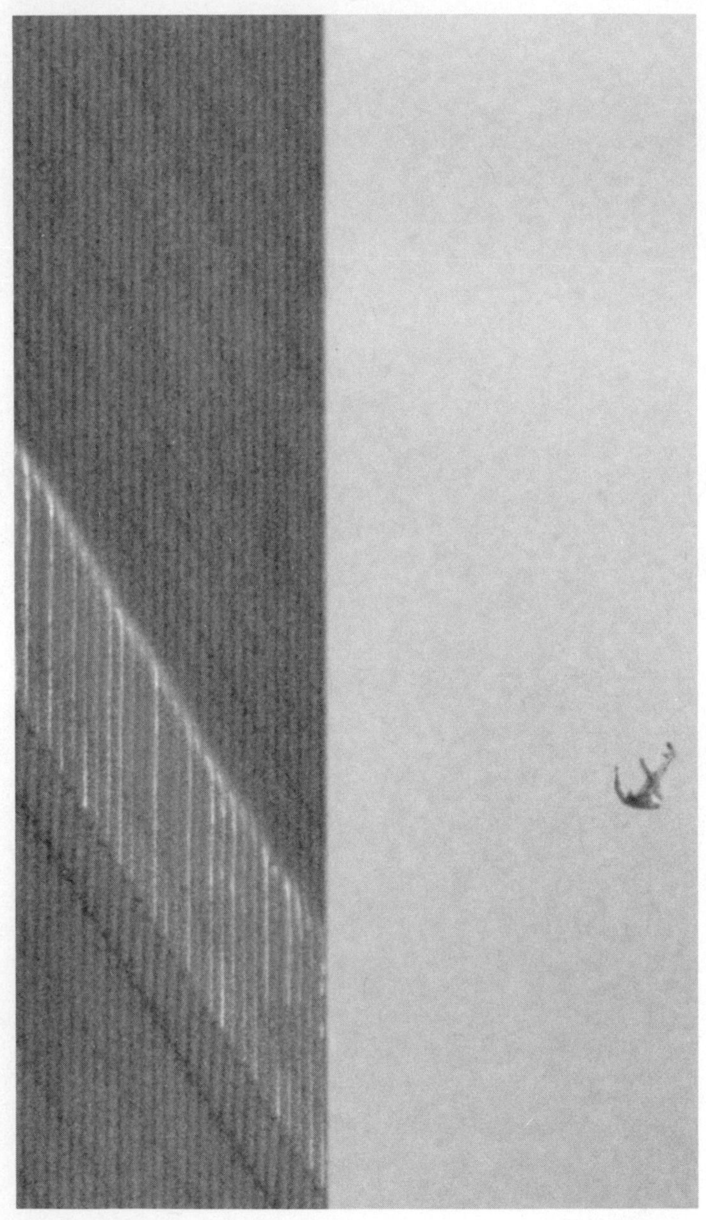

nicht Leid zu tun. Sie sind wütend.

geht doch nicht um Sie *wütend*

Auf wen sind Sie wütend?

gut, wenn Kinder da sind *denselben Prozess durch.*

Oskar ist nicht andere Kinder *nicht einmal mit Gleichaltrigen.*

eine gute Sache?

Oskar ist Oskar, und niemand *das ist doch wunderbar.*

Ich mache mir Sorgen *sich selbst*

Ich kann nicht fassen, dass wir jetzt darüber reden.

über alles reden, *begreifen, dass damals*

kein Grund, über

gefährdet sich selbst?

Ich mache mir Sorgen um *denn ein Kind*

kommt absolut nicht in Frage *Sohn ins Krankenhaus einzuweisen.*

Bei der Heimfahrt im Auto schwiegen wir. Ich schaltete das Radio ein und fand einen Sender, der »Hey Jude« spielte. Es stimmte, was der Text sagte, ich wollte es nicht schlimmer machen. Ich wollte den traurigen Song in mich aufnehmen und meine Sache besser machen. Ich wusste bloß nicht, wie.

Nach dem Abendessen ging ich in mein Zimmer. Ich holte

die Kiste aus der Kammer, die Kiste aus der Kiste und den Beutel und den unfertigen Schal und das Telefon.

Nachricht Vier. 9:46. Hier spricht Dad. Thomas Schell. Hier spricht Thomas Schell. Hallo? Hört ihr mich? Seid ihr da? Nehmt ab. Bitte! Nehmt ab. Ich hocke unter einem Tisch. Hallo? Tut mir Leid. Ich habe mir eine feuchte Serviette ums Gesicht gewickelt. Hallo? Nein. Probieren Sie das andere. Hallo? Tut mir Leid. Die Leute drehen langsam durch. Ein Hubschrauber umkreist das Gebäude, und. Ich glaube, wir gehen aufs Dach. Angeblich sollen wir. Irgendwie evakuiert werden – weiß auch nicht, probieren Sie das hier – angeblich sollen wir von dort oben irgendwie evakuiert werden. Könnte klappen, wenn. Die Hubschrauber dicht genug rankommen. Könnte klappen. Bitte nehmt ab. Weiß auch nicht. Ja, das da. Seid ihr da? Probieren Sie das hier.

Warum hat er sich nicht verabschiedet?

Ich verpasste mir einen blauen Fleck.

Warum hat er nicht gesagt: »Ich liebe euch«?

Der Mittwoch war langweilig.

Der Donnerstag war langweilig.

Der Freitag war auch langweilig, außer, dass es Freitag war, also fast schon Samstag, also näher am Schloss, und das Schloss bedeutete Glück.

WARUM ICH NICHT BEI DIR BIN

12.4.78

An mein Kind: Ich schreibe dies an der Stelle, an der früher die Laube des Vaters deiner Mutter stand, die Laube gibt es nicht mehr, es liegen keine Teppiche mehr auf dem Boden, es gibt keine Wände mehr und keine Fenster darin, alles ist vom Erdboden verschwunden. Hier steht jetzt eine Bücherei, dein Großvater wäre sicher glücklich gewesen, es ist, als wären seine vergrabenen Bücher Samen gewesen, aus jedem Buch sind hundert andere Bücher gesprossen. Ich sitze am Ende eines langen Tisches, mitten zwischen Lexika, manchmal nehme ich ein Lexikon vom Regal und lese die Biographien anderer Menschen, von Königen, Schauspielerinnen, Mördern, Richtern, Anthropologen, Tennis-Champions, Magnaten, Politikern, nur, weil du nie einen Brief von mir bekommen hast, darfst du nicht glauben, dass ich dir nie einen geschrieben habe. Ich schreibe dir jeden Tag einen Brief. Manchmal denke ich, dass ich diese Nacht endlich vergessen würde, wenn ich dir erklären könnte, was mir damals passiert ist, vielleicht könnte ich dann zu dir zurückkehren, aber diese Nacht hat weder Anfang noch Ende, sie hat schon vor meiner Geburt begonnen, und sie dauert noch an. Ich schreibe in Dresden, und deine Mutter schreibt im Nicht-Gästezimmer, vermutlich jedenfalls, hoffentlich tut sie das, manchmal brennt meine Hand, und dann bin ich mir ganz sicher, dass wir in diesem Moment das gleiche Wort schreiben. Die Schreibmaschine, auf der deine Mutter ihre Lebensgeschichte schreibt, hat Anna mir geschenkt. Das war nur wenige Wochen vor dem Bombenangriff, ich bedankte mich bei ihr, sie sagte: »Warum bedankst du dich bei mir? Es ist doch ein Geschenk für mich.« »Ein Geschenk für dich?« »Du schreibst mir nie.« »Aber ich bin doch bei dir.« »Wirklich?« »Man schreibt nur Menschen, bei denen man nicht sein kann.« »Wenn du schon keine Skulptur von mir machst, kannst du mir wenigstens schreiben.« Das ist die Tragödie der Liebe, man liebt am meisten, was man vermisst. Ich sagte zu ihr: »Du schreibst mir ja auch nie.« Sie sagte: »Du hast mir ja auch nie eine Schreibmaschine geschenkt.« Ich begann, unser zukünftiges Zuhause zu entwerfen, ich tippte die ganze Nacht und gab ihr am nächsten Tag die Entwürfe. Ich entwarf Dutzende von Wohnungen, manche waren verzaubert (ein Uhrtum, dessen Uhr stehen geblieben war, in einer Stadt, in der die Zeit stillstand), manche waren mondän (ein großbürgerlicher Landsitz mit Rosengärten und Pfauen), jede kam mir makellos und realistisch vor, ich frage mich, ob deine Mutter sie je gesehen hat. »Liebe Anna, wir werden in einem Haus leben, das auf der Spitze der höchsten Leiter der Welt steht.« »Liebe Anna, wir werden in der Türkei an einem Hang in einer Höhle leben.« »Liebe Anna, wir werden in einem Haus ohne Wände leben, sodass wir immer ein Zuhause haben, ganz egal, wo wir sind.« Es war nicht mein Ziel, ein immer besseres Zuhause zu entwerfen. Stattdessen wollte ich ihr zeigen, dass das Zuhause unwichtig war, wir konnten in jedem Haus leben, in jeder Stadt, in jedem Land, in jedem Jahrhundert, und doch glücklich sein, als wären wir immer eins mit der Welt. In der Nacht, bevor ich alles verlor, tippte ich zum letzten Mal einen Entwurf für unser zukünftiges Zuhause: »Liebe Anna, wir werden in einer ganzen Reihe von Häusern leben, die sich die Alpen hinaufziehen, und wir werden nie zweimal nacheinander in demselben schlafen.

Jeden Morgen nach dem Frühstück rodeln wir zum nächsten Haus hinunter. Und wenn wir die Haustür öffnen, wird das letzte Haus zerstört und weiter unten neu errichtet werden. Wenn wir ganz unten angekommen sind, fahren wir im Lift wieder bis zum Gipfel und fangen von vorne an.« Am nächsten Tag brachte ich ihr den Entwurf vorbei, auf dem Weg zum Haus deiner Mutter hörte ich in der Laube ein Geräusch, an der Stelle, an der ich dir diese Zeilen schreibe, vermutlich war es Simon Goldberg. Ich wusste, dass Annas Vater ihn versteckte, ich hatte sie abends, wenn Anna und ich uns in die Felder schlichen, manchmal miteinander reden hören, sie flüsterten immer, ich hatte sein mit Holzkohle beschmiertes Hemd auf ihrer Wäscheleine gesehen. Ich wollte nicht, dass sie mich bemerkten, also zog ich vorsichtig ein Buch aus der Wand. Annas Vater, dein Großvater, saß in seinem Sessel, das Gesicht in den Händen vergraben, er war mein Held. In meiner Erinnerung hat er in jenem Moment nicht das Gesicht in den Händen vergraben, so will ich ihn nicht in Erinnerung behalten, ich habe noch das Buch vor Augen, das ich herauszog, es war eine illustrierte Ausgabe von Ovids Metamorphosen. In den Staaten habe ich diese Ausgabe gesucht, offenbar habe ich mir eingebildet, das Loch in der Laubenwand damit schließen und das Bild meines Helden, der sein Gesicht in den Händen vergraben hatte, ausblenden zu können, endlich mein Leben und die Geschichte anhalten zu können, ich fragte in allen New Yorker Buchläden danach, aber ich fand sie einfach nicht, durch das Loch in der Wand fiel Licht in den Raum, dein Großvater hob den Kopf, er ging zum Regal, und wir schauten einander durch die fehlenden Metamorphosen an, ich fragte ihn, ob alles in Ordnung sei, er schwieg, ich konnte nur einen schmalen Ausschnitt seines Gesichts sehen, eine Buchrückenbreite seines Gesichts, wir sahen einander an, bis ich das Gefühl hatte, dass gleich alles um uns herum in Flammen aufgehen würde, es war das Schweigen meines Lebens. Anna war in ihrem Zimmer: »Hallo.« »Hallo.« »Ich habe gerade deinen Vater gesehen.« »In der Laube?« »Er hat einen ziemlich verstörten Eindruck gemacht.« »Er mag einfach nicht mehr mitspielen.« Ich erwiderte: »Bald ist alles vorbei.« »Wie willst du das wissen?« »Alle sagen das.« »Alle hatten immer Unrecht.« »Bald ist alles vorbei, und dann ist das Leben wieder wie früher.« Sie sagte: »Sei nicht kindisch.« »Verlass mich nicht.« Sie mochte mich nicht anschauen. Ich fragte: »Was ist passiert?« Ich hatte sie noch nie weinen sehen. Ich sagte zu ihr: »Nicht weinen.« Sie erwiderte: »Fass mich nicht an.« Ich fragte: »Was ist denn?« Sie sagte: »Halt bitte den Mund!« Wir saßen schweigend auf ihrem Bett. Das Schweigen lastete auf uns wie eine schwere Hand. Ich sagte: »Egal, was es ist ...« Sie sagte: »Ich bin schwanger.« Was wir danach redeten, muss ich für mich behalten. Bevor ich ging, sagte sie: »Bitte sei außer dir vor Freude.« Ich erwiderte, natürlich, das sei ich, ich gab ihr einen Kuss, ich küsste sie auf den Bauch, es war das letzte Mal, dass ich sie sah. Abends um halb zehn Uhr heulten die Sirenen, Fliegeralarm, alle begaben sich in die Luftschutzkeller, aber niemand hatte es eilig, wir waren an Alarm gewöhnt, wir glaubten, es wäre ein Fehlalarm, warum sollte ausgerechnet Dresden bombardiert werden? In unserer Straße verdunkelten die Leute ihre Häuser und gingen im Gänsemarsch in den Luftschutzkeller, ich wartete draußen auf den Stufen, ich dachte an Anna. Alles war still und ruhig und so dunkel, dass ich die Hände nicht mehr vor Augen sehen konnte. Hundert Flugzeuge flogen über uns hinweg, große, schwere Flugzeuge, sie zogen durch die Nacht wie hundert Wale durch das Meer, sie warfen die grellroten Christbäume ab, um die Dunkelheit für das zu erhellen, was auch immer als Nächstes kommen mochte, ich war ganz allein auf der Straße,

ringsumher schwebten die grellroten Christbäume zur Erde, Tausende von ihnen, ich wusste, dass etwas Unvorstellbares bevorstand, ich dachte an Anna, ich war außer mir vor Freude. Ich rannte nach unten, immer vier Stufen auf einmal, sie sahen mein Gesicht, noch bevor ich etwas sagen konnte – was hätte ich gesagt? –, wir hörten einen schrecklichen Krach, Explosionen, die in raschem Tempo näher kamen, als käme ein klatschendes Publikum auf uns zugerannt, dann waren sie direkt über uns, wir wurden in die Ecken geschleudert, unser Kellerraum füllte sich mit Feuer und Rauch, die Explosionen wurden noch heftiger, die Wände hoben sich, bevor sie wieder zu Boden krachten, ließen sie Licht durch den Spalt herein, blaue und orangefarbene Explosionen, lila und weiß, später las ich, dass die erste Angriffswelle weniger als eine halbe Stunde gedauert hatte, mir kam sie vor wie Tage und Wochen, mir kam sie vor wie das Ende der Welt, die Bombardierung hörte so nüchtern und sachlich auf, wie sie begonnen hatte, »Geht es Ihnen gut?« »Geht es Ihnen gut?« »Geht es Ihnen gut?«. Wir rannten aus dem Keller, über dessen Boden graugelber Rauch hing, wir erkannten nichts wieder, ich hatte noch vor einer halben Stunde oben auf unserer Haustreppe gesessen, nun gab es keine Treppe mehr, kein Haus mehr, keine Straße mehr, nur Feuer, überall Feuer, von unserem Haus stand nur noch ein Teil der Fassade, der trotzig unsere Haustür hielt, ein brennendes Pferd galoppierte vorbei, es gab brennende Fahrzeuge und Karren mit brennenden Flüchtlingen, die Leute kreischten, ich sagte meinen Eltern, ich wolle Anna suchen, meine Mutter bat mich dazubleiben, ich sagte, ich würde sie später wieder hier an der Haustür treffen, mein Vater bat mich zu bleiben, ich griff nach dem Türknauf, er brannte mir die Haut von der Handfläche, ich konnte meine Muskeln sehen, rot und pulsierend, warum hatte ich mit der linken Hand zugegriffen? Mein Vater schrie mich an, er schrie mich zum ersten Mal in meinem Leben an, ich kann nicht aufschreiben, was er geschrien hat, ich sagte ihnen, ich würde sie später wieder an der Haustür treffen, er schlug mich ins Gesicht, er schlug mich zum ersten Mal in meinem Leben, es war das letzte Mal, dass ich meine Eltern sah. Auf dem Weg zu Annas Haus begann die zweite Angriffswelle, ich floh in den nächstbesten Keller, er bekam einen Treffer, er füllte sich mit rosa Rauch und goldenen Flammen, also floh ich in den nächsten Keller, er begann zu brennen, ich rannte von Keller zu Keller, einer nach dem anderen wurde zerstört, in den Bäumen kreischten brennende Affen, Vögel mit brennenden Flügeln sangen auf Telefondrähten, durch die verzweifelte Anrufe hin und her gingen, ich fand einen anderen Luftschutzkeller, er war überfüllt, unter der Decke hing brauner Rauch, er lastete auf uns wie eine schwere Hand, das Atmen fiel mir immer schwerer, meine Lungen wollten den ganzen Raum durch meinen Mund in sich aufnehmen, es gab eine silberne Explosion, alle versuchten gleichzeitig aus dem Keller zu entkommen, man trampelte über Tote und Sterbende, ich lief über einen alten Mann, ich lief über Kinder, jeder verlor jeden, die Bomben fielen wie ein Wasserfall, ich rannte durch die Straßen, von Keller zu Keller, ich sah furchtbare Dinge: Beine und Hälse, ich sah eine Frau, deren blondes Haar und grünes Kleid in Flammen standen, sie hielt im Laufen ein Baby im Arm, ich sah Menschen zu dickflüssigen Pfützen zerschmelzen, an manchen Stellen über einen Meter tief, ich hörte Tote wie brennende Holzscheite knacken, ein trockenes Lachen, und die Überreste all der Menschen, die dem Feuersturm durch einen Kopfsprung in die Seen und Teiche zu entkommen versucht hatten, die unter Wasser liegenden Körperteile waren unversehrt, die aus dem Wasser ragenden Körperteile waren bis zur Unkenntlichkeit verkohlt, die Bomben fielen weiter, purpurrot, orangefarben und weiß, ich rannte und rannte, meine Hände bluteten immer noch, im Krachen der zusammenstürzenden Gebäude vernahm ich das dröhnende Schweigen meines ungeborenen Kindes. Ich erreichte den Zoo, die Käfige waren aufgesprengt, alles lief umher, verstörte Tiere brüllten vor Panik und Schmerz, einer der Wärter rief um Hilfe, er war ein kräftiger Mann, seine Augen waren zugebrannt, er packte mich beim Arm und wollte wissen, ob ich mit einer Waffe umgehen könne, ich erwiderte, ich habe es eilig, er gab mir sein Gewehr und sagte: »Finden Sie die Raubtiere«, ich erwiderte, dass ich Raubtiere nicht von anderen Tieren unterscheiden könne, er sagte: »Erschießen Sie alle«, ich weiß nicht mehr, wie viele Tiere ich erlegte, ich erschoss einen Elefanten, er war zwanzig Meter aus seinem Gehege geschleudert worden, ich drückte ihm das Gewehr hinten an den Schädel, beim Abdrücken fragte ich mich: Muss ich dieses Tier unbedingt töten? Ich schoss einen Affen, der auf einem umgestürzten Baum hockte und sich die Haare ausriss, als er die Zerstörung betrachtete, ich erlegte zwei Löwen, sie standen nebeneinander und blickten nach Westen, waren sie verwandt, waren sie Freunde, Partner, können Löwen lieben? Ich erlegte ein Bärenjunges, das auf einen riesigen, toten Bären klettern wollte, kletterte es auf seine Mutter? Ich erlegte ein Kamel, ich brauchte dafür zwölf Schuss, ich nahm an, dass es kein Raubtier war, aber ich schoss auf alles, alles musste erschossen werden, ein Nashorn rammte seinen Kopf gegen einen Felsen, immer und immer wieder, als wollte es seinen Schmerz betäuben, ich schoss, es rammte weiter seinen Kopf gegen den Felsen, ich schoss noch einmal, es rammte noch heftiger, ich ging hin und drückte ihm die Mündung zwischen die Augen, ich tötete es, ich erlegte ein Zebra, ich erlegte eine Giraffe, ich färbte das Wasser im Seelöwenbecken rot, ein Affe kam auf mich zu, es war der Affe, den ich schon erlegt zu haben glaubte, ich hatte ihn für tot gehalten, er kam langsam auf mich zu, die Hände auf den Ohren, was wollte er von mir, ich schrie: »Was willst du von mir?« Ich schoss noch einmal, ich zielte auf die Stelle, wo ich sein Herz vermutete, er sah mich an, ich war mir sicher, dass Verstehen aus seinen Augen sprach, aber ich konnte keine Vergebung darin erkennen, ich versuchte, die Geier zu schießen, war aber ein zu schlechter Schütze, später sah ich, wie sich die Geier an Menschenkadavern mästeten, und ich gab mir die Schuld an allem. Die zweite Angriffswelle hörte genauso schlagartig auf, wie sie begonnen hatte, ich lief weiter, benommen, mit verbranntem Haar, mit schwarzen Armen und schwarzen Fingern, ich lief bis zum Fuß der Loschwitz-Brücke, ich tauchte meine Hände ins schwarze Wasser und sah mein Spiegelbild, ich erschrak bei meinem Anblick, mein blutverkrustetes Haar, meine gesprungenen und blutenden Lippen, meine roten, pochenden Handflächen, die selbst jetzt, da ich dies schreibe, fünfunddreißig Jahre später, immer noch aussehen, als gehörten sie nicht an meine Arme. Ich erinnere mich, dass ich das Gleichgewicht verlor, ich erinnere mich, dass ich immer nur eines dachte: *Denk weiter.* Solange ich denke, lebe ich noch, aber irgendwann hörte ich auf zu denken, die nächste Erinnerung ist, dass mir schrecklich kalt war, ich merkte, dass ich auf der Erde lag, mein ganzer Körper tat mir weh, der Schmerz sagte mir, dass ich noch lebte, ich begann, meine Arme und Beine zu bewegen, das sah einer der Soldaten, die man in die Stadt geschickt hatte, um nach Überlebenden zu suchen, später erfuhr ich, dass man am Fuß der Brücke 220 Menschen aufgesammelt hatte, vier davon lebten noch, einer von ihnen war ich. Sie luden uns auf Lastwagen und brachten uns aus Dresden weg, wenn das Segeltuch flatterte, mit dem die Ladefläche des Lastwagens bespannt war, sah ich brennende Häuser, brennende Bäume, brennenden Asphalt, ich sah und hörte

Menschen, die in der Falle saßen, ich roch sie, sie standen als lebende Fackeln auf den schmelzenden, brennenden Straßen, sie schrien um Hilfe, aber man konnte ihnen unmöglich helfen, selbst die Luft brannte, der Lastwagen musste Umwege fahren, um dem Chaos zu entkommen, wieder griffen uns Flugzeuge an, wir wurden vom Lastwagen gehoben und daruntergelegt, die Flugzeuge stürzten sich auf uns, mehr Maschinengewehrfeuer, mehr Bomben, gelb, rot, grün, blau, braun, ich verlor wieder das Bewusstsein, als ich erwachte, lag ich in einem weißen Krankenhausbett, ich konnte weder Arme noch Beine rühren, ich fragte mich, ob ich sie verloren hatte, aber ich hatte nicht genug Kraft, um mich zu betrachten, Stunden vergingen oder Tage, als ich schließlich an mir hinabschaute, merkte ich, dass man mich aufs Bett geschnallt hatte, eine Krankenschwester stand neben mir, ich fragte: »Was soll das?« Sie sagte mir, dass ich versucht hätte, mich zu verletzen, ich bat sie, mich loszuschnallen, ich sagte ihr, ich würde mir keine Verletzungen zufügen, ich gab ihr mein Ehrenwort, sie sagte, es tue ihr Leid, sie berührte mich, Ärzte operierten mich, sie gaben mir Spritzen und verbanden meinen Körper, aber eigentlich rettete mir die Berührung der Schwester das Leben. In den Tagen und Wochen nach meiner Entlassung suchte ich nach meinen Eltern und nach Anna und nach dir. In jedem zerstörten Haus suchte jeder nach jedem, aber alles Suchen war umsonst, ich fand unser altes Haus, die Tür hielt sich trotzig aufrecht, ein paar unserer Sachen hatten überlebt, die Schreibmaschine hatte überlebt, ich trug sie wie ein Baby auf den Armen, bevor ich evakuiert wurde, schrieb ich auf die Tür, dass ich noch am Leben sei, und daneben schrieb ich die Adresse des Flüchtlingslagers in Oschatz. Ich wartete auf einen Brief, aber es kam nie ein Brief. Da es so viele Tote gab und da so viele Tote völlig vernichtet waren, gab es nie eine Liste der Toten, Tausenden von Menschen blieb nichts als das Leid ihrer Hoffnung. Als ich geglaubt hatte, ich würde am Fuß der Loschwitz-Brücke sterben, hatte ich immer nur den einen Gedanken: *Denk weiter.* Das Denken würde mich am Leben erhalten. Aber nun bin ich am Leben, und das Denken bringt mich um. Ich denke und denke und denke. Ich muss unaufhörlich an diese Nacht denken, an die grellroten Christbäume, den Himmel, der so schwarz wie schwarzes Wasser war, und daran, dass ich zwei Stunden, bevor ich alles verlor, noch alles hatte. Deine Tante hatte mir erzählt, sie sei schwanger, ich war außer mir vor Freude, ich hätte wissen sollen, dass diesem Glück nicht zu trauen war, hundert Jahre Freude können in einer Sekunde zunichte werden, ich küsste sie auf den Bauch, obwohl es noch gar nichts zu küssen gab, ich sagte zu ihr: »Ich liebe unser Baby.« Sie musste lachen, seit dem Tag, an dem wir auf halbem Weg zwischen unseren Häusern zusammengerannt waren, hatte ich sie nicht mehr lachen hören, sie sagte: »Dann liebst du eine Idee.« Ich erwiderte: »Ich liebe unsere Idee.« Das Entscheidende war ja, dass wir eine gemeinsame Idee hatten. Sie fragte: »Hast du Angst?« »Angst wovor?« Sie sagte: »Das Leben ist schlimmer als der Tod.« Ich zog den Entwurf unseres zukünftigen Zuhauses aus der Tasche und gab ihn ihr, ich küsste sie, ich küsste ihren Bauch, es war das letzte Mal, dass ich sie sah. Ich war schon am Ende des Weges, als ich ihren Vater hörte. Er kam aus der Laube. »Fast hätte ich es vergessen!«, rief er. »Hier ist ein Brief für dich. Er ist gestern angekommen. Fast hätte ich es vergessen.« Er lief ins Haus und kehrte mit einem Umschlag zurück. »Fast hätte ich es vergessen«, sagte er, seine Augen waren gerötet, seine Fingerknöchel waren weiß, ich erfuhr später, dass er die Bombardierung überlebt und sich anschließend das Leben genommen hatte. Hat dir deine Mutter das erzählt? Weiß sie überhaupt davon? Er gab mir einen Brief. Er war von Simon Goldberg. Der Brief war im holländischen Durchgangslager Westerbork aufgegeben worden, dorthin wurden die Juden aus unserer Gegend verschleppt, von dort ging es entweder in ein Arbeitslager oder in den Tod. »Lieber Thomas Schell, es hat mich sehr gefreut, Ihnen begegnet zu sein, egal, wie flüchtig die Begegnung gewesen sein mag. Aus Gründen, die keiner näheren Erläuterung bedürfen, haben Sie einen tiefen Eindruck auf mich gemacht. Ich hoffe sehr, dass sich unsere Wege, wie lang und verschlungen sie auch sein mögen, irgendwann wieder kreuzen. Bis dahin wünsche ich Ihnen alles Gute für diese schwierigen Zeiten. In tiefer Verbundenheit, Ihr Simon Goldberg.« Ich steckte den Brief wieder in den Umschlag und den Umschlag in meine Tasche, in der das zukünftige Zuhause gewesen war, im Davongehen hörte ich die Stimme deines Großvaters, er stand noch in der Tür: »Fast hätte ich es vergessen.« Als deine Mutter mich in der Bäckerei am Broadway fand, wollte ich ihr eigentlich alles erzählen, wenn ich gekonnt hätte, hätten wir vielleicht anders leben können, dann wäre ich vielleicht bei dir und nicht hier. Vielleicht, wenn ich gesagt hätte: »Ich habe ein Baby verloren«, wenn ich gesagt hätte: »Ich habe so viel Angst, etwas Geliebtes zu verlieren, dass ich mich der Liebe verweigere«, vielleicht hätte das das Unmögliche möglich gemacht. Vielleicht, aber ich brachte es nicht fertig, ich hatte viel zu vieles viel zu tief in mir begraben. Und nun bin ich hier statt dort. Ich sitze in dieser Bücherei, Tausende von Meilen von meinem Leben entfernt, schreibe einen Brief, von dem ich weiß, dass ich ihn wieder nicht abschicken kann, egal, wie sehr ich mich bemühe und wie gern ich es möchte. Wie konnte aus dem Jungen, der hinter der Laube mit seiner Freundin schlief, der Mann werden, der an diesem Tisch diesen Brief schreibt?

Ich liebe dich,
dein Vater

DER SECHSTE BEZIRK

»Es war einmal eine Zeit, da hatte New York einen Sechsten Bezirk.« »Was ist ein Bezirk?« »Genau das meine ich mit Unterbrechung.« »Ja, klar, aber wenn ich nicht weiß, was ein Bezirk ist, verstehe ich die Geschichte doch gar nicht.« »Ein Bezirk ist deine unmittelbare Nachbarschaft. Oder auch die etwas weitere.« »Wenn es früher einen Sechsten Bezirk gab, was sind dann die fünf Bezirke?« »Brooklyn, Queens, Staten Island, die Bronx und natürlich Manhattan, versteht sich von selbst.« »War ich schon mal in einem der anderen Bezirke?« »Bist du jetzt bald still?« »Ich will es doch einfach nur wissen.« »Vor ein paar Jahren waren wir in der Bronx im Zoo. Weißt du noch?« »Nein.« »Und wir sind in Brooklyn gewesen, um uns die Rosen im Botanischen Garten anzuschauen.« »War ich in Queens?« »Ich glaube nicht.« »War ich in Staten Island?« »Nein.« »Gab es *wirklich* einen Sechsten Bezirk?« »Genau das wollte ich dir gerade erzählen.« »Keine Unterbrechungen mehr – versprochen.«

»Also: Du wirst in keinem Geschichtsbuch etwas über den Sechsten Bezirk lesen, weil es – abgesehen von spärlichen Anhalstpunkten im Central Park – keine Beweise dafür gibt, dass es ihn gegeben hat. Deshalb fällt es ziemlich leicht, seine Existenz zu leugnen. Fast alle Menschen würden sagen, dass sie weder die Muße noch einen guten Grund hätten, an den Sechsten Bezirk zu glauben, aber obwohl sie *wirklich nicht* an den Sechsten Bezirk glauben, benutzen sie immerhin das Wort ›glauben‹.

Der Sechste Bezirk war auch eine Insel. Sie war von Manhattan durch eine enge Wasserstraße getrennt, deren schmalste Stelle zufälligerweise genau dem Weltrekord im Weitsprung entsprach, sodass wenigstens ein Mensch auf der Welt von Manhattan in den Sechsten Bezirk gelangen konnte, ohne sich nasse Füße zu holen. Der Sprung fand jährlich statt, und aus seinem Anlass wurde immer eine rauschende Party gefeiert. Man fädelte Bagels auf spezielle Spaghetti, die man von Insel zu Insel spannte, man spielte Bowling mit Samosas und Baguettes, man warf mit griechischen Salaten wie mit Konfetti. Die New Yorker Kinder fingen Glühwürmchen in Marmeladengläsern und ließen sie zwischen den Bezirken auf dem Fluss treiben. Die Käfer asphyxierten langsam …« »Asphyxierten?« »Erstickten.« »Warum haben sie keine Löcher in die Deckel gestanzt?« »Weil die Glühwürmchen in ihren letzten Lebensminuten besonders hell leuchten. Wenn man es richtig abpasste, glitzerte der ganze Fluss, wenn der Springer hinübersprang.« »*Cool.*«

»Wenn es schließlich so weit war, brach der Weitspringer vom East River auf. Er lief quer durch Manhattan, und die New Yorker säumten die Straßen, sie standen an den Fenstern ihrer Wohnungen und Büros und auf den Ästen der Bäume und feuerten ihn an. Second Avenue, Third Avenue, Lexington, Park, Madison, Fifth Avenue, Columbus, Amsterdam, Broadway, Seventh, Eigth, Ninth, Tenth … Und wenn er sprang, jubelten die New Yorker an den Ufern Manhattans und des Sechsten Bezirks, sie bejubelten den Springer, und sie bejubelten sich selbst. Während der paar Sekunden, die sich der Weitspringer in der Luft befand, hatte jeder New Yorker das Gefühl, fliegen zu können.

Oder vielleicht ist ›schweben‹ das bessere Wort. Denn der Grund für die Begeisterung, die der Sprung weckte, war ja nicht, dass der Springer von einem Bezirk in den anderen flog, sondern dass er sich zwischen beiden so lange in der Luft befand.«

»Stimmt.«

»Einmal – vor vielen, vielen Jahren – berührte der Springer den Fluss mit der Spitze seines großen Zehs und löste so eine kleine Welle aus. Den Menschen stockte der Atem, als die Welle vom Sechsten Bezirk nach Manhattan zurückrollte und die Gläser mit den Glühwürmchen wie ein Windspiel aneinander klirren ließ.

›Sie haben wohl einen schlechten Anlauf genommen!‹, rief ein Stadtrat vom Ufer Manhattans.

Der Weitspringer schüttelte den Kopf, er war eher verwirrt als beschämt.

›Sie hatten Gegenwind‹, meinte ein Stadtrat des Sechsten Bezirks und reichte dem Weitspringer ein Handtuch, damit er sich den Fuß abtrocknen konnte.

Der Weitspringer schüttelte den Kopf.

›Vielleicht hat er zu viel zu Mittag gegessen‹, sagte ein Zuschauer zu seinem Nebenmann.

›Vielleicht hat er einfach seinen Zenit überschritten‹, sagte ein anderer Zuschauer, der seine Kinder mitgebracht hatte.

›Ich wette, er war nicht richtig bei der Sache‹, sagte ein anderer. ›So weit kann man nur springen, wenn man mit ganzem Herzen bei der Sache ist.‹

›Nein‹, erwiderte der Weitspringer auf diese Mutmaßungen. ›Stimmt alles nicht. Ich bin genau richtig gesprungen.‹

Die Erleuchtung …« »Erleuchtung?« »Erkenntnis.« »Ach so.« »Sie kam den Zuschauern wie die kleine Welle, die der Zeh ausgelöst hatte, und als der Bürgermeister von New York sie aussprach, ging ein Seufzer der Zustimmung durch die Menge: ›Der Sechste Bezirk bewegt sich.‹« »*Bewegt sich!*«

»Der Sechste Bezirk entfernte sich millimeterweise von New York. In einem Jahr wurde der ganze Fuß des Weitspringers nass, noch ein paar Jahre später sein Schienbein, und viele, viele Jahre später – so viele Jahre später, dass niemand mehr wusste, wie es gewesen war, ohne Angst zu feiern – musste der Weitspringer die Arme recken und nach dem Sechsten Bezirk greifen, und schließlich kam er gar nicht mehr dran. Die acht Brücken zwischen Manhattan und dem Sechsten Bezirk ächzten vor Anspannung, und dann brachen sie zusammen und stürzten in den Fluss. Die Tunnel wurden so eng, dass nichts mehr hindurchpasste, weil sie immer weiter in die Länge gezogen wurden.

Die Telefonleitungen und Stromkabel rissen, und die Bewohner des Sechsten Bezirks mussten auf veraltete Technologien zurückgreifen, die zum Großteil Kinderspielen glichen: Sie benutzten Vergrößerungsgläser, um sich das mitgebrachte Essen aufzuwärmen; wichtige Dokumente wurden zu Papierflugzeugen gefaltet und von einem Bürogebäude zum anderen geworfen; die Marmeladengläser mit den Glühwürmchen, die man früher bei der jährlichen Feier des Sprungs nur zum Schmuck benutzt hatte, standen auf einmal als Ersatz für elektrisches Licht in jeder Wohnung.

Dieselben Ingenieure, die am Schiefen Turm von Pisa gearbeitet hatten … Wo ist das noch gleich?« »*Italien!*« »Richtig. Man holte sie herüber, damit sie sich ein Bild von der Lage machten.

›Die Insel will sich davonmachen‹, sagten sie.

›Ja, und was meinen Sie dazu?‹, fragte der Bürgermeister von New York.

›Dazu haben wir keine Meinung‹, antworteten sie.

Natürlich versuchte man, den Sechsten Bezirk zu retten. Aber vielleicht ist ›retten‹ das falsche Wort, denn die Insel trieb ja offenbar aus eigenem Willen davon. Vielleicht passt ›aufhalten‹ besser. Man verankerte Ketten an den Ufern aller Inseln, aber es dauerte nicht lange, da rissen die Glieder. Man setzte Betonpfähle rund um den Sechsten Bezirk, aber auch sie nützten nichts. Gurte nützten nichts, Magneten nützten nichts, selbst Gebete nützten nichts.

Befreundete Jugendliche, deren Blechdosen-Telefone von einer Insel zur anderen reichten, mussten wie beim Drachensteigen immer mehr Schnur abrollen.

›Ich kann dich kaum noch hören‹, sagte das junge Mädchen in ihrem Schlafzimmer in Manhattan, während sie mit dem Fernglas ihres Vaters das Fenster ihres Freundes zu finden versuchte.

›Falls nötig, brülle ich‹, sagte ihr Freund in seinem Schlafzimmer im Sechsten Bezirk und richtete das Teleskop, das er zum letzten Geburtstag geschenkt bekommen hatte, auf ihre Wohnung.

Die Schnur, die sie miteinander verband, wurde unglaublich lang, so lang, dass andere Schnüre darangeknotet werden mussten: seine Jo-Jo-Schnur, die Schnur ihrer Sprechpuppe, die Kordel, mit der sein Vater sein Tagebuch verschnürt hatte, das gewachste Band, das die Perlen ihrer Großmutter gehalten hatte, der Faden, ohne den der Quilt, den sein Großonkel seit Kinderzeiten aufbewahrt hatte, nur noch ein Haufen bunter Lumpen war. Alles, was sie sich zu erzählen hatten, enthielt dadurch auch das Jo-Jo, die Puppe, das Tagebuch, die Kette und den Quilt. Sie hatten sich immer mehr zu erzählen und immer weniger Schnur.

Der Junge bat das Mädchen, ›Ich liebe dich‹ in ihre Dose zu sagen, ohne seine Bitte weiter zu erklären.

Sie verlangte auch keine Erklärung, und sie sagte auch nicht: ›Das ist doch affig‹, oder: ›Wir sind zu jung für die Liebe‹, ja sie erwiderte nicht einmal, dass sie ›Ich liebe dich‹ eigentlich nur sagte, weil er sie darum gebeten hatte. Stattdessen sagte sie: ›Ich liebe dich.‹ Die Wörter wanderten durch das Jo-Jo, die Puppe, das Tagebuch, die Perlenkette, den Quilt, die Wäscheleine, das Geburtstagsgeschenk, die Harfe, den Teebeutel, den Tennisschläger, den Saum des Hemdes, das er ihr eines Tages voller Leidenschaft vom Leib hätte reißen sollen.« »*Ekelhaft!*« »Der Junge tat einen Deckel auf seine Dose, löste sie von der Schnur und stellte die Liebe, die das Mädchen für ihn empfand, in ein Fach in seinem Schrank. Er durfte die Dose natürlich nicht mehr öffnen, weil der Inhalt sonst verloren gegangen wäre. Es reichte ihm zu wissen, dass die Liebe darin war.

Manche Menschen, unter anderem die Familie des Jungen, wollten den Sechsten Bezirk nicht verlassen. Sie meinten: ›Warum denn? Der Rest der Welt entfernt sich doch von *uns*. Unser Bezirk bewegt sich ja gar nicht. Sollen die Leute doch Manhattan verlassen.‹ Wie kann man solchen Menschen beweisen, dass sie sich irren? Und wer hätte Lust dazu?« »Ich nicht.« »Ich auch nicht. Aber die meisten Bewohner des Sechsten Bezirks leugneten einfach das Offensichtliche, und das lag weder an Sturheit noch Prinzipien noch Tapferkeit. Sie wollten einfach nicht weg. Sie hatten ein gutes Leben, und warum sollten sie es aufgeben? Also trieben sie Millimeter für Millimeter davon.

All das bringt uns auf den Central Park. Denn früher befand sich der Central Park nicht an seinem jetzigen Ort.« »In der Geschichte, meinst du, oder?«

»Früher befand er sich mitten im Sechsten Bezirk. Er war die Freude und der Mittelpunkt des ganzen Bezirks. Aber als klar war, dass der Sechste Bezirk tatsächlich davontrieb und weder zu retten noch aufzuhalten war, hielt man in New York ein Referendum ab und beschloss, den Park zu retten.« »Referendum?« »Abstimmung.« »Und?« »Und sie fiel einstimmig aus. Selbst die stursten Bewohner des Sechsten Bezirks mussten sich dem Beschluss beugen.

Man schlug riesige Haken in den Ostrand des Geländes, und der Park wurde von den New Yorkern vom Sechsten Bezirk nach Manhattan gezogen, wie ein Teppich über den Fußboden.

Die Kinder durften sich in den Park legen, während er verschoben wurde. Das war ein Zugeständnis, obwohl niemand wusste, warum ein Zugeständnis nötig war oder warum man dieses Zugeständnis ausgerechnet den Kindern machen musste. Der Himmel über New York wurde vom größten Feuerwerk aller Zeiten erhellt, und die Philharmoniker spielten sich die Seele aus dem Leib.

Die New Yorker Kinder lagen eng nebeneinander auf dem Rücken, sie bedeckten jeden Zentimeter des Parks, als wäre er nur für sie und für diesen Augenblick entworfen worden. Das Feuerwerk regnete auf sie herab und löste sich erst dicht über dem Boden auf, und die Kinder wurden millimeter- und sekundenweise nach Manhattan und ins Erwachsenenleben gezogen. Als der Park seinen jetzigen Standort erreichte, waren alle Kinder eingeschlafen, und der Park war ein Mosaik ihrer Träume. Manche schrien im Schlaf, manche lächelten unbewusst, manche lagen einfach ganz still da.«

»Dad?« »Ja?« »Ich weiß, dass es in Wahrheit keinen Sechsten Bezirk gegeben hat. Objektiv gesehen, meine ich.« »Bist du ein Optimist oder ein Pessimist?« »Weiß ich nicht genau.« »Ist dir klar, was die Worte bedeuten?« »Nein, nicht wirklich.« »Ein Optimist hat eine positive und hoffnungsvolle Einstellung. Ein Pessimist hat eine negative und zynische Einstellung.« »Ich bin ein Optimist.« »Sehr gut, denn nichts auf der Welt ist unwiderlegbar. Jemanden, der partout nicht überzeugt werden will, kann man nicht überzeugen, selbst durch die besten Argumente nicht. Auf der anderen Seite gibt es reichlich Indizien, an die man sich klammern kann, wenn man unbedingt etwas glauben will.« »Zum Beispiel?« »Zum Beispiel der ungewöhnliche Fossilienbefund des Central Park. Zum Beispiel der kuriose pH-Wert des Reservoirs. Zum Beispiel die Standorte bestimmter Tanks im Zoo, die in den Löchern der riesigen Haken stehen, mit denen man den Park von einem Bezirk zum anderen gezogen hat.« »Hammerhart.«

»Es gibt einen Baum – nur vierundzwanzig Schritte in östlicher Richtung von der Kasse des Karussells entfernt –, in dessen Rinde zwei Namen geritzt sind. Sie tauchen in keinem Telefonbuch und bei keiner Volkszählung auf. Sie fehlen in allen Krankenhaus-, Steuer- und Wahlregistern. Der einzige Beweis für ihre Existenz sind diese Zeichen in der Rinde. Und noch eine Tatsache, die du vielleicht faszinierend findest: Nicht weniger als fünf Prozent der Namen, die in die Bäume des Central Park geritzt worden sind, können nirgendwo nachgewiesen werden.« »Das ist *echt* faszinierend.«

»Da alle Dokumente des Sechsten Bezirks mit dem Sechsten Bezirk verschwunden sind, wird man nie beweisen können, dass es die Namen von Bewohnern des Sechsten Bezirks sind und dass sie in die Bäume geritzt wurden, als sich der Park noch nicht in Manhattan befand. Manche Leute glauben, dass es erfundene Namen sind und dass, um die Zweifel noch weiter zu treiben, auch die Liebesschwüre nur erfunden sind. Andere glauben anderes.« »Und was glaubst du?«

»Tja, selbst der hartnäckigste Pessimist kann wohl nur ein paar Minuten im Central Park verbringen, ohne das Gefühl zu bekommen, dass neben der Gegenwart noch eine andere Dimension der Zeit spürbar ist, oder?« »*Könnte* sein.« »Vielleicht vermissen wir einfach nur etwas, das uns verloren gegangen ist, vielleicht hoffen wir auch nur auf die Erfüllung unseres sehnlichsten Wunsches. Aber vielleicht spüren wir ja auch die Überbleibsel der Träume jenes Abends, als man den Park nach Manhattan gezogen hat. Vielleicht vermissen wir, was die Kinder damals verloren haben, und erhoffen uns, was sie sich erhofft haben.«

»Und was ist mit dem Sechsten Bezirk?« »Wie meinst du das?« »Was ist mit ihm passiert?« »Tja, in der Mitte, dort, wo einmal der Central Park war, klafft ein riesiges Loch. Auf ihrem Weg durch die Welt gleicht die Insel einem Bilderrahmen, der das zeigt, was darunter liegt.« »Wo ist sie jetzt?« »In der Antarktis.« »Echt?«

»Die Bürgersteige sind eisbedeckt, die Fensterscheiben der öffentlichen Bücherei ächzen unter der Last des Schnees. Es gibt eiserstarrte Springbrunnen in eiserstarrten Parks, in denen eiserstarrte Kinder auf Schaukeln sitzen, die beim höchsten Schwung zu Eis gefroren sind – die eiserstarrten Seile halten sie in der Luft. Kutschpferde …« »Was für Pferde?« »Die Pferde, die im Park die Kutschen ziehen.« »Das ist doch Quälerei.« »Sie sind mitten im Trab zu Eis erstarrt. Auf dem Flohmarkt sind die Leute beim Feilschen zu Eis erstarrt. Frauen mittleren Alters sind mitten im Leben zu Eis erstarrt. Richter sind bei der Urteilsverkündung zu Eis erstarrt, und ihre Hämmer schweben zwischen Schuld und Unschuld. Auf der Erde liegen die Eiskristalle der ersten Atemzüge von Babys und der letzten Atemzüge von Sterbenden. In einem eisigen Fach steht in einem vereisten Schrank eine Dose mit einer Stimme darin.«

»Dad?« »Ja?« »Das soll jetzt keine Unterbrechung sein, aber bist du fertig?« »Ende.« »Ich fand die Geschichte echt beeindruckend.« »Das freut mich.« »*Beeindruckend*.«

»Dad?« »Ja?« »Mir ist gerade etwas eingefallen. Könnte es sein, dass ein paar der Sachen, die ich im Central Park ausgegraben habe, aus dem Sechsten Bezirk stammen?«

Er zuckte mit den Schultern. Das mochte ich unglaublich gern.

»Dad?« »Ja, Kumpel?« »Nichts.«

MEINE GEFÜHLE

Ich war im Gästezimmer, als es geschah. Ich strickte dir beim Fernsehen einen weißen Schal. Ich sah Nachrichten. Das Verstreichen der Zeit glich einer Hand, die aus einem Zug winkte, mit dem ich gern gefahren wäre. Du hattest dich gerade auf den Weg zur Schule gemacht, und ich wartete schon wieder auf dich. Hoffentlich denkst du nie so sehr an etwas, wie ich an dich denke.

Ich weiß noch, dass der Vater eines vermissten Mädchens interviewt wurde.

Glauben Sie immer noch, dass man sie lebend findet?

Ja, das glaube ich.

Manchmal schaute ich zum Fernseher.

Manchmal schaute ich auf meine Hände, die deinen Schal strickten.

Manchmal aus dem Fenster zu deinem Fenster.

Gibt es irgendwelche neuen Hinweise?

Nicht, dass ich wüsste.

Aber Sie hoffen weiter.

Ja.

Was bräuchte es, damit Sie die Hoffnung aufgeben?

Musste man ihn quälen?

Er legte sich eine Hand an die Stirn und sagte: Es bräuchte eine Leiche.

Die Interviewerin fasste sich ans Ohr.

Sie sagte: Entschuldigen Sie bitte. Eine Sekunde.

Sie sagte: In New York ist irgendetwas passiert.

Der Vater des vermissten Mädchens fasste sich an die Brust und blickte an der Kamera vorbei. Auf seine Frau? Auf einen Unbekannten? Auf etwas, das er gern sehen wollte?

Es mag komisch klingen, aber der Anblick des brennenden Gebäudes berührte mich nicht. Ich war nicht einmal überrascht. Ich strickte weiter an deinem Schal, und ich dachte weiter über den Vater des vermissten Mädchens nach. Er gab die Hoffnung nicht auf.

Aus einem Loch im Gebäude quoll unentwegt Rauch.

Schwarzer Rauch.

Ich kann mich noch an den schlimmsten Sturm meiner Kindheit erinnern. Von meinem Fenster aus sah ich, wie die Bücher aus den Regalen meines Vaters gerissen wurden. Sie flogen durch die Luft. Ein Baum, älter als jeder Mensch, kippte um, weg von unserem Haus. Er hätte auch zur anderen Seite kippen können.

Als das zweite Flugzeug einschlug, begann die Nachrichten-Moderatorin zu schreien.

Ein Feuerball rollte aus dem Gebäude und an der Fassade hinauf.

Millionen Zettel wirbelten durch die Luft. Sie blieben in der Luft hängen und bildeten einen Ring um das Gebäude. Wie die Ringe des Saturn. Die Ringe, die die Kaffeetassen auf dem Schreibtisch meines Vaters hinterlassen hatten. Der Ring, nach dem Thomas kein Bedürfnis hatte, wie er meinte. Ich erwiderte, er sei nicht der Einzige mit Bedürfnissen.

Am nächsten Morgen ließ uns mein Vater unsere Namen in den Stamm des Baumes ritzen, der vom Haus weggekippt war. Das war unser Dank.

Deine Mutter rief an.

Siehst du gerade die Nachrichten?

Ja.

Hat sich Thomas bei dir gemeldet?

Nein.

Bei mir auch nicht. Ich mache mir Sorgen.

Warum machst du dir Sorgen?

Habe ich doch gesagt. Er hat sich nicht gemeldet.

Aber er ist doch im Laden.

Er hatte eine Verabredung in dem Gebäude, und er hat sich nicht bei mir gemeldet.

Ich drehte den Kopf zur Seite. Ich hatte das Gefühl, mich erbrechen zu müssen.

Ich ließ das Telefon fallen, rannte ins Bad und erbrach mich.

Ich wollte den Teppich nicht ruinieren. So bin ich eben.

Ich rief deine Mutter zurück.

Sie sagte mir, du seiest zu Hause. Sie habe gerade mit dir telefoniert.

Ich sagte ihr, ich würde hinübergehen und auf dich aufpassen.

Er darf keine Nachrichten sehen.

Gut.

Wenn er irgendetwas fragt, sag einfach, alles wird gut.

Ich erwiderte: Alles wird gut.

Sie sagte: Die U-Bahnen sind ein Chaos. Ich gehe zu Fuß nach Hause. In einer Stunde müsste ich da sein.

Sie sagte: Ich liebe dich.

Sie war seit zwölf Jahren mit deinem Vater verheiratet. Ich kannte sie seit fünfzehn Jahren. Sie hatte mir zum ersten Mal gesagt, dass sie mich liebte.

Da wusste ich, dass sie es wusste.

Ich rannte über die Straße.

Der Portier sagte mir, du seiest vor zehn Minuten nach oben gegangen.

Er fragte, ob alles in Ordnung sei.

Ich nickte.

Was ist denn mit Ihrem Arm los?

Ich schaute auf meinen Arm. Die Bluse war durchgeblutet. War ich gestürzt, ohne es zu merken? Hatte ich mich gekratzt? Da wusste ich, dass ich es wusste.

Als ich klingelte, machte niemand auf, also öffnete ich die Tür mit meinem Schlüssel.

Ich rief nach dir.

Oskar!

Du hast nicht geantwortet, aber ich wusste, dass du da warst. Ich konnte dich spüren.

Oskar!

Ich schaute in den Garderobenschrank. Ich schaute hinter das Sofa. Auf dem Kaffeetisch stand ein Scrabble-Spiel. Wörter liefen ineinander. Ich ging in dein Zimmer. Es war leer. Ich ging ins Schlafzimmer deiner Eltern. Ich wusste, dass du irgendwo warst. Ich schaute in die Kleiderkammer deines Vaters. Sein Smoking hing über dem Stuhl. Ich fasste in die Taschen. Dein Vater hatte die Hände seines Vaters. Die Hände deines Großvaters. Wirst du später auch diese Hände haben? Die Taschen erinnerten mich daran.

Ich kehrte in dein Zimmer zurück und legte mich auf dein Bett.

Ich konnte die Sterne unter deiner Zimmerdecke nicht sehen, weil das Licht an war.

Ich dachte an die Wände des Hauses, in dem ich aufgewachsen war. An die Abdrücke meiner Finger.

Als die Wände einstürzten, stürzten mit ihnen auch die Abdrücke meiner Finger ein.

Ich hörte dich unter mir atmen.

Oskar?

Ich hockte mich auf den Fußboden. Ich fiel auf Hände und Knie.

Ist Platz für zwei darunter?

Nein.

Bestimmt nicht?

Ganz bestimmt nicht.

Darf ich es ausprobieren?

Meinetwegen.

Ich konnte mich nur mit Mühe unter das Bett zwängen.

Wir lagen auf dem Rücken. Es war so eng, dass man sich nicht einmal das Gesicht zuwenden konnte. Hier kam kein Licht an uns heran.

Wie war es in der Schule?

Ganz gut.

Warst du rechtzeitig dort?

Ich war früh dran.

Dann hast du draußen gewartet?

Ja.

Was hast du gemacht?

Ich habe gelesen.

Was?

Was was?

Was hast du gelesen?

Eine kurze Geschichte der Zeit.

Und? Ist es spannend?

Die Frage passt nicht wirklich zu dem Buch.

Und dein Heimweg?

War wie immer.

Herrliches Wetter.

Ja.

So ein herrliches Wetter hatten wir noch nie.

Stimmt.

Eigentlich viel zu schade, um im Haus zu sein.

Wahrscheinlich.

Tja, aber was soll man machen?

Ich wollte dir das Gesicht zuwenden, aber es ging nicht. Ich griff nach deiner Hand.

Hattet ihr früher Schule aus?

Eigentlich sofort.

Weißt du, was passiert ist?

Ja.

Hast du von Mom oder Dad gehört?

Mom.

Was hat sie gesagt?

Sie hat gesagt, alles sei gut, und sie sei bald zu Hause.

Dad ist auch bald wieder zu Hause. Sobald er den Laden zumachen kann.

Ja.

Du hattest die Hände gegen das Bett gedrückt, als wolltest du es hochstemmen. Ich wollte dir etwas sagen, aber ich wusste nicht, was. Ich wusste nur, dass ich dir etwas Dringendes sagen musste.

Möchtest du mir deine Briefmarken zeigen?

Nein, vielen Dank.

Wir könnten auch Daumenhakeln spielen.

Später vielleicht.

Hast du Hunger?

Nein.

Willst du hier einfach warten, bis Mom und Dad nach Hause kommen?

Glaube schon.

Möchtest du, dass ich hier mit dir warte?

Meinetwegen.

Bist du sicher?

Ja, bestimmt.

Bitte, Oskar, darf ich?

Meinetwegen.

Manchmal hatte ich das Gefühl, als würde der Raum über uns zusammenbrechen. Irgendjemand war auf dem Bett. Maria, die sprang. Dein Vater, der schlief. Anna, die mich küsste. Ich hatte das Gefühl, begraben zu sein. Anna, die mir beide Hände auf die Wangen legte. Mein Vater, der mich in die Wangen kniff. Alles auf mir.

Als deine Mutter nach Hause kam, hätte sie dich mit ihrer Umarmung fast zerquetscht. Ich hätte dich am liebsten vor ihr beschützt.

Sie fragte, ob dein Vater angerufen habe.

Nein.

Sind irgendwelche Nachrichten auf dem Anrufbeantworter?

Nein.

Du hast sie gefragt, ob dein Vater eine Verabredung in dem Gebäude hatte.

Sie verneinte.

Du hast versucht, ihren Blick aufzufangen, und da wusste ich, dass du es wusstest.

Sie rief bei der Polizei an. Es war besetzt. Sie versuchte es noch einmal. Es war besetzt. Sie versuchte es immer wieder. Als sie endlich durchkam, wollte sie mit jemandem sprechen. Es gab niemanden, mit dem sie sprechen konnte.

Du bist ins Bad gegangen. Ich bat sie, sich zu beherrschen. Wenigstens vor dir.

Sie rief bei den Zeitungen an. Auch dort wusste man nichts.

Sie rief bei der Feuerwehr an.

Niemand wusste etwas.

Ich strickte den ganzen Nachmittag an deinem Schal. Er

wurde immer länger. Deine Mutter schloss die Fenster, aber der Brandgeruch blieb.

Sie fragte mich, ob wir Suchzettel machen sollten.

Ich sagte, das sei eine gute Idee.

Da musste sie weinen, denn sie hatte gehofft, dass ich noch Hoffnung hätte.

Der Schal wurde immer länger.

Sie suchte ein Foto von eurem letzten Urlaub heraus. Er war erst zwei Wochen her. Das Foto zeigte dich und deinen Vater. Als sie es mir zeigte, meinte ich, sie solle kein Foto mit dir darauf nehmen. Sie brauche ja nicht das ganze Foto, sagte sie. Nur das Gesicht deines Vaters.

Ich erwiderte: Ich finde es trotzdem falsch.

Sie sagte: Im Moment haben wir wichtigere Sorgen.

Nimm doch einfach ein anderes Foto.

Lass gut sein, Mom.

Sie hatte mich noch nie Mom genannt.

Es gibt so viele andere Fotos.

Kümmere dich lieber um deine Angelegenheiten.

Das ist meine Angelegenheit.

Wir waren nicht wütend aufeinander.

Ich weiß nicht, wie viel du begriffen hast, aber vermutlich hast du alles begriffen.

Nachmittags fuhr sie mit den Suchzetteln ins Zentrum. Die Zettel füllten einen ganzen Koffer. Ich musste an deinen Großvater denken. Ich fragte mich, wo er sich gerade befand. Wollte ich, dass er litt? Ich wusste es nicht genau.

Sie nahm einen Tacker mit. Und eine Schachtel Heftklammern. Und Klebeband. Daran muss ich jetzt denken. Mir wird schlecht dabei. Beim Gedanken an diese ganz handfesten Dinge. Da liebt man jemanden vierzig Jahre, und am Ende bleiben nur Heftklammern und Klebeband.

Wir waren allein. Du und ich.

Wir spielten im Wohnzimmer Spiele. Du hast Schmuck gebastelt. Der Schal wurde immer länger. Wir gingen im Park spazieren. Wir sprachen nicht über das, was über unseren Köpfen schwebte. Was uns niederdrückte wie eine Zimmerdecke. Als du mit dem Kopf in meinem Schoß eingeschlafen warst, schaltete ich den Fernseher an.

Ich stellte ihn auf stumm.

Immer wieder die gleichen Bilder.

Flugzeuge, die in Gebäude einschlugen.

Stürzende Körper.

Menschen, die hoch oben in den Fenstern mit Hemden winkten.

Flugzeuge, die in Gebäude einschlugen.

Stürzende Körper.

Flugzeuge, die in Gebäude einschlugen.

Menschen, bedeckt von grauem Staub.

Stürzende Körper.

Einstürzende Gebäude.

Flugzeuge, die in Gebäude einschlugen.

Flugzeuge, die in Gebäude einschlugen.

Einstürzende Gebäude.

Menschen, die hoch oben in den Fenstern mit Hemden winkten.

Stürzende Körper.

Flugzeuge, die in Gebäude einschlugen.

Manchmal spürte ich, wie deine Augenlider zuckten. Warst du wach? Oder hast du geträumt?

Deine Mutter kam erst am späten Abend nach Hause. Der Koffer war leer. Sie umarmte dich, bis du sagtest: Du tust mir weh.

Sie rief jeden an, den dein Vater gekannt hatte, und jeden,

der vielleicht etwas wusste. Sie sagte: Tut mir Leid, dich zu wecken. Ich hätte ihr am liebsten ins Ohr geschrien: Es braucht dir nicht Leid zu tun! Sie fasste sich immer wieder an die Augen, obwohl sie nicht weinte.

Man rechnete mit Tausenden von verletzten Menschen. Bewusstlosen Menschen. Menschen, die ihr Gedächtnis verloren hatten. Man rechnete mit Tausenden von Toten. Man wollte sie auf einer Eislaufbahn aufbahren.

Weißt du noch, wie wir vor ein paar Wochen Eislaufen waren und wie ich mich abwandte, nachdem ich dir gesagt hatte, ich würde Kopfschmerzen davon bekommen, den Leuten beim Eislaufen zuzuschauen? Unter dem Eis sah ich aufgereiht die Toten liegen.

Deine Mutter sagte, ich könne ruhig nach Hause gehen.

Ich erwiderte, ich wolle nicht nach Hause.

Sie sagte: Mach dir etwas zu essen. Versuch zu schlafen.

Ich bekomme doch keinen Bissen herunter, und schlafen kann ich auch nicht.

Sie sagte: Ich muss schlafen.

Ich sagte ihr, dass ich sie liebte.

Da musste sie weinen, denn sie hatte gehofft, dass ich noch Hoffnung hätte.

Ich ging wieder zurück über die Straße.

Flugzeuge, die in Gebäude einschlugen.

Stürzende Körper.

Flugzeuge, die in Gebäude einschlugen.

Einstürzende Gebäude.

Flugzeuge, die in Gebäude einschlugen.

Flugzeuge, die in Gebäude einschlugen.

Flugzeuge, die in Gebäude einschlugen.

Sobald ich für dich nicht mehr stark zu sein brauchte, wurde ich ganz schwach. Ich sank zu Boden, denn dort gehörte ich hin. Ich schlug mit den Händen auf den Fußboden. Ich hätte mir am liebsten die Hände gebrochen, aber als es zu weh tat, hörte ich auf. Ich war zu egoistisch, um mir wegen meinem einzigen Kind die Hände zu brechen.

Stürzende Körper.

Heftklammern und Klebeband.

Ich fühlte mich nicht leer. Ich wünschte, ich hätte mich leer gefühlt.

Menschen, die hoch oben in den Fenstern mit Hemden winkten.

Ich hätte mich am liebsten so leer gefühlt wie eine auf den Kopf gestellte Karaffe. Aber ich war so schwer wie ein Stein.

Flugzeuge, die in Gebäude einschlugen.

Ich musste ins Bad. Ich wollte nicht aufstehen. Ich wollte in meinem eigenen Dreck liegen, denn ich hatte es nicht anders verdient. Ich wollte in meinem eigenen Dreck liegen wie ein Schwein. Aber ich stand auf und ging ins Bad. So bin ich eben.

Stürzende Körper.

Einstürzende Gebäude.

Die Jahresringe des Baumes, der von unserem Haus weggekippt war.

Wie gern hätte ich unter den Trümmern gelegen. Nur eine Minute. Eine Sekunde. Ich wollte einfach an der Stelle deines Vaters sein. Aber zugleich war es viel schwieriger.

Der Fernseher war das einzige Licht.

Flugzeuge, die in Gebäude einschlugen.

Flugzeuge, die in Gebäude einschlugen.

Ich hatte mit ganz anderen Gefühlen gerechnet. Aber selbst da konnte ich nicht aus meiner Haut.

Oskar, ich weiß noch, wie du vor all den Fremden auf der Bühne gestanden hast. Ich hätte ihnen am liebsten gesagt: Er gehört zu mir. Ich wäre am liebsten aufgestanden und hätte gerufen: Dieser schöne Mensch gehört zu mir! Mir!

Als ich dir zugeschaut habe, war ich unglaublich stolz und zugleich unglaublich traurig.

Ach. Seine Lippen. Deine Lieder.

Als ich dir zuschaute, hatte mein Leben einen Sinn. Selbst alles Schlimme darin hatte einen Sinn. Ohne das Schlimme gäbe es dich nicht.

Ach. Deine Lieder.

Das Leben meiner Eltern hatten einen Sinn.

Das meiner Großeltern.

Selbst Annas Leben.

Ich kannte die Wahrheit, und darum war ich so traurig.

Jeder vergangene Moment hängt vom gegenwärtigen Moment ab.

Alles in der Weltgeschichte kann sich von einem Moment auf den anderen als falsch erweisen.

Deine Mutter wollte eine Beerdigung, obwohl es keinen Leichnam gab.

Was konnte man dagegen einwenden?

Wir fuhren alle zusammen in der Limousine. Ich konnte nicht aufhören, dich zu berühren. Ich bekam nicht genug davon. Ich hätte mehr als zwei Hände gebraucht. Du hast mit dem Fahrer gescherzt, aber ich habe gemerkt, wie sehr du insgeheim gelitten hast. Du hast ihn zum Lachen gebracht, weil du so gelitten hast. Als wir am Grab standen und als man den leeren Sarg hineinsenkte, hast du einen Laut ausgestoßen wie ein Tier. Einen solchen Laut hatte ich noch nie gehört. Du klangst wie ein waidwundes Tier. Ich habe den Laut noch im Ohr. Nach diesem Laut hatte ich vierzig Jahre gesucht, mein Leben und meine Lebensgeschichte hätten sein sollen wie er. Deine Mutter zog dich beiseite und nahm dich in den Arm. Man schaufelte Erde ins Grab deines Vaters. Auf den leeren Sarg meines Sohnes. Er enthielt nichts.

Alle meine Laute waren in mir verschlossen.

Die Limousine brachte uns nach Hause.

Alle schwiegen.

Als wir vor meinem Haus hielten, hast du mich bis zur Tür gebracht.

Der Portier sagte, ich hätte einen Brief bekommen.

Ich erwiderte, ich würde ihn mir morgen oder übermorgen anschauen.

Der Portier sagte, er sei gerade von einem Mann abgegeben worden.

Ich sagte: Morgen.

Der Portier sagte: Der Mann sah verzweifelt aus.

Ich bat dich, mir den Brief vorzulesen. Ich sagte: Ich habe schlechte Augen.

Du hast ihn geöffnet.

Es tut mir Leid, hast du gesagt.

Was tut dir Leid?

Nein – das steht hier.

Ich nahm dir den Brief aus der Hand und las ihn selbst.

Als mich dein Großvater vor vierzig Jahren verlassen hat, löschte ich alles aus, was er geschrieben hatte. Ich wischte die Wörter von den Spiegeln und Fußböden. Ich strich die Wände. Ich wusch die Duschvorhänge. Ich versiegelte sogar die Fußböden neu. Um alle seine Wörter loszuwerden, brauchte ich genauso lange, wie ich ihn gekannt hatte. Es war, als drehte ich ein Stundenglas um.

Ich dachte: Soll er suchen, was er sucht, und begreifen, dass es nicht mehr existiert oder nie existiert hat. Ich dachte: Er schreibt mir bestimmt. Oder er schickt Geld. Oder bittet um ein Foto vom Baby, wenn schon nicht um eines von mir.

Vierzig Jahre lang kein Wort.

Nur leere Briefumschläge.

Und dann, am Tag der Beerdigung meines Sohnes, vier Wörter.

Es tut mir Leid.

Er war zurückgekehrt.

AM LEBEN UND ALLEIN

Nach sechseinhalb Monaten gemeinsamer Suche sagte mir Mr Black, er wolle nicht mehr, also war ich wieder allein, und ich hatte nichts erreicht, und ich hatte so schwere Bleifüße wie noch nie in meinem Leben. Mit Mom konnte ich nicht darüber reden, versteht sich von selbst, und obwohl Toothpaste und The Minch meine besten Freunde waren, konnte ich mit ihnen ebenfalls nicht darüber reden. Opa konnte mit den Tieren sprechen, aber ich nicht, also war mir Buckminster auch keine große Hilfe. Vor Dr. Fein hatte ich keinen Respekt, und allein die Vorgeschichte, die ich Stan hätte erzählen müssen, bevor ich zur eigentlichen Geschichte gekommen wäre, war viel zu lang, und dass ich mit Toten reden konnte, hielt ich eher für unwahrscheinlich.

Da seine Schicht gerade begonnen hatte, wusste Farley nicht, ob Oma zu Hause war. Er fragte mich, ob etwas nicht stimme. Ich sagte: »Ich brauche sie.« »Soll ich sie kurz anrufen?« »Nein, nicht nötig.« Als ich die zweiundsiebzig Stufen hinaufrannte, dachte ich: *Und außerdem war er ein unglaublich alter Knabe, der mich nur aufgehalten und nichts Brauchbares gewusst hat.* Ich keuchte, als ich ihre Klingel drückte. *Ich bin froh, dass er gesagt hat, er wolle nicht mehr. Ich weiß überhaupt nicht mehr, warum ich ihn gebeten habe, mitzumachen.* Oma machte nicht auf, also klingelte ich noch einmal. *Warum wartet sie denn nicht an der Tür? Ich bin doch das einzige Wichtige in ihrem Leben.*

Ich öffnete die Tür selbst.

»Oma? Hallo? Oma?«

Vermutlich war sie beim Einkaufen oder so, und ich setzte mich aufs Sofa und wartete. Vielleicht machte sie einen ihrer Verdauungsspaziergänge im Park, obwohl ich die Vorstellung komisch fand. Oder sie wollte mir dehydrierte Eiscreme holen, oder sie gab irgendetwas bei der Post auf. Aber wem sollte sie schon schreiben?

Dann fing ich doch an, mir Sorgen zu machen.

Sie war beim Überqueren des Broadways von einem Taxi überfahren worden, und der Taxifahrer hatte Fahrerflucht begangen, und alle Leute auf dem Bürgersteig starrten sie an, ohne ihr zu helfen, weil alle Angst davor hatten, die Cardio Pulmonale Reanimation falsch zu machen.

Sie war in der Bücherei von einer Leiter gefallen und hatte einen Schädelbruch. Sie verblutete gerade, weil es eine Ecke mit Büchern war, die niemanden interessierten.

Sie lag bewusstlos auf dem Grund des Schwimmbeckens im YMCA. Vier Meter über ihr schwammen Kinder.

Ich versuchte, an andere Sachen zu denken. Ich versuchte, mir optimistische Sachen auszudenken. Aber die pessimistischen Sachen waren extrem laut.

Sie hatte einen Herzinfarkt gehabt.

Irgendjemand hatte sie vor den Zug gestoßen.

Man hatte sie vergewaltigt und ermordet.

Ich begann, in ihrer Wohnung nach ihr zu suchen.

»Oma?«

Hören wollte ich: »Ich bin okay«, aber alles, was ich hörte, war nichts.

Ich schaute ins Esszimmer und in die Küche. Ich schaute auch vorsichtshalber in die Speisekammer, aber es war nur Essen darin. Ich schaute in die Kleiderkammer und ins Bad. Ich öffnete die Tür zum zweiten Schlafzimmer, in dem Dad immer geschlafen und geträumt hatte, als er in meinem Alter gewesen war.

Ich war zum ersten Mal allein in Omas Wohnung, und das fand ich unglaublich krass. Es war, als würde ich ihre Kleider ohne sie darin sehen, und genauso war es auch, als ich in ihren Schrank schaute. Ich zog die oberste Kommodenschublade auf, obwohl ich nicht damit rechnete, Oma darin zu finden, versteht sich von selbst. Warum tat ich es dann?

Die Schublade war voller Briefumschläge. Hunderte. Gebündelt und zusammengeschnürt. Ich zog die Schublade darunter auf, und sie war auch voller Umschläge. Und die Schublade darunter auch. Alle Schubladen waren voller Umschläge.

An den Poststempeln konnte ich sehen, dass die Umschläge chronologisch, also nach Datum, geordnet und in Dresden, in Deutschland, abgeschickt worden waren, dem Ort, aus dem Oma stammte. Für jeden Tag gab es einen Umschlag, vom 31. Mai 1963 bis zum allerschlimmsten Tag. Manche waren mit »An mein ungeborenes Kind« adressiert. Manche waren mit »An mein Kind« adressiert.

Was zum?

Ich weiß, dass ich es eigentlich nicht hätte tun dürfen, weil sie nicht mir gehörten, aber ich öffnete einen der Umschläge.

Er war am 6. Februar 1972 abgeschickt worden. »An mein Kind.« Er war leer.

Ich öffnete einen Brief aus einem anderen Bündel. 22. November 1986. »An mein Kind.« Auch leer.

14. Juni 1963. »An mein ungeborenes Kind.« Leer.

2. April 1979. Leer.

Ich fand den Umschlag vom Tag meiner Geburt. Leer.

Ich hätte wirklich gern gewusst, was sie mit all den Briefen gemacht hatte.

Ich hörte in einem der anderen Zimmer ein Geräusch. Ich schob schnell die Schubladen zu, damit Oma nicht merkte, dass ich herumgeschnüffelt hatte, und schlich auf Zehenspitzen zur Wohnungstür, weil ich Angst hatte, dass es ein Einbrecher war. Wieder hörte ich das Geräusch, und diesmal war ich mir sicher, dass es aus dem Gästezimmer kam.

Ich dachte: *Der Mieter!*

Ich dachte: *Es gibt ihn wirklich!*

Ich hatte Oma nie mehr geliebt als in diesem Moment.

Ich machte kehrt, schlich auf Zehenspitzen zur Tür des Gästezimmers und legte mein Ohr daran. Ich hörte nichts. Aber als ich mich hinkniete, sah ich, dass im Zimmer Licht brannte. Ich stand wieder auf.

»Oma?«, flüsterte ich. »Bist du da drin?«

Nichts.

»Oma?«

Ich hörte ein extrem leises Geräusch. Ich kniete mich noch einmal hin, und diesmal sah ich, dass das Licht aus war.

»Ist da jemand? Ich bin acht Jahre alt, und ich suche meine Oma, denn ich brauche sie dringend.«

Jemand kam zur Tür, aber ich konnte die Schritte fast nicht hören, weil sie extrem sanft waren und weil sie vom Teppich gedämpft wurden. Vor der Tür hielten sie an. Ich hörte, wie jemand atmete, aber es war nicht Oma, denn der Atem ging schwerer und langsamer. Irgendetwas berührte die Tür. Eine Hand? Zwei Hände?

»Hallo?«

Der Türknauf drehte sich.

»Wenn Sie ein Einbrecher sind, verschonen Sie bitte mein Leben.«

Die Tür ging auf.

Ein Mann stand da, schweigend, und ein Einbrecher war er

auf keinen Fall. Er war unglaublich alt, und sein Gesicht war das genaue Gegenteil von Moms, weil er die Stirn selbst dann zu runzeln schien, wenn er sie gar nicht runzelte. Er trug ein weißes, kurzärmeliges Hemd, sodass ich seine behaarten Ellbogen sehen konnte, und er hatte eine Lücke zwischen den Vorderzähnen, genau wie Dad.

»Sind Sie der Mieter?«

Er überlegte kurz, dann schloss er die Tür.

»Hallo?«

Ich hörte, wie er im Zimmer herumkramte, und dann kam er zurück und öffnete die Tür wieder. Er hatte ein kleines Buch in der Hand. Er schlug die erste Seite auf, sie war leer. »Ich spreche nicht«, schrieb er, »tut mir Leid.«

»Wer sind Sie?« Er blätterte zur nächsten Seite und schrieb: »Ich heiße Thomas.« »So hieß mein Dad auch. Den Namen gibt es ziemlich häufig. Er ist tot.« Er schrieb auf die nächste Seite: »Tut mir Leid.« Ich erwiderte: »Sie haben meinen Dad ja nicht getötet.« Auf der nächsten Seite war aus irgendeinem Grund ein Foto von einem Türknauf, also blätterte er noch eine Seite weiter und schrieb: »Tut mir trotzdem Leid.« Ich erwiderte: »Danke.« Er blätterte ein paar Seiten zurück und zeigte auf: »Tut mir Leid.«

Da standen wir. Er war im Zimmer. Ich im Flur. Die Tür stand offen, aber weil ich nicht wusste, was ich ihm sagen sollte, und weil er nicht wusste, was er mir schreiben sollte, hatte ich das Gefühl, dass uns eine unsichtbare Tür trennte. Ich sagte zu ihm: »Ich bin Oskar«, und ich gab ihm meine Karte. »Wissen Sie, wo meine Oma ist?« Er schrieb: »Sie ist ausgegangen.« »Wohin?« Er zuckte mit den Schultern, genau wie Dad. »Wissen Sie, wann sie wiederkommt?« Er zuckte mit den Schultern. »Ich brauche sie.«

Er stand auf einem Teppich, ich auf einem anderen. Die Linie, an der sie sich trafen, erinnerte mich an einen Ort, der in keinem der Bezirke liegt.

»Komm doch herein«, schrieb er, »dann können wir zusammen auf sie warten.« Ich fragte ihn, ob er ein Fremder sei. Er wollte wissen, wie ich das meinte. Ich erwiderte: »Ich gehe nicht zu einem Fremden ins Zimmer.« Offenbar wusste er nicht genau, ob er ein Fremder war oder nicht, denn er schrieb nichts. »Sind Sie älter als siebzig?« Er zeigte mir seine linke Handfläche, auf die JA tätowiert war. »Sind Sie vorbestraft?« Er zeigte mir seine rechte Handfläche, auf die NEIN tätowiert war. »Welche Sprachen können Sie noch?« Er schrieb: »Deutsch. Griechisch. Latein.« »*Parlez-vous français?*« Er öffnete und schloss die linke Hand, was vermutlich *un peu* heißen sollte.

Ich ging mit hinein.

Die Wände waren beschrieben, überall standen Sätze wie: »Ich hätte so gern ein Leben gehabt«, und: »Wenn auch nur ein einziges Mal, wenn auch nur für eine Sekunde.« Ich konnte nur hoffen, dass Oma diese Schmierereien nie zu Gesicht bekam. Aus irgendeinem Grund legte er das Buch weg und nahm sich ein anderes.

»Wie lange wohnen Sie schon hier?«, fragte ich. Er schrieb: »Wie lange wohne ich nach Aussage deiner Großmutter schon hier?« »Tja«, sagte ich, »seit Dads Tod, glaube ich, also ungefähr zwei Jahre.« Er öffnete seine linke Hand. »Wo waren Sie davor?« »Wo bin ich nach Aussage deiner Großmutter davor gewesen?« »Sie hat mir nichts davon erzählt.« »Ich war nicht hier.« Eine krasse Antwort, fand ich, aber ich gewöhnte mich langsam an krasse Antworten.

Er schrieb: »Möchtest du etwas essen?« Ich verneinte. Er schaute mich unentwegt an, und das mochte ich nicht, denn es war mir irrsinnig peinlich, aber was sollte ich sagen? »Möchtest du etwas trinken?«

»Wie war Ihr Leben?«, fragte ich. »Wie mein Leben war?« »Ja, genau. Wie war Ihr Leben?« Er schrieb: »Ich weiß nicht, wie mein Leben war.« »Sie müssen doch wissen, wie Ihr Leben war!« Er zuckte mit den Schultern, genau wie Dad. »Wo sind Sie aufgewachsen?« Er zuckte mit den Schultern. »Na gut. Haben Sie Geschwister?« Er zuckte mit den Schultern. »Was machen Sie beruflich? Oder – wenn Sie schon pensioniert sind – was *haben* Sie beruflich gemacht?« Er zuckte mit den Schultern. Ich zerbrach mir den Kopf über eine Frage, auf die er nicht keine Antwort wusste. »Sind Sie ein Mensch?« Er blätterte zurück und zeigte auf: »Tut mir Leid.«

Ich hatte Oma nie dringender gebraucht als in diesem Moment.

Ich fragte den Mieter: »Darf ich Ihnen etwas aus meinem Leben erzählen?«

Er öffnete die linke Hand.

Also legte ich mein Leben hinein.

Ich stellte mir vor, er wäre Oma, und ich fing ganz von vorn an.

Ich erzählte ihm vom Smoking auf dem Stuhl und dass ich die Vase zerbrochen und den Schlüssel gefunden hatte, ich erzählte ihm vom Schlüsseldienst und vom Umschlag und vom Laden für Künstlerbedarf. Ich erzählte ihm von der Stimme Aaron Blacks, und ich erzählte ihm, dass ich fast Abby Black geküsst hätte. Sie hatte sich nicht geweigert, sondern nur gesagt, dass sie es für keine gute Idee halte. Ich erzählte ihm von Abe Black in Coney Island, von Ada Black mit ihren zwei Picassos und von den Vögeln, die an Mr Blacks Fenster vorbeigeflogen waren. Ihr Flügelschlag war das Erste, was er seit mehr als zwanzig Jahren gehört hatte. Dann gab es noch Bernie Black, der zwar einen Blick auf den Gramercy Park, aber keinen Schlüssel dafür hatte, was nach seinen Worten schlimmer war, als eine kahle Hauswand vor der Nase zu haben. Chelsea Black war braun gebrannt, hatte aber einen blassen Kreis um den Ringfinger, weil sie sofort nach den Flitterwochen die Scheidung eingereicht hatte, Don Black war unter anderem Tierschützer, und Eugene Black besaß unter anderem eine Münzsammlung. Fo Black wohnte in der Canal Street, die früher ein richtiger Kanal gewesen war. Er sprach nicht gut Englisch, denn er hatte nie einen Anlass dafür gehabt, da er Chinatown seit seiner Auswanderung aus Taiwan nicht verlassen hatte. Während unseres Gesprächs stellte ich mir die ganze Zeit das Wasser auf der anderen Seite des Fensters vor, als wären wir in einem Aquarium. Er bot mir eine Tasse Tee an, aber ich mochte gerade nicht, aber ich trank sie trotzdem, weil ich nicht unhöflich sein wollte. Ich fragte ihn, ob er New York wirklich liebe oder sein T-Shirt nur so trage. Er antwortete mit einem Lächeln, das irgendwie nervös wirkte. Ich wusste, dass er meine Frage nicht verstanden hatte, und aus irgendeinem Grund hatte ich plötzlich Schuldgefühle, weil ich Englisch gesprochen hatte. Ich zeigte auf sein T-Shirt. »Lieben. Sie. New. York. Wirklich?« Er sagte: »New York?« Ich sagte: »Ihr. T. Shirt.« Er senkte den Blick auf sein Shirt. Ich zeigte auf das N und sagte: »New«, und ich zeigte auf das Y und sagte: »York.« Er sah aus, als wäre er verwirrt oder überrascht oder als wäre es ihm peinlich oder als wäre er möglicherweise sogar sauer. Ich wusste nicht genau, was in ihm vorging, weil ich die Sprache seiner Gefühle nicht beherrschte. »Ich nicht wusste, war New York. Auf Chinesisch, *ny* heißt ›du‹. Ich glaubte, war: ›Ich liebe du‹.« Erst da bemerkte ich das »I♥NY«-Poster an der Wand und den »I♥NY«-Wimpel über der Tür und die »I♥NY«-Brotdose auf dem Küchentisch und die »I♥NY«-Geschirrhandtücher am Haken. Ich fragte ihn: »Warum lieben Sie denn jeden so?«

Georgia Black aus Staten Island hatte ihr Wohnzimmer in ein Museum für ihren Mann verwandelt. Sie hatte Fotos von ihm als Kind und sein allererstes Paar Schuhe und seine alten Zeugnisse, die nicht so gut waren wie meine, aber wie auch immer. »Ihr seid die ersten Besucher seit mehr als einem Jahr«, sagte sie und zeigte uns einen hübschen, goldenen Orden, der in einem mit Samt ausgeschlagenen Kästchen lag. »Er war Offizier bei der Marine, und ich war unglaublich gern eine Seemannsbraut. Alle paar Jahre mussten wir an irgendeinen exotischen Ort umziehen. Ich konnte nie groß Wurzeln schlagen, aber es war toll. Wir haben zwei Jahre auf den Philippinen gelebt.« »*Cool*«, sagte ich, und Mr Black stimmte ein Lied in einer krassen Sprache an, vermutlich Philippinisch. Sie zeigte uns ihr Hochzeitsalbum, immer ein Foto nach dem anderen, und sagte: »War ich damals nicht schlank und hübsch?« Ich erwiderte: »Ja, das waren Sie.« Mr Black sagte: »Und das sind Sie.« Sie sagte: »Was seid ihr beiden doch für Herzchen!« Ich sagte: »Ja, das sind wir.«

»Das hier ist der Golfschläger, mit dem er damals auf einen Schlag eingelocht hat. Darauf war er wahnsinnig stolz. Er hat wochenlang von nichts anderem geredet. Das hier ist das Ticket unseres Fluges nach Maui, Hawaii. Ich sage das nicht, um anzugeben, aber es war unser dreißigster Hochzeitstag. Dreißig Jahre. Wir wollten unser Ehegelübde erneuern. Wie in einem romantischen Roman. Sein Handgepäck war voller Blumen, Gott segne ihn. Er wollte mich im Flugzeug damit überraschen, aber ich schaute auf den Bildschirm, als seine Tasche durchleuchtet wurde, und ob ihr es glaubt oder nicht – ich sah einen tiefschwarzen Blumenstrauß. Wie die Schatten von Blumen. Was bin ich doch für eine glückliche Frau.« Sie wischte unsere Fingerabdrücke mit einem Lappen weg.

Wir hatten vier Stunden für den Weg zu ihr gebraucht.

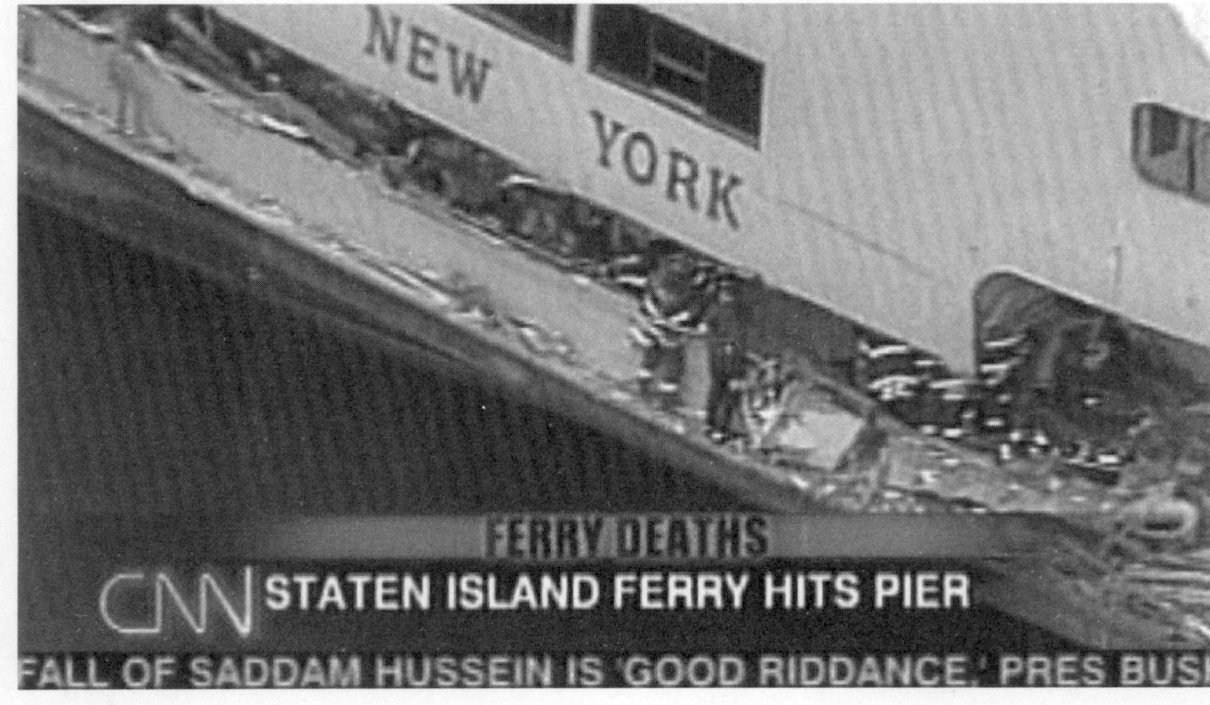
NEW
YORK
FERRY DEATHS
CNN
STATEN ISLAND FERRY HITS PIER
FALL OF SADDAM HUSSEIN IS 'GOOD RIDDANCE,' PRES BUS

Zwei davon gingen drauf, weil mich Mr Black überreden musste, die Staten-Island-Fähre zu nehmen. Davon abgesehen, dass sie ein potenzielles Ziel für Terroranschläge war, hatte es auch kürzlich ein Fährunglück gegeben, und in mein *Was-ich-erlebt-habe*-Album hatte ich Fotos von Menschen geklebt, die Arme und Beine verloren hatten. Außerdem mochte ich keine Wasserflächen. Und Boote mochte ich auch nicht besonders. Mr Black fragte mich, wie ich mich abends im Bett fühlen würde, wenn ich die Fähre nicht bestiege. Ich erwiderte: »Ich hätte wahrscheinlich Bleifüße.« »Und wie würdest du dich fühlen, wenn du es getan hättest?« »Große Klasse.« »Also?« »Aber was ist, wenn ich auf der Fähre *bin*? Was ist, wenn sie sinkt? Was ist, wenn mich jemand über Bord stößt? Was ist, wenn sie von einer tragbaren Rakete getroffen wird? Dann gibt es heute Abend keinen Abend mehr.« Er sagte: »Wenn das passiert, merkst du sowieso nichts mehr.« Daraufhin überdachte ich die Sache doch noch einmal.

»Das hier ist ein Zeugnis, das ihm der befehlshabende Offizier ausgestellt hat«, sagte Georgia und tippte auf die Vitrine. »Es ist beispielhaft. Das hier ist die Krawatte, die er bei der Beerdigung seiner Mutter trug. Gott hab sie selig, denn sie war ein reizender Mensch. Reizender als viele andere Menschen. Und das hier ist ein Foto des Hauses, in dem er aufgewachsen ist. Das war natürlich lange vor unserer ersten Begegnung.« Sie tippte auf jede Vitrine und wischte dann gleich ihre Fingerabdrücke weg, es war ganz ähnlich wie bei einem Möbius-Band. »Das hier sind die Briefe, die er mir aus dem College geschrieben hat. Das hier ist sein Zigarettenetui von damals, als er noch geraucht hat. Das hier ist sein ›Purple Heart‹.«

Aus nahe liegenden Gründen bekam ich langsam Bleifüße, denn wo waren *ihre* Sachen? Wo waren *ihre* Schuhe, wo war *ihr* Diplom? Wo waren die Schatten *ihrer* Blumen? Ich fasste den

Beschluss, sie nicht nach dem Schlüssel zu fragen, weil ich sie im Glauben lassen wollte, dass wir nur wegen ihres Museums gekommen waren, und ich glaube, Mr Black hatte die gleiche Idee. Ich beschloss im Stillen, sie erst wieder zu besuchen und ihr vielleicht ein paar Fragen zu stellen, wenn wir mit der Liste durch waren und nichts herausgefunden hatten. »Das hier sind seine Babyschuhe.«

Aber dann fragte ich mich Folgendes: Sie hatte gesagt, wir seien die ersten Besucher seit einem knappen Jahr. Dad war vor etwas mehr als einem Jahr gestorben. War *er* der letzte Besucher vor uns gewesen?

»Hallo, alle zusammen«, sagte ein Mann in der Tür. Er hielt zwei dampfende Becher in den Händen, und seine Haare waren nass. »Ach, du bist schon wach!«, sagte Georgia und nahm den Becher, auf dem »Georgia« stand. Sie gab ihm einen dicken Kuss, und ich dachte: *Was in? Was zum?* »Das ist er«, sagte sie. »Das ist wer?«, fragte Mr Black. »Mein Mann«, sagte sie und es klang fast, als wäre er ein weiteres Objekt in der Ausstellung über sein Leben. Wir standen alle vier da und lächelten uns an, und dann sagte der Mann: »Ich nehme an, dass ihr jetzt mein Museum sehen möchtet.« Ich erwiderte: »Haben wir gerade. Es ist toll.« Er sagte: »Nein, Oskar, das ist *ihr* Museum. Meines ist nebenan.«

Vielen Dank für Ihren Brief. Da ich sehr
viel Post bekomme, kann ich nicht alles
persönlich beantworten. Trotzdem lese ich
sämtliche Briefe und bewahre sie in der
Hoffnung auf, sie eines Tages gebührend
beantworten zu können.
Bis dahin mit freundlichen Grüßen,
Ihr Stephen Hawking

Die Woche verging wie im Flug. Iris Black. Jeremy Black. Kyle Black. Lori Black … Mark Black musste weinen, als er die Tür öffnete und uns erblickte, denn er wartete darauf, dass jemand zu ihm zurückkehrte, und jedes Mal, wenn bei ihm geklopft wurde, hoffte er unwillkürlich, es könnte jener Mensch sein, obwohl er wusste, dass er die Hoffnung besser begrub.

Von Nancy Blacks Mitbewohnerin erfuhren wir, dass Nancy gerade bei der Arbeit im Coffee Store in der Neunzehnten Straße sei, also gingen wir dorthin und ich erklärte ihr, dass Kaffee im Gegensatz zur landläufigen Meinung mehr Koffein als Espresso enthalte, weil das Wasser wesentlich länger in Berührung mit dem Kaffeepulver sei. Das sei ihr neu, meinte sie. »Wenn er das sagt, muss es stimmen«, sagte Mr Black und tätschelte meinen Kopf. Ich erzählte ihr: »Wussten Sie auch schon, dass Sie genug Energie erzeugen, um eine Tasse Kaffee kochen zu können, wenn Sie neun Jahre lang ständig brüllen?« Sie sagte: »Ist mir auch neu.« Ich sagte: »Und genau deshalb sollte man direkt neben der *Achterbahn* auf Coney *Island* einen *Coffee Shop* einrichten! Verstehen Sie?« Ich musste lachen, aber ich lachte allein. Sie fragte uns nach unseren Wünschen. Ich sagte: »Einen Eiskaffee, bitte.« Sie fragte: »Groß oder klein?« Ich sagte: »Vente, und könnten Sie bitte Kaffeeeiswürfel hineintun, damit er nicht zu dünn wird, wenn die Eiswürfel schmelzen?« Sie erwiderte, dass sie keine Kaffeeeiswürfel hätten. Ich sagte: »*Genau das ist der Punkt.*« Mr Black sagte: »Ich komme lieber gleich zur Sache«, und das tat er. Ich ging in die Toilette und verpasste mir einen blauen Fleck.

Ray Black saß im Gefängnis, deshalb konnten wir nicht mit ihm reden. Ich recherchierte ein bisschen im Internet und fand heraus, dass er im Gefängnis saß, weil er zwei Kinder vergewaltigt und anschließend ermordet hatte. Es gab auch Fotos der toten Kinder, und obwohl ich wusste, dass es mir bloß wehtun würde, wenn ich sie anschaute, schaute ich sie an. Ich druckte sie aus und steckte sie in mein *Was-ich-erlebt-habe*-Album, gleich hinter das Foto von Jean-Pierre Haigneré, dem französischen Astronauten, der nach der Rückkehr von der Raumstation Mir aus seinem Raumschiff getragen werden musste, weil die Schwerkraft uns nicht nur hinfallen lässt, sondern auch unsere Muskeln stärkt. Ich schrieb einen Brief an Ray Black ins Gefängnis, bekam aber nie eine Antwort. Insgeheim hoffte ich, dass er nichts mit der Sache zu tun hatte, aber ich stellte mir trotzdem vor, dass es der Schlüssel zu seiner Gefängniszelle war.

Ruth Black hatte als Adresse das sechsundachtzigste Stockwerk des Empire State Building, und das fanden sowohl ich als auch Mr Black unglaublich krass, denn wir hatten bis dahin nicht gewusst, dass dort wirklich jemand wohnte. Ich sagte Mr Black, ich hätte schreckliche Angst, und er meinte, es sei völlig in Ordnung, schreckliche Angst zu haben. Ich sagte ihm, ich hätte das Gefühl, es nicht zu schaffen, und er meinte, es sei völlig in Ordnung, dass ich das Gefühl hätte, es nicht zu schaffen. Ich sagte ihm, dass ich vor nichts größere Angst hätte. Er meinte, das könne er gut verstehen. Ich wollte eigentlich, dass er mir widersprach, und da er es nicht tat, konnte ich mich auch nicht mit ihm streiten. Ich sagte, ich wolle unten in der Lobby auf ihn warten, und er sagte: »Gut.« »Okay, okay«, sagte ich, »ich komme mit.«

Bei der Fahrt im Fahrstuhl hört man Informationen über das Gebäude, was ziemlich faszinierend ist, und normalerweise hätte ich mir ein paar Notizen gemacht, aber ich musste mich mit aller Kraft darauf konzentrieren, tapfer zu bleiben. Ich drückte Mr Blacks Hand, und ich konnte nicht anders, als mir unaufhörlich alles Mögliche auszumalen: Die Fahrstuhlkabel rissen, der Fahrstuhl stürzte ab, unten war ein Trampolin, wir schossen wieder nach oben, das Dach tat sich auf wie der Deckel einer Cornflakes-Packung, wir flogen in eine Ecke des Universums, über die nicht einmal Stephen Hawking Bescheid wusste …

Als die Fahrstuhltür aufglitt, betraten wir die Aussichtsplattform. Da wir nicht genau wussten, nach wem wir Ausschau halten sollten, sahen wir uns einfach ein bisschen um. Obwohl ich wusste, dass der Ausblick unglaublich schön ist, spielte mein Gehirn wieder verrückt, und ich sah die ganze Zeit direkt unter uns ein Flugzeug auf das Gebäude zusausen. Ich wollte es nicht sehen, aber ich konnte nicht anders. Ich stellte mir die letzten Sekunden vor, in denen ich das Gesicht des Piloten sah, der ein Terrorist war. Ich stellte mir vor, wie wir einander in die Augen schauten, als die Nase des Flugzeugs nur noch Millimeter vom Gebäude entfernt war.

Ich hasse dich, würde er in meinen Augen lesen.

Ich hasse dich, würde ich in seinen Augen lesen.

Dann würde es eine gewaltige Explosion geben, und das Gebäude würde schwanken, als wollte es umkippen, so habe ich es jedenfalls in den Beschreibungen im Internet gelesen, obwohl ich wünschte, sie nicht gelesen zu haben. Dann würde Rauch zu mir aufsteigen, und überall würden plötzlich die Leute schreien. Ich hatte die Schilderung eines Mannes gelesen, der es fünfundachtzig Treppen weit nach unten geschafft hatte, also mindestens zweitausend Stufen, und wie er berichtete, hatten die Leute »Hilfe!« und »Ich will nicht sterben!« geschrien, und ein Firmenboss hatte »Mama!« gerufen.

Es würde so heiß werden, dass ich Brandblasen bekäme. Es täte so gut, der Hitze zu entkommen, aber andererseits wäre ich tot, wenn ich unten auf den Bürgersteig knallte, versteht sich von selbst. Für was würde ich mich entscheiden? Für den Sprung oder für das Verbrennen? Wahrscheinlich für den

Sprung, weil ich dann keine Schmerzen mehr hätte. Aber vielleicht würde ich auch lieber verbrennen, weil ich dann doch noch eine Chance hätte zu entkommen, und selbst wenn ich die Chance nicht hätte, wäre es wohl besser, Schmerzen zu haben, als überhaupt nichts mehr zu fühlen, oder?

Mir fiel mein Handy ein.

Ich hatte noch ein paar Sekunden.

Wen sollte ich anrufen?

Was sollte ich sagen?

Ich dachte an alles, was man einander je sagt, und ich dachte daran, dass jeder sterben muss, ob in einer Millisekunde oder in Tagen oder Monaten oder, wenn man gerade geboren worden ist, in 76,5 Jahren. Alles, was geboren ist, muss sterben, und das heißt, dass unsere Leben wie Wolkenkratzer sind. Der Rauch steigt unterschiedlich schnell auf, aber alle stehen in Flammen, und wir sitzen alle in der Falle.

Von der Aussichtsplattform des Empire State Building hat man einen herrlichen Blick. Ich habe mal irgendwo gelesen, dass die Leute unten auf der Straße wie Ameisen aussehen, aber das stimmt nicht. Sie sehen aus wie winzige Menschen. Und die Autos sehen aus wie winzige Autos. Und selbst die Gebäude sind winzig. Man hat das Gefühl, als wäre New York eine Miniaturnachbildung von New York, und das ist schön, weil man so sehen kann, wie es wirklich ist, anders, als wenn man mitten darin steht. Dort oben ist man extrem einsam, und man fühlt sich weit weg von allem. Außerdem hat man Angst, weil man auf so viele Arten sterben kann. Aber zugleich fühlt man sich sicher, weil einen so viele Menschen umgeben. Ich hatte immer eine Hand an der Mauer, als ich vorsichtig von einem Aussichtspunkt zum nächsten ging. Ich sah alle Schlösser, die ich bisher zu öffnen versucht hatte, und auch die 161 999 831, die ich noch nicht ausprobiert hatte.

Ich ging in die Knie und kroch zu einem der Fernrohre. Ich klammerte mich daran fest und zog mich hoch, und dann holte ich einen Vierteldollar aus dem Kleingeldspender, den ich am Gürtel trug. Als die Metallverschlüsse des Fernrohrs aufglitten, waren weit entfernte Dinge plötzlich unglaublich nah, zum Beispiel das Woolworth Building und der Union Square und das riesige Loch, wo einst das World Trade Center gestanden hatte. Ich schaute in das Fenster eines Bürogebäudes, das ungefähr zehn Blocks entfernt war. Ich brauchte ein paar Sekunden, um die Linse scharf zu stellen, aber dann konnte ich einen Mann sehen, der an seinem Schreibtisch saß und etwas schrieb. Was er wohl schrieb? Er sah überhaupt nicht aus wie Dad, aber er erinnerte mich an Dad. Ich drückte mein Gesicht dichter ans Fernrohr, und meine Nase drückte sich auf das kalte Metall. Er war Linkshänder, genau wie Dad. Hatte er wie Dad eine Lücke zwischen den Vorderzähnen? Ich hätte gern gewusst, was er gerade dachte. Wen vermisste er? Was bereute er? Meine Lippen berührten das Metall, es war wie ein Kuss.

Mr Black betrachtete gerade den Central Park. Ich sagte zu ihm, ich wolle wieder nach unten. »Und was ist mit Ruth?« »Wir können ein anderes Mal wiederkommen.« »Aber da wir nun einmal hier sind?« »Ich mag jetzt nicht.« »Es dauert doch nur ein paar ...« »Ich will nach Hause.« Vermutlich merkte er, dass ich kurz davor war zu heulen. »Gut«, sagte er, »gehen wir nach Hause.«

Wir stellten uns am Ende der Schlange für den Fahrstuhl an.

Ich betrachtete die Leute und fragte mich, wo sie herkamen und wen sie vermissten und was sie bereuten.

In der Schlange standen eine dicke Frau mit einem dicken Kind, ein Japaner mit zwei Kameras und ein Mädchen an Krücken, auf dessen Gips sich eine Menge Leute verewigt hatten. Ich hatte das krasse Gefühl, Dads Handschrift zu entdecken,

wenn ich mir den Gips genauer anschaute. Vielleicht hatte er geschrieben: »Gute Besserung.« Oder einfach nur seinen Namen. Uns gegenüber stand eine alte Frau. Sie starrte mich an, und das war mir peinlich. Sie hielt ein Klemmbrett in der Hand, aber ich konnte nicht sehen, was darauf geklemmt war, und sie trug altmodische Kleider. Ich schwor mir, nicht als Erster wegzuschauen, tat es aber doch. Ich zupfte Mr Black am Ärmel und machte ihn auf sie aufmerksam. »Weißt du was?«, flüsterte er. »Was?« »Ich wette, das ist sie.« Aus irgendeinem Grund wusste ich, dass er Recht hatte. Aber ich ahnte nicht, dass wir beide jeweils etwas anderes in ihr sahen und suchten.

»Sollen wir sie ansprechen?« »Denke schon.« »Aber wie?« »Keine Ahnung.« »Geh einfach hin und sag Hallo.« »Man kann nicht einfach hingehen und Hallo sagen.« »Sag ihr die Uhrzeit.« »Aber sie hat mich doch gar nicht nach der Uhrzeit gefragt.« »Dann frag sie eben nach der Uhrzeit.« »Machen Sie das doch.« »Mach *du* es.« Weil wir uns so stritten, merkten wir gar nicht, dass sie sich längst neben uns gestellt hatte. »Wie ich sehe, überlegen Sie gerade, ob Sie gehen sollen«, sagte sie, »aber vielleicht interessiert Sie eine ganz besondere Führung durch dieses ganz besondere Gebäude?« »Wie heißen Sie?«, fragte ich. Sie sagte: »Ruth.« Mr Black sagte: »Wir sind ganz wild auf eine Führung.«

Sie lächelte, holte tief Luft und begann, beim Gehen zu reden. »Baubeginn des Empire State Building war im März 1930 an der Stelle, an der das alte Waldorf-Astoria-Hotel gestanden hatte, Fifth Avenue Nr. 350, 34. Straße. Ein Jahr und fünfundvierzig Tage später war es fertig – sieben Millionen Arbeitsstunden, einschließlich Sonn- und Feiertagen. Alles am Gebäude war so angelegt, dass der Bau möglichst zügig vorangehen konnte – man verwendete so viele Fertigbauteile wie möglich –, sodass man jede Woche viereinhalb Stockwerke schaffte. Für den Rohbau brauchte man ein knappes halbes Jahr.« Das war kürzer als meine Suche nach dem Schloss bisher.

Sie holte Luft.

»Der ursprüngliche Entwurf des Architekturbüros Shreve, Lamb & Harmon Associates sah sechsundachtzig Stockwerke vor, aber man setzte noch einen fünfzig Meter hohen Ankermast für Zeppeline darauf. Heute wird er als Sendemast für Radio und Fernsehen benutzt. Die Kosten für das Gebäude, einschließlich des Grundstücks, auf dem es steht, betrugen $ 40 948 000. Die Kosten für das Gebäude selbst betrugen $ 24 718 000, aufgrund der gesunkenen Lohn- und Materialkosten während der Großen Depression weniger als die Hälfte der veranschlagten $ 50 000 000.« Ich fragte: »Was war das, die Große Depression?« Mr Black sagte: »Erkläre ich dir später.«

»Bis zum Bau des World Trade Centers im Jahr 1972 war das Empire State Building mit knapp 420 Metern das höchste Gebäude der Welt. Nach seiner Eröffnung erwies sich die Suche nach Mietern als so schwierig, dass es von den New Yorkern Empty State Building genannt wurde.« Ich musste lachen. »Das Gebäude wurde nur durch diese Aussichtsplattform vor dem Bankrott bewahrt.« Mr Black gab der Wand einen Klaps, als wäre er stolz auf die Aussichtsplattform.

»Das Empire State Building wird von 60 000 Tonnen Stahl gehalten. Es besitzt ungefähr 6500 Fenster und 10 000 000 Backsteine, und sein Gewicht beträgt etwa 365 000 Tonnen.« »Ziemlich hoher Betrag«, sagte ich. »Die Fassade dieses Wolkenkratzers besteht aus mehr als 165 000 Quadratmetern Marmor und Kalkstein aus Indiana. Für das Innere wurde Marmor aus Frankreich, Italien, Deutschland und Belgien verwendet. Tatsächlich besteht das berühmteste Gebäude von New York aus Baustoffen, die von überall herstammen, nur nicht aus New York selbst, ganz ähnlich, wie die Stadt durch ihre Einwanderer groß geworden ist.« »Sehr richtig«, sagte Mr Black und nickte.

»Im Empire State Building wurden Dutzende Filme gedreht, hier hielten ausländische Würdenträger ihre Empfänge ab, und 1945 schlug sogar ein Bomber im neunundsiebzigsten Stock ein.« Ich dachte an fröhliche, sichere Dinge wie den Reißverschluss hinten auf Moms Kleid oder dass Dad immer ein Glas Wasser hatte trinken müssen, wenn er zu lange gepfiffen hatte. »Einmal ist ein Fahrstuhl abgestürzt. Es wird Sie freuen, dass der Passagier durch die Notbremsen gerettet wurde.« Mr Black drückte meine Hand. »Und apropos Fahrstühle – es gibt insgesamt siebzig in diesem Gebäude, darunter sechs Lastenaufzüge. Sie erreichen Geschwindigkeiten zwischen 200 und 500 Metern pro Sekunde. Wenn Sie wollen, können Sie natürlich auch die 1.860 Stufen von der Straße bis hier oben hinaufsteigen.« Ich wollte wissen, ob man die Stufen auch hinuntersteigen dürfe.

»An einem so klaren Tag wie heute kann man achtzig Meilen weit sehen – bis nach Connecticut. Seit der Eröffnung der Aussichtsplattform im Jahr 1931 haben fast 110 Millionen Besucher den atemberaubenden Blick auf die Stadt genossen. Jedes Jahr besuchen 3,5 Millionen Menschen das sechsundachtzigste Stockwerk, um dort zu sein, wo Cary Grant in *Eine denkwürdige Affäre* vergeblich auf Deborah Kerr wartete und wo die schicksalhafte Begegnung zwischen Tom Hanks und Meg Ryan im Film *Schlaflos in Seattle* stattfand. Außerdem ist die Aussichtsplattform behindertengerecht.«

Ruth Black verstummte und legte sich eine Hand aufs Herz.

»Alles in allem verkörpert das Empire State Building die Atmosphäre und den Geist New Yorks. Von den Menschen, die sich hier ineinander verliebt haben, bis zu jenen, die mit ihren Kindern und Kindeskindern wieder hierher gekommen sind, ist allen bewusst, dass es sich bei diesem Gebäude nicht nur um ein Ehrfurcht einflößendes Wahrzeichen mit einem der großartigsten Ausblicke der Welt handelt, sondern auch um ein unerreichtes Symbol dessen, was Amerika zu leisten imstande ist.«

Sie verbeugte sich. Wir klatschten.

»Habt ihr noch eine Minute Zeit, ihr jungen Männer?«

»Wir haben noch jede Menge Minuten Zeit«, sagte Mr Black.

»Denn das war zwar das Ende der offiziellen Führung, aber es gibt ein paar Dinge an diesem Gebäude, die mir besonders am Herzen liegen, und ich teile sie nur mit Menschen, die meinem Gefühl nach ein echtes Interesse daran haben.« Ich erwiderte: »Wir haben ein waschechtes Interesse daran.«

»Der schwenkbare Ankermast, inzwischen der Sockel des Fernsehturms, gehörte von Anfang an zum Gebäude. Ein Versuch, mit einem privaten Luftschiff anzudocken, verlief erfolgreich. Aber im September 1931 wäre ein Luftschiff der Marine bei einem weiteren Versuch beinahe umgekippt und hätte die Honoratioren, die dem historischen Unterfangen beiwohnten, um ein Haar vom Dach gefegt. Das Wasser aus den Ballasttanks des Luftschiffs durchnässte die Fußgänger noch mehrere Häuserblocks entfernt. Die Idee mit dem Ankermast wurde endgültig aufgegeben, obwohl sie sehr romantisch war.« Ruth setzte sich wieder in Bewegung, und wir folgten ihr. Ich fragte mich, ob sie auch weitergeredet hätte, wenn wir ihr nicht gefolgt wären. Ich wusste nicht, ob sie die Führung für uns oder für sich selbst oder aus einem völlig anderen Grund machte.

»Während der Vogelwanderungen im Frühling und Herbst werden die Scheinwerfer, die den Wolkenkratzer anstrahlen, in nebeligen Nächten ausgeschaltet, damit die Vögel nicht die Orientierung verlieren und gegen Fenster knallen.« Ich fügte hinzu: »Jedes Jahr sterben zehntausend Vögel, weil sie gegen

Fenster fliegen«, denn diese Zahl hatte ich zufällig gefunden, als ich wegen der Fenster der Twin Towers recherchiert hatte. »Das sind viele Vögel«, sagte Mr Black. »Und viele Fenster«, sagte Ruth. Ich erwiderte: »Ja, und deshalb habe ich mir ein Gerät ausgedacht, das Vögel ortet, wenn sie einem Gebäude unglaublich nah sind, und das an einem anderen Wolkenkratzer einen extrem lauten Vogelschrei auslöst, und von diesem Schrei werden die Vögel angelockt. Sie schwirren von einem Wolkenkratzer zum anderen.« »Wie beim Flippern«, sagte Mr Black. »Was ist Flippern?«, fragte ich. »Aber dann würden die Vögel Manhattan nie verlassen«, sagte Ruth. »Das wäre doch toll«, erwiderte ich, »weil man sich dann voll auf die Vogelfutter-Hemden verlassen könnte.« »Darf ich die zehntausend Vögel bei meinen künftigen Führungen verwenden?« Ich erwiderte, dass sie ja nicht mir gehörten.

»Da es ein natürlicher Blitzableiter ist, wird das Empire State Building jedes Jahr bis zu fünfhundert Mal vom Blitz getroffen. Bei Gewitter wird der äußere Teil der Aussichtsplattform geschlossen, aber der innere Teil bleibt offen. Die statische Elektrizität, die sich oben auf dem Gebäude aufbaut, ist so gewaltig, dass einem Elmsfeuer aus den Fingerspitzen sprühen, wenn man bei den richtigen Wetterbedingungen die Hände durch den Sicherheitszaun steckt.« »Elmsfeuer sind *sooo* irre!« »Wenn sich Liebende hier oben küssen, kann es passieren, dass ihre Lippen vor Elektrizität Funken sprühen.« Mr Black sagte: »Das gefällt mir am besten.« Sie sagte: »Mir auch.« Ich sagte: »Mir gefällt das Elmsfeuer am besten.« »Das Empire State Building steht auf 40 Grad, 44 Minuten, 53,977 Sekunden nördlicher Länge und 73 Grad, 59 Minuten, 10,812 Sekunden westlicher Breite. Vielen Dank.«

»Das war wunderbar«, sagte Mr Black. »Danke«, sagte sie. Ich fragte sie, woher sie ihr Wissen habe. Sie sagte: »Ich weiß so gut über dieses Gebäude Bescheid, weil ich es sehr liebe.« Von dieser Antwort bekam ich Bleifüße, weil sie mich an das Schloss erinnerte und weil ich Dad erst dann richtig liebte, wenn ich es gefunden hatte. »Was ist das Besondere an diesem Gebäude?«, fragte Mr Black. Sie sagte: »Wenn ich die Antwort wüsste, wäre es keine echte Liebe, oder?« »Sie sind eine großartige Frau«, sagte er und fragte sie dann, woher ihre Familie stamme. »Ich wurde in Irland geboren. Meine Familie ist ausgewandert, als ich ein junges Mädchen war.« »Und Ihre Eltern?« »Meine Eltern waren Iren.« »Und Ihre Großeltern?« »Iren.« »Das sind ja wunderbare Neuigkeiten«, sagte Mr Black. »Warum?«, fragte sie, und das fragte ich mich auch. »Weil meine Familie nichts mit Irland zu tun hat. Wir sind damals mit der Mayflower herübergekommen.« Ich sagte: »*Cool.*« Ruth sagte: »Ich weiß immer noch nicht genau, was Sie meinen.« Mr Black sagte: »Wir sind nicht miteinander verwandt.« »Warum sollten wir miteinander verwandt sein?« »Weil wir denselben Nachnamen haben.« Insgeheim dachte ich: *Fakt ist doch, dass sie ihren Nachnamen noch gar nicht genannt hat. Und selbst wenn sie Black heißen würde, warum fragt sie dann nicht, woher er ihren Nachnamen kennt?* Mr Black nahm sein Barett ab und ließ sich im Zeitlupentempo auf ein Knie sinken. »Auch wenn ich damit riskiere, zu offen zu sein, hoffe ich, eines Nachmittags das Vergnügen Ihrer Gesellschaft zu haben. Sollten Sie ablehnen, wäre ich zwar enttäuscht, aber in keiner Weise beleidigt.« Sie wandte ihr Gesicht ab. »Entschuldigung«, sagte er, »ich hätte den Mund halten sollen.« Sie sagte: »Ich bleibe hier oben.«

Mr Black sagte: »*Was zum?*« »Ich bleibe hier oben.« »Die ganze Zeit?« »Ja.« »Seit wann?« »Oh. Schon lange. Seit Jahren.« Mr Black sagte: »Hammerhart!« Ich fragte sie, wie. »Was meinst du mit ›wie‹?« »Wo schlafen Sie?« »In schönen Nächten schlafe ich draußen. Aber für den Fall, dass es kühl wird, was in dieser

Höhe meist der Fall ist, habe ich in einer der Abstellkammern ein Bett stehen.« »Was essen Sie?« »Hier oben gibt es zwei Snack-Bars. Und wenn ich Lust auf etwas anderes habe, bringt mir einer der jungen Männer manchmal etwas zu essen mit. Wie du weißt, sind die Speisekarten in New York ziemlich abwechslungsreich.«

Ich fragte sie, ob die Leute von ihrer Anwesenheit wüssten. »Welche Leute meinst du?« »Keine Ahnung. Die Leute, denen das Gebäude gehört oder so.« »Seit ich hier bin, hat das Gebäude mehrmals den Besitzer gewechselt.« »Und was ist mit den Arbeitern?« »Die Arbeiter kommen und gehen. Die Neuen sehen, dass ich hier bin, und gehen davon aus, dass ich hierher gehöre.« »Man hat Sie nie aufgefordert, das Gebäude zu verlassen?« »Nie.«

»Warum gehen Sie nie hinunter?«, fragte Mr Black. Sie sagte: »Ich fühle mich hier oben wohler.« »Wie kommt es, dass Sie sich hier oben wohler fühlen?« »Das ist schwer zu sagen.« »Was war der Anlass?« »Mein Mann war Vertreter.« »Und?« »Das war noch in den alten Zeiten. Er hat immer etwas verkauft, dieses und jenes. Er liebte Veränderungen im Leben. Und er hatte immer diese herrlich verrückten Ideen. Ein bisschen wie du«, sagte sie zu mir, und ich bekam wieder Bleifüße, denn warum erinnerte ich die Leute immer an jemand anderen? »Eines Tages fand er in einem Laden für ausgemusterte Militärsachen einen Scheinwerfer. Das war kurz nach dem Krieg, und man konnte so ziemlich alles finden. Er schloss ihn an eine Autobatterie an und montierte beides auf den Karren, den er immer hinter sich her zog. Er bat mich, zur Aussichtsplattform des Empire State Building hinaufzufahren, weil er den Scheinwerfer in Abständen auf mich richten wollte, sodass ich wusste, wo er sich auf seinen Verkaufstouren durch New York gerade aufhielt.«

»Hat es geklappt?« »Nicht tagsüber, das nicht. Damit ich das Licht sehen konnte, musste es schon ziemlich dunkel sein, aber sobald ich es sehen konnte, war es phantastisch. Es war, als wären alle Lichter in New York erloschen, alle bis auf seines. So deutlich konnte ich es sehen.« Ich fragte sie, ob sie nicht ein bisschen übertreibe. Sie sagte: »Ich untertreibe.« Mr Black sagte: »Vielleicht war es ja genau, wie sie gesagt hat.«

»Ich kann mich noch an den ersten Abend erinnern. Ich bin hier hochgefahren, und alle schauten überallhin und zeigten auf die Sehenswürdigkeiten. Es gibt ja so unglaublich viel zu sehen. Aber ich war die Einzige, auf die irgendetwas zeigte.« »Irgend*jemand*«, sagte ich. »Ja, irgendetwas, das irgendjemand war. Ich kam mir vor wie eine Königin. Ist das nicht komisch? Ist das nicht dumm?« Ich schüttelte den Kopf. Sie sagte: »Ich kam mir vor wie eine echte Königin. Wenn das Licht erlosch, wusste ich, dass er mit der Arbeit fertig war, und dann bin ich nach unten gefahren und zu ihm heimgekehrt. Nach seinem Tod bin ich wieder hier hinaufgefahren. Dumm, oder?« »Nein«, sagte ich. »Bestimmt nicht.« »Ich habe nicht nach ihm Ausschau gehalten. Ich bin ja kein Mädchen mehr. Aber ich hatte das gleiche Gefühl wie damals, als ich am Tag nach seinem Licht Ausschau hielt. Ich wusste, es war da, ich konnte es nur nicht sehen.« Mr Black trat näher an sie heran.

»Ich habe es nicht ertragen, wieder nach Hause zu fahren«, sagte sie. Ich fragte sie, warum, obwohl ich Angst hatte, etwas Unangenehmes zu erfahren. Sie sagte: »Ich wusste doch, dass er nicht da war.« Mr Black bedankte sich noch einmal für die Führung, aber sie war noch nicht fertig. »An dem Abend habe ich mich in einer Ecke zusammengerollt, in der Ecke dort, und bin eingeschlafen. Vielleicht wollte ich von den Nachtwächtern entdeckt werden. Ich weiß es nicht. Ich bin mitten in der Nacht aufgewacht, und ich war mutterseelenallein. Es

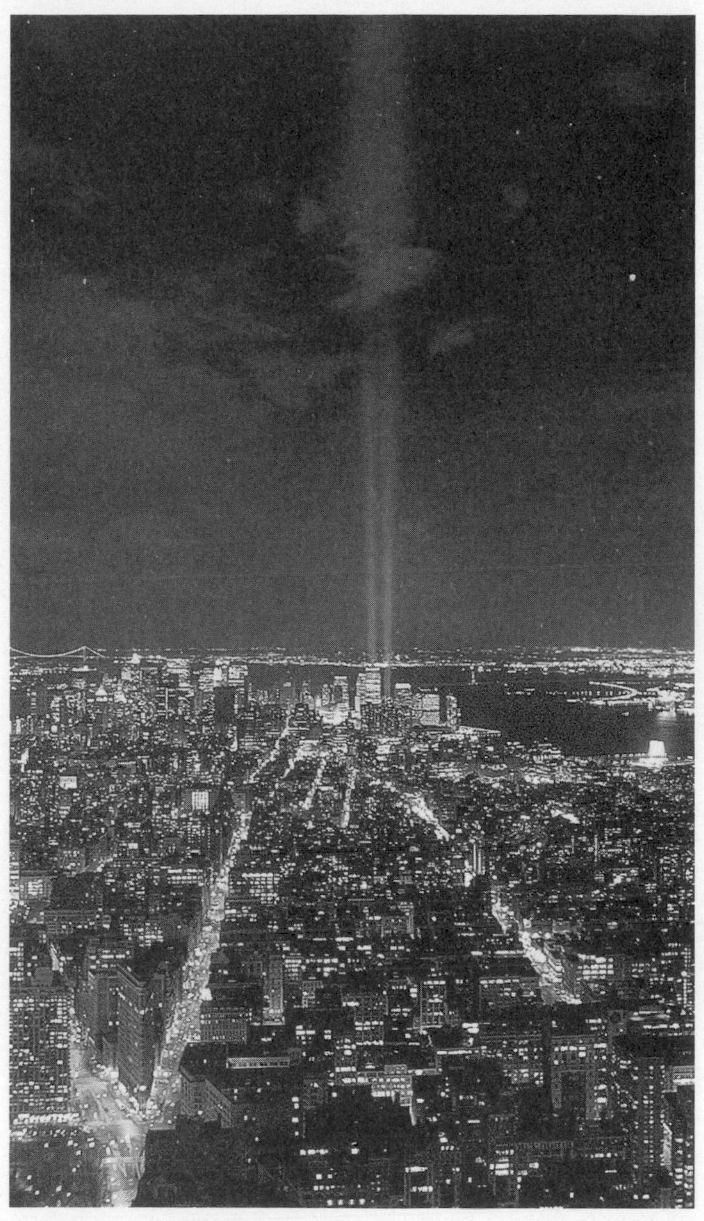

war kalt. Ich hatte Angst. Ich ging zum Geländer. Genau dorthin. Ich war noch nie so allein gewesen. Ich hatte das Gefühl, als wäre das Gebäude plötzlich viel höher geworden. Oder als wäre die Stadt viel dunkler geworden. Aber ich war auch noch nie so lebendig gewesen. Ich war noch nie so lebendig und allein zugleich gewesen.«

»Ich würde Sie nicht drängen, nach unten zu fahren«, sagte Mr Black. »Wir könnten den Nachmittag ja auch hier oben verbringen.« »Ich bin komisch«, sagte sie. »Ich auch«, sagte Mr Black. »Ich bin nicht sehr unterhaltsam. Ich habe Ihnen gerade alles erzählt, was ich weiß.« »Ich bin der größte Langweiler aller Zeiten«, behauptete Mr Black, obwohl es gar nicht stimmte. »Fragen sie ihn«, sagte er und zeigte auf mich. »Stimmt«, sagte ich, »er ödet mich an.« »Sie könnten mir den ganzen Nachmittag von diesem Gebäude erzählen. Das wäre wunderbar. Das ist mein liebster Zeitvertreib.« »Ich habe ja nicht einmal Lippenstift.« »Ich doch auch nicht.« Sie lachte kurz auf und legte sich dann eine Hand auf den Mund, als wäre sie wütend auf sich, weil sie ihre Traurigkeit vergessen hatte.

Es war schon 14:32 Uhr, als ich die 1860 Stufen zur Lobby hinuntergestiegen war, und ich war erschöpft, und Mr Black wirkte auch erschöpft, also fuhren wir direkt nach Hause. Als wir vor Mr Blacks Tür standen – das ist erst ein paar Minuten her –, schmiedete ich schon Pläne für das kommende Wochenende, denn wir mussten nach Far Rockaway und Boerum Hill und Long Island City und, wenn noch Zeit übrig war, auch nach Dumbo, doch er unterbrach mich und sagte: »Hör zu. Oskar?« »Das ist mein Name. Nutzen Sie ihn nicht ab.« »Ich glaube, ich will nicht mehr.« »Was wollen Sie nicht mehr?« »Es war herrlich, dich zu begleiten. Ich habe jede Sekunde genossen. Du hast mich in die Welt zurückgeholt. Mehr hätte niemand für mich tun können. Aber ich glaube, ich will jetzt nicht mehr. Ich hoffe, du verstehst das.« Seine Hand war immer noch ausgestreckt, sie wartete auf meine Hand.

Ich erwiderte: »Nein, das verstehe ich nicht.«

Ich trat gegen seine Tür und sagte: »Sie brechen Ihr Wort.«

Ich gab ihm einen Schubs und schrie: »Das ist unfair!«

Ich stellte mich auf die Zehenspitzen und legte den Mund an sein Ohr und schrie: »Dreckskerl!«

Nein, ich gab ihm die Hand …

»Und dann bin ich sofort hierher gekommen, und jetzt weiß ich nicht, was ich tun soll.«

Als ich dem Mieter die Geschichte erzählt hatte, hatte er immer wieder genickt und mich unverwandt angeschaut. Er schaute mich so eindringlich an, dass ich mich fragte, ob er mir wirklich zuhörte oder stattdessen auf etwas unglaublich Leises horchte, das hinter meinen Worten lag, so ähnlich wie ein Metalldetektor, aber eben nicht für Metall, sondern für die Wahrheit.

Ich sagte zu ihm: »Ich suche jetzt seit sechs Monaten, und ich bin kein bisschen schlauer als vor sechs Monaten. Im Grunde habe ich sogar ein Minus-Wissen, weil ich die ganze Zeit den Französisch-Unterricht bei Marcel geschwänzt habe. Außerdem musste ich gugolplexviele Lügen erzählen, und dabei fühle ich mich auch nicht gerade toll, *und* ich habe jede Menge Leute belästigt, die wahrscheinlich so genervt von mir sind, dass ich mich nie mehr wirklich mit ihnen anfreunden kann, *und* ich vermisse meinen Dad viel mehr als am Anfang meiner Suche, obwohl der *Sinn* der Suche doch eigentlich darin bestehen sollte, ihn *nicht* mehr zu vermissen.«

Ich sagte zu ihm: »Es tut mir langsam viel zu weh.«

Er schrieb: »Was tut dir weh?«

Dann tat ich etwas, das mich selbst überraschte. Ich sagte:

»Warten Sie mal kurz«, und ich sauste die Treppen hinunter, über die Straße und vorbei an Stan, obwohl er sagte: »Du hast Post!«, und die 105 Stufen hinauf. Die Wohnung war leer. Ich wollte wunderschöne Musik hören. Ich wollte Dad pfeifen hören, ich wollte hören, wie sein roter Stift auf dem Papier kratzte, ich wollte, dass das Pendel in seiner Kleiderkammer hin und her schwang, ich wollte, dass er sich gerade die Schuhe zuband. Ich holte das Telefon aus meinem Zimmer. Ich rannte die 105 Stufen wieder hinunter, ohne mich bei Stan aufzuhalten, der zum zweiten Mal sagte: »Du hast Post!«, ich sauste wieder die 72 Stufen hinauf und in Omas Wohnung. Der Mieter stand immer noch da wie zuvor, er stand da, als wäre ich gar nicht weg gewesen oder nie da gewesen. Ich wickelte das Telefon aus dem Schal, den Oma nie fertig bekam, stöpselte es ein und spielte ihm die ersten fünf Nachrichten vor. Er verzog keine Miene. Er sah mich nur an. Nein, im Grunde sah er mich gar nicht an, sondern in mich hinein, als hätte sein Detektor in meinem Inneren eine gewaltige Wahrheit aufgespürt.

»Kein Mensch hat das je gehört«, sagte ich.

»Auch nicht deine Mutter?«, schrieb er.

»Die schon gar nicht.«

Er verschränkte die Arme vor der Brust und schob sich die Hände unter die Achseln, was bei ihm das Gleiche war, als wenn man sich die Hände vor den Mund legt. Ich sagte: »Nicht einmal Oma«, und seine Hände begannen zu zittern wie Vögel, die unter einer Tischdecke gefangen sitzen. Schließlich zog er sie wieder heraus. Er schrieb: »Vielleicht hat er gesehen, was passiert ist, und ist hineingerannt, um jemanden zu retten.« »Bestimmt. So war er.« »War er ein guter Mensch?« »Er war der beste Mensch auf der Welt. Aber er hatte eine Verabredung in dem Gebäude. Außerdem hat er gesagt, dass er aufs Dach gegangen sei, und darum muss er oberhalb der Stelle gewesen sein, wo das Flugzeug eingeschlagen ist, und das bedeutet, dass er nicht hineingerannt ist, um jemanden zu retten.« »Vielleicht hat er das nur so gesagt.« »Warum sollte er?«

»Was für eine Verabredung hatte er denn?« »Er führt doch unseren Familienbetrieb, den Juwelierladen. Er hat ständig irgendwelche Treffen.« »Den Familienbetrieb?« »Mein Opa hat ihn gegründet.« »Wer ist dein Opa?« »Keine Ahnung. Er hat meine Oma schon vor meiner Geburt verlassen. Sie behauptet, dass er mit den Tieren sprechen und Skulpturen machen konnte, die wirklicher als die Wirklichkeit waren.« »Was meinst du dazu?« »Ich bin der Meinung, dass man nicht mit Tieren sprechen kann. Außer vielleicht mit Delphinen. Oder in Zeichensprache mit Schimpansen.« »Was denkst du über deinen Opa?« »Ich denke überhaupt nicht an ihn.«

Er drückte auf ›Play‹ und hörte sich die Nachrichten noch einmal an, und nach der fünften Nachricht drückte ich noch einmal auf ›Stop‹.

Er schrieb: »In der letzten Nachricht klingt er sehr gefasst.« Ich erwiderte: »In *National Geographic* habe ich mal gelesen, dass Tiere panisch werden und völlig durchdrehen, wenn sie *glauben*, sterben zu müssen. Aber sobald sie *wissen*, dass sie sterben, werden sie total ruhig.« »Vielleicht wollte er, dass du dir keine Sorgen machst.« Vielleicht. Vielleicht hatte er nicht gesagt, dass er mich liebte, *weil* er mich liebte. Aber diese Erklärung reichte mir nicht. Ich sagte: »Ich muss wissen, wie er gestorben ist.«

Er blätterte zurück und zeigte auf: »Warum?«

»Damit ich aufhöre, mir vorzustellen, wie er gestorben ist. Das stelle ich mir ständig vor.«

Er blätterte zurück und zeigte auf: »Tut mir Leid.«

»Im Internet habe ich ziemlich viele Videos gefunden, die stürzende Körper zeigen. Sie waren auf einer portugiesischen

Website, und dort konnte man alles Mögliche sehen, was hier nicht gezeigt wurde, obwohl es doch hier bei uns passiert ist. Wenn ich herausfinden will, wie Dad gestorben ist, muss ich die fremden Sprachen immer erst mit einem Übersetzungsprogramm entschlüsseln, etwa ›September‹, der auf Polnisch ›Wrzesién‹ heißt, oder irgendetwas auf Deutsch, zum Beispiel ›Menschen, die aus brennenden Gebäuden springen‹. Ich muss mir die Wörter mit Google suchen. Es macht mich irrsinnig wütend, dass die Menschen überall auf der Welt Dinge wissen, die ich nicht weiß, denn es ist doch *hier* passiert, und es ist *mir* passiert, und darum müsste *ich* es doch wissen, oder?

Ich habe Standbilder der portugiesischen Videos ausgedruckt und mir extrem genau angeschaut. Es gibt einen Körper, der Dad sein könnte. Er trägt ganz ähnliche Sachen, und wenn ich das Bild so stark vergrößere, dass die Pixel alles bis zur Unkenntlichkeit verschwimmen lassen, kann ich manchmal eine Brille erkennen. Das bilde ich mir jedenfalls ein. Aber wahrscheinlich kann ich sie gar nicht erkennen. Ich will einfach nur, dass er es ist.«

»Möchtest du, dass er gesprungen ist?«

»Ich will mir einfach nichts mehr vorstellen müssen. Wenn ich herausfinden könnte, wie er gestorben ist, wenn ich genau wüsste, wie er gestorben ist, müsste ich mir nicht mehr vorstellen, dass er in einem Fahrstuhl umgekommen ist, der zwischen den Stockwerken festsaß, was manchen Menschen passiert ist, und ich müsste mir nicht mehr vorstellen, dass er außen am Gebäude hinuntergeklettert ist wie jemand, den ich in einem polnischen Video gesehen habe, oder dass er versucht hat, ein Tischtuch als Fallschirm zu benutzen, was ein paar Leute, die in Windows of the World festsaßen, tatsächlich getan haben. Man kann auf so viele Arten sterben, und ich muss einfach wissen, wie er gestorben ist.«

Er streckte mir seine Hände hin, als wollte er, dass ich sie nahm. »Sind das Tätowierungen?« Er ballte die rechte Hand. Ich blätterte zurück und zeigte auf: »Warum?« Er zog seine Hände zurück und schrieb: »Sie haben mir die Sache erleichtert. Statt ständig Ja und Nein schreiben zu müssen, kann ich einfach meine Hände zeigen.« »Aber warum nur JA und NEIN?« »Ich habe nur zwei Hände.« »Wie wäre es mit: ›Ich denke darüber nach‹, oder: ›Vermutlich‹, oder: ›Kann sein‹?« Er schloss die Augen und überlegte kurz. Dann zuckte er mit den Schultern, genau wie Dad.

»Sind Sie immer stumm gewesen?« Er zeigte mir die rechte Hand. »Warum sprechen Sie dann nicht?« Er schrieb: »Ich kann nicht.« »Warum nicht?« Er zeigte auf: »Ich kann nicht.« »Sind Ihre Stimmbänder beschädigt oder so?« »Irgendetwas ist beschädigt.« »Wann haben Sie zuletzt etwas gesagt?« »Vor langer, langer Zeit.« »Was war das letzte Wort, das Sie gesagt haben?« Er blätterte zurück und zeigte auf: »Ich.« »*Ich* war das letzte Wort, das Sie gesagt haben?« Er öffnete die linke Hand. »Ist das überhaupt ein richtiges Wort?« Er zuckte mit den Schultern. »Versuchen Sie manchmal zu sprechen?« »Ich weiß, was dann passiert.« »Was denn?« Er blätterte zurück und zeigte auf: »Ich kann nicht.«

»Versuchen Sie es.« »Jetzt?« »Versuchen Sie, etwas zu sagen.« Er zuckte mit den Schultern. Ich sagte: »Bitte.«

Er öffnete den Mund und legte sich eine Hand an den Kehlkopf. Seine Finger flatterten wie die von Mr Black, als er in seiner Kartei nach einer Ein-Wort-Biographie gesucht hatte, aber es kam nichts, nicht einmal ein hässlicher Laut, nicht einmal ein Atemgeräusch.

Ich fragte ihn: »Was wollten Sie sagen?« Er blätterte zurück und zeigte auf: »Tut mir Leid.« Ich sagte: »Ist schon gut.« Ich sagte: »Vielleicht sind Ihre Stimmbänder wirklich beschädigt.

Sie sollten mal zu einem Spezialisten gehen.« Ich fragte ihn: »Was wollten Sie sagen?« Er zeigte auf: »Tut mir Leid.«

Ich fragte: »Darf ich Ihre Hände fotografieren?«

Er legte seine Hände mit den Handflächen nach oben in den Schoß. Wie ein Buch.

JA und NEIN.

Ich stellte Opas Kamera scharf.

Er hielt seine Hände extrem still.

Ich machte das Foto.

Ich sagte zu ihm: »Ich gehe jetzt nach Hause.« Er griff nach seinem Buch und schrieb: »Was ist mit deiner Oma?« »Richten Sie ihr aus, dass ich morgen mit ihr rede.«

Auf halbem Weg über die Straße hörte ich, wie hinter mir jemand in die Hände klatschte, es klang fast wie die Flügelschläge der Vögel draußen vor Mr Blacks Fenster. Ich drehte mich um und sah den Mieter in der Tür des Hauses stehen. Er legte sich eine Hand an die Kehle und öffnete den Mund, als wollte er noch einmal versuchen, etwas zu sagen.

Ich rief ihm zu: »Was wollen Sie mir sagen?«

Er schrieb etwas in sein Buch und hielt es hoch, und da ich die Wörter nicht lesen konnte, rannte ich zurück. Auf der Seite stand: »Bitte erzähl deiner Großmutter nichts von unserer Begegnung.« Ich erwiderte: »Wenn Sie es nicht wollen, tue ich es auch nicht«, ohne mir die nahe liegende Frage zu stellen, warum *er* unsere Begegnung unbedingt geheim halten wollte. Er schrieb: »Wenn du je meine Hilfe brauchst, wirf einfach Steinchen ans Gästezimmerfenster. Dann komme ich runter und treffe dich unter der Straßenlaterne.« Ich sagte: »Danke.« Dachte aber insgeheim: *Wofür sollte ich je seine Hilfe brauchen?*

An diesem Abend wollte ich einfach nur einschlafen, konnte aber nicht anders, als mir unaufhörlich Sachen auszudenken.

Wie wäre es, wenn Flugzeuge eisgekühlt wären, damit sie nicht von mit Wärmesensoren ausgerüsteten Raketen getroffen werden konnten?

Wie wäre es, wenn die Drehkreuze am Eingang der U-Bahn-Stationen gleichzeitig Strahlungsmessgeräte wären?

Wie wäre es, wenn Rettungswagen so lang wären, dass sie jedes Gebäude mit einem Krankenhaus verbänden?

Wie wäre es, wenn Umhängetaschen einen Fallschirm enthalten würden?

Wie wäre es, wenn man in Pistolenkolben Sensoren einbaute, die registrierten, wenn man wütend war, sodass man nicht aus Wut schießen konnte, selbst nicht als Polizist?

Wie wäre es, wenn es mit Teflon beschichtete Overalls gäbe?

Wie wäre es, wenn Wolkenkratzer bewegliche Teile enthielten, sodass sie sich im Notfall selbst umbauen und sogar ein Loch in ihrer Mitte öffnen konnten, um ein Flugzeug durchfliegen zu lassen?

Wie wäre es, wenn …

Wie wäre es, wenn …

Wie wäre es, wenn …

Und dann kam mir ein Gedanke, der ganz anders als alle bisherigen war. Er berührte mich tiefer, und er war lauter. Ich hatte keine Ahnung, woher er kam oder was er zu bedeuten hatte oder ob er mir gefiel oder nicht. Er öffnete sich wie eine Faust oder eine Blume.

Wie wäre es, wenn ich Dads leeren Sarg ausgraben würde?

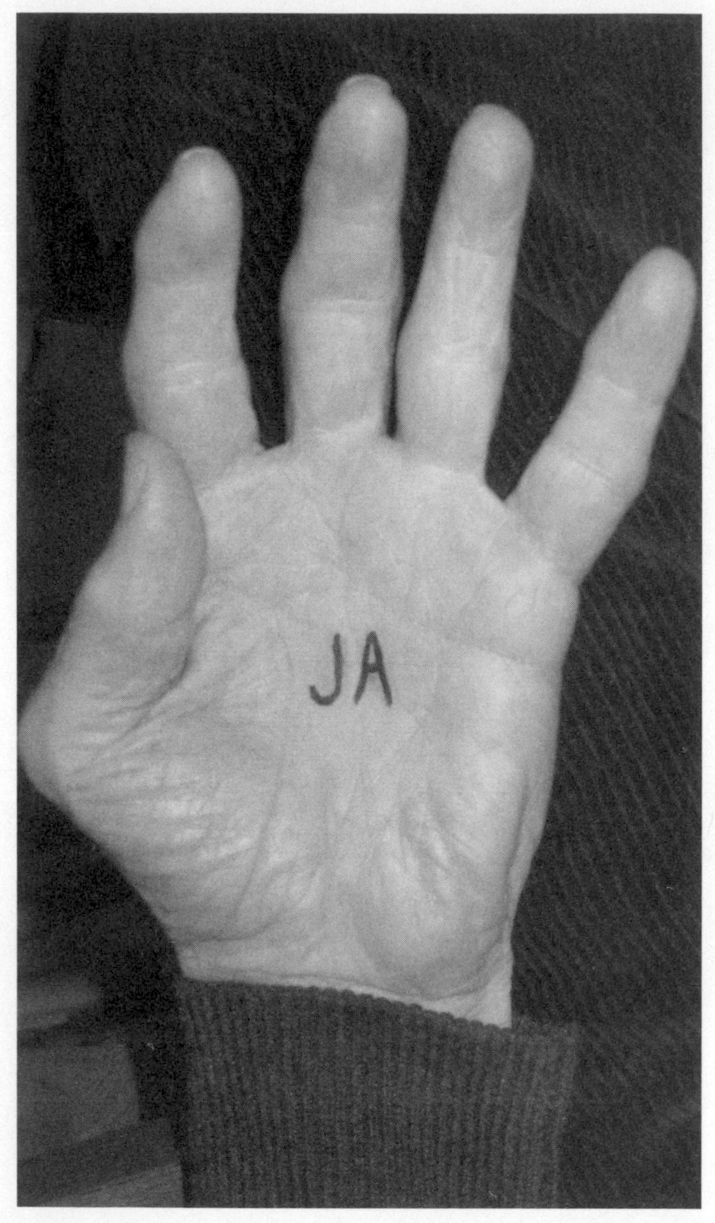
JA

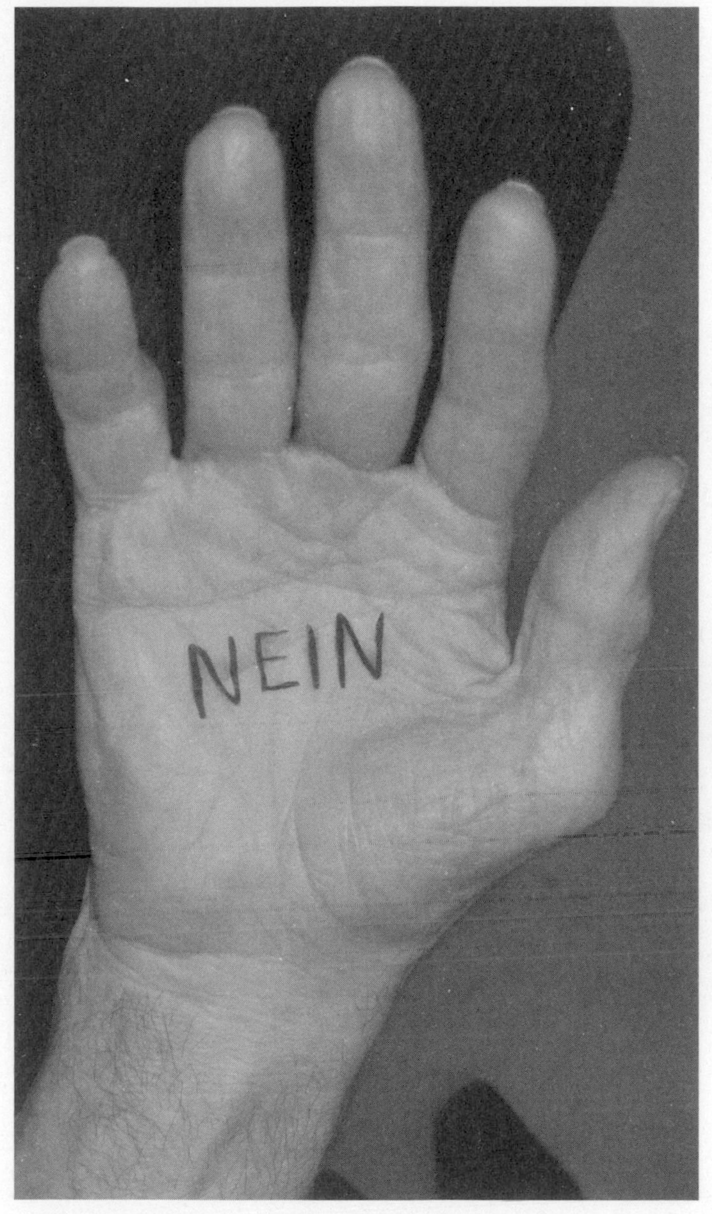
NEIN

WARUM ICH NICHT BEI DIR BIN

11.9.03

Tut mir Leid, ich spreche nicht.

Ich heiße Thomas.

Tut mir Leid.

Tut mir trotzdem Leid.

An mein Kind: Meinen letzten Brief habe ich dir am Tag deines Todes geschrieben, eigentlich wollte ich dir danach kein einziges Wort mehr schreiben, ich habe meine Vorsätze so oft gebrochen, warum bin ich überrascht, dass ich den Stift heute Abend doch wieder zur Hand genommen habe? Ich schreibe diese Zeilen, während ich auf Oskar warte, in einer knappen Stunde werde ich dieses Buch zuklappen und ihn unter der Straßenlaterne treffen, und dann machen wir uns auf den Weg zum Friedhof, zu dir, dein Vater und dein Sohn, und so ist es dazu gekommen. Vor fast zwei Jahren habe ich dem Portier deiner Mutter eine Nachricht gegeben. Ich habe von der anderen Straßenseite zugeschaut, wie die Limousine vorfuhr, sie stieg aus, sie griff nach der Tür, sie hatte sich sehr verändert, aber ich habe sie trotzdem wiedererkannt, ihre Hände hatten sich verändert, aber ihre Handbewegungen waren immer noch die gleichen, sie ging mit einem Jungen ins Gebäude, ich konnte nicht sehen, ob der Portier ihr meinen Brief gab, ich konnte nicht sehen, wie sie reagierte, der Junge kam wieder heraus und verschwand in einem Gebäude auf der anderen Straßenseite. Abends beobachtete ich sie, sie stand am Fenster und drückte ihre Hände an die Scheibe, ich hinterließ noch eine Nachricht beim Portier, »Willst du mich wiedersehen, oder soll ich verschwinden?« Am nächsten Morgen hing eine Nachricht in ihrem Fenster: »Verlass mich nicht«, die Wörter hatten irgendetwas zu bedeuten, aber sie bedeuteten nicht: »Ich will dich wiedersehen.« Ich las eine Hand voll Steinchen auf und warf sie gegen ihr Fenster, nichts tat sich, ich warf noch mehr, aber sie kam nicht ans Fenster, ich schrieb einen Satz in mein Tagebuch – »Willst du mich wiedersehen?« –, ich riss die Seite heraus und gab sie dem Portier, am nächsten Morgen kehrte ich zu ihrem Gebäude zurück, ich wollte ihr das Leben nicht noch schwerer machen, aber ich wollte auch nicht aufgeben, in ihrem Fenster hing eine Nachricht: »Ich will dich nicht wiedersehen wollen«, die Wörter hatten eine Bedeutung, aber sie bedeuteten nicht Ja. Ich las auf der Straße Steinchen auf und warf sie an ihr Fenster, weil ich hoffte, dass sie mich hörte und begreifen würde, was ich meinte, ich wartete, sie kam nicht ans Fenster, ich schrieb eine Nachricht – »Was soll ich tun?« – und gab sie dem Portier, er sagte: »Ich sorge dafür, dass sie Ihre Nachricht bekommt«, ich konnte nicht sagen: »Vielen Dank.« Am nächsten Morgen kehrte ich wieder zu ihrem Haus zurück, in ihrem Fenster hing eine Nachricht, die erste Nachricht: »Verlass mich nicht«, ich las Steinchen auf, ich warf sie, sie klopften wie Finger an ihre Fensterscheibe, ich schrieb eine Nachricht: »Ja oder nein?«, wie lange sollte das noch so weitergehen? Am nächsten Tag entdeckte ich am Broadway einen Markt, dort kaufte ich einen Apfel, wenn sie mich nicht wollte, würde ich eben verschwinden, ich hatte keine Ahnung, wohin, aber ich würde einfach umkehren und verschwinden, sie hatte keine Nachricht ins Fenster gehängt, also warf ich den Apfel, ich befürchtete, dass das Glas auf mich hinabregnen würde, ich hatte keine Angst vor den Scherben, der Apfel flog durchs Fenster in ihre Wohnung, der Portier stand vor dem Gebäude, er sagte: »Haben Sie ein Glück, dass das Fenster offen steht, Mann«, aber ich wusste, dass ich kein Glück hatte, er gab mir einen Schlüssel. Ich fuhr im Fahrstuhl nach oben, die Tür war offen, der Geruch der Wohnung erinnerte mich an das, was ich vierzig Jahre lang zu vergessen versucht hatte, aber nicht hatte vergessen können. Ich steckte den Schlüssel ein, »Nur das Gästezimmer!«, rief sie mir aus unserem Schlafzimmer zu, jenem Zimmer, in dem wir früher immer geschlafen und geträumt und Sex gehabt hatten. Und wir begannen unser zweites gemeinsames Leben … Als ich nach elf Stunden Flug und vierzig Jahren Abwesenheit aus dem Flugzeug stieg, warf der Mann einen Blick auf meinen Pass und fragte mich, aus welchem Grund ich in die USA gekommen sei, ich schrieb in mein Tagebuch: »Um zu trauern«, und dann: »Um zu ~~trauern~~ versuchen, zu leben«, er sah mich kurz an und fragte dann, wie das zu verstehen sei, geschäftlich oder zum Privatvergnügen, ich schrieb: »Nichts von beidem.« »Und wie lange wollen Sie hier trauern und versuchen, zu leben?« Ich schrieb: »Für den Rest meines Lebens.« »Sie wollen also bleiben?« »So lange wie möglich.« »Heißt das jetzt ein Wochenende oder ein Jahr?« Darauf schrieb ich nichts. Der Mann sagte: »Der Nächste, bitte.« Ich sah zu, wie die Gepäckstücke auf dem Förderband im Kreis fuhren, jedes Gepäckstück enthielt die Sachen eines Menschen, ich sah zu, wie Babys im Kreis fuhren, jedes verkörperte die Hoffnung auf ein mögliches Leben, ich folgte den Pfeilen für die Leute, die nichts zu verzollen hatten, am liebsten hätte ich laut aufgelacht, aber ich schwieg. Einer der Sicherheitsbeamten winkte mich zu sich, »Das sind ziemlich viele Koffer für jemanden, der nichts zu verzollen hat«, sagte er, ich nickte, denn ich wusste ja, dass Menschen, die nichts zu verzollen haben, das meiste mit sich herumschleppen, ich öffnete die Koffer, »Ganz schön viel Papier«, sagte er, ich zeigte ihm meine linke Handfläche, »Das ist wirklich irre viel Papier, meine ich.« Ich schrieb: »Alles Briefe an meinen Sohn. Ich konnte sie ihm nicht schicken, als er noch lebte. Inzwischen ist er tot. Ich spreche nicht. Tut mir Leid.« Der Beamte warf seinem Kollegen einen Blick zu, sie grinsten sich an, sollten sie sich ruhig auf meine Kosten amüsieren, das war ein kleiner Preis, sie ließen mich durch, nicht weil sie mir geglaubt hätten, sondern weil sie sich nicht die Mühe machen wollten, mich zu verstehen, ich entdeckte einen öffentlichen Fernsprecher und rief deine Mutter an, so weit reichte mein Plan, meine Vermutungen reichten so weit, dass sie noch lebte, dass sie immer noch in derselben Wohnung lebte, die ich vor vierzig Jahren verlassen hatte, vermutlich würde sie mich abholen, und dann hätte alles wieder einen Sinn, wir würden trauern und versuchen zu leben, das Telefon klingelte in einem fort, wir würden einander vergeben, es klingelte, eine Frau nahm ab, »Hallo?« Ich wusste, dass sie es war, ihre Stimme hatte sich verändert, aber ihr Atem war noch derselbe, die Pausen zwischen den Wörtern waren dieselben, ich drückte: »4, 2, 5, 5, 6«, sie sagte: »Hallo?« Ich fragte: »2, 4, 7, 8, 3, 8, 3, 7, 9, 4, 7, 5, 5, 4, 2, 4?« Sie sagte: »Ihr Telefon ist nicht besonders große Klasse. Hallo?« Ich hätte am liebsten meine Hand in den Hörer gesteckt, ich hätte meine Hand am liebsten durch die Leitung und bis in ihr Zimmer gesteckt, ich wollte das JA in die Hand bekommen, ich fragte: »2, 4, 7, 8, 3, 8, 3, 7, 9, 4, 7, 5, 5, 4, 2, 4?« Sie sagte: »Hallo?«, ich erwiderte: »4, 4, 5, 3, 3!« »Keine Ahnung, was mit Ihrem Telefon los ist«, sagte sie, »aber ich höre nur Gepiepe. Legen Sie auf und versuchen Sie es noch einmal.« Noch einmal versuchen? Genau das tat ich ja, ich versuchte, noch einmal einen Versuch zu unternehmen! Ich wusste, dass es sinnlos war, ich wusste, dass dabei nichts herauskommen würde, aber da stand ich, mitten auf dem Flughafen, am Beginn des neuen Jahrhunderts, am Ende meines Lebens, und ich erzählte ihr alles: warum ich fortgegangen war, wo ich gewesen war, wie ich von deinem Tod erfahren hatte, warum ich zurückgekehrt war und wie ich die Zeit nutzen musste, die mir noch blieb. Ich erzählte ihr alles, weil ich wollte, dass sie mir glaubte und mich verstand, und weil ich der Meinung war, es ihr und mir und dir schuldig zu sein, oder war es doch wieder nur Egoismus? Ich löste mein Leben in Zahlen auf, für die Liebe drückte ich: »5, 4, 3, 2, 3«, für den Tod: »8, 6, 3«, was bleibt übrig, wenn man das Leid von der Freude abzieht? Ich fragte mich, worin die Summe meines Lebens bestand.

»6, 9, 6, 2, 6, 3, 4, 7, 3, 5, 4, 3, 2, 2, 6, 3, 4, 5, 8, 7, 8, 2, 7, 7, 4, 8, 3, 3, 2, 8, 8, 4, 3, 2, 4, 7, 7, 6, 7, 6, 3, 3, 3, 8, 6, 3, 4, 6, 3, 6, 7, 3, 4, 6, 5, 3, 5, 7! 6, 4, 3, 2, 2, 6, 7, 4, 2, 8, 7, 2, 6, 3, 4, 3? 5, 7, 6, 3, 5, 8, 6, 2, 6, 3, 4, 5, 8, 7, 8, 2, 7, 7, 4, 9, 2, 8, 8, 4, 3, 2, 4, 7, 7, 6, 7, 8, 4, 6, 3, 3, 3, 8! 4, 3, 2, 4, 7, 8, 4! 6, 3, 3, 3, 8, 6, 3, 9, 6, 3, 6, 6, 3, 4, 6, 5, 3, 5, 7! 6, 4, 3, 2, 2, 6, 5, 6, 3, 8, 7, 2, 6, 3, 4, 3? 5, 7, 6, 3, 5, 8, 6, 2, 6, 3, 4, 5, 8, 7, 8, 2, 7, 7, 4, 8, 3, 3, 2, 8! 7, 7, 4, 8, 3, 8, 3, 4, 3, 2, 4, 7, 6, 6, 7, 8, 4, 6, 8, 3, 8, 8, 6, 3, 4, 6, 3, 6, 7, 3, 4, 7, 4, 8, 3, 3, 9, 8, 8, 4, 3, 2, 4, 5, 7, 6, 7, 8, 4, 6, 3, 5, 5, 2, 6, 9, 4, 6, 7, 5, 4, 6! 5, 2, 6, 2, 6, 5, 9, 5, 2? 6, 9, 6, 2, 6, 5, 4, 7, 5, 5, 4, 5, 2, 6, 4, 6, 2, 4, 5, 2, 7, 2, 2, 7, 7, 4, 2, 5, 5, 2, 9, 2, 4, 5, 2, 6! 4, 2, 2, 6, 2, 5, 7, 4, 5, 2, 5, 2, 6, 2, 6, 5, 4, 5, 2, 7, 2, 2, 7, 7, 4, 2, 5, 5, 2, 2, 5, 2! 7, 2, 2, 7, 7, 4, 2, 5, 5, 2, 2, 2, 4, 5, 2, 4, 7, 2, 2, 7, 2, 4, 6, 5, 5, 5, 5, 4, 6, 5, 6, 7, 5, 4! 4, 3, 2, 4, 3, 3, 6, 3, 8, 4! 6, 3, 3, 3, 8, 6, 3, 6, 6, 3, 4, 6, 5, 3, 5, 3! 2, 2, 3, 3, 2, 6, 3, 4, 2, 5, 6, 3, 8, 3, 2, 6, 3, 4, 3? 5, 6, 8, 3? 5, 3, 6, 3, 2, 6, 3, 4, 5, 8, 3, 8, 2, 3, 4, 8, 3, 3, 2, 8! 3, 3, 4, 8, 3, 3, 2, 8, 3, 4, 3, 2, 4, 7, 8, 4, 6, 8, 3, 8, 8, 6, 3, 4, 6, 3! 2, 2, 7, 7, 4, 2, 5, 5, 2, 4, 5, 2, 6! 4, 2, 2, 6, 5, 4, 2, 5, 7, 4, 5, 2, 5, 2, 6, 2, 6, 5, 4, 5, 2, 7, 2, 2, 7, 7, 5, 5, 2, 2, 2, 4, 5, 2! 7, 2, 2, 7, 7, 4, 2, 5, 5, 2, 2, 2, 4, 5, 2, 4, 2, 7, 2, 4, 6, 5, 5, 5, 2, 6, 5, 4, 6, 5, 6, 7, 5, 4! 5, 6, 5, 5, 7! 6, 4, 5, 2, 2, 6, 7, 4, 2, 5, 6, 5, 2, 6, 5, 4, 5? 5, 7, 6, 5, 5, 2, 6, 2, 6, 5, 4, 5, 2, 7, 2, 2, 7, 7, 4, 2, 5, 9, 2, 4, 5, 2, 4, 5, 5, 6, 5, 2, 4, 6, 5, 5, 5, 2! 4, 5, 2, 4, 5, 5, 6, 5! 5, 3? 5, 5, 6, 5, 5, 2, 6, 2, 6, 3, 4, 5, 8, 3, 8, 2, 3, 3, 4, 8, 3, 9, 2, 8, 2, 4, 3, 3, 6, 3, 8, 4, 6, 3, 3, 3, 8! 4, 3, 2, 4, 3, 3, 6, 3, 8, 4, 6, 8, 3? 5, 6, 8, 3? 5, 6, 8, 3! 6, 2, 2, 6, 5, 4, 2, 5, 5, 4, 5, 2, 5, 2, 6, 2, 6, 5, 2, 7, 2, 2, 7, 4, 5, 2, 4, 6, 3, 5, 8, 6, 2, 6, 3, 4, 5, 8, 7, 8, 2, 7, 7, 4, 8, 2, 8! 6, 5, 5, 5, 7! 6, 4, 5, 2, 2, 6, 7, 4, 2, 5, 6, 5, 2, 6! 2, 6, 5, 4, 5? 5, 7, 6, 5, 5, 2, 6, 2, 6, 5, 2, 7, 2, 2, 7, 7, 4, 2, 5, 9, 2, 2, 2, 4, 5, 2, 4! 5, 6, 8, 3? 5, 5, 6, 5, 2, 4, 6, 7, 3, 4, 6, 7, 7, 4, 8, 3, 3, 9, 8, 8, 4, 3, 3, 4, 5, 7, 6, 7, 8, 4, 6, 3, 5, 6, 9, 4, 6, 5, 6, 7, 5, 4, 6! 5, 2, 6, 2, 6, 5, 9, 5, 2? 6, 9, 6, 2, 6, 5, 4, 5, 4, 5, 2, 5, 2, 6, 4, 6, 2, 4, 5, 2, 7, 2, 2, 7, 7, 4, 2, 5, 5, 2, 9, 2, 4, 6! 4, 2, 2, 6, 5, 4, 2, 5, 7, 4, 5, 2, 5, 2, 6, 2, 6, 5, 4, 5, 2, 7, 2, 2, 7, 2, 5, 5, 2, 2, 2, 4, 5, 2! 7, 2, 2, 7, 7, 4, 2, 5, 5, 2,

2, 2, 4, 5, 2, 4, 7, 2, 2, 7, 2, 5, 5, 5, 2, 6, 5, 4, 6, 5, 6, 7, 5, 4! 6, 5, 5, 5, 7! 6, 4, 5, 2, 2, 6, 7, 6, 5, 2, 6! 2, 6, 5, 4, 5? 5, 7, 6, 5, 5, 2, 6, 2, 6, 5, 4, 5, 2, 7, 2, 2, 7, 7, 4, 9, 2, 2, 2, 4, 5, 2, 4! 5, 6, 8, 3? 5, 5, 6, 5, 2, 4, 6, 5, 5, 5, 2! 4, 5, 5, 6, 5! 2, 5, 5, 2, 9, 2, 4, 5, 2, 6! 4, 2, 2, 6, 5, 4, 2! 5, 5, 6, 5, 5, 2, 6, 3, 4, 5, 8, 3, 8, 2, 3, 3, 4, 8, 3, 9, 2, 8, 8, 4, 3, 2, 4, 3, 3, 6, 3, 8, 4, 6, 3, 3, 3, 8! 4, 4, 3, 3, 6, 3, 8, 4! 6, 3, 3, 3, 8, 6, 3, 9, 6, 3, 6, 3, 4, 6, 5, 3, 5, 3! 2, 2, 6, 3, 4, 2, 5, 6, 3, 8, 3, 2, 6, 3, 4, 3? 5, 6, 8, 3? 5, 3, 6, 3, 5, 8, 6, 2, 6, 8, 3, 8, 2, 3, 3, 4, 8, 3, 3, 2, 8? 2, 7, 2, 4, 6, 5, 5, 5, 2, 6, 5, 4, 6, 5, 6, 5, 4! 6, 5, 5, 7! 6, 4, 5, 2, 2, 6, 7, 4, 2, 5, 6, 5, 2, 6! 2, 6, 5, 4, 5? 5, 7, 5, 2, 6, 2, 6, 5, 4, 5, 2, 7, 2, 2, 7, 7, 4, 2, 5, 9, 2, 2, 2, 4, 5, 2, 4, 5, 5, 6, 5, 6, 5, 5, 5, 2! 4, 5, 2, 4, 5, 5, 6, 5! 5, 6, 8, 3? 5, 5, 6, 5, 5, 2, 6, 2, 6, 5, 8, 3, 8, 2, 3, 3, 4, 8, 3, 9, 2, 8, 8, 4, 3, 2, 4, 3, 4, 6, 5, 5, 5, 2! 4, 5, 5, 6, 5! 6, 5, 4, 5? 4, 5? 5, 5, 6, 5, 5, 2, 6, 2, 6, 3, 4, 5, 8, 3, 8, 2, 3, 3, 9, 2, 8, 8, 4, 3, 2, 4, 3, 3, 6, 3, 8, 4, 6, 3, 3, 3, 8! 4, 3, 2, 4, 3, 8, 4! 6, 3, 3, 3, 6, 7, 4, 2, 5, 6, 3, 8, 7, 2, 6, 3, 4, 3? 5, 7, 6, 3, 5, 8, 6, 2, 6, 3, 4, 5, 8, 7, 8, 2, 7, 7, 4, 8, 2, 8! 7, 7, 4, 8, 3, 3, 2, 8, 3, 4, 3, 2, 4, 7, 6, 6, 7, 8, 4, 6, 8, 3, 8, 8, 4, 6, 3, 6, 7, 3, 4, 6, 7, 7, 4, 8, 3, 3, 9, 8, 8, 4, 3, 2, 4, 5, 7, 6, 7, 8, 4, 6, 5, 2, 6, 9, 4, 6, 5, 6, 5, 5, 4, 6! 5, 2, 6, 2, 6, 5, 9, 5, 2? 6, 9, 6, 2, 6, 5, 4, 4, 5, 2, 5, 2, 6, 4, 6, 2, 4, 5, 2, 7, 2, 2, 7, 7, 4, 2, 5, 5, 2, 9, 2, 4, 5, 2, 6! 4, 5, 4, 2, 5, 7, 4, 5, 2, 5, 2, 6, 2, 6, 5, 4, 5, 2, 7, 2, 2, 7, 7, 4, 2, 5, 5, 4, 5, 2! 7, 2, 2, 7, 7, 4, 2, 5, 5, 2, 2, 2, 4, 5, 2, 4, 7, 2, 2, 7, 2, 4, 6, 5, 5, 5, 4, 6, 5, 6, 7, 5, 4! 6, 5, 5, 5, 7! 6, 4, 5, 2, 2, 6, 7, 4, 2, 5, 6, 5, 6, 5, 4, 5? 5, 7, 6, 5, 5, 2, 6, 2, 6, 5, 4, 5, 2, 7, 2, 2, 7, 7, 4, 2, 5, 9, 2, 2, 2, 4! 5, 6, 8, 3? 5, 5, 6, 5, 2, 4, 6, 5, 5, 5, 2! 4, 5, 2, 4, 5, 5, 6, 5! 8, 6, 3, 6, 6, 3, 4, 6, 5, 3, 5, 3, 2, 2, 3, 2, 6, 3, 4, 2, 5, 6, 3, 8, 3, 2, 6, 3, 4, 3? 5, 3? 5, 6, 3, 5, 8, 6, 2, 6, 3, 4, 5, 8, 3, 8, 2, 3, 3, 4, 8, 3, 3, 2, 8! 3, 3, 4, 8, 3, 3, 4, 3, 2, 4, 7, 6, 7, 8, 4, 6, 8, 3, 8, 8, 6, 3, 4, 6, 3! 2, 2, 7, 7, 4, 6, 7, 4, 3, 8, 7, 2, 6, 3, 4, 3? 5, 7, 6, 5, 8, 6, 2, 6, 3, 4, 5, 8, 7, 8, 2, 7, 7, 3, 2, 8! 7, 7, 4, 8, 3, 3, 2, 8, 3, 4, 3, 2, 4, 7, 6, 6, 7, 8, 4, 6, 8, 3, 8, 8, 6, 3, 6, 7, 3, 4, 6, 7, 7, 4, 8, 3, 3, 9, 8, 8, 4, 3, 2, 4, 5, 7, 6, 7, 8, 4, 6, 3, 6, 9, 4, 6, 5, 6, 7, 5, 4, 6! 5, 2, 6, 2, 6, 5, 9, 5, 2? 6, 9, 6, 2, 6, 5, 4, 7, 5, 2, 5, 2, 6, 4, 6, 2, 4, 5, 2, 7, 2, 2, 7, 7, 4,

2, 5, 5, 2, 9, 2, 4, 5, 2, 6! 4, 2, 2, 2, 4, 7, 4, 5, 2, 5, 2, 6, 2, 6, 5, 4, 5, 2, 7, 2, 2, 7, 7, 4, 2, 5, 5, 2, 5, 2! 7, 2, 2, 7, 7, 4, 2, 5, 5, 2, 2, 2, 4, 5, 2, 4, 7, 2, 2, 7, 2, 4, 6, 5, 5, 5, 4, 6, 5, 6, 7, 5, 4! 6, 5, 5, 5, 7! 6, 4, 5, 2, 2, 6, 7, 4, 2, 5, 6, 5, 6! 5, 4, 5? 5, 7, 6, 5, 5, 2, 6, 2, 6, 5, 4, 5, 2, 7, 2, 2, 7, 7, 4, 2, 5, 9, 2, 5, 2, 4! 5, 6, 8, 3? 5, 5, 6, 5, 2, 4, 6, 5, 5, 5, 2!! 4, 5, 2, 4, 5, 5, 6, 5! 2, 5, 5, 5, 2, 6! 4, 2, 2, 6, 5, 4, 2!! 5, 5, 6, 5, 5, 2, 6, 2, 6, 3, 4, 5, 8, 3, 8, 2, 3, 3, 9, 2, 8, 8, 4, 3, 2, 4, 3, 3, 6, 3, 8, 4, 6, 3, 3, 8! 4, 3, 2, 4, 3, 3, 6, 3, 8, 4! 6, 3, 3, 8, 6, 3, 6, 6, 3, 4, 6, 5, 3, 5, 3! 2, 2, 3, 3, 2, 6, 3, 4, 2, 5, 6, 3, 8, 3, 2, 6, 5, 6, 8, 3? 5, 3, 6, 3, 5, 8, 6, 2, 6, 3, 4, 5, 8, 3, 8, 2, 3, 3, 4, 8, 8! 2, 7, 2, 4, 6, 5, 5, 5, 2, 6, 5, 4, 6, 5, 6, 7, 5, 4! 6, 5, 5, 5, 7! 6, 4, 5, 2, 4, 2, 5, 6, 5, 2, 6! 2, 6, 5, 4, 5? 5, 7, 6, 5, 5, 2, 6, 2, 6, 5, 4, 5, 2, 7, 2, 4, 2, 5, 9, 2, 2, 2, 4, 5, 2, 4, 5, 5, 6, 5, 2, 4, 6, 5, 5, 5, 2! 4, 5, 2, 6, 5! 5, 6, 8, 3? 5, 5, 6, 5, 5, 2, 6, 2, 3, 4, 5, 8, 3, 8, 2, 3, 4, 8, 3, 9, 2, 8, 8, 4, 3, 3, 6, 3, 8, 4, 6, 3, 3, 3, 8!! 4, 3, 2, 4, 3, 6, 3, 5, 5, 2, 6, 9, 4, 6, 5, 6, 6! 5, 2, 6, 2, 6, 5, 9, 5, 2? 6, 9, 6, 2, 6, 5, 4, 5, 6, 5, 2, 4, 6, 5, 5, 4, 2, 5, 5, 2, 2, 2, 4, 5, 2! 7, 2, 2, 7, 7, 4, 2, 5, 5, 2, 2, 2, 5, 4, 2, 4, 6, 2, 6, 5, 5, 5, 2, 6, 5, 4, 6, 5, 6, 7, 5, 4! 6, 5, 5, 5, 7! 2, 7, 7, 4, 2, 5, 5, 2, 4, 5, 2, 6! 4, 2, 2, 6, 5, 4, 2, 5, 7, 4, 5, 2, 5, 2, 6, 2, 6, 5, 4, 5, 2, 7, 7, 7, 4, 2, 5, 5, 2, 2, 2, 4, 5, 2! 7, 2, 2, 7, 7, 4, 2, 5, 5, 2, 2, 2, 4, 5, 2, 4, 2, 7, 2, 4, 6, 5, 5, 5, 2, 6, 5, 4, 6, 5, 6, 7, 5, 4! 6, 5, 5, 5, 6, 5, 4, 5, 2, 7, 2, 2, 7, 7, 4, 2, 5, 5, 2, 2, 2, 4, 5, 2! 7, 2, 2, 7, 5, 5, 2, 2, 2, 4, 5, 2, 4, 7, 2, 2, 7, 2, 4, 6, 5, 5, 5, 2, 6, 5, 4, 6, 5, 4! 6, 5, 5, 5, 7! 6, 4, 5, 2, 2, 6, 7, 4, 2, 5, 6, 5, 2, 6! 2, 6, 5, 4, 5? 5, 5, 2, 6, 2, 6, 5, 4, 5, 2, 7, 2, 2, 7, 7, 4, 2, 5, 9, 2, 2, 2, 4, 5, 2, 4! 5, 3? 5,6, 5, 2, 4, 6, 5, 5, 5, 2! 4, 5, 2, 4, 5, 5, 6, 5! 8, 6, 3, 9, 6, 3, 6, 6, 3, 4, 6, 3, 2, 2, 3, 2, 6, 3, 4, 2, 5, 6, 3, 8, 3, 2, 6, 3, 4, 3? 5, 6, 8, 3? 5, 5, 8, 6, 2, 6, 3, 4, 5, 8, 3, 8, 8, 2, 3, 4, 8, 3, 9, 2, 8, 8, 4, 3, 2, 4, 3, 3, 4, 6, 3, 3, 3, 8!! 4, 3, 2, 4, 3, 3, 4, 6, 3! 5, 6, 8, 3? 5, 6, 8, 3? 5, 6, 8, 3! 4, 2, 2, 6, 5, 4, 2, 5, 7, 4, 5, 2, 2, 6, 5, 4, 5, 2, 7, 2, 2, 7, 4, 5, 2, 4, 6, 3, 5, 8, 6, 2, 6, 3, 4, 5, 8, 7, 8, 6, 3, 6, 3, 4, 3? 5, 6, 8, 3? 5, 3, 6, 3, 5, 8, 6, 2, 6, 3, 4, 5, 8, 3, 8, 2, 3, 4, 8, 8! 3, 3, 4, 8, 3, 3, 2, 8, 3, 4, 3, 2, 4, 7, 6, 6, 7, 8, 4, 6, 8, 3, 8, 8, 7, 2, 7, 4, 2, 5, 9, 2, 2, 2, 4, 5, 2, 5, 6, 8, 3? 5, 5, 6, 5, 2, 4, 6, 5, 5, 5!«

Ich brauchte lange dafür, keine Ahnung wie lange, Minuten, Stunden, mein Herz wurde müde, mein Finger wurde müde, ich versuchte, die Mauer zwischen mir und meinem Leben mit meinem Finger einzureißen, ich drückte immer eine Zahl, mein Vierteldollar war verbraucht, vielleicht hatte sie auch aufgelegt, ich rief noch einmal an: »2, 4, 7, 8, 3, 8, 3, 7, 9, 4, 7, 5, 5, 4, 2, 4?« Sie sagte: »Soll das ein Scherz sein?« Ein Scherz, es war kein Scherz, was ist ein Scherz, war es ein Scherz? Sie legte auf, ich rief noch einmal an: »3, 7, 4, 7, 8, 5, 3, 4, 6, 7, 2, 4, 3, 7, 9!« Sie fragte: »Oskar?« Da hörte ich zum allerersten Mal seinen Namen … Ich war im Dresdner Bahnhof, als ich zum zweiten Mal alles verlor, ich schrieb dir gerade einen Brief, obwohl ich wusste, dass ich ihn nie abschicken würde, manchmal schrieb ich hier, manchmal dort, manchmal im Zoo, ich hatte nur den Brief an dich im Kopf, alles andere interessierte mich nicht, alles andere existierte nicht für mich, es war wie damals, als ich mit gesenktem Kopf zu Anna gegangen war und mich vor der Welt versteckt hatte, genau deshalb war ich mit ihr zusammengestoßen, und genau darum bemerkte ich nicht, wie die Leute sich vor den Fernsehern versammelten. Erst als das zweite Flugzeug einschlug und jemand unwillkürlich aufschrie, hob ich den Kopf, inzwischen hatten sich Hunderte von Menschen vor den Fernsehern versammelt, wo waren sie alle hergekommen? Ich stand auf und schaute auf den Bildschirm, ich verstand nicht, was da vor sich ging, war es eine Werbung, ein neuer Film? Ich schrieb: »Was ist da los?«, und zeigte die Worte einem jungen Geschäftsmann, der ebenfalls vor dem Fernseher stand, er nippte an seinem Kaffee und sagte: »Weiß man noch nicht«, der Gedanke an seinen Kaffee verfolgt mich, mich verfolgt der Gedanke an sein »noch«. Da stand ich, ein Mensch in einer Menschenmenge, sah ich nur irgendwelche beliebigen Bilder oder ging etwas viel Komplexeres vor sich? Ich versuchte, die Stockwerke über den Einschlagstellen der Flugzeuge zu zählen, das Feuer würde sich bis nach oben durchfressen, ich wusste, dass es keine Rettung für die Menschen gab, und wie viele Passagiere hatten sich an Bord der Flugzeuge befunden, und wie viele standen unten auf der Straße, ich überlegte und überlegte. Auf dem Heimweg blieb ich vor einem Elektrogeschäft stehen, im Schaufenster stand eine ganze Wand aus Fernsehern, alle außer einem zeigten die Gebäude, immer wieder dieselben Bilder, als wäre die Welt eine Endlosschleife, auf dem Bürgersteig versammelte sich eine Menschenmenge, am Rand stand ein Fernseher, in dem eine Tiersendung lief, ein Löwe fraß einen Flamingo, die Menge wurde unruhig, irgendjemand schrie auf, rosa Federn, ich sah in einen anderen Fernseher, eines der Gebäude war eingestürzt, hundert Decken waren zu hundert Fußböden geworden, die zu nichts geworden waren, ich war der Einzige, der das glauben konnte, der Himmel war voller Papier, rosa Federn. An diesem Nachmittag waren alle Cafés voll, man lachte, vor den Kinos standen die Menschen Schlange, sie wollten Komödien sehen, die Welt ist so groß, die Welt ist so klein, man war einander im selben Moment so nah und so fern. In den Tagen und Wochen darauf las ich in der Zeitung die Listen der Toten: Mutter von drei Kindern, Collegestudentin, Yankees-Fan, Rechtsanwalt, Bruder, Börsenmakler, Amateurzauberer, humorvoller Mensch, Schwester, Philanthrop, mittlerer Sohn, Hundeliebhaber, Hausmeister, einziges Kind, Unternehmerin, Kellnerin, Großvater von vierzehn Enkelkindern, gelernte Krankenschwester, Buchhalter, angehende Ärztin, Jazzsaxophonist, liebevoller Onkel, Heeresreservist, Hobbydichter, Schwester, Fensterputzer, Scrabble-Spieler, freiwilliger Feuerwehrmann, Vater, Vater, Aufzugsmechaniker, Weinkenner, Büroleiter, Sekretärin, Koch, Finanzfachfrau, Vizepräsident, Vogelwächter,

Vater, Tellerwäscher, Vietnam-Veteran, junge Mutter, begeisterte Leserin, einziges Kind, professioneller Schachspieler, Fußballtrainer, Bruder, Analystin, Oberkellner, Träger des schwarzen Gürtels, Aufsichtsratsvorsitzender, Bridge-Partnerin, Architekt, Klempner, PR-Frau, Vater, Kunststipendiat, Stadtplaner, frisch vermähltes Paar, Investment-Banker, Chefkoch, Elektroingenieur, frisch gebackener Vater, der an dem Morgen erkältet gewesen war und überlegt hatte, sich krank zu melden … und eines Tages sah ich es dann, Thomas Schell, ich glaubte zuerst, ich wäre selbst gestorben. »Er hinterlässt Frau und Kind«, mein Sohn, dachte ich, mein Enkelkind, dachte ich, ich dachte und dachte und dachte, und dann hörte ich auf zu denken … Beim Landeanflug sah ich Manhattan zum ersten Mal seit vierzig Jahren wieder, ich wusste nicht, ob es hinauf- oder hinabging, die Lichter waren Sterne, ich erkannte keines der Gebäude wieder, ich ließ den Mann wissen: »Um zu ~~trauern~~ versuchen, zu leben«, ich hatte nichts zu verzollen, ich rief deine Mutter an, konnte mich ihr aber nicht erklären, ich rief sie noch einmal an, sie hielt es für einen Scherz, ich rief sie noch einmal an, sie fragte: »Oskar?« Ich ging zum Zeitschriftenstand und ließ mir Geld wechseln, ich versuchte es immer wieder, das Telefon klingelte in einem fort, ich versuchte es noch einmal, es klingelte, ich wartete und versuchte es noch einmal, ich setzte mich auf den Fußboden, ich wusste nicht mehr weiter, ich hatte keine Vorstellung mehr davon, wie es weitergehen sollte, ich versuchte es noch einmal: »Hallo, hier ist die Schell-Residenz. Ich klinge zwar wie ein Anrufbeantworter, aber ich bin am Apparat. Wenn Sie mit mir oder Oma sprechen möchten, warten Sie bitte bis nach dem Signalton, den ich gleich mache: Piiiiiep! Hallo?« Es war eine Kinderstimme, eine Jungenstimme. »Ich bin dran. Wirklich. Ich bin am Apparat. Bonjour?« Ich legte auf. Oma? Ich brauchte Zeit zum Nachdenken, mit dem Taxi ginge es zu schnell, mit dem Bus auch, wovor hatte ich Angst? Ich legte die Koffer auf einen Gepäckkarren und schob los, erstaunlicherweise versuchte niemand, mich aufzuhalten, nicht einmal, als ich den Karren auf die Straße schob, nicht einmal, als ich ihn am Highway entlangschob, mit jedem Schritt wurde es heller und heißer, das Schieben wurde mir bald zu anstrengend, ich öffnete einen Koffer und holte einen Stapel Briefe heraus, »An mein Kind«, sie waren von 1977, »An mein Kind«, »An mein Kind«, ich überlegte, sie neben mich auf die Straße zu legen und einen Pfad all dessen zu schaffen, was ich dir nicht hatte sagen können, es hätte mir die Last ein bisschen erleichtert, aber ich brachte es nicht übers Herz, denn ich musste dir die Briefe bringen, meinem Kind. Ich winkte ein Taxi heran, als wir die Wohnung deiner Mutter erreichten, war es fast Abend, ich brauchte ein Hotel, ich brauchte etwas zu essen und eine Dusche und Zeit zum Nachdenken, ich riss eine Seite aus meinem Tagebuch und schrieb darauf: »Es tut mir Leid«, ich gab sie beim Portier ab, er sagte: »Für wen ist das?« Ich schrieb: »Für Mrs Schell«, er sagte: »Hier wohnt keine Mrs Schell«, ich schrieb: »Doch«, er sagte: »Wenn hier eine Mrs Schell wohnen würde, wüsste ich das, glauben Sie mir«, aber ich hatte am Telefon ihre Stimme gehört, war sie etwa umgezogen und hatte die Nummer behalten, wie konnte ich sie finden, ich brauchte ein Telefonbuch. Ich schrieb: »3d«, und zeigte es dem Portier. Er sagte: »Mrs Schmidt«, ich schrieb ihm auf: »Das ist ihr Mädchenname.« … Ich wohnte im Gästezimmer, sie stellte mir Essen vor die Tür, ich hörte ihre Schritte, und manchmal glaubte ich zu hören, wie der Rand eines Glases an die Tür stieß, war es ein Glas, aus dem ich früher Wasser getrunken hatte, hatte es je deine Lippen berührt? Ich fand meine Tagebücher aus der Zeit vor meinem Verschwinden, sie lagen in der Standuhr, ich hatte geglaubt, sie hätte sie vernichtet, aber sie hatte sie aufbewahrt, viele waren leer, und viele waren voll, ich kramte darin herum, ich fand das Tagebuch des Nachmittags, an dem wir uns damals begegnet waren, und das

Buch vom Tag nach unserer Heirat, ich fand unseren ersten Nicht-Ort und unseren letzten Spaziergang um das Reservoir, ich fand Fotos von Treppengeländern und Spülen und Kaminen, ganz oben auf den Stapeln lag das Buch des Tages, an dem ich sie zum ersten Mal hatte verlassen wollen: »Ich war nicht immer stumm, ich konnte reden und reden und reden und reden.« Ich wusste nicht recht, ob sie allmählich Mitleid mit mir hatte oder sich selbst bemitleidete, aber sie fing an, mir kurze Besuche abzustatten, anfangs schwieg sie, sie räumte nur das Zimmer auf, fegte Spinnweben aus den Ecken, saugte den Teppich, richtete die Bilderrahmen, und eines Tages, sie wischte gerade den Staub vom Nachtschrank, sagte sie: »Ich kann dir vergeben, dass du gegangen bist, aber dass du zurückgekehrt bist, vergebe ich dir nicht«, sie verließ das Zimmer und schloss die Tür hinter sich, ich bekam sie drei Tage nicht zu Gesicht, und danach war es, als hätte sie nie etwas gesagt, sie wechselte eine Glühlampe aus, die noch funktionierte, sie nahm Dinge zur Hand und legte sie wieder hin, sie sagte: »Ich werde diese Trauer nicht mit dir teilen«, sie schloss die Tür hinter sich, war ich ein Gefangener oder der Wärter? Ihre Besuche wurden länger, wir sprachen nicht miteinander, und sie schaute mich nie an, aber irgendetwas war in Gang gekommen, kamen wir uns wieder näher oder entfremdeten wir uns noch weiter voneinander, ich ergriff die Gelegenheit und fragte sie, ob sie mir Modell stehen wolle wie damals nach unserer ersten Begegnung, sie wollte etwas erwidern, blieb aber stumm, sie berührte mich an der linken Hand, die ich unbewusst zur Faust geballt hatte, stimmte sie damit zu oder war es einfach nur eine Berührung? Ich ging zu dem Laden für Künstlerbedarf und kaufte Ton, ich konnte mich nicht beherrschen, die Pastellkreiden in ihren langen Schachteln, die Spachtel, die Rollen handgeschöpften Papiers, ich probierte alle Muster aus, ich schrieb meinen Namen mit einem blauen Stift und mit grüner Ölkreide, mit einem orangefarbenen Buntstift und mit Zeichenkohle, ich hatte das Gefühl, als würde ich den Vertrag meines Lebens unterschreiben. Ich blieb über eine Stunde in dem Laden, obwohl ich eigentlich nur einen Klumpen Ton kaufen wollte, als ich nach Hause kam, wartete sie im Gästezimmer auf mich, sie stand im Bademantel neben dem Bett, »Hast du irgendwelche Skulpturen gemacht, während du fort warst?« Ich schrieb, ich hätte es versucht, aber nicht gekonnt, »Keine Einzige?« Ich zeigte ihr die rechte Hand, »Hast du dir Skulpturen ausgedacht? Hast du im Geist welche gemacht?« Ich zeigte ihr die linke Hand, sie zog sich den Bademantel aus und setzte sich aufs Sofa, ich mochte sie nicht anschauen, ich holte den Ton aus der Plastiktüte und stellte ihn auf den Kartentisch, »Hast du je daran gedacht, eine Skulptur von mir zu machen?« Ich schrieb: »Wie möchtest du posieren?« Sie erwiderte, ich müsse das entscheiden, denn es sei ja meine Sache, ich wollte wissen, ob der Teppich neu sei, sie sagte: »Sieh mich an«, ich versuchte es, vergeblich, sie sagte: »Sieh mich an oder verschwinde. Aber bleiben und etwas anderes ansehen, das geht nicht.« Ich bat sie, sich auf den Rücken zu legen, aber es passte nicht, ich bat sie, sich hinzusetzen, es passte nicht, ich schrieb: »Verschränk die Arme vor der Brust, dreh den Kopf zur Seite«, nichts passte, sie sagte: »Zeig mir, wie«, ich ging zu ihr, ich löste ihr Haar, ich drückte sie an den Schultern tiefer, wir waren uns so fern, ich wollte sie trotzdem berühren, sie sagte: »Seit du gegangen bist, bin ich nicht mehr berührt worden, nicht auf diese Art.« Ich zog meine Hand weg, sie nahm sie und drückte sie wieder auf ihre Schulter, ich wusste nicht, was ich sagen sollte, sie fragte: »Und du?« Was nützt eine Lüge, wenn sie sowieso nichts mehr rettet? Ich zeigte ihr meine linke Hand. »Wer hat dich berührt?« Mein Tagebuch war voll, also schrieb ich auf die Wand: »Ich hätte so gern ein Leben gehabt.« »Wer?« Ich war erstaunt über meine Ehrlichkeit, sie wanderte durch meinen Arm nach unten und kam zum Stift heraus: »Ich habe dafür bezahlt.« Sie behielt ihre Haltung bei: »Waren sie hübsch?« »Darum ging es gar nicht.« »Trotzdem – waren sie hübsch?« »Manche schon.« »Du hast ihnen einfach Geld gegeben, und das war es?« »Ich habe mich gern mit ihnen unterhalten. Ich habe von dir erzählt.« »Soll das ein Trost sein?« Ich starrte den Ton an. »Hast du ihnen erzählt, dass ich schwanger war, als du gegangen bist?« Ich zeigte ihr meine linke Hand. »Hast du ihnen von Anna erzählt?« Ich zeigte ihr meine linke Hand. »Hat dir eine von ihnen wirklich etwas bedeutet?« Ich starrte den Ton an, sie sagte: »Ich finde es schön, dass du so ehrlich bist«, und sie nahm meine Hand von ihrer Schulter und schob sie zwischen ihre Beine, sie wandte den Kopf nicht ab, sie schloss nicht die Augen, sie starrte unsere Hände an, die zwischen ihren Beinen steckten, ich hatte das Gefühl, etwas zu töten, sie löste meinen Gürtel und zog den Reißverschluss meiner Hose auf, sie schob ihre Hand in meine Unterhose, »Ich bin nervös«, sagte ich ihr mit einem Lächeln, »Schon gut«, sagte sie, »Tut mir Leid«, sagte ich ihr mit einem Lächeln, »Schon gut«, sagte sie und schloss hinter sich die Tür, sie öffnete sie wieder und fragte: »Hast du je überlegt, eine Skulptur von mir zu machen?« … Die Seiten dieses Buches reichen nicht aus, um dir alles zu erzählen, was ich dir erzählen müsste, ich könnte kleiner schreiben, ich könnte die Seiten so aufschneiden, dass aus einer zwei werden, ich könnte das Geschriebene überschreiben, aber was würde das nützen? Sie bekam jeden Nachmittag Besuch, ich hörte, wie die Wohnungstür aufging, und ich hörte die Schritte, leichte Schritte, und ich hörte jemanden reden, eine Kinderstimme, melodisch wie ein Lied, es war die Stimme, die ich bei meinem Anruf vom Flughafen gehört hatte, die beiden unterhielten sich stundenlang, eines Abends, als sie kam, um mir Modell zu stehen, fragte ich sie, wer sie besuche, sie sagte: »Mein Enkel.« »Ich habe einen Enkel.« »Nein«, sagte sie, »ich habe einen Enkel.« »Wie heißt er?« Wir probierten es wieder, wir zogen einander aus, wir waren so vorsichtig wie Menschen, die genau wissen, wie leicht man enttäuscht werden kann, sie legte sich auf den Bauch, ihre Taille hatte rote Striemen von den Hosen, die ihr seit Jahren nicht mehr passten, ihre Schenkel waren faltig, ich knetete sie mit JA und NEIN, sie sagte: »Sieh nichts anderes an«, ich spreizte ihre Beine, sie holte tief Luft, ich konnte den intimsten Teil ihres Körpers sehen, ohne dass sie meinen Blick bemerkte, ich schob meine Hand darunter, sie winkelte die

Beine an, ich schloss die Augen, sie sagte: »Leg dich auf mich«, ich hatte nichts, um ihr zu schreiben, wie nervös ich war, sie sagte: »Leg dich auf mich.« Ich hatte Angst, zu schwer für sie zu sein, sie sagte: »Dein ganzes Du auf meinem ganzen Ich«, ich ließ mich auf sie sinken, sie sagte: »Genau das habe ich mir gewünscht«, warum konnte ich mich damit nicht zufrieden geben, warum musste ich unbedingt noch etwas schreiben, ich hätte mir besser die Finger gebrochen, ich nahm einen Stift vom Nachtschrank und schrieb auf meinen Arm: »Darf ich ihn sehen?« Sie rollte sich herum, ihr Körper glitt neben meinen: »Nein.« Ich bewegte bittend die Hände. »Nein.« »Bitte.« »Bitte.« »Ich werde ihm nicht verraten, wer ich bin. Ich will ihn doch einfach nur sehen.« »Nein.« »Warum nicht?« »Weil.« »Warum weil?« »Weil ich seine Windeln gewechselt habe. Und zwei Jahre nicht auf dem Bauch schlafen konnte. Und ihm das Sprechen beigebracht habe. Und geweint habe, wenn er geweint hat. Und weil er mich angeschrien hat, wenn er trotzig war.« »Ich verstecke mich in der Kleiderkammer und schaue durchs Schlüsselloch.« Ich hatte geglaubt, sie würde ablehnen, sie sagte: »Wenn er dich je sehen sollte, hast du mich verraten.« Hatte sie Mitleid mit mir, wollte sie, dass ich litt? Am nächsten Morgen ging sie mit mir zur Kleiderkammer, sie war gegenüber vom Wohnzimmer, sie ging mit mir hinein, obwohl sie wusste, dass ihr Besuch erst am Nachmittag kam, verbrachten wir den ganzen Tag darin, die Kammer war zu klein, wir brauchten beide mehr Platz für uns selbst, wir brauchten Nicht-Orte, sie sagte: »Genauso hat es sich angefühlt, außer, dass du nicht da warst.« Wir betrachteten einander schweigend, stundenlang. Als geklingelt wurde, ging sie öffnen, ich hockte mich auf Hände und Knie, damit mein Auge auf der richtigen Höhe war, durchs Schlüsselloch sah ich, wie die Tür aufging, die weißen Schuhe, »Oskar!«, sagte sie und hob ihn hoch, »Ich bin okay«, sagte er, diese Melodie, in seiner Stimme hörte ich meine Stimme und die meines Vaters und Großvaters, und ich hörte zum ersten Mal deine Stimme, »Oskar!«, wiederholte sie und hob ihn wieder hoch, ich sah sein Gesicht, Annas Augen, »Ich bin okay«, wiederholte er, er fragte sie, wo sie gerade gewesen sei, »Ich habe mich mit dem Mieter unterhalten«, sagte sie. Dem Mieter? »Ist er noch da?«, fragte er,

»Nein«, sagte sie, »er muss ein paar Sachen erledigen.« »Aber wie hat er die Wohnung verlassen?« »Er ist gegangen, kurz bevor du kamst.« »Aber du hast mir doch gesagt, dass du dich gerade noch mit ihm unterhalten hast.« Er wusste von mir, er wusste nicht, wer ich war, aber er wusste, dass jemand da war, und er wusste, dass sie nicht die Wahrheit sagte, das konnte ich an seiner Stimme hören, an meiner Stimme, an deiner Stimme, ich musste dringend mit ihm reden, aber was genau sollte ich ihm sagen? Ich bin dein Großvater, ich liebe dich, es tut mir Leid? Vielleicht musste ich ihm unbedingt alles erzählen, was ich dir nicht hatte erzählen können, musste ihm all die Briefe zeigen, die eigentlich für dich bestimmt waren. Aber sie würde es nie zulassen, und ich würde sie nicht verraten, und darum begann ich, über andere Möglichkeiten nachzudenken … Was soll ich tun, ich brauche mehr Platz, ich habe so viel Wichtiges zu sagen, meine Wörter rennen gegen die Seitenränder an wie gegen Mauern, am nächsten Tag kam deine Mutter ins Gästezimmer, um mir Modell zu stehen, ich bearbeitete den Ton mit JA und NEIN, ich knetete ihn weich, ich drückte meine Daumen in ihre Wangen, um ihre Nase aus dem Ton zu treiben, ich hinterließ dabei meine Daumenabdrücke, ich formte Pupillen, ich formte ihre Brauen, ich formte die Delle zwischen Kinn und Unterlippe, ich nahm ein Tagebuch und ging zu ihr. Ich schrieb auf, wo ich nach meinem Verschwinden gewesen war und was ich getan hatte, wie ich mein Geld verdient hatte, mit wem ich meine Zeit verbracht hatte, worüber ich nachgedacht, wem ich zugehört und was ich gegessen hatte, aber sie riss die Seite aus dem Buch, »Das interessiert mich nicht«, sagte sie, ich weiß nicht, ob es ihr wirklich egal war oder ob es einen anderen Grund gab, ich schrieb auf die nächste leere Seite: »Ich werde alle Fragen beantworten, egal welche«, sie sagte: »Mir ist klar, dass dir dann leichter ums Herz wäre, aber ich will nichts wissen.« Aber warum nicht? Ich bat sie, mir von dir zu erzählen, sie sagte: »Nicht unser Sohn, sondern mein Sohn«, ich bat sie, mir von ihrem Sohn zu erzählen, sie sagte: »Ich habe jedes Jahr zu Thanksgiving einen Truthahn und eine Kürbis-Pie gemacht. Ich bin zum Schulhof gegangen und habe die Kinder gefragt, welches Spielzeug ihnen gefällt. Das habe ich ihm dann gekauft. Zu Hause durfte keine fremde Sprache gesprochen werden.

Aber er wurde trotzdem wie du.« »Er wurde wie ich?« »Alles war immer ja und nein zugleich.« »Hat er ein College besucht?« »Ich habe ihn gebeten, in der Nähe zu bleiben, aber er ist nach Kalifornien gegangen. In der Hinsicht war er auch wie du.« »Was hat er studiert?« »Er wollte eigentlich Rechtsanwalt werden, aber dann hat er den Laden übernommen. Er hat Schmuck gehasst.« »Warum hast du den Laden nicht verkauft?« »Ich habe ihn gebeten. Ich habe ihn gebeten, Rechtsanwalt zu werden.« »Warum hat er es nicht getan?« »Er wollte sein eigener Vater sein.« Wenn das wahr ist, tut es mir Leid, denn dass du wie ich werden würdest, war das Letzte, was ich wollte, ich bin gegangen, damit du ganz du selbst sein konntest. Sie sagte: »Einmal hat er versucht, dich aufzuspüren. Ich habe ihm den einzigen Brief gegeben, den du je geschickt hast. Er war wie besessen davon, er hat ihn immer wieder gelesen. Ich weiß nicht, was darin stand, aber es hat ihn dazu gebracht, dich zu suchen.« Ich schrieb auf die nächste leere Seite: »Eines Tages habe ich die Tür geöffnet, und da stand er.« »Er hat dich gefunden?« »Wir haben nicht geredet.« »Ich wusste nicht, dass er dich besucht hat.« »Er wollte mir nicht verraten, wer er war. Vielleicht war er zu aufgeregt. Oder er hat mich gehasst, als er mich gesehen hat. Er hat sich als Journalist ausgegeben. Es war schrecklich. Er hat behauptet, an einem Artikel über die Überlebenden des Bombenangriffs zu schreiben.« »Hast du ihm von der Nacht des Bombenangriffs erzählt?« »Das stand im Brief.« »Was hast du geschrieben?« »Hast du ihn etwa nicht gelesen?« »Er war ja nicht für mich.« »Es war furchtbar. Die vielen Dinge, die wir nicht teilen konnten. Das Zimmer quoll über von dem, was nicht gesagt wurde.« Ich verschwieg ihr, dass ich nach deinem Besuch nichts mehr essen konnte, ich wurde so mager, dass das Badewasser Pfützen zwischen meinen Rippen bildete, warum hatte mich nie jemand nach dem Grund für meine Magerkeit gefragt? Wenn mich jemand danach gefragt hätte, hätte ich nie mehr etwas gegessen. »Aber wie konntest du wissen, dass er dein Sohn ist, wenn er es dir nicht gesagt hat.« »Ich wusste es, weil er mein Sohn war.« Sie legte mir eine Hand auf die Brust, auf mein Herz, ich legte meine Hände auf ihre Schenkel, ich packte sie, sie zog mir die Hose aus, »Ich bin nervös«, auch wenn ich überhaupt nicht wollte, die Skulptur wurde Anna immer ähnlicher, deine Mutter schloss hinter sich die Tür, bald ist das Buch voll ... Tagsüber lief ich meist in der Stadt herum, ich entdeckte sie neu, ich ging zur alten Columbian Bakery, aber sie war verschwunden, an ihrer Stelle gab es einen Neunundneunzig-Cent-Laden, in dem alle Artikel mehr als neunundneunzig Cent kosteten. Ich ging zum Schneider, zu dem ich früher meine Hosen gebracht hatte, aber dort war eine Bank, man konnte die Tür nur mit einer Karte öffnen, ich lief stundenlang durch die Stadt, die eine Seite des Broadway hinunter, die andere wieder hinauf, wo der Uhrmacher gewesen war, war eine Videothek, wo der Blumenladen gewesen war, war ein Laden für Videospiele, wo der Fleischer gewesen war, war ein Sushi-Restaurant, was soll das sein, Sushi, und was machten die Leute mit all ihren kaputten Uhren? Ich verbrachte Stunden im Hunde-Auslauf neben dem Museum of Natural History, ein Pitbull, ein Labrador, ein Golden Retriever, ich war der einzige Mensch ohne Hund, ich überlegte und überlegte, wie konnte ich Oskar aus der Ferne nahe sein, wie sollte ich fair bleiben, dir gegenüber und deiner Mutter gegenüber und mir selbst gegenüber, am liebsten hätte ich ständig die Tür mit mir herumgeschleppt, um ihn immer durchs Schlüsselloch beobachten zu können, ich tat das Nächstbeste. Ich lernte sein Leben aus der Ferne kennen, wann er zur Schule ging, wann er nach Hause kam, wo seine Freunde wohnten, in welche Läden er am liebsten ging, ich folgte ihm quer durch die ganze Stadt, aber ich verriet deine Mutter kein einziges Mal, denn er bekam mich nie zu Gesicht. Ich bildete mir ein, es könnte immer so weitergehen, musste aber feststellen, dass ich mich erneut geirrt hatte. Ich weiß nicht mehr, wann ich mich zum ersten Mal fragte, warum er so oft unterwegs war, warum er so viele verschiedene Stadtviertel besuchte, warum ich als Einziger auf ihn aufpasste, wie seine Mutter zulassen konnte, dass er allein so weit herumlief. Jeden Samstagmorgen verließ er das Haus mit einem alten Mann und klingelte überall in der Stadt an Türen, ich trug alles auf einer Karte ein, konnte aber keinen Sinn darin sehen, die Sache war sinnlos, was machten sie da? Und wer war der alte Mann, ein Freund, ein Lehrer, der Ersatz für einen fehlenden Großvater? Und warum blieben sie immer nur ein paar Minuten in jeder Wohnung, verkauften sie etwas, sammelten sie Informationen? Wusste seine Großmutter davon, war ich der Einzige, der sich Sorgen um ihn machte? Nachdem sie in Staten Island wieder aus einem Haus gekommen waren, wartete ich kurz und klopfte dann an die Tür, »Nicht zu fassen«, sagte die Frau, »noch ein Besucher!« »Tut mir Leid«, schrieb ich, »ich spreche nicht. Der Junge, der gerade hier war, ist mein Enkel. Können Sie mir sagen, warum er Sie besucht hat?« Die Frau erwiderte: »Sie sind schon eine komische Familie.« Ich dachte: Ja, eine Familie sind wir. »Ich habe gerade mit seiner Mutter telefoniert.« Ich schrieb: »Warum hat er Sie besucht?« Sie sagte: »Wegen dem Schlüssel.« Ich fragte: »Welcher Schlüssel?« Sie sagte: »Der für das Schloss.« »Welches Schloss?« »Wissen Sie das denn nicht?« Ich blieb ihm acht Monate auf den Fersen und sprach mit den Leuten, mit denen er gesprochen hatte, ich versuchte, etwas über ihn in Erfahrung zu bringen, so wie er etwas über dich in Erfahrung zu bringen versuchte, er versuchte, dich zu finden, wie du versucht hattest, mich zu finden, mein Herz zerbrach in mehr Teile als die, aus denen es besteht, warum können die Menschen nicht rechtzeitig aussprechen, was sie denken? Eines Nachmittags folgte ich ihm in die Innenstadt, in der U-Bahn saßen wir uns gegenüber, der alte Mann musterte mich, war mein Blick zu aufdringlich, streckte ich die Arme aus, wusste er, dass ich eigentlich neben Oskar hätte sitzen müssen? Sie gingen in einen Coffeeshop, auf dem Rückweg verlor ich sie aus den Augen, das passierte mir oft, ziemlich schwierig, jemandem heimlich auf den Fersen zu bleiben, und ich wollte deine Mutter nicht verraten. Als ich wieder an der Upper West Side war, ging ich in einen Buchladen, ich konnte noch nicht wieder zurück in die Wohnung, ich brauchte Zeit zum Nachdenken, hinten im Laden sah ich einen Mann, der mich stark an Simon Goldberg erinnerte, er stand ebenfalls in der Kinderbuchabteilung, je länger ich ihn betrachtete, desto weniger glaubte ich, dass er es wirklich war, desto mehr wünschte ich mir, dass er es war, hatte man ihn nicht in den Tod geschickt, sondern in ein Arbeitslager gesteckt? Meine Hände zitterten so sehr in den Hosentaschen, dass das Kleingeld klimperte, ich wollte nicht zu aufdringlich hinschauen, ich wollte meine Arme nicht ausstrecken, war es möglich, erkannte er mich, er hatte geschrieben: »Ich hoffe sehr, dass sich unsere Wege, wie lang und verschlungen sie auch sein mögen, irgendwann wieder kreuzen.« Fünfzig Jahre danach trug er immer noch die Brille mit den dicken Gläsern, ein weißeres Hemd hatte ich noch nie gesehen, es fiel ihm offensichtlich schwer, die Bücher aus der Hand zu legen, ich ging zu ihm. »Ich spreche nicht«, schrieb ich, »tut mir Leid.« Er umarmte mich, er drückte mich an sich, ich spürte sein Herz an meinem Herzen, sie versuchten, im Gleichtakt zu schlagen, er wandte sich wortlos ab und floh vor mir, aus dem Laden, auf die Straße, ich glaube fast, dass er es nicht gewesen ist, ich will ein unendlich langes Buch und den Rest der Zeit ... Am nächsten Tag ging Oskar mit dem alten Mann zum Empire State Building, ich wartete unten auf der Straße. Ich schaute immer wieder hoch und versuchte, sie zu sehen, ich bekam einen steifen Nacken, blickte er auf mich herunter, ahnten wir etwas voneinander? Nach einer Stunde glitten die Fahrstuhltüren auf, und der alte Mann betrat die Lobby, hatte er Oskar dort oben zurückgelassen, so hoch oben, so allein, wer würde auf ihn aufpassen? Ich hasste den alten Mann. Ich begann, etwas in mein Buch zu schreiben, er kam auf mich zu und packte mich beim Kragen. »Jetzt hören Sie mal gut zu«, sagte er, »ich weiß nicht, wer Sie sind, aber ich habe gemerkt, dass Sie uns verfolgen, und das gefällt mir nicht. Überhaupt nicht. Ich sage Ihnen jetzt zum ersten und zum letzten Mal: Lassen Sie sich nicht mehr blicken.« Da mein Buch auf den Fußboden gefallen war, konnte ich nichts erwidern. »Wenn ich Sie je wieder in der Nähe dieses Jungen sehe ...« Ich zeigte auf den Fußboden, er ließ meinen Kragen los, ich hob das Buch auf und schrieb: »Ich bin Oskars Großvater. Ich spreche nicht. Tut mir Leid.« »Sein Großvater?« Ich blätterte zurück und zeigte auf das, was ich eben geschrieben hatte, »Wo ist er?« »Oskar hat keinen Großvater.« Ich zeigte auf die Seite. »Er kommt die Treppe runter.« Ich erklärte alles so schnell und ausführlich wie möglich, meine Handschrift war kaum noch zu lesen, er sagte: »Oskar würde mich nicht belügen.« Ich schrieb: »Er hat nicht gelogen. Er weiß nichts davon.« Der alte Mann zog eine Halskette unter seinem Hemd hervor und betrachtete sie, der Anhänger war ein Kompass, er sagte: »Oskar ist mein Freund. Ich muss ihm alles erzählen.« »Er ist mein Enkel. Bitte erzählen Sie ihm nichts.« »Eigentlich müssten Sie ihn begleiten.« »Habe ich doch.« »Und was ist mit seiner Mutter?« »Was soll mit seiner Mutter sein?« Wir hörten Oskar singen, gleich würde er um die Ecke kommen, seine Stimme wurde lauter, der alte Mann sagte: »Er ist ein prima Junge«, und ging davon. Ich kehrte sofort nach Hause zurück, die Wohnung war leer. Ich dachte daran, meine Sachen zu packen, ich dachte daran, aus dem Fenster zu springen, ich setzte mich aufs Bett und dachte nach, ich dachte über dich nach. Was hast du am liebsten gegessen, was war dein Lieblingssong, mit welchem Mädchen hast du dich zum ersten Mal geküsst und wo und wie, bald ist das Buch voll, ich will ein unendlich dickes Buch mit weißen Seiten, und ich will es für immer, ich weiß nicht, wie viel Zeit verstrich, es war egal, ich hatte keinen Grund mehr, mit meinem Leben Schritt zu halten. Jemand klingelte an der Tür, ich stand nicht auf, mir war egal, wer es war, ich wollte allein sein, auf der anderen Seite des Fensters. Ich hörte, wie die Tür geöffnet wurde, und ich hörte seine Stimme, sie gab meinem Leben einen Sinn: »Oma?« Er war in der Wohnung, wir waren allein, Großvater und Enkel. Ich hörte, wie er von Zimmer zu Zimmer ging, Sachen zur Hand nahm, Schubladen und Schranktüren öffnete und schloss, was suchte er bloß, warum war er ständig auf der Suche? Er kam an meine Tür, »Oma?« Ich wollte sie nicht verraten, ich knipste das Licht aus, was machte mir so viel Angst? »Oma?« Er fing an zu weinen, mein Enkel weinte. »Bitte. Ich brauche Hilfe. Wirklich. Wenn du da drin bist, komm bitte raus.« Ich knipste das Licht wieder an, warum war meine Angst nicht noch viel größer? »Bitte.« Ich machte die Tür auf, und wir standen uns gegenüber, ich stand mir selbst gegenüber, »Sind Sie der Mieter?« Ich ging wieder ins Zimmer und holte dieses Tagebuch aus dem Schrank, dieses Buch, dessen Seiten fast voll geschrieben sind, ich nahm es mit zu ihm und schrieb: »Ich spreche nicht. Tut mir Leid.« Ich war so dankbar, dass er mich ansah, er fragte, wer ich sei, ich wusste nicht, was ich antworten sollte, ich bat ihn herein, er fragte mich, ob ich ein Fremder sei, auch darauf wusste ich nichts zu antworten, er weinte immer noch, ich wusste nicht, wie ich ihn in den Arm nehmen sollte, bald ist das Buch voll. Ich führte ihn zum Bett, er setzte sich, ich stellte ihm keine Fragen und erzählte ihm auch nicht, was ich schon wusste, wir unterhielten uns nicht über Unwichtiges, wir wurden keine Freunde, für ihn war ich ein Mensch wie alle anderen, er fing ganz am Anfang an, mit der Vase, dem Schlüssel, Brooklyn, Queens, ich kannte alles in- und auswendig. Armes Kind, das einem Fremden sein Herz ausschüttet, ich hätte am liebsten Wälle um ihn errichtet, am liebsten hätte ich das Innen vom Außen getrennt, ich hätte ihm am liebsten ein unendlich dickes Buch mit weißen Seiten und meine restliche Zeit geschenkt, er erzählte mir, dass er gerade oben auf dem Empire State Building gewesen sei, dass ihm sein Freund gesagt habe, er wolle nicht mehr, das hatte ich nicht beabsichtigt, aber wenn es nötig war, damit ich meinem Enkel von Angesicht zu Angesicht gegenübertreten konnte, war es die Sache wert, diese Sache wäre jeden Preis wert gewesen. Ich hätte ihn am liebsten berührt, ihm gesagt, dass ich ihn nie verlassen würde, selbst nicht, wenn jeder jeden verließe, er erzählte und erzählte, seine Worte fielen durch ihn hindurch, sie suchten nach dem Grund seiner Traurigkeit, »Mein Dad«, sagte er, »Mein Dad«, er lief über die Straße und kehrte mit einem Telefon zurück, »Das sind seine letzten Worte.«

NACHRICHT FÜNF

10:04 UHR. HIER IST DA T DAD. HAL T DAD. WEISS, OB
AS GEHÖR ES, ICH BIN
HALLO? HÖRT IHR MICH? WIR AUFS
DACH ALLES OK GUT BALD
LEID HÖRT IHR VIEL
PASSIERT, DENKT DARAN …

Die Nachricht war abgebrochen, du hast so ruhig geklungen, du hast nicht wie jemand geklungen, der bald sterben wird, ich wünschte, wir hätten uns an einem Tisch gegenübersitzen und stundenlang über nichts reden können, ich wünschte, wir hätten einfach Zeit vergeuden können, ich will ein Buch mit unendlich vielen weißen Seiten und den Rest meiner Zeit. Ich sagte Oskar, es sei besser, wenn seine Oma nichts von unserer Begegnung erführe, er fragte nicht, warum, ich frage mich, was er wusste, ich sagte ihm, wenn er je das Bedürfnis habe, mit mir zu reden, solle er Steinchen ans Fenster des Gästezimmers werfen, ich würde dann herunterkommen und ihn an der Ecke treffen, ich hatte Angst, ihn nie mehr wiederzusehen, nie mehr zu sehen, wie er mich anschaute, an diesem Abend schliefen deine Mutter und ich zum ersten Mal seit meiner Rückkehr wieder miteinander, zugleich war es das letzte Mal, obwohl es mir nicht vorkam wie das letzte Mal, ich hatte Anna das letzte Mal geküsst, meine Eltern das letzte Mal gesehen, das letzte Mal gesprochen, warum lernte ich nicht, mit allem umzugehen, als wäre es das letzte Mal, am meisten bedauere ich, so fest an die Zukunft geglaubt zu haben, sie sagte: »Ich möchte dir etwas zeigen«, sie führte mich ins zweite Schlafzimmer, ihre Hand drückte JA, sie öffnete die Tür und zeigte aufs Bett, »Hier hat er immer geschlafen«, ich berührte die Decke, ich hockte mich auf den Fußboden und roch am Kissen, ich wollte alles von dir haben, was ich bekommen konnte, sogar den Staub, sie sagte: »Das ist jetzt Jahre her. Dreißig Jahre.« Ich legte mich aufs Bett, ich wollte fühlen, was du gefühlt hattest, ich wollte dir alles erzählen, sie legte sich neben mich, sie fragte: »Glaubst du an Himmel und Hölle?« Ich hob meine rechte Hand, »Ich auch nicht«, sagte sie, »ich glaube, nach dem Tod ist wie vor der Geburt«, ihre Hand war offen, ich legte JA hinein, sie schloss ihre Finger um die meinen, sie sagte: »Denk nur an alles, was noch nicht geboren wurde. An all die Babys. Manche werden nie geboren werden. Findest du das traurig?« Ich wusste nicht, ob ich das traurig finden sollte, all die Eltern, die sich nie begegneten, all die Fehlgeburten, ich schloss die Augen, sie sagte: »Ein paar Tage vor dem Bombenangriff hat mich mein Vater mit in die Laube genommen. Er hat mir einen Schluck Whisky eingeschenkt und mich an seiner Pfeife ziehen lassen. Ich hatte das Gefühl, sehr erwachsen zu sein, etwas ganz Besonderes. Er hat mich gefragt, was ich über Sex wisse. Ich musste ziemlich doll husten. Er hat ziemlich lange gelacht, dann wurde er ernst. Er hat mich gefragt, ob ich einen Koffer packen könne und ob ich wisse, dass ich das erste Angebot immer ablehnen müsse, und ob ich wisse, wie ich jemanden in mich verliebt machen könne, falls nötig. Ich habe meinen Vater sehr geliebt. Ich habe ihn unglaublich geliebt. Aber ich habe nie eine Möglichkeit gefunden, es ihm zu sagen.« Ich drehte meinen Kopf zur Seite, ich legte ihn auf ihre Schulter, sie legte mir eine Hand auf die Wange, genau wie früher meine Mutter, alles, was sie tat, erinnerte mich an jemand anderen, »Wie schade«, sagte sie, »dass das Leben so kostbar ist.« Ich drehte mich auf die Seite und legte meinen Arm um sie, das Buch ist bald voll, ich hielt die Augen geschlossen, und ich küsste sie, ihre Lippen waren die Lippen meiner Mutter und Annas Lippen und deine Lippen, ich wusste nicht, wie ich bei ihr sein sollte. »Denn genau deshalb machen wir uns so viele Sorgen«, sagte sie, indem sie ihr Hemd aufknöpfte, ich knöpfte meines auf, sie zog ihre Hose aus, ich zog meine aus, »Wir machen uns so viele Sorgen«, ich berührte sie, und ich berührte alle, »Im Grunde machen wir uns die ganze Zeit Sorgen«, wir schliefen zum letzten Mal miteinander, ich schlief mit ihr und mit allen, als sie aufstand, um ins Bad zu gehen, war Blut auf dem Laken, ich kehrte zum Schlafen ins Gästezimmer zurück, es gibt so viele Dinge, die auf ewig ein Geheimnis bleiben. Am nächsten Morgen wurde ich von einem Klopfen am Fenster geweckt, ich sagte deiner Mutter, ich wolle spazieren gehen, sie stellte keine Fragen, was wusste sie, warum ließ sie zu, dass sie mich aus den Augen verlor? Oskar wartete unter der Straßenlaterne auf mich, er sagte: »Ich will seinen Sarg ausgraben.« In den letzten zwei Monaten haben wir uns täglich getroffen, wir haben alles bin ins letzte Detail geplant, wir haben sogar zur Übung im Central Park gegraben, die Details erinnern mich allmählich . . . DenngenaudeshalbmachenwirunssovieleSorgen«,sagtesie,indemsieihrHemdaufknöpfte,ich knöpftemeinesauf,siezogihreHoseaus,ichzogmeineaus,»WirmachenunssovieleSorgen«,ichberührtesie,und [illegible] weckt, ich sagte deiner Mutter, ich wolle spazieren gehen, sie stellte keine Fragen, was wusste sie, warum ließ sie zu, dass sie mich aus den Augen verlor? Oskar wartete unter der Straßenlaterne auf mich, er sagte: »Ich will keinen Sarg ausgraben.« In den letzten zwei Monaten haben wir uns täglich getroffen, wir haben alles bis ins letzte Detail geplant, wir haben sogar zur Übung im Central Park gegraben, die Details erinnern mich allmählich. Denn genau deshalb machen wir uns so viele Sorgen«, sagte sie, indem sie ihr Hemd aufknöpfte, ich knöpfte meines auf, sie zog ihre Hose aus, ich zog meine aus, »Wir machen uns so viele Sorgen«, ich berührte sie, und ich berührte alle, »Im Grunde machen wir uns die ganze Zeit Sorgen«, wir schliefen zum letzten Mal miteinander, ich schlief mit ihr und mit allen, als sie aufstand, um ins Bad zu gehen, war Blut auf dem Laken, ich kehrte zum Schlafen ins Gästezimmer zurück, es gibt so viele Dinge, die auf ewig ein Geheimnis bleiben. Am nächsten Morgen wurde ich von einem Klopfen am Fenster geweckt, ich sagte deiner Mutter, ich wolle spazieren gehen, sie stellte keine Fragen, was wusste sie, warum ließ sie zu, dass sie mich aus den Augen verlor? Oskar wartete unter der Straßenlaterne auf mich, er sagte: »Ich will keinen Sarg ausgraben.« In den letzten zwei Monaten haben wir uns täglich getroffen, wir haben alles bis ins letzte Detail geplant, wir haben sogar zur Übung im Central Park gegraben, die Details erinnern mich allmählich. Denn genau deshalb machen wir uns so viele Sorgen«, sagte sie, indem sie ihr Hemd aufknöpfte, ich knöpfte meines auf, sie zog ihre Hose aus, ich zog meine aus, »Wir machen uns so viele Sorgen«, ich berührte sie, und ich berührte alle, »Im Grunde machen wir uns die ganze Zeit Sorgen«, wir schliefen zum letzten Mal miteinander, ich schlief mit ihr und mit allen, als sie aufstand, um ins Bad zu gehen, war Blut auf dem Laken, ich kehrte zum Schlafen ins Gästezimmer zurück, es gibt so viele Dinge, die auf ewig ein Geheimnis bleiben. Am nächsten Morgen wurde ich von einem Klopfen am Fenster geweckt, ich sagte deiner Mutter, ich wolle spazieren gehen, sie stellte keine Fragen, was wusste sie, warum ließ sie zu, dass sie mich aus den Augen verlor? Oskar wartete unter der Straßenlaterne auf mich, er sagte: »Ich will keinen Sarg ausgraben.« In den letzten zwei Monaten haben wir uns täglich getroffen, wir haben alles bis ins letzte Detail geplant, wir haben sogar zur Übung im Central Park gegraben, die Details erinnern mich allmählich. Denn genau deshalb machen wir uns so viele Sorgen«, sagte sie, indem sie ihr Hemd aufknöpfte, ich knöpfte meines auf, sie zog ihre Hose aus, ich zog meine aus, »Wir machen uns so viele Sorgen«, ich berührte sie, und ich berührte alle, »Im Grunde machen wir uns die ganze Zeit Sorgen«, wir schliefen zum letzten Mal miteinander, ich schlief mit ihr und mit allen, als sie aufstand, um ins Bad zu gehen, war Blut auf dem Laken, ich kehrte zum Schlafen ins Gästezimmer zurück, es gibt so viele Dinge, die auf ewig ein Geheimnis bleiben. Am nächsten Morgen wurde ich von einem Klopfen am Fenster geweckt, ich sagte deiner Mutter, ich wolle spazieren gehen, sie stellte keine Fragen, was wusste sie, warum ließ sie zu, dass sie mich aus den Augen verlor? Oskar wartete unter der Straßenlaterne auf mich, er sagte: »Ich will keinen Sarg ausgraben.« In den letzten zwei Monaten haben wir uns täglich getroffen, wir haben alles bis ins letzte Detail geplant, wir haben sogar zur Übung im Central Park gegraben, die Details erinnern mich allmählich. Denn genau deshalb machen wir uns so viele Sorgen«, sagte sie, indem sie ihr Hemd aufknöpfte, ich knöpfte meines auf, sie zog ihre Hose aus, ich zog meine aus, »Wir machen uns so viele Sorgen«, ich berührte sie, und ich berührte alle, »Im Grunde machen wir uns die ganze Zeit Sorgen«, wir schliefen zum letzten Mal miteinander, ich schlief mit ihr und mit allen, als sie aufstand, um ins Bad zu gehen, war Blut auf dem Laken, ich kehrte zum Schlafen ins Gästezimmer zurück, es gibt so viele Dinge, die auf ewig ein Geheimnis bleiben. Am nächsten Morgen wurde ich von einem Klopfen am Fenster geweckt, ich sagte deiner Mutter, ich wolle spazieren gehen, sie stellte keine Fragen, was wusste sie, warum ließ sie zu, dass sie mich aus den Augen verlor? Oskar wartete unter der Straßenlaterne auf mich, er sagte: »Ich will keinen Sarg ausgraben.« In den letzten zwei Monaten haben wir uns täglich getroffen, wir haben alles bis ins letzte Detail geplant, wir haben sogar zur Übung im Central Park gegraben, die Details erinnern mich allmählich. Denn genau deshalb machen wir uns so viele Sorgen«, sagte sie, indem sie ihr Hemd aufknöpfte, ich knöpfte meines auf, sie zog ihre Hose aus, ich zog meine aus, »Wir machen uns so viele Sorgen«, ich berührte sie, und ich berührte alle, »Im Grunde machen wir uns die ganze Zeit Sorgen«, wir schliefen zum letzten Mal miteinander, ich schlief mit ihr und mit allen, als sie aufstand, um ins Bad zu gehen, war Blut auf dem Laken, ich kehrte zum Schlafen ins Gästezimmer zurück, es gibt so viele Dinge, die auf ewig ein Geheimnis bleiben. Am nächsten Morgen wurde ich von einem Klopfen am Fenster geweckt, ich sagte deiner Mutter, ich wolle spazieren gehen, sie stellte keine Fragen, was wusste sie, warum ließ sie zu, dass sie mich aus den Augen verlor? Oskar wartete unter der Straßenlaterne auf mich, er sagte: »Ich will keinen Sarg ausgraben.« In den letzten zwei Monaten haben wir uns täglich getroffen, wir haben alles bis ins letzte Detail geplant, wir haben sogar zur Übung im Central Park gegraben, die Details erinnern mich allmählich. Denn genau deshalb machen wir uns so viele Sorgen«, sagte sie, indem sie ihr Hemd aufknöpfte, ich knöpfte meines auf, sie zog ihre Hose aus, ich zog meine aus, »Wir machen uns so viele Sorgen«, ich berührte sie, und ich berührte alle, »Im Grunde machen wir uns die ganze Zeit Sorgen«, wir schliefen zum letzten Mal miteinander, ich schlief mit ihr und mit allen, als sie aufstand, um ins Bad zu gehen, war Blut auf dem Laken, ich kehrte zum Schlafen ins Gästezimmer zurück, es gibt so viele Dinge, die auf ewig ein Geheimnis bleiben. Am nächsten Morgen wurde ich von einem Klopfen am Fenster geweckt, ich sagte deiner Mutter, ich wolle spazieren gehen, sie stellte keine Fragen, was wusste sie, warum ließ sie zu, dass sie mich aus den Augen verlor? Oskar wartete unter der Straßenlaterne auf mich, er sagte: »Ich will keinen Sarg ausgraben.« In den letzten zwei Monaten haben wir uns täglich getroffen, wir haben alles bis ins letzte Detail geplant, wir haben sogar zur Übung im Central Park gegraben, die Details erinnern mich allmählich. Denn genau deshalb machen wir uns so viele Sorgen«, sagte sie, indem sie ihr Hemd aufknöpfte, ich knöpfte meines auf, sie zog ihre Hose aus, ich zog meine aus, »Wir machen uns so viele Sorgen«, ich berührte sie, und ich berührte alle, »Im Grunde machen wir uns die ganze Zeit Sorgen«, wir schliefen zum letzten Mal miteinander, ich schlief mit ihr und mit allen, als sie aufstand, um ins Bad zu gehen, war Blut auf dem Laken, ich kehrte zum Schlafen ins Gästezimmer zurück, es gibt so viele Dinge, die auf ewig ein Geheimnis bleiben. Am nächsten Morgen wurde ich von einem Klopfen am Fenster geweckt, ich sagte deiner Mutter, ich wolle spazieren gehen, sie stellte keine Fragen, was wusste sie, wa-

DIE EINFACHE LÖSUNG EINES UNLÖSBAREN PROBLEMS

Nachdem ich gemeinsam mit dem Mieter Dads Sarg ausgegraben hatte, ging ich am nächsten Tag zur Wohnung von Mr Black. Er war zwar nicht dabei gewesen, aber ich hatte trotzdem den Wunsch, ihm alles zu erzählen. Doch als ich klopfte, kam nicht er, sondern jemand anderes an die Tür. »Ja? Was ist denn?«, fragte die Frau. Die Brille hing ihr an einer Kette um den Hals, und sie hielt einen Ordner, aus dem viele Zettel ragten. »Sie sind ja gar nicht Mr Black.« »Mr Black?« »Hier wohnt doch Mr Black. Wo ist er?« »Tut mir Leid, aber ich habe keine Ahnung.« »Geht es ihm gut?« »Nehme ich an. Ich weiß nicht.« »Wer sind Sie?« »Ich bin Immobilienmaklerin.« »Was ist das?« »Ich verkaufe die Wohnung.« »Warum?« »Ich gehe mal davon aus, dass der Besitzer sie verkaufen möchte. Ich bin heute nur als Vertretung da.« »Vertretung?« »Der eigentliche Makler dieser Wohnung ist krank.« »Wissen Sie, wo ich den Besitzer finden kann?« »Tut mir Leid, aber das weiß ich nicht.« »Er war mein Freund.«

Sie sagte zu mir: »Heute Vormittag kommen sie irgendwann vorbei, um die Wohnung auszuräumen.« »Welche ›sie‹?« »Sie. Keine Ahnung. Interessenten. Müllmänner. Sie.« »Keine Umzugsleute?« »Keine Ahnung.« »Und sie wollen seine Sachen einfach wegwerfen?« »Oder verkaufen.« Wenn ich unglaublich reich gewesen wäre, hätte ich alles gekauft, selbst wenn ich es irgendwo hätte einlagern müssen. Ich sagte zu ihr: »Ich habe etwas in der Wohnung vergessen. Es gehört mir, also darf es weder verkauft noch weggegeben werden. Ich gehe jetzt rein und hole es. Darf ich bitte durch?«

Ich ging zur Kartei mit den Biographien. Ich konnte sie nicht komplett retten, versteht sich von selbst, aber ich brauchte etwas. Ich zog die Schublade für B auf und ging die Karteikarten durch. Ich fand die Karte für Mr Black. Da ich wusste, dass es seine Richtigkeit hatte, zog ich sie heraus und steckte sie in die Tasche meines Overalls.

Obwohl ich alles hatte, was ich wollte, zog ich noch die Schublade für S auf. Antonin Scalia, G. L. Scarborough, Lord Leslie George Scarman, Maurice Scève, Anne Wilson Schaef, Jack Warner Schaefer, Iris Scharmel, Robert Haven Schauffler, Barry Scheck, Johann Scheffler, Jean de Schelandre … Und dann fand ich die Karte: Schell.

Zuerst war ich froh, weil ich dachte, dass meine Mühe doch noch von Erfolg gekrönt war, weil ich Dad zu einem großen Mann gemacht hatte, der biographisch bedeutend war und in Erinnerung blieb. Aber als ich einen Blick auf die Karte warf, musste ich feststellen, dass es gar nicht die von Dad war.

OSKAR SCHELL: SOHN

Ich wünschte, ich hätte gewusst, dass ich Mr Black nicht mehr wiedersehen würde, als wir uns an dem Nachmittag die Hand gaben. Ich hätte seine Hand nicht losgelassen. Oder ich hätte ihn gezwungen, mit mir weiterzusuchen. Oder ich hätte ihm erzählt, dass Dad angerufen hatte, als ich zu Hause war. Aber ich hatte es nicht gewusst, genau wie ich nicht gewusst hatte, dass Dad mich damals zum letzten Mal gut zudeckte, denn man weiß es nie. Als Mr Black sagte: »Ich will nicht mehr. Ich hoffe, du verstehst das«, sagte ich also: »Ich verstehe«, obwohl ich es eigentlich nicht verstand. Ich fuhr nie zur Aussichtsplattform des Empire State Building hinauf, denn ich stellte mir lieber vor, dass er dort war, als wirklich nachzuschauen.

Ich suchte weiter nach dem Schloss, nachdem er mir gesagt hatte, er wolle nicht mehr, aber es war nicht mehr das Gleiche.

Ich fuhr nach Far Rockaway und Boerum Hill und Long Island City.

Ich fuhr nach Dumbo und Spanish Harlem und in den Meatpacking District.

Ich fuhr nach Flatbush und Tudor City und Little Italy.

Ich fuhr nach Bedford-Stuyvesant und Inwood und Red Hook.

Ich weiß nicht, ob es daran lag, dass mich Mr Black nicht mehr begleitete, oder daran, dass ich so lange mit dem Mieter Pläne für das Ausgraben von Dads Sarg geschmiedet hatte, oder einfach daran, dass ich so lange vergeblich gesucht hatte, aber ich hatte nicht mehr das Gefühl, Dad näher zu kommen.

Der letzte Black, den ich besuchte, hieß Peter. Er wohnte in Sugar Hill, das ist in Hamilton Heights, und das ist in Harlem. Als ich ins Haus ging, saß ein Mann auf der Treppe. Er hatte ein Baby auf den Knien, mit dem er sich unterhielt, obwohl Babys noch gar nicht sprechen können, versteht sich von selbst. »Sind Sie Peter Black?« »Wer fragt das?« »Oskar Schell.« Er klatschte mit der Hand auf die Stufe, was offenbar hieß, dass ich mich neben ihn setzen konnte, wenn ich wollte, und das fand ich nett, aber ich blieb lieber stehen. »Ist das Ihr Baby?« »Ja.« »Darf ich sie streicheln?« »Ihn.« »Darf ich ihn streicheln?« »Klar«, sagte er. Ich konnte nicht glauben, wie weich sein Kopf war, und wie klein seine Augen und Finger waren. »Er ist sehr verletzbar«, sagte ich. »Ja, das ist er«, sagte Peter, »aber wir passen gut auf ihn auf.« »Bekommt er normales Essen?« »Noch nicht. Im Moment nur Milch.« »Schreit er viel?« »Würde ich schon sagen. Mir kommt es jedenfalls viel vor.« »Aber Babys können nicht traurig sein, oder? Wenn er schreit, ist er bloß hungrig oder so.« »Das weiß man nie so ganz genau.« Ich fand es toll, wie das Baby die Fäuste ballte. Ich fragte mich, ob es denken konnte oder eher eine Art nichtmenschliches Tier war. »Möchtest du ihn mal halten?« »Das ist keine besonders gute Idee.« »Warum nicht?« »Ich weiß nicht, wie man ein Baby hält.« »Wenn du willst, zeige ich es dir. Ist ganz einfach.« »Okay.« »Dann setz dich«, sagte er. »Also: Eine Hand legst du hierhin. Prima. Genau richtig. Die andere legst du ihm hinter den Kopf. Gut. Dann drückst du ihn an deine Brust. Gut. Genau so. Wunderbar. Ganz genau so. Wohler kann er sich nicht fühlen.« »Mache ich das gut?« »Du machst das super.« »Wie heißt er?« »Peter.« »Ich dachte, so heißen Sie.« »Wir heißen beide Peter.« Daraufhin fragte ich mich zum ersten Mal, warum ich nicht nach Dad benannt worden war, aber ich fragte mich nicht, warum der Mieter Thomas hieß. Ich sagte: »Hallo, Peter. Ich beschütze dich.«

Als ich nachmittags nach Hause kam, war ich nach acht Monaten Suche in New York erschöpft und frustriert und pessimistisch, dabei hatte ich doch eigentlich glücklich sein wollen.

Ich ging in mein Labor, aber ich hatte keine Lust auf irgendwelche Experimente. Ich hatte keine Lust, Tamburin zu spielen oder Buckminster zu verhätscheln oder meine Sammlungen neu zu ordnen oder in meinem *Was-ich-erlebt-habe*-Album zu blättern.

Mom hatte es sich mit Ron im Wohnzimmer gemütlich gemacht, obwohl er gar nicht zur Familie gehörte. Ich ging in die Küche und holte mir ein bisschen dehydrierte Eiscreme. Ich warf einen Blick aufs Telefon. Das neue Telefon. Es erwiderte meinen Blick. Wenn es klingelte, schrie ich immer: »Das Telefon klingelt!«, denn ich mochte es nicht anfassen. Ich mochte nicht einmal im selben Zimmer wie es sein.

Ich drückte den Knopf für die Nachrichten. Das hatte ich seit dem allerschlimmsten Tag nicht mehr getan, und damals war es noch das alte Telefon gewesen.

Nachricht Eins. Samstag, 11:52 Uhr. Hallo, dies ist eine Nachricht für Oskar Schell. Oskar, hier ist Abby Black. Du bist gerade bei mir gewesen und hast nach dem Schlüssel gefragt. Ich war nicht ganz ehrlich zu dir, und ich glaube, ich könnte dir helfen. Bitte gib …

An dieser Stelle brach die Nachricht ab.

Abby war die Zweite auf meiner Liste gewesen. Ich hatte sie vor acht Monaten besucht. Sie wohnte im schmalsten Haus von New York. Ich sagte ihr, sie sei schön. Sie musste lachen. Ich sagte ihr, sie sei schön. Sie erwiderte, ich sei süß. Als ich ihr von den paranormalen Fähigkeiten der Elefanten erzählte, brach sie in Tränen aus. Ich fragte sie, ob wir uns küssen könnten. Sie lehnte nicht rundheraus ab. Ihre Nachricht wartete seit acht Monaten auf mich.

»Mom?« »Ja?« »Ich gehe nochmal raus.« »Okay.« »Ich bin später wieder da.« »Okay.« »Wann, weiß ich nicht genau. Es kann ziemlich spät werden.« »Okay.« Warum hakte sie nicht nach? Warum versuchte sie nicht, mich aufzuhalten, warum machte sie sich nicht wenigstens Gedanken, ob ich wohlbehalten zurückkehrte?

Weil es draußen schon dunkel wurde und weil die Straßen voll waren, stieß ich mit gugolplexvielen Menschen zusammen. Wer waren sie? Wohin gingen sie? Wonach suchten sie? Ich hätte gern ihren Herzschlag gehört, und ich wünschte mir, sie hätten meinen hören können.

Die U-Bahn-Station war nur ein paar Blocks von Abbys Haus entfernt, und als ich dort ankam, stand die Tür einen kleinen Spalt offen, als hätte Abby gewusst, dass ich kommen würde, obwohl das unmöglich war, versteht sich von selbst. Aber warum stand sie dann offen?

»Hallo? Ist jemand zu Hause? Hier ist Oskar Schell.«

Sie kam an die Tür.

Ich war erleichtert, weil sie keine Einbildung war.

»Erinnern Sie sich noch an mich?« »Sicher, Oskar. Du bist gewachsen.« »Wirklich?« »Und zwar ganz schön. Bestimmt ein paar Zentimeter.« »Ich war so mit Suchen beschäftigt, dass ich mich gar nicht mehr gemessen habe.« »Komm rein«, sagte sie. »Ich habe schon nicht mehr geglaubt, dass du noch kommst. Mein Anruf ist ja schon eine Ewigkeit her.« Ich erwiderte: »Ich habe Angst vor dem Telefon.«

Sie sagte: »Du hast ziemlich viele Ängste.« Ich sagte: »Ihre Nachricht.« »Die ich dir vor vielen Monaten draufgesprochen habe?« »Wieso waren Sie nicht ehrlich zu mir?« »Weil ich behauptet habe, nichts über den Schlüssel zu wissen.« »Aber Sie wissen doch etwas?« »Ja. Nein, eigentlich nicht. Nicht selbst. Aber mein Mann.« »Warum haben Sie mir das nicht bei meinem ersten Besuch erzählt?« »Es ging nicht.« »Warum nicht?« »Es ging einfach nicht.« »Das ist keine richtige Antwort.« »Mein Mann und ich hatten uns gerade furchtbar gestritten.« »Er war mein Dad!« »Er war mein Mann.« »Man hat ihn getötet!«

»Ich wollte ihm wehtun.« »Warum?« »Weil er mir wehgetan

75
½

hatte.« »Warum?« »Weil die Menschen einander wehtun. So sind die Menschen.« »Ich nicht.« »Ich weiß.« »Ich habe acht Monate nach etwas gesucht, das Sie mir innerhalb von Sekunden hätten zeigen können!« »Ich habe dich ja angerufen. Gleich nachdem du weg warst.« »Sie haben mir wehgetan!« »Das tut mir sehr Leid.«

»*Und*?«, fragte ich. »Was ist jetzt mit Ihrem Mann?« Sie sagte: »Er hat dich gesucht.« »*Er* hat *mich* gesucht?« »Ja.« »Aber ich habe doch nach *ihm* gesucht!« »Er kann dir alles erklären. Am besten, du rufst ihn an.« »Ich bin wütend auf Sie, weil Sie nicht ehrlich zu mir waren.« »Ich weiß.« »Sie hätten fast mein Leben ruiniert.«

Wir waren einander unglaublich nah.

Ich konnte ihren Atem riechen.

Sie sagte: »Küss mich, wenn du willst.« »Bitte?« »Als du zum ersten Mal hier warst, hast du mich gefragt, ob wir uns küssen könnten. Damals habe ich Nein gesagt, aber jetzt sage ich Ja.« »Ich schäme mich für damals.« »Du hast keinen Grund, dich zu schämen.« »Sie müssen mir den Kuss nicht aus Mitleid erlauben.« »Wenn du mich küsst«, sagte sie, »küsse ich dich auch.« Ich fragte sie: »Und wenn wir uns einfach nur in den Arm nehmen?«

Sie zog mich an sich.

Ich fing an zu weinen, und ich umarmte sie ganz fest. Ihre Schulter wurde feucht, und ich dachte: *Vielleicht stimmt es doch, dass man seine Tränen ganz aufbrauchen kann. Vielleicht hat Oma Recht.* Der Gedanke tat mir gut, denn ich wollte einfach nur leer sein.

Und dann kam mir urplötzlich eine Erleuchtung, und ich hatte keinen Boden mehr unter den Füßen, und ich stand im Nichts.

Ich löste mich von ihr.

»Warum ist Ihre Nachricht abgebrochen?« »Wie bitte?« »Die Nachricht, die Sie auf unserem Anrufbeantworter hinterlassen haben. Sie bricht in der Mitte ab.« »Ach, das muss passiert sein, als deine Mutter abgenommen hat.«

»Meine Mom hat abgenommen?« »Ja.« »Und was dann?« »Wie meinst du das?« »Haben Sie mit ihr gesprochen?« »Ein paar Minuten.« »Was haben Sie ihr erzählt?« »Weiß ich nicht mehr.« »Aber Sie haben ihr doch bestimmt erzählt, dass ich Sie besucht habe, oder?« »Ja, klar. War das etwa falsch?«

Ich wusste nicht, ob es falsch gewesen war. Und ich wusste nicht, warum mir Mom nichts von dem Gespräch, ja nicht einmal etwas von der Nachricht erzählt hatte.

»Und der Schlüssel? Haben Sie ihr davon erzählt?« »Ich bin davon ausgegangen, dass sie Bescheid wusste.« »Und meine Suche?«

Das ergab doch alles keinen Sinn.

Warum hatte Mom nichts gesagt?

Und auch nichts unternommen?

Und sich nicht einmal gekümmert?

Und dann ergab plötzlich doch alles einen Sinn.

Plötzlich wurde mir klar, warum Mom nicht nachgehakt hatte, wenn ich auf ihre Frage, wohin ich wolle, »Nach draußen«, geantwortet hatte. Sie brauchte nicht nachzuhaken, denn sie wusste Bescheid.

Plötzlich war klar, warum Ada wusste, dass ich in der Upper West Side wohnte, und warum Carol schon Kekse für mich bereitgehalten hatte, als ich vor ihrer Tür stand, und warum mich Portier215@hotmail.com mit: »Viel Glück,Oskar«, verabschiedet hatte, obwohl ich mir fast hundertprozentig sicher war, dass ich ihm meinen Namen nicht gesagt hatte.

Sie hatten gewusst, dass ich kommen würde.

Mom hatte längst vor mir mit allen gesprochen.

Selbst Mr Black war eingeweiht. Er musste gewusst haben, dass ich an dem Tag vor seiner Tür stehen würde, denn Mom hatte ihn bestimmt vorgewarnt. Wahrscheinlich hatte sie ihn auch gebeten, mich zu begleiten und mir Gesellschaft zu leisten und auf mich aufzupassen. Hatte er mich überhaupt wirklich gemocht? Und waren all seine irren Geschichten wirklich wahr? Waren seine Hörgeräte nur Attrappen? Und das magnetische Bett? Waren die Kugeln und Rosen wirklich Kugeln und Rosen?

Die ganze Zeit.

Jeder.

Alles.

Wahrscheinlich wusste Oma Bescheid.

Wahrscheinlich sogar der Mieter.

War der Mieter überhaupt der Mieter?

Meine Suche war ein Theaterstück, das Mom geschrieben hatte, und sie kannte das Ende schon, als ich noch ganz am Anfang stand.

Ich fragte Abby: »Stand Ihre Tür offen, weil Sie wussten, dass ich kommen würde?« Sie zögerte ein paar Sekunden. Dann sagte sie: »Ja.«

»Wo ist Ihr Mann?« »Er ist nicht mein Mann.« »Ich. Verstehe. Überhaupt. NICHTS MEHR!« »Er ist mein Ex-Mann.« »Wo ist er?« »Bei der Arbeit.« »Aber es ist doch Samstagabend.« »Er betreut ausländische Märkte.« »*Was bitte*?« »In Japan ist gerade Montagmorgen.«

»Ein junger Mann möchte Sie sprechen«, sagte die Frau am Tisch ins Telefon, und ich hatte ein krasses Gefühl, weil ich wusste, dass er am anderen Ende der Leitung war, obwohl ich langsam nicht mehr genau wusste, wer »er« war. »Ja«, sagte sie, »ein sehr junger Mann.« Dann sagte sie: »Nein.« Dann sagte sie: »Oskar Schell.« Dann sagte sie: »Ja. Er möchte Sie sprechen.«

»Darf ich fragen, worum es geht?«, fragte sie mich. »Um seinen Dad«, sagte sie ins Telefon. Dann sagte sie: »Das hat er gesagt.« Dann sagte sie: »Okay.« Dann sagte sie zu mir: »Geh durch den Flur. Dritte Tür links. Da ist er.«

An den Wänden hingen Kunstwerke, die bestimmt berühmt waren. Aus den Fenstern hatte man einen unglaublich tollen Blick, den Dad sehr gemocht hätte. Aber ich schaute mir all das nicht an, und ich machte auch keine Fotos. Ich war noch nie im Leben so konzentriert gewesen, denn ich war dem Schloss so nahe wie nie zuvor. Ich klopfte an die dritte Tür links, die ein Schild mit der Aufschrift WILLIAM BLACK trug. Drinnen sagte eine Stimme: »Herein.«

»Was kann ich für dich tun?«, fragte ein Mann hinter dem Schreibtisch. Er war ungefähr so alt, wie Dad jetzt gewesen wäre oder vermutlich war, jedenfalls wenn Tote ein Alter haben. Er hatte braun-graues Haar, einen kurzen Bart und eine runde Brille mit braunem Gestell. Er kam mir irgendwie bekannt vor, und ich fragte mich kurz, ob er der Mann war, den ich oben auf dem Empire State Building durchs Fernglas gesehen hatte. Aber das war natürlich nicht möglich, denn wir waren ja in der 57. Straße, und die ist viel zu weit nördlich, versteht sich von selbst. Auf seinem Schreibtisch standen ziemlich viele gerahmte Fotos. Ich warf einen raschen Blick darauf, aber es war keines von Dad dabei.

Ich fragte: »Woher kannten Sie meinen Dad?« Er lehnte sich auf dem Stuhl zurück und sagte: »Ich weiß nicht genau. Wer ist dein Dad?« »Thomas Schell.« Er überlegte kurz. Ich fand es ätzend, dass er überlegen musste. »Nein«, sagte er. »Ich kenne keinen Schell.« »Kannte.« »Bitte?« »Er ist tot, also können Sie ihn nicht mehr kennen.« »Tut mir Leid, das zu hören.« »Sie

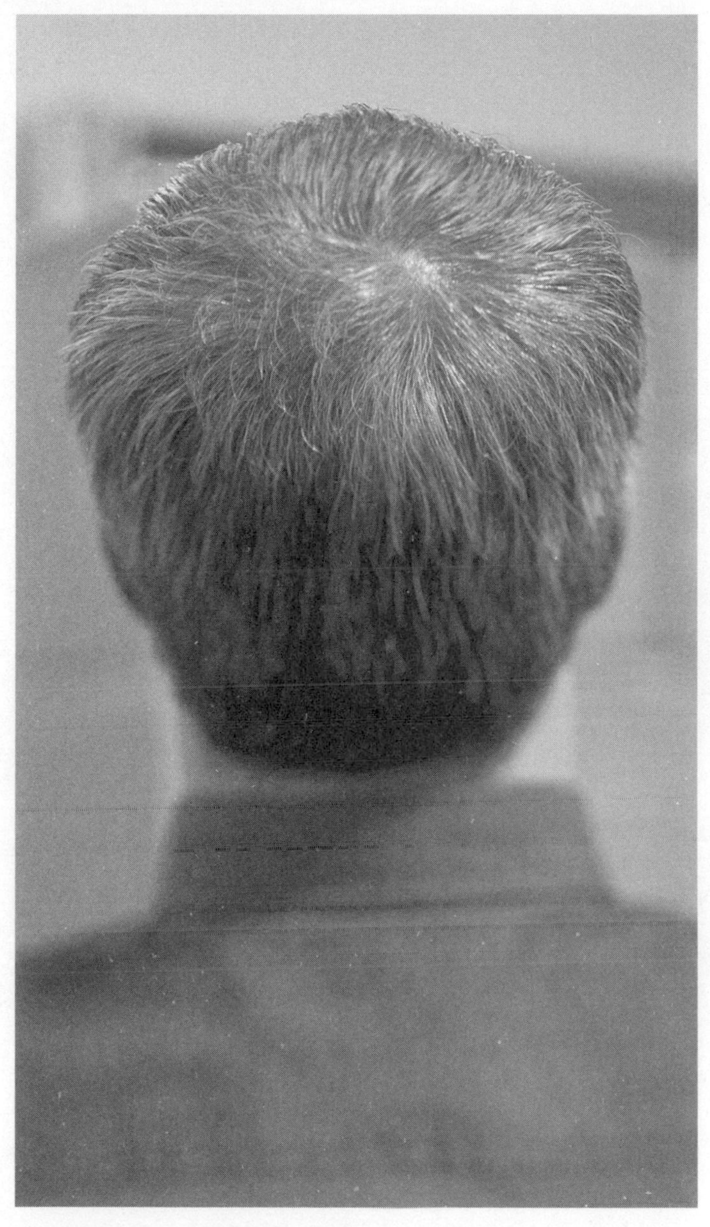

müssen ihn trotzdem gekannt haben.« »Nein. Ganz bestimmt nicht.« »Doch, Sie *müssen*.«

Ich erzählte ihm: »Ich habe einen kleinen Umschlag gefunden, auf dem Ihr Name steht, und ich dachte, es wäre vielleicht Ihre Frau, die inzwischen Ihre Ex-Frau ist, wie ich weiß, aber sie hat behauptet, nichts darüber zu wissen, und Sie heißen William, und ich bin noch lange nicht bei den W's ...« »Meine Frau?« »Ich habe sie besucht und mit ihr geredet.« »Mit ihr geredet? Wo?« »Im schmalsten Haus von New York.« »Wie geht es ihr?« »Wie meinen Sie das?« »Wie hat sie auf dich gewirkt?« »Traurig.« »Traurig? Wie genau?« »Einfach traurig.« »Was hat sie gerade gemacht?« »Eigentlich nichts. Sie hat mir etwas zu essen angeboten, obwohl ich ihr gesagt hatte, ich sei gar nicht hungrig. Als wir uns unterhalten haben, war jemand im Nebenzimmer.« »Ein Mann?« »Ja.« »Hast du ihn gesehen?« »Einmal ist er an der Tür vorbeigegangen, aber meist hat er nur im anderen Zimmer gebrüllt.« »Er hat *gebrüllt*?« »Extrem laut.« »Was hat er gebrüllt?« »Ich konnte ihn nicht verstehen.« »Klang es bedrohlich?« »Wie meinen Sie das?« »Hat er dir Angst eingejagt?« »Was ist mit meinem Dad?« »Wann hast du sie besucht?« »Vor acht Monaten.« »Vor acht Monaten?« »Vor sieben Monaten und achtundzwanzig Tagen.« Er lächelte. »Warum lächeln Sie?« Er vergrub das Gesicht in den Händen, als müsste er weinen, aber er weinte nicht. Er hob den Kopf und sagte: »Der Mann war ich.«

»Sie?« »Vor acht Monaten. Ja. Ich dachte, du hättest von gestern gesprochen.« »Aber er hatte keinen Bart.« »Er hat sich einen Bart wachsen lassen.« »Und er trug keine Brille.« Er nahm seine Brille ab und sagte: »Er hat sich verändert.« Ich musste an die Pixel des Standbildes vom stürzenden Körper denken und daran, dass man umso weniger sah, je genauer man hinschaute. »Warum haben Sie gebrüllt?« »Da müsste ich viel erklären.«

»Ich habe viel Zeit«, sagte ich, weil ich alles wissen wollte, was mich Dad irgendwie näher brachte, selbst wenn es mich verletzte. »Es ist eine sehr lange Geschichte.« »Bitte.« Er klappte ein Notebook zu, das auf seinem Schreibtisch stand, und sagte: »Es ist eine viel zu lange Geschichte.«

Ich sagte: »Ist doch wirklich krass, dass wir vor acht Monaten beide in der Wohnung waren und jetzt beide in diesem Büro sind, finden Sie nicht auch?«

Er nickte.

»Echt krass«, sagte ich. »Wir waren uns unglaublich nah.«

Er sagte: »Was ist denn so Besonderes an dem Umschlag?« »Im Grunde nichts. Besonders ist, was *darin* war.« »Und was war darin?« »Das hier war darin.« Ich zog die Schnur, die ich um den Hals trug, so heraus, dass ich den Wohnungsschlüssel auf dem Rücken und Dads Schlüssel auf der Brusttasche meines Overalls hatte, auf dem Heftpflaster, auf meinem Herz. »Darf ich mal sehen?«, fragte er. Ich gab ihm den Schlüssel, ohne ihn vom Band zu lösen. Er betrachtete ihn und fragte: »Stand irgendetwas auf dem Umschlag?« »Ja: ›Black‹.« Er hob den Kopf und sah mich an. »Hast du ihn in einer blauen Vase gefunden?« »Hammerhart!«

Er sagte: »Ich fasse es nicht.« »Was fassen Sie nicht?« »Das ist wirklich das Unglaublichste, was mir je im Leben passiert ist.« »*Was* denn?« »Diesen Schlüssel habe ich zwei Jahre lang gesucht.« »Aber ich habe acht Monate nach dem passenden Schloss gesucht.« »Dann haben wir uns gegenseitig gesucht.« Endlich konnte ich die allerwichtigste Frage meines Lebens stellen: »Was kann man damit aufmachen?«

»Ein Bankschließfach.« »Ja, aber was hat das mit meinem Dad zu tun?« »Mit deinem Dad?« »Entscheidend an dem Schlüssel ist doch, dass ich ihn in der Kleiderkammer meines Dads gefunden habe, und weil er tot ist, konnte ich ihn nicht mehr fragen, was für ein Schlüssel es ist, und deshalb musste ich die Frage allein beantworten.« »Du hast ihn in seiner Kleiderkammer gefunden?« »Ja.« »In einer hohen, blauen Vase?« Ich nickte. »Mit einem Schild darunter?« »Keine Ahnung. Ich habe kein Schild gesehen. Weiß ich nicht mehr.« Wenn ich allein gewesen wäre, hätte ich mir den größten blauen Fleck meines Lebens verpasst. Ich hätte einen einzigen, riesigen blauen Fleck aus mir gemacht.

»Vor ungefähr zwei Jahren ist mein Vater gestorben«, sagte er. »Er war bei einer Routineuntersuchung, und der Arzt hat ihm erklärt, er habe noch zwei Monate zu leben. Zwei Monate später war er tot.« Ich wollte nichts vom Tod hören. Alle Menschen redeten ständig vom Tod, sie redeten von nichts anderem, selbst wenn sie nicht darüber redeten. »Ich musste mir überlegen, was aus all seinen Sachen werden sollte. Bücher, Möbel, Kleidung.« »Wollten Sie die Sachen denn nicht behalten?« »Ich wollte nichts davon behalten.« Das fand ich krass, weil ich Dads Sachen unbedingt haben wollte. »Um es kurz zu machen …« »Sie brauchen es nicht kurz zu machen.« »Ich habe einen Wohnungsausverkauf veranstaltet. Ich hätte nicht dabei sein dürfen. Ich hätte es jemand anderem übertragen sollen. Oder alles verschenken. Denn so konnte ich nicht anders, als allen Leuten zu sagen, dass die Preise für seine Sachen nicht verhandelbar seien. Sein Hochzeitsanzug war nicht verhandelbar. Seine Sonnenbrille war nicht verhandelbar. Es war einer der schlimmsten Tage meines Lebens. Vielleicht der schlimmste.«

»Geht es Ihnen gut?« »Mir geht es prima. Aber die letzten paar Jahre waren ziemlich hart. Ich war meinem Vater nicht besonders nahe.« »Möchten Sie in den Arm genommen werden?« »Geht schon wieder.« »Warum nicht?« »Warum was nicht?« »Warum waren Sie Ihrem Vater nicht besonders nahe?«

Er sagte: »Viel zu lange Geschichte.« »Können Sie mir jetzt bitte etwas über meinen Dad erzählen?«

»Als mein Vater von seinem Krebs erfuhr, begann er, Briefe zu schreiben. Davor war er kein großer Briefeschreiber gewesen. Ich weiß nicht, ob er überhaupt je einen Brief geschrieben hatte. Aber in seinen letzten beiden Lebensmonaten hat er wie besessen Briefe geschrieben. Immer, wenn er bei Bewusstsein war.« Ich fragte ihn, warum, aber in Wahrheit hätte ich gern gewusst, warum ich nach Dads Tod begonnen hatte, Briefe zu schreiben. »Er wollte Abschied nehmen. Er schrieb sogar Menschen, die er kaum kannte. Wenn er nicht sowieso schon krank gewesen wäre, wären die Briefe seine Krankheit gewesen. Gestern hatte ich ein geschäftliches Treffen, und mitten im Gespräch fragte mich der Mann, ob ich mit Edmund Black verwandt sei. Ich sagte, ja, er war mein Vater. Er sagte: ›Ich war mit Ihrem Vater auf der High School. Er hat mir vor seinem Tod einen ganz erstaunlichen Brief geschrieben. Zehn Seiten. Im Grunde kannte ich ihn gar nicht. Wir hatten seit fünfzig Jahren nicht mehr miteinander geredet. Es war der erstaunlichste Brief, den ich je bekommen habe.‹ Ich fragte ihn, ob ich den Brief lesen dürfe. Er antwortete: ›Ich glaube, er war nur für mich gedacht.‹ Ich erwiderte, es würde mir viel bedeuten. Er sagte: ›Sie werden darin erwähnt.‹ Ich sagte, verstehe.

Dann habe ich das Rolodex meines Vaters durchgeschaut …« »Was ist das?« »Telefonbuch. Ich habe jeden angerufen, der darin stand. Seine Cousins, seine Geschäftspartner, Leute, die mir völlig fremd waren. Er hatte allen geschrieben. Jedem Einzelnen. Manche haben mir ihren Brief gezeigt. Andere nicht.«

»Wie waren die Briefe?«

»Der Kürzeste bestand nur aus einem Satz. Der Längste war mehrere Dutzend Seiten lang. Manche waren kleine Dramen.

Andere bestanden nur aus Fragen an den Empfänger.« »Welche Fragen?« »›Wusstest du, dass ich damals in dem Sommer in Norfolk in dich verliebt war?‹ ›Müssen sie Steuern für meine Hinterlassenschaft bezahlen, zum Beispiel für das Klavier?‹ ›Wie funktionieren Glühlampen?‹« »Das hätte ich ihm erklären können.« »›Gibt es wirklich Menschen, die im Schlaf sterben?‹

Manche seiner Briefe waren witzig. Richtig, richtig witzig, meine ich. Ich hatte gar nicht gewusst, dass er so witzig sein konnte. Und einige waren philosophisch. Er schrieb über die Trauer und das Glück, er schrieb über alles, was er eigentlich immer hatte tun wollen, aber unterlassen hatte, und über alles, was er getan hatte, aber eigentlich nicht hatte tun wollen.«

»Hat er Ihnen denn keinen Brief geschrieben?« »Doch.« »Was stand darin?« »Ich mochte ihn nicht lesen. Wochenlang nicht.« »Und warum nicht?« »Die bloße Vorstellung tat mir weh.« »Ich wäre extrem neugierig gewesen.« »Meine Frau – meine Ex-Frau – meinte, ich wäre verrückt, wenn ich ihn nicht lesen würde.« »Das war aber nicht sehr verständnisvoll von ihr.« »Aber sie hatte Recht. Es war Unsinn. Ich war kindisch.« »Ja, aber Sie waren ja auch sein Kind.«

»Ja, ich war sein Kind. Richtig. Ich fange an zu plappern. Um es kurz zu machen …« »Nicht kurz machen«, sagte ich, denn obwohl es mir lieber gewesen wäre, wenn er mir von meinem anstatt von seinem Dad erzählt hätte, wollte ich, dass seine Geschichte so lang wie möglich war, denn ich hatte Angst vor ihrem Ende. Er sagte: »Ich habe den Brief am Ende doch noch gelesen. Gut möglich, dass ich irgendeine Art von Beichte erwartet hatte. Ich weiß es nicht genau. Irgendeinen Wutausbruch oder die Bitte um Verzeihung. Etwas, das mich veranlasst hätte, alles in einem neuen Licht zu sehen. Aber der Brief war ganz sachlich. Eher ein Dokument als ein Brief, wenn du verstehst, was ich meine.« »Ich glaube schon.« »Ich weiß nicht. Vielleicht war es falsch von mir, aber ich hatte erwartet, dass er sich für bestimmte Dinge entschuldigen und mir sagen würde, dass er mich liebe. Versöhnliche Worte am Lebensende. Aber im Brief stand nichts dergleichen. Er schrieb nicht einmal ›Ich liebe dich‹. Er informierte mich über sein Testament, seine Lebensversicherung, über all diese ekelhaften, geschäftlichen Dinge, an die man so ungern denkt, wenn jemand gestorben ist.«

»Waren Sie enttäuscht?« »Ich war wütend.« »Das tut mir Leid.« »Nein. Das braucht dir nicht Leid zu tun. Ich habe darüber nachgedacht. Ich habe die ganze Zeit darüber nachgedacht. Mein Vater schrieb mir, wo er welche Dinge habe und um welche ich mich kümmern solle. Er wusste, was Verantwortung ist. Er war ein guter Mensch. Emotional zu sein ist einfach. Eine Szene kann man immer machen. Weißt du noch, wie ich mich vor acht Monaten aufgeführt habe? Das war einfach.« »Hat sich aber nicht einfach angehört.« »Doch, es war einfach. Höhen und Tiefen geben einem das Gefühl, bedeutend und wichtig zu sein, aber im Grunde sind sie überflüssig.« »Was ist dann nicht überflüssig?« »Verlässlich zu sein. Anständig zu sein.«

»Was ist jetzt mit dem Schlüssel?« »Am Schluss des Briefes schrieb er: ›Ich habe noch etwas für dich. In der blauen Vase auf dem Schlafzimmerregal liegt ein Schlüssel. Er ist für ein Schließfach in unserer Bank. Ich hoffe, du verstehst, warum ich wollte, dass du ihn bekommst.‹« »Und? Was war darin?« »Ich habe den Brief ja erst gelesen, nachdem ich all seine Sachen verkauft hatte. Ich hatte die Vase verkauft. Ich habe sie an deinen Vater verkauft.« »*Was zum*?«

»Darum habe ich versucht, euch zu finden.« »Sie sind meinem Dad begegnet?« »Ja, aber nur kurz.« »Können Sie sich an ihn erinnern?« »Es war nur eine Minute.« »Können Sie sich trotzdem an ihn erinnern?« »Wir haben ein bisschen geplaudert.« »Und?« »Er war ein netter Mann. Ich glaube, er hat gemerkt, wie schwer es mir gefallen ist, mich von all den Sachen zu trennen.« »Können Sie ihn bitte beschreiben?« »Himmel, ich kann mich wirklich an kaum etwas erinnern.« »*Bitte.*« »Er war ungefähr einssiebzig groß. Er hatte braunes Haar. Er trug eine Brille.« »Welche Art Brille?« »Mit dicken Gläsern.« »Was hat er angehabt?« »Einen Anzug, glaube ich.« »Was für einen Anzug?« »Grau vielleicht?« »Stimmt genau! Bei der Arbeit hat er immer einen grauen Anzug getragen! Hatte er eine Lücke zwischen den Zähnen?« »Das weiß ich nicht mehr.« »Strengen Sie sich an.«

»Er hat gesagt, dass er auf dem Heimweg das Schild für den Verkauf gesehen habe. Er hat mir erzählt, dass er in der kommenden Woche einen Jahrestag habe.« »Am 14. September!« »Er hatte eine Überraschung für deine Mom. Die Vase sei genau richtig, meinte er. Er meinte, sie würde ihr bestimmt super gefallen.« »Er hatte eine Überraschung für sie?« »Er hatte Plätze in ihrem Lieblingsrestaurant reserviert. Er wollte so richtig schick mit ihr ausgehen.«

Der Smoking.

»Was hat er noch gesagt?« »Was hat er noch gesagt …« »Egal was.« »Er hatte ein sehr schönes Lachen, das weiß ich noch. Es war gut, dass er gelacht und mich damit auch zum Lachen gebracht hat. Er hat um meinetwillen gelacht.«

»Was noch?« »Er hatte einen guten Blick.« »Was heißt das?« »Er wusste, was ihm gefiel. Er wusste, wann er es gefunden hatte.« »Stimmt. Er hatte einen unglaublich guten Blick.« »Ich weiß noch, wie er die Vase in der Hand hielt und betrachtete. Er sah sich den Boden an und drehte sie ein paar Mal hin und her. Er machte einen sehr aufmerksamen Eindruck.« »Er war extrem aufmerksam.«

Ich wünschte, er hätte sich an weitere Einzelheiten erinnert, etwa ob Dad seinen obersten Hemdknopf offen hatte oder ob er nach Rasieren gerochen oder »I Am the Walrus« gepfiffen hatte. Hatte er eine *New York Times* unter dem Arm gehabt? Sich die Lippen eingefettet? Einen Rotstift in der Tasche?

»Als die Wohnung abends leer war, setzte ich mich auf den Fußboden und las den Brief meines Vaters. Ich las den Satz mit der Vase. Ich hatte das Gefühl, vor ihm versagt zu haben.« »Aber hätten Sie nicht zur Bank gehen und sagen können, dass Sie den Schlüssel verloren haben?« »Das habe ich versucht. Aber angeblich hatte er kein Schließfach. Ich habe es unter meinem Namen versucht. Kein Schließfach. Und auch keines unter dem Namen meiner Mutter oder den Namen meiner Großeltern. Die Sache war sinnlos.« »Und die Leute bei der Bank konnten nichts tun?« »Sie waren mir sehr behilflich, aber ohne den Schlüssel ging nichts.« »Und darum mussten Sie meinen Dad finden.«

»Ich hoffte, er würde den Schlüssel in der Vase bemerken und mich dann suchen. Aber wie sollte er mich finden? Die Wohnung meines Vaters hatten wir verkauft, es hätte ihm also nichts genützt, wenn er dorthin gegangen wäre. Und ich war mir ziemlich sicher, dass er den Schlüssel wegwerfen würde, wenn er ihn entdeckte. Das hätte ich jedenfalls getan. Und ich hatte keine Chance, deinen Dad zu finden. Gar keine. Ich wusste ja nichts über ihn, ich kannte nicht einmal seinen Namen. Ein paar Wochen bin ich nach Feierabend immer in das Viertel gefahren, obwohl es nicht auf meinem Weg lag. Ich bin herumgelaufen und habe nach ihm Ausschau gehalten. Ich habe sogar ein paar Zettel aufgehängt: ›An den Mann, der beim Wohnungsausverkauf in der 75. Straße die Vase gekauft hat – bitte melden Sie sich bei …‹ Aber das war die Woche nach dem 11. September, und alles war mit Postern gepflastert.«

»Meine Mom hat Bilder von ihm aufgehängt.« »Wie meinst du das?« »Er ist am 11. September umgekommen. So ist er gestorben.« »Oh, Gott. Das habe ich nicht geahnt. Das tut mir wahnsinnig Leid.« »Ist schon gut.« »Ich weiß gar nicht, was ich jetzt sagen soll.« »Sie brauchen nichts zu sagen.« »Ich habe die Bilder nicht gesehen. Wenn ich sie gesehen hätte ... Tja, ich weiß auch nicht, was ich dann getan hätte.« »Sie hätten uns ausfindig machen können.« »Vermutlich schon, ja.« »Ich frage mich, ob Ihre Zettel und die Poster meiner Mom irgendwo nebeneinander gehangen haben.«

Er sagte: »Ich habe ständig versucht, ihn zu finden, egal wo ich war: in den Außenbezirken, im Stadtzentrum, im Zug. Ich habe jedem in die Augen geschaut, aber es waren nie seine. Einmal stand ich auf der anderen Seite des Broadway und habe jemanden auf dem Times Square gesehen, den ich für deinen Vater hielt, aber ich habe ihn zwischen den vielen Menschen aus den Augen verloren. Dann habe ich jemanden, der dein Vater hätte sein können, in der 23. Straße in ein Taxi steigen sehen. Ich hätte ihm hinterhergerufen, aber ich kannte seinen Namen ja nicht.« »Thomas.« »Thomas. Ich wünschte, das hätte ich damals gewusst.«

Er sagte: »Einem Mann bin ich länger als eine halbe Stunde durch den Central Park gefolgt. Ich habe ihn für deinen Vater gehalten. Ich habe nicht kapiert, warum er die ganze Zeit so komisch kreuz und quer lief. Völlig ziellos. Das habe ich nicht kapiert.« »Warum haben Sie ihn nicht angesprochen?« »Das habe ich irgendwann getan.« »Und was war?« »Ich hatte mich geirrt. Er war es nicht.« »Haben Sie ihn gefragt, warum er so komisch gelaufen ist?« »Er hatte etwas verloren und suchte den Boden danach ab.«

»Ja, aber jetzt müssen Sie nicht mehr suchen«, sagte ich. Er sagte: »Ich war so lange hinter diesem Schlüssel her. Und es ist merkwürdig, ihn jetzt *vor* mir zu haben.« »Wollen Sie nicht nachschauen, was Ihnen Ihr Vater hinterlassen hat?« »Das ist vermutlich keine Frage des Wollens.« Ich fragte ihn: »Was dann?«

Er sagte: »Es tut mir so wahnsinnig Leid. Ich weiß, dass du auch etwas suchst. Und ich weiß, dass es nicht das hier ist.« »Ist schon gut.« »Ich weiß nicht, ob es dir hilft, aber ich hatte den Eindruck, dass dein Vater ein guter Mensch war. Ich habe ja nur ein paar Minuten mit ihm geredet, aber es hat gereicht, um zu merken, dass er ein guter Mensch war. Du hattest Glück mit einem solchen Vater. Für einen solchen Vater würde ich sofort diesen Schlüssel hergeben.« »Besser, Sie müssten diese Wahl gar nicht erst treffen.« »Ja, das wäre wohl besser.«

Wir saßen da und schwiegen. Ich sah mir noch einmal die Fotos auf seinem Schreibtisch an. Alle zeigten Abby.

Er sagte: »Komm doch mit zur Bank.« »Das ist sehr nett von Ihnen, aber lieber nicht.« »Bestimmt nicht?« Nicht, dass ich nicht neugierig gewesen wäre. Ich war unglaublich neugierig. Aber ich hatte Angst, dass es mich verwirren könnte.

Er sagte: »Was ist denn?« »Nichts.« »Ist wirklich alles in Ordnung mit dir?« Ich wollte die Tränen zurückhalten, aber ich konnte nicht. Er sagte: »Es tut mir so wahnsinnig Leid.«

»Darf ich Ihnen etwas erzählen, das ich noch nie jemandem erzählt habe?«

»Sicher.«

»Wir hatten praktisch sofort Schule aus. Man hat uns nicht wirklich erklärt, was los ist, nur, dass etwas Schlimmes passiert sei. Wahrscheinlich haben wir das am Anfang gar nicht richtig kapiert. Oder wir haben nicht kapiert, dass uns auch etwas Schlimmes passieren könnte. Viele Kinder wurden von ihren Eltern abgeholt, aber weil die Schule nur fünf Blocks von meiner Wohnung entfernt ist, bin ich zu Fuß gegangen. Mein

Freund hatte gesagt, er wolle anrufen, also bin ich zum Anrufbeantworter gegangen, und das Lämpchen hat geblinkt. Es waren fünf Nachrichten drauf. Sie waren alle von ihm.« »Von deinem Freund?« »Von meinem Dad.«

Er legte sich eine Hand vor den Mund.

»Er hat bloß immer wieder gesagt, dass es ihm gut gehe und dass alles gut würde und dass wir uns keine Sorgen machen sollten.«

Eine Träne lief ihm über die Wange und blieb an seinem Finger hängen.

»Aber das Nächste habe ich noch nie jemandem erzählt. Als ich die Nachrichten abgehört hatte, klingelte das Telefon. Es war 10:26 Uhr. Ich habe auf die Nummer des Anrufers geschaut, und es war sein Handy.« »Oh, Gott.« »Legen Sie mir bitte eine Hand auf die Schulter, damit ich zu Ende erzählen kann?« »Klar«, sagte er, und er rollte auf seinem Stuhl um den Schreibtisch und hielt neben mir.

»Ich konnte nicht abnehmen. Ich konnte einfach nicht. Das Telefon klingelte und klingelte, und ich konnte mich nicht von der Stelle rühren. Ich wollte abnehmen, aber ich konnte nicht.

Der Anrufbeantworter sprang an, und ich hörte meine eigene Stimme.«

Hallo, Sie sind in der Schell-Residenz gelandet. Hier der Fakt des Tages: In Jakutien, das ist in Sibirien, ist es so kalt, dass der Atem sofort mit einem knisternden Geräusch gefriert, und das nennt man dort das Flüstern der Sterne. An extrem kalten Tagen liegen die Städte wegen des Atems der Menschen und Tiere im Nebel. Bitte hinterlassen Sie eine Nachricht.

»Dann kam der Piepton.«

»Dann hörte ich Dads Stimme.«

Bist du da? Bist du da? Bist du da?

»Er brauchte mich, und ich konnte nicht abnehmen. Ich konnte einfach nicht abnehmen. Ich konnte einfach nicht. *Bist du da?* Er hat elfmal gefragt. Das weiß ich, weil ich mitgezählt habe. Es war einmal mehr, als ich an den Fingern abzählen konnte. Warum hat er immer wieder gefragt? Und warum hat er nicht ›jemand‹ gesagt? *Ist jemand da?* ›Du‹ ist ja nur eine Person. Manchmal glaube ich, er wusste, dass ich da war. Vielleicht hat er es immer wieder gesagt, damit ich endlich den Mut finde, abzunehmen. Außerdem hat er immer so lange Pausen zwischen den Fragen gemacht. Zwischen der dritten und der vierten liegen fünfzehn Sekunden, das ist die längste Pause. Im Hintergrund kann man Leute schreien und weinen hören. Und man kann hören, wie Glas zerbirst, und deshalb frage ich mich, ob gerade Leute gesprungen sind.«

Bist du da? Bist du da? Bist du da? Bist du da? Bist du da?
Bist du da? Bist du da? Bist du da? Bist du da? Bist du da?
Bist du

»Dann ist es abgebrochen.

Ich habe die Nachricht gestoppt, und sie ist eine Minute und siebenundzwanzig Sekunden lang. Das heißt, sie ist um 10:28 abgebrochen. Genau da ist das Gebäude eingestürzt. Also ist er vielleicht dabei gestorben.«

»Es tut mir irrsinnig Leid.«

»Das habe ich nie jemandem erzählt.«

Er drückte mich, es war fast eine Umarmung, und ich spürte, wie er den Kopf schüttelte.

Ich fragte ihn: »Vergeben Sie mir?«

»Ob ich dir vergebe?«

»Ja.«

»Dafür, dass du nicht abnehmen konntest?«

»Dafür, dass ich es niemandem erzählen konnte.«

Er sagte: »Ich vergebe dir.«

Ich zog mir die Schnur über den Kopf und legte sie ihm um den Hals.

»Was ist mit dem anderen Schlüssel hier?«, fragte er.

Ich erwiderte: »Der ist für unsere Wohnung.«

Als ich nach Hause kam, stand der Mieter unter der Straßenlaterne. Dort trafen wir uns jeden Abend, um die Einzelheiten unseres Plans zu besprechen, zum Beispiel, um wie viel Uhr wir aufbrächen und was wir machten, wenn es regnete oder wenn ein Wärter von uns wissen wollte, was wir da trieben. Nach ein paar Treffen gingen uns die realistischen Details aus, aber irgendwie zögerten wir noch, den Plan in die Tat umzusetzen. Also dachten wir uns unrealistische Details aus, zum Beispiel Ausweichrouten für den Fall, dass die Brücke in der 59. Straße eingestürzt war, wie wir den Friedhofszaun überwinden konnten, falls er unter Strom stand, und wie wir uns bei der Polizei herausredeten, falls man uns verhaftete. Wir hatten alle möglichen Karten und Geheimcodes und Werkzeuge parat. Vermutlich hätten wir bis in alle Ewigkeit weiter Pläne geschmiedet, wenn ich an diesem Abend nicht bei William Black gewesen wäre und nicht erfahren hätte, was ich erfahren hatte.

Der Mieter schrieb: »Du bist spät dran.« Ich zuckte mit den Schultern, genau wie Dad. Er schrieb: »Ich habe uns für den Notfall eine Strickleiter besorgt.« Ich nickte. »Wo bist du gewesen? Ich habe mir Sorgen gemacht.« Ich erwiderte: »Ich habe das Schloss gefunden.«

»Du hast es gefunden?« Ich nickte. »Und?«

Ich wusste nicht, was ich sagen sollte. Ich habe es gefunden, und damit hat die Suche ein Ende? Ich habe es gefunden, aber es hatte nichts mit Dad zu tun? Ich habe es gefunden, und jetzt darf ich mein ganzes Leben mit Bleifüßen herumlaufen?

»Ich wünschte, ich hätte es nicht gefunden.« »Aber du hast doch danach gesucht.«

»Das ist nicht das Entscheidende.« »Was dann?« »Ich habe es gefunden, und jetzt kann ich nicht mehr danach suchen.« Ich merkte, dass er mich nicht verstand. »Die Suche nach dem Schloss hat mir geholfen, meinem Dad noch ein bisschen länger nahe zu sein.« »Wirst du ihm denn nicht immer nahe sein?« Ich kannte die Wahrheit. »Nein.«

Er nickte, als müsste er an irgendetwas denken oder an vieles denken oder an alles denken, falls das möglich ist. Er schrieb: »Vielleicht sollten wir unseren Plan jetzt endlich in die Tat umsetzen.«

Ich öffnete die linke Hand, denn wenn ich versucht hätte, etwas zu sagen, hätte ich wieder weinen müssen.

Wir verabredeten uns für Donnerstagabend. Es war Dads zweiter Todestag, und das passte irgendwie.

Bevor ich ins Haus ging, gab mir der Mieter einen Brief. »Was ist das?« Er schrieb: »Stan holt sich gerade einen Kaffee. Er hat mich gebeten, dir das hier zu geben, falls er noch nicht wieder da ist.« »Was ist es?« Er zuckte mit den Schultern und ging über die Straße.

Lieber Oskar Schell,

Ich habe alle Briefe gelesen, die du mir im Laufe der letzten zwei Jahre geschrieben hast. Im Gegenzug habe ich dir viele Formbriefe geschickt und dabei stets gehofft, dir irgendwann gebührend antworten zu können. Doch je mehr Briefe du mir geschrieben und je mehr du dich mir geöffnet hast, desto mehr bin ich vor dieser Aufgabe zurückgeschreckt.

Beim Diktieren dieser Zeilen sitze ich unter einem Birnbaum und schaue auf die Obstwiesen, die zum Anwesen eines meiner Freunde gehören. Ich habe die letzten paar Tage hier verbracht, um mich von einer medizinischen Behandlung zu erholen, die mich körperlich und seelisch ziemlich mitgenommen hat. Doch heute früh, als ich Trübsal blies und mich selbst bedauerte, kam ich plötzlich darauf, und es war wie die einfache Lösung eines unlösbaren Problems: Heute ist der Tag, auf den ich gewartet habe.

In deinem ersten Brief hast du mich gefragt, ob du mein Protegé sein darfst. Ich weiß nicht recht, was ich darauf antworten soll, aber ich würde mich sehr freuen, wenn du mich für einige Tage in Cambridge besuchen würdest. Ich könnte dich meinen Kollegen vorstellen, dich zum besten Curry außerhalb Indiens einladen und dir zeigen, wie todlangweilig das Leben eines Astrophysikers sein kann.

Du kannst eine goldene Zukunft in den Naturwissenschaften haben, Oskar.

Ich würde gern alles in meiner Macht Stehende tun, um dir einen solchen Weg zu ebnen. Die Vorstellung, dass du deine Phantasie zu naturwissenschaftlichen Zwecken einsetzt, ist wunderbar.

Ich bekomme ständig Post von klugen Menschen, Oskar. In deinem fünften Brief hast du gefragt: »Und wenn ich nie aufhören würde, mir Sachen auszudenken?« Diese Frage geht mir immer noch im Kopf herum.

Ich wünschte, ich wäre ein Dichter. Das habe ich noch nie jemandem gestanden, und ich gestehe es dir, weil du mir das Gefühl gegeben hast, dass ich dir vertrauen kann. Ich habe mein Leben damit verbracht, das Universum zu erforschen, meist mit meinem geistigen Auge. Es war ein unglaublich erfülltes Leben, ein wunderbares Leben. Es war mir möglich, gemeinsam mit einigen großen Denkern der Gegenwart die Ursprünge von Zeit und Raum zu erkunden. Trotzdem wünschte ich, ich wäre ein Dichter.

Albert Einstein, eines meiner großen Vorbilder, schrieb einmal, dass unsere Situation die folgende sei: Wir stünden vor einer verschlossenen Kiste, die wir nicht öffnen könnten.

Wahrscheinlich brauche ich dir nicht erst zu sagen, dass der überwiegende Teil des Universums aus dunkler Materie besteht. Das fragile Gleichgewicht beruht auf Dingen, die wir niemals sehen, hören, riechen, schmecken oder berühren können. Das Leben selbst beruht darauf. Was ist wirklich? Was ist nicht wirklich? Vielleicht sind das nicht die richtigen Fragen. Worauf beruht das Leben?

Ich wünschte, ich hätte Dinge hervorgebracht, auf denen das Leben beruht.

Und wenn du nie aufhören würdest, dir Sachen auszudenken?

Vielleicht denkst du dir gar nichts aus.

Ich werde zum Frühstück hereingerufen und muss den Brief an dieser Stelle beenden. Ich würde dir am liebsten noch viel mehr sagen, und ich möchte noch viel mehr von dir hören. Wie schade, dass wir auf verschiedenen Kontinenten leben. Das ist bedauerlich, genau wie vieles andere.

Zu dieser Stunde ist es herrlich draußen. Die Sonne steht noch tief, die Schatten sind lang, die Luft ist kalt und klar. Du wirst erst in fünf Stunden erwachen, aber ich habe trotzdem das Gefühl, dass wir diesen herrlichen und klaren Morgen gemeinsam erleben.

Dein Freund
Stephen Hawking

MEINE GEFÜHLE

Mitten in der Nacht riss mich ein Klopfen aus dem Schlaf.
Ich hatte vom Ort meiner Herkunft geträumt.
Ich zog mir den Bademantel an und ging zur Tür.
Wer mochte es sein? Warum hatte der Portier nicht vorher angerufen? Ein Nachbar? Aber warum?
Wieder Klopfen. Ich schaute durch den Spion. Es war dein Großvater.
Komm herein. Wo bist du gewesen? Ist alles in Ordnung?
Seine Hosenbeine waren unten mit Erde beschmiert.
Ist alles in Ordnung?
Er nickte.
Komm herein. Ich klopfe dir erst mal den Dreck ab. Was ist denn passiert?
Er zuckte mit den Schultern.
Hat dich jemand verletzt?
Er hob die rechte Hand.
Bist du verletzt?
Wir gingen in die Küche und setzten uns an den Tisch. Nebeneinander. Die Fenster waren schwarz. Er legte sich die Hände auf die Knie.
Ich rutschte so dicht an ihn heran, dass sich unsere Hüften berührten. Ich legte meinen Kopf auf seine Schulter. Ich wollte, dass wir uns körperlich so nahe wie möglich waren.
Ich sagte zu ihm: Damit ich dir helfen kann, musst du mir schon

erzählen, was passiert ist. Er zog einen Stift aus der Hemdtasche, aber er hatte kein Papier. Ich hielt ihm die offene Handfläche hin.

Er schrieb: Ich möchte dir gern ein paar Zeitschriften holen.

In meinem Traum erstanden alle eingestürzten Decken neu. Das Feuer rollte zurück in die Bomben, die nach oben in die Bäuche der Flugzeuge sausten, deren Propeller sich verkehrt herum drehten, genau wie die Sekundenzeiger aller Uhren in Dresden, nur schneller.

Ich hätte ihm seine Worte am liebsten um die Ohren gehauen. Ich hätte am liebsten gerufen: Das ist unfair, und wie ein Kind mit den Fäusten auf den Tisch getrommelt.

Welche Zeitschriften?, schrieb er auf meinen Arm.

Alle, die interessant sind, sagte ich.

Kunstzeitschriften?

Ja.

Naturzeitschriften?

Ja.

Politik?

Ja.

Klatsch und Tratsch?

Ja.

Ich sagte ihm, er solle einen Koffer mitnehmen, damit er mir von jeder Sorte eine mitbringen könne.

Ich wollte, dass er seine Sachen mitnehmen konnte.

In meinem Traum folgte der Frühling auf den Sommer auf den Herbst auf den Winter auf den Frühling.

Ich machte ihm Frühstück. Ich versuchte, ihm ein richtig gutes Frühstück zu machen. Ich wollte, dass er schöne Erinnerungen hatte und vielleicht eines Tages zurückkäme. Oder mich wenigstens vermisste.

Ich wischte über den Rand des Tellers, bevor ich ihn auf den

Tisch stellte. Ich legte ihm seine Serviette auf den Schoß. Er schwieg.

Schließlich begleitete ich ihn nach unten.

Da er kein Papier zum Schreiben hatte, schrieb er auf mir.

Es kann spät werden.

Ich erwiderte, ich würde verstehen.

Er schrieb: Ich besorge dir Zeitschriften.

Ich erwiderte: Ich will keine Zeitschriften.

Vielleicht nicht jetzt, aber später bist du sicher froh darüber.

Meine Augen sind schlecht.

Deine Augen sind prima.

Versprich mir, dass du auf dich aufpasst.

Er schrieb: Ich besorge dir doch bloß Zeitschriften.

Weine nicht, sagte ich, legte mir die Finger aufs Gesicht und wischte mir unsichtbare Tränen über die Wangen nach oben und zurück in die Augen.

Ich war wütend, weil es meine Tränen waren.

Ich sagte zu ihm: Du besorgst bloß Zeitschriften.

Er zeigte mir die linke Hand.

Ich wollte mir alles einprägen, weil ich es genau erinnern wollte. Ich habe alles vergessen, was wichtig in meinem Leben war. Ich weiß nicht mehr, wie die Eingangstür des Hauses aussah, in dem ich aufgewachsen bin. Oder wer zuerst aufhörte zu küssen, meine Schwester oder ich. Oder wie der Blick aus den anderen Fenstern außer meinem war. In manchen Nächten lag ich stundenlang wach und versuchte, mich an das Gesicht meiner Mutter zu erinnern.

Er wandte sich um und ging davon.

Ich kehrte in die Wohnung zurück und setzte mich aufs Sofa und wartete. Worauf wartete ich?

Ich kann mich nicht mehr an die letzten Worte meines Vaters erinnern.

Die Zimmerdecke war über ihm zusammengebrochen. Der Putz, unter dem er lag, färbte sich rot.
Er sagte: Ich kann nicht mehr alles fühlen.
Ich fragte mich, ob er eigentlich sagen wollte, dass er gar nichts mehr fühlte.
Er fragte: Wo ist Mama?
Ich wusste nicht, ob er meine oder seine Mutter meinte.
Ich versuchte, die Deckenbrocken von ihm zu wälzen.
Er sagte: Suchst du mir bitte meine Brille?
Ich erwiderte, ich wolle sie suchen. Aber alles war verschüttet.
Ich hatte meinen Vater noch nie weinen sehen.
Er sagte: Wenn ich meine Brille hätte, könnte ich helfen.
Ich erwiderte: Ich versuche, dich zu befreien.
Er sagte: Such meine Brille.
Ich hörte, wie alle laut aufgefordert wurden, das Haus zu verlassen. Der Rest der Decke stand kurz vor dem Einsturz.
Ich wollte bei ihm bleiben.
Aber er wollte, dass ich ging, das wusste ich.
Ich sagte zu ihm: Papa, ich muss dich jetzt allein lassen.
Darauf sagte er etwas.
Es waren die letzten Worte, die er je zu mir sprach.
Ich kann mich nicht mehr daran erinnern.
In meinem Traum flossen ihm die Tränen die Wangen hinauf und zurück in die Augen.
Ich stand vom Sofa auf und packte die Schreibmaschine und so viel Papier wie möglich in einen Koffer.
Ich schrieb einen Zettel und klebte ihn ans Fenster. Wem die Nachricht gelten sollte, wusste ich nicht.
Ich ging von Zimmer zu Zimmer und knipste die Lichter aus.
Ich schaute nach, ob die Wasserhähne richtig zu waren. Ich drehte die Heizung herunter und zog alle Stecker heraus. Ich schloss die Fenster.

Als mich das Taxi davonfuhr, sah ich den Zettel. Ich konnte ihn nicht lesen, denn ich habe schlechte Augen.

In meinem Traum schieden Maler Grün in Gelb und Blau. Braun in einen Regenbogen.

Kinder saugten mit Stiften die Farben aus Malbüchern, und Mütter, die Kinder verloren hatten, flickten ihre schwarzen Kleider mit Scheren.

Ich versuche mich an alles zu erinnern, was ich getan habe, Oskar. Und alles, was ich nicht getan habe. Die Fehler, die ich begangen habe, sind mir egal. Aber was ich nie getan habe, kann ich auch nicht zurücknehmen.

Ich entdeckte ihn im Terminal für die Auslandsflüge. Er saß mit den Händen auf den Knien an einem Tisch.

Ich beobachtete ihn den ganzen Vormittag.

Er fragte Leute nach der Uhrzeit, und alle zeigten auf die Uhr an der Wand.

Ich bin eine Meisterin darin, ihn zu beobachten. Das ist meine Lebensaufgabe gewesen. Von meinem Schlafzimmerfenster. Hinter Bäumen versteckt. Über den Küchentisch.

Ich wollte bei ihm sein.

Oder bei irgendjemandem.

Ich weiß nicht, ob ich deinen Großvater je geliebt habe.

Aber ich liebte es, nicht allein zu sein.

Ich stellte mich ganz dicht hinter ihn.

Ich hätte mich am liebsten in sein Ohr geschrien.

Ich berührte ihn an der Schulter.

Er senkte den Kopf.

Wie konntest du das tun?

Er wich meinem Blick aus. Ich hasse das Schweigen.

Sag etwas.

Er zog seinen Stift aus der Hemdtasche und nahm die oberste Serviette vom Stapel auf dem Tisch.

Er schrieb: Du warst glücklich, als ich fort war.
Wie kommst du darauf?
Wir belügen uns selbst, und wir belügen einander.
Inwiefern belügen wir uns? Mir ist egal, ob wir einander belügen.
Ich bin ein schlechter Mensch.
Das ist mir egal. Mir ist egal, was du bist.
Ich kann nicht.
Was quält dich so?
Er nahm eine neue Serviette vom Stapel.
Er schrieb: Du quälst mich so.
Da schwieg ich.
Er schrieb: Du erinnerst mich an etwas.
Ich legte die Hände auf den Tisch und erwiderte: Du hast mich.
Er nahm eine neue Serviette und schrieb: Anna war schwanger.
Ich erwiderte: Ich weiß. Sie hat es mir erzählt.
Du weißt es?
Ich habe immer geglaubt, du wüsstest es nicht. Sie hat gesagt, es sei ein Geheimnis. Ich bin froh, dass du es weißt.
Er schrieb: Ich wüsste es lieber nicht.
Besser, etwas zu verlieren, als es nie gehabt zu haben.
Ich habe etwas verloren, das ich nie gehabt habe.
Du hast alles gehabt.
Wann hat sie es dir erzählt?
Wir haben uns im Bett unterhalten.
Er zeigte auf: Wann?
Ganz am Schluss.
Was hat sie gesagt?
Sie hat gesagt: Ich bekomme ein Baby.
War sie glücklich?
Sie war außer sich vor Freude.

Warum hast du es mir nie erzählt?

Hast du es mir denn erzählt?

In meinem Traum entschuldigten sich die Menschen für etwas, das noch bevorstand, und sie entzündeten Kerzen durch Einatmen.

Ich habe mich mit Oskar getroffen, schrieb er.

Ich weiß.

Das weißt du?

Natürlich weiß ich das.

Er blätterte zurück zu: Warum hast du es mir nie erzählt?

Hast du es mir denn erzählt?

Das Alphabet ging z, y, x, w …

Die Uhren machten Tack-Tick, Tack-Tick, Tack-Tick …

Er schrieb: Letzte Nacht war ich mit ihm unterwegs. Ich habe die Briefe begraben.

Welche Briefe?

Die Briefe, die ich nie abgeschickt habe.

Wo hast du sie begraben?

In der Erde. Das habe ich heute Nacht getan. Den Schlüssel habe ich auch begraben.

Welchen Schlüssel?

Zu deiner Wohnung.

Unserer Wohnung.

Er legte die Hände auf den Tisch.

Liebende zogen sich gegenseitig die Unterwäsche an, knöpften sich gegenseitig die Hemden zu und zogen sich an und zogen sich an und zogen sich an.

Ich sagte zu ihm: Sag es.

Als ich Anna zum letzten Mal gesehen habe.

Sag es.

Als wir.

Sag es!

Er legte sich die Hände auf die Knie.
Ich hätte ihn am liebsten geschlagen.
Ich hätte ihn am liebsten umarmt.
Ich hätte mich am liebsten in sein Ohr geschrien.
Ich fragte: Und was nun?
Ich weiß es nicht.
Möchtest du wieder nach Hause?
Er blätterte zurück zu: Ich kann nicht.
Dann gehst du also fort?
Er zeigte auf: Ich kann nicht.
Dann haben wir keine Wahl.
Wir saßen da.
Um uns herum passierte alles Mögliche, aber zwischen uns passierte nichts.
Die Bildschirme über uns zeigten die Abflüge und Landungen an.
Flug nach Madrid.
Flug aus Rio.
Flug nach Stockholm.
Flug nach Paris.
Flug aus Mailand.
Alle kamen oder gingen.
Auf der ganzen Welt bewegten sich die Menschen ständig von einem Ort zum anderen.
Niemand blieb, wo er war.
Ich sagte: Und wenn wir bleiben würden?
Bleiben?
Hier. Wenn wir auf dem Flughafen bleiben würden.
Er schrieb: Soll das ein Witz sein?
Ich schüttelte den Kopf.
Wie soll das gehen?
Ich erwiderte: Es gibt Fernsprecher, von denen ich Oskar an-

rufen und ihm sagen kann, dass es mir gut geht. Und es gibt Schreibwarenläden, in denen du Tagebücher und Stifte kaufen kannst. Es gibt zu essen. Es gibt Geldautomaten. Und Toiletten. Sogar Fernseher.

Nicht kommen oder gehen.

Nicht Etwas oder Nichts.

Nicht Ja oder Nein.

Mein Traum führte mich bis ganz an den Anfang zurück.

Der Regen stieg in die Wolken auf, und die Tiere kamen die Rampe herunter.

Immer zu zweit.

Zwei Giraffen.

Zwei Spinnen.

Zwei Ziegen.

Zwei Löwen.

Zwei Mäuse.

Zwei Affen.

Zwei Schlangen.

Zwei Elefanten.

Während ich dies tippe, sitzen wir uns an einem Tisch gegenüber. Er ist nicht groß, aber er ist groß genug für uns zwei. Er hat eine Tasse Kaffee vor sich, und ich trinke Tee.

Wenn eine Seite in der Schreibmaschine steckt, kann ich sein Gesicht nicht sehen.

Auf diese Weise ziehe ich dich ihm vor.

Ich muss ihn nicht sehen.

Ich muss nicht wissen, ob er mich anschaut.

Ich muss nicht einmal wissen, ob ich darauf vertrauen kann, dass er nicht fortgeht.

Ich weiß, dass dies nicht für immer sein wird.

Ich bin lieber ich selbst als er.

Die Worte kommen mir so leicht.

Die Seiten kommen so leicht.

Am Ende meines Traumes hängte Eva den Apfel wieder an den Baum. Der Baum schrumpfte zusammen. Er wurde zum Setzling, der zum Samen wurde.

Gott ließ alles miteinander verschmelzen, das Land und das Wasser, den Himmel und das Wasser, das Wasser und das Wasser, Abend und Morgen, Etwas und Nichts.

Er sprach: Es werde Licht.

Und es ward dunkel.

Oskar.

Die Nacht, bevor ich alles verlor, war wie jede andere Nacht.

Anna und ich hielten einander bis in die späte Nacht wach. Wir lachten. Junge Schwestern in einem Bett unter dem Dach ihres Elternhauses. Wind am Fenster.

Wie hätte es etwas weniger Wertvolles verdient, zerstört zu werden?

Ich dachte, wir wären die ganze Nacht wach. Unser ganzes Leben. Die Abstände zwischen unseren Wörtern wurden immer länger.

Wir wussten nicht mehr genau, wann wir redeten und wann wir schwiegen.

Die Härchen auf unseren Armen berührten sich.

Es war spät, und wir waren müde.

Wir verließen uns darauf, dass es noch mehr Nächte wie diese geben würde.

Annas Atem ging langsamer, aber ich wollte weiterreden.

Sie drehte sich auf die Seite.

Ich sagte: Ich möchte dir etwas sagen.

Sie sagte: Du kannst es mir ja morgen sagen.

Ich hatte ihr nie gesagt, wie sehr ich sie liebte.

Sie war meine Schwester.

Wir schliefen im selben Bett.

Es war nie der richtige Moment, um es zu sagen.
Es war nie nötig.
In der Laube meines Vaters seufzten die Bücher.
Das Bettzeug hob und senkte sich im Rhythmus von Annas Atem.
Ich dachte daran, sie zu wecken.
Aber es war nicht nötig.
Es würde noch mehr Nächte wie diese geben.
Und wie sagt man jemandem, den man liebt, dass man ihn liebt?
Ich drehte mich auf die Seite und schlief neben ihr ein.
Das ist der Kern all dessen, was ich dir sagen wollte, Oskar.
Es tut immer Not.
Ich liebe dich,
Oma

SCHÖN UND WAHR

An dem Abend kochte Mom Spaghetti. Ron aß mit uns. Ich fragte ihn, ob er immer noch Lust habe, mir ein Beckenset von Zildjian zu kaufen. Er sagte: »Klar. Wäre doch super, oder?« »Vielleicht auch mit doppeltem Bass-Pedal?« »Keine Ahnung, was das ist, aber ich wette, das kriegen wir auch hin.« Ich wollte von ihm wissen, warum er keine eigene Familie habe. Mom sagte: »Oskar!« Ich sagte: »*Was denn?*« Ron legte Messer und Gabel hin und sagte: »Schon gut.« Er sagte: »Ich habe eine Familie gehabt, Oskar. Ich hatte Frau und Tochter.« »Hast du dich scheiden lassen?« Er lachte und sagte: »Nein.« »Was ist dann mit ihnen?« Mom starrte auf ihren Teller. Ron sagte: »Sie hatten einen Unfall.« »Was für einen Unfall?« »Einen Autounfall.« »Das wusste ich nicht.« »Deine Mom und ich haben uns in einer Gesprächsgruppe für Menschen kennen gelernt, die Angehörige verloren haben. Dort sind wir Freunde geworden.« Ich wich Moms Blick aus, und sie wich meinem aus. Warum hatte sie mir verschwiegen, dass sie zu einer Gesprächsgruppe ging?

»Und warum bist du bei dem Unfall nicht umgekommen?« Mom sagte: »Das reicht jetzt, Oskar.« Ron sagte: »Ich habe nicht mit im Auto gesessen.« »Und warum hast du nicht mit im Auto gesessen?« Mom schaute aus dem Fenster. Ron fuhr mit einem Finger rund um seinen Teller und sagte: »Das weiß ich auch nicht.« »Ich finde es krass«, sagte ich, »dass ich nie gesehen habe, wie du weinst.« Er sagte: »Ich weine die ganze Zeit.«

Mein Rucksack war schon gepackt, und die restliche Ausrüstung hatte ich auch schon beisammen, unter anderem den Höhenmesser und die Müsli-Riegel und das Schweizer Taschenmesser, das ich im Central Park ausgegraben hatte, und deshalb hatte ich nichts mehr zu tun. Mom deckte mich um 21:36 Uhr zu.

»Soll ich dir noch etwas vorlesen?« »Nein, danke.« »Möchtest du noch über irgendetwas reden?« Wenn sie nichts sagte, würde ich auch nichts sagen, also schüttelte ich nur den Kopf. »Ich kann dir ja noch eine Geschichte erzählen.« »Danke, lieber nicht.« »Oder sollen wir in der *Times* nach Fehlern suchen?« »Danke, Mom, aber ich mag nicht.« »Es war nett von Ron, dass er dir von seiner Familie erzählt hat.« »Wahrscheinlich schon.« »Versuch bitte, nett zu ihm zu sein. Er ist ein so guter Freund, und er braucht selbst Hilfe.« »Ich bin müde.«

Obwohl ich wusste, dass ich sowieso nicht einschlafen konnte, stellte ich meinen Wecker auf 23:50 Uhr.

Während ich im Bett lag und wartete, dass es so weit war, dachte ich mir alles Mögliche aus.

Ich erfand ein biologisch abbaubares Auto.

Ich erfand ein Buch, das sämtliche Wörter aller Sprachen enthielt. Besonders nützlich wäre es zwar nicht, aber wenn man es hielte, wüsste man, dass man alles in Händen hielt, was man je sagen könnte.

Wie wäre es mit gugolplexvielen Telefonen?

Wie wäre es, wenn es überall Sprungtücher gäbe?

Um 23:50 stand ich extrem leise auf, holte meinen Kram unter dem Bett hervor und öffnete die Tür millimeterweise, damit sie nicht quietschte. Bart, der Nachtportier, war an seinem Tisch eingenickt, und das war ein Glück, weil ich so keine weiteren Lügen erzählen musste. Der Mieter wartete unter der Straßenlaterne auf mich. Wir gaben uns die Hand, und das fand ich irgendwie krass. Um Punkt Mitternacht kam Gerald mit seiner Limousine. Er hielt uns die Tür auf, und ich sagte zu ihm: »Ich wusste, dass Sie pünktlich sind.« Er gab mir einen Klaps auf den Rücken und sagte: »Glaubst du etwa, ich würde zu spät kommen?« Es war das zweite Mal in meinem Leben, dass ich in einer Limousine fuhr.

Unterwegs stellte ich mir vor, dass wir stillstanden und die Welt auf uns zurollte. Der Mieter saß während der ganzen Fahrt reglos auf seinem Platz, und ich sah den Trump Tower, den Dad für das hässlichste Gebäude von ganz Amerika hielt, und die Vereinten Nationen, die Dad unglaublich schön fand. Ich ließ das Fenster hinunter und streckte einen Arm ins Freie. Wenn meine Hand groß genug gewesen wäre, hätte ich die Limousine fliegen lassen können. Wie wäre es mit riesigen Handschuhen?

Gerald lächelte mich im Rückspiegel an und fragte, ob wir Musik hören wollten. Ich wollte wissen, ob er Kinder habe. Zwei Töcher, antwortete er. »Und was mögen sie so?« »Was sie *mögen*?« »Ja.« »Mal überlegen. Kelly, meine Kleinste, mag Barbies und Welpen und Armreifen aus Glasperlen.« »Dann mache ich ihr ein Armband.« »Das fände sie bestimmt toll.« »Und was noch?« »Sie mag alles, Hauptsache, es ist flauschig und rosa.« »Ich mag auch flauschige, rosa Sachen.« Er sagte: »Ah, ja? Na gut.« »Und Ihre andere Tochter?« »Janet? Sie mag Sport. Am liebsten spielt sie Basketball, und ich sag dir: Sie kann spielen. Und nicht nur für ein Mädchen, meine ich. Sie ist *richtig* gut.«

»Sind sie besonders?« Er musste lachen und sagte: »Als ihr Papa muss ich natürlich sagen, dass sie sehr besonders sind.« »Und objektiv gesehen?« »Wie meinst du das?« »Tatsächlich. Wirklich. In Wahrheit.« »Wahr ist, dass ich ihr Papa bin.«

Ich schaute noch ein bisschen aus dem Fenster. Wir fuhren über das Stück Brücke, das in keinem der Bezirke liegt, und ich drehte mich um und sah zu, wie die Gebäude immer kleiner wurden. Ich suchte den Knopf für das Schiebedach, und ich stand auf, sodass ich halb aus dem Auto ragte. Mit Opas Kamera machte ich Fotos von den Sternen, und ich verband sie in Gedanken zu Wörtern, zu Wörtern, die mir gerade einfielen. Kurz vor einer Brücke oder einem Tunnel sagte mir Gerald jedes Mal, ich solle wieder ins Auto kommen, sonst wäre ich gleich einen Kopf kürzer, und darüber weiß ich Bescheid, obwohl ich wirklich, *wirklich* lieber nichts davon wüsste. In Gedanken verband ich die Sterne zu Wörtern wie »Schuh« und »Trägheit« und »unbesiegbar«.

Um 00:56 Uhr fuhr Gerald auf den Grasstreifen und hielt genau neben dem Friedhof. Ich setzte meinen Rucksack auf, und der Mieter nahm die Schaufel, und wir kletterten auf das Dach der Limousine, um über den Zaun zu kommen.

Gerald flüsterte: »Seid ihr wirklich fest entschlossen?«

Ich erwiderte durch den Zaun: »Es dauert bestimmt nur zwanzig Minuten. Vielleicht auch dreißig.« Er warf die Koffer des Mieters über den Zaun und sagte: »Ich warte hier auf euch.«

Weil es so dunkel war, knipste ich meine Taschenlampe an.

Ich richtete ihren Strahl auf ziemlich viele Grabsteine, denn ich suchte den von Dad.

Mark Craword
Diana Strait
Jason Barker Jr.
Morris Cooper
May Goodman
Helen Stein
Gregory Robertson Judd

John Fielder

Susan Kidd

Ich musste die ganze Zeit daran denken, dass es die Namen von Toten waren, und dass der Name im Grunde das Einzige ist, was einem Toten bleibt.

Wir fanden Dads Grab um 01:22 Uhr.

Der Mieter hielt mir die Schaufel hin.

Ich sagte: »Fangen Sie an.«

Er drückte mir die Schaufel in die Hand.

Ich stieß sie in die Erde und stemmte mich mit meinem ganzen Gewicht darauf. Ich wusste überhaupt nicht, wie viel ich wog, denn ich hatte mich wegen der ganzen Sucherei nach Dad schon lange nicht mehr auf die Waage gestellt.

Die Arbeit war extrem anstrengend, und weil ich nicht so viel Kraft hatte, konnte ich immer nur ein bisschen Erde auf einmal wegschaufeln. Meine Arme wurden unglaublich lahm, aber das war okay, denn wir hatten ja nur eine Schaufel und wechselten uns deshalb ab.

Die zwanzig Minuten waren bald vergangen, und dann vergingen noch einmal zwanzig Minuten.

Wir gruben und gruben, aber ohne Erfolg.

Es vergingen noch einmal zwanzig Minuten.

Dann waren die Batterien der Taschenlampe alle, und wir konnten nicht einmal mehr die Hände vor Augen sehen. Das gehörte nicht zu unserem Plan, und auch Ersatzbatterien gehörten nicht dazu, obwohl sie natürlich auf den Plan gehört hätten, sonnenklar. Wie hatte ich etwas so Einfaches und Wichtiges vergessen können?

Ich rief Gerald auf dem Handy an und bat ihn, uns ein paar Batterien zu besorgen. Er fragte, ob alles okay sei. Es war so finster, dass sogar das Hören zum Problem wurde. Ich sagte: »Ja, hier ist alles okay, aber wir brauchen ein paar Batterien.«

Er sagte, der einzige Laden, der ihm einfalle, sei eine Viertelstunde entfernt. Ich erwiderte: »Das bezahle ich Ihnen extra.« Er sagte: »Es geht nicht darum, dass du mich extra bezahlst.«

Zum Glück brauchten wir die Hände gar nicht vor Augen sehen, denn wir gruben ja Dads Sarg aus. Wichtig war nur, dass wir merkten, wie die Schaufel die Erde wegschaffte.

Also schaufelten wir in Dunkelheit und Stille weiter.

Ich dachte an alles, was es unter der Erde gibt, zum Beispiel Würmer und Wurzeln und Ton und vergrabene Schätze.

Wir schaufelten.

Ich fragte mich, wie viele Dinge gestorben waren, seit das erste Ding auf die Welt gekommen war. Eine Trillion? Gugolplexviele?

Wir schaufelten.

Ich fragte mich, woran der Mieter dachte.

Nach einer Weile spielte mein Handy »Der Hummelflug«, und ich schaute auf die Nummer des Anrufers. »Gerald.« »Ich habe sie.« »Können Sie sie uns bringen, damit wir keine Zeit mit dem Weg zur Limousine vergeuden?« Er schwieg einige Sekunden, bis er etwas erwiderte. »Ja, kann ich machen.« Ich konnte ihm nicht beschreiben, wo wir waren, also rief ich immer wieder seinen Namen, und er folgte dem Klang meiner Stimme, bis er uns fand.

Wieder sehen zu können war eine Erleichterung. Gerald sagte: »Ihr seid aber noch nicht besonders weit, ihr beiden.« Ich erwiderte: »Wir graben nicht so glänzend.« Er steckte seine Autohandschuhe in die Jackentasche, küsste das Kreuz, das er um den Hals trug, und nahm mir die Schaufel ab. Weil er so stark war, konnte er ziemlich viel Erde auf einmal wegschaufeln.

Um 02:56 Uhr stieß die Schaufel auf den Sarg. Wir hörten alle das Geräusch und sahen uns an.

Ich bedankte mich bei Gerald.

Er zwinkerte mir zu, machte sich auf den Rückweg zum Auto und verschwand in der Dunkelheit. »Ach, ja«, hörte ich ihn sagen, obwohl ich ihn mit meiner Taschenlampe nicht mehr finden konnte, »Janet, die Ältere, liebt Cornflakes und so. Sie würde das Zeug dreimal täglich essen, wenn wir es erlauben würden.«

Ich erwiderte: »Ich mag das Zeug auch.«

Er sagte: »Na, dann«, und seine Schritte verklangen.

Ich ließ mich in das Loch hinab und fegte mit meinem Malpinsel die restliche Erde weg.

Ich war überrascht, dass der Sarg nass war. Vermutlich hatte ich das nicht erwartet, weil ich nicht wusste, wie so viel Wasser unter die Erde gelangen konnte.

Außerdem war ich überrascht, dass der Sarg an ein paar Stellen Risse bekommen hatte, wahrscheinlich durch das Gewicht all der Erde. Wenn Dad darin gelegen hätte, hätten Ameisen und Würmer oder zumindest mikroskopisch kleine Bakterien durch die Risse eindringen und ihn fressen können. Ich wusste, dass das eigentlich egal war, denn wenn man tot ist, merkt man ja nichts mehr. Aber warum hatte ich dann trotzdem das Gefühl, dass es nicht egal war?

Außerdem war ich überrascht, dass der Sarg weder verschlossen noch zugenagelt war. Der Deckel lag einfach lose oben drauf, und jeder, der Lust hatte, konnte ihn öffnen. Das kam mir irgendwie falsch vor. Andererseits: Wer will schon einen Sarg öffnen?

Ich öffnete den Sarg.

Wieder war ich überrascht, obwohl das eigentlich völlig überflüssig war. Ich war überrascht, dass Dad nicht darin lag. Vom Kopf her wusste ich, dass es nicht sein konnte, versteht sich von selbst, aber insgeheim hatte ich mir offenbar etwas anderes erhofft. Oder vielleicht war ich auch nur überrascht, wie unglaublich leer der Sarg war. Ich hatte das Gefühl, als blickte ich auf die Wörterbuchdefinition von »Leere«.

Auf die Idee, Dads Sarg auszugraben, war ich am Abend nach meiner ersten Begegnung mit dem Mieter gekommen. Ich lag im Bett und hatte diese Erleuchtung, sie kam mir vor wie die einfache Lösung eines unlösbaren Problems. Am nächsten Vormittag wollte ich Steinchen an das Fenster des Gästezimmers werfen, wie mir der Mieter geschrieben hatte, aber da ich nicht besonders gut werfen kann, bat ich Stan darum. Als mich der Mieter an der Ecke traf, erzählte ich ihm von meiner Idee.

Er schrieb: »Und wozu soll das gut sein?« Ich erwiderte: »Es ist die Wahrheit, und Dad hat die Wahrheit geliebt.« »Welche Wahrheit?« »Dass er tot ist.«

Danach trafen wir uns jeden Nachmittag und sprachen über die Einzelheiten, als planten wir einen Feldzug. Wir sprachen darüber, wie wir zum Friedhof kommen würden, wir diskutierten, wie man über Zäune klettern konnte und wo wir eine Schaufel und alle anderen Sachen herbekämen, die wir brauchten, zum Beispiel eine Lampe und Drahtscheren und Safttüten. Wir schmiedeten die ganze Zeit Pläne, aber aus irgendeinem Grund hatten wir nie besprochen, was wir tun würden, wenn wir den Sarg geöffnet hatten.

Diese nahe liegende Frage stellte der Mieter erst an dem Tag, bevor wir wirklich loslegten.

Ich erwiderte: »Wir füllen ihn, versteht sich von selbst.«

Er stellte noch eine nahe liegende Frage.

Zuerst schlug ich vor, den Sarg mit Dingen aus Dads Leben zu füllen, mit seinen Rotstiften zum Beispiel oder mit dem Vergrößerungsglas, das er immer im Juwelierladen benutzt hatte und das man Lupe nennt, oder vielleicht sogar mit seinem

Smoking. Vermutlich hatte ich diese Idee von den Blacks, die sich gegenseitig ein Museum eingerichtet hatten. Aber je mehr wir darüber sprachen, desto sinnloser kam es uns vor, denn welchen Nutzen sollten die Sachen haben? Dad konnte sie nicht mehr benutzen, denn er war ja tot, und außerdem wies der Mieter darauf hin, dass es schön wäre, wenn ich auch noch ein paar Sachen von Dad hätte.

»Ich könnte den Sarg mit Schmuck füllen, wie man das früher bei den berühmten Ägyptern gemacht hat, darüber weiß ich Bescheid.« »Aber er war doch kein Ägypter.« »Und außerdem hat er Schmuck nicht gemocht.« »Er hat Schmuck nicht gemocht?«

»Vielleicht könnte ich Sachen begraben, für die ich mich schäme«, schlug ich vor und dachte dabei an das alte Telefon und den Briefmarkenbogen mit den berühmten amerikanischen Erfindern, wegen dem ich wütend auf Oma geworden war, und den Text von *Hamlet* und die Briefe, die ich von Fremden bekommen hatte, und die affige Visitenkarte, die ich mir gemacht hatte, und das Tamburin und den unfertigen Schal. Aber das war ebenfalls sinnlos, denn wie mir der Mieter klar machte, hat man nichts *wirklich* begraben, nur weil man es begraben hat. »Aber was dann?«, fragte ich.

»Ich habe eine Idee«, schrieb er. »Du siehst es morgen.«

Warum hatte ich so großes Vertrauen zu ihm?

Als wir uns am nächsten Abend um 23:50 Uhr an der Ecke trafen, hatte er zwei Koffer dabei. Ich fragte ihn nicht, was darin war, weil ich aus irgendeinem Grund lieber warten wollte, bis er es mir erzählte, obwohl es natürlich *mein* Dad und der Sarg deshalb auch meiner war.

Als ich drei Stunden später in das Loch stieg, die Erde wegfegte und den Deckel hob, öffnete der Mieter seine Koffer. Sie waren voller Papier. Ich fragte ihn, was es sei. Er schrieb: »Ich habe einen Sohn verloren.« »Echt?« »Ich habe ihn schon verloren, bevor er gestorben ist.« »Wie?« »Ich bin fortgegangen.« »Warum?« Er schrieb: »Ich hatte Angst.« »Angst wovor?« »Angst davor, ihn zu verlieren.« »Hatten Sie Angst, er könnte sterben?« »Ich hatte Angst, er könnte leben.« »Warum?« Er schrieb: »Das Leben macht mehr Angst als der Tod.«

»Und was steht auf dem ganzen Papier?«

Er schrieb: »Sachen, die ich ihm nicht sagen konnte. Buchstaben.«

Um ehrlich zu sein – ich weiß nicht, wie viel ich in diesem Moment begriff.

Ich glaube, ich begriff nicht, dass er mein Opa war, nicht einmal ansatzweise. Auf jeden Fall stellte ich keine Verbindung zwischen den Briefen in seinen Koffern und den Umschlägen in Omas Kommode her, auch wenn das vielleicht nahe liegend gewesen wäre.

Aber irgendetwas muss ich begriffen haben, ich *muss* etwas begriffen haben, denn warum hätte ich sonst meine linke Hand öffnen sollen?

Als ich nach Hause kam, war es 4:22 Uhr morgens. Mom lag auf dem Sofa neben der Tür. Ich dachte, sie wäre unglaublich sauer auf mich, aber sie sagte nichts. Sie gab mir nur einen Kuss auf den Kopf.

»Willst du gar nicht wissen, wo ich gewesen bin?« Sie sagte: »Ich vertraue dir.« »Aber bist du denn gar nicht neugierig?« Sie sagte: »Wenn du möchtest, dass ich es weiß, wirst du es mir vermutlich von selbst erzählen.« »Deckst du mich noch richtig zu?« »Ich glaube, ich bleibe noch ein bisschen hier.« »Bist du sauer auf mich?« Sie schüttelte den Kopf. »Ist Ron sauer auf mich?« »Nein.« »Bist du sicher?« »Ja.«

Ich ging in mein Zimmer.

Meine Hände waren schmutzig, aber ich wusch sie nicht. Ich wollte, dass sie schmutzig blieben, wenigstens bis zum nächsten Morgen. Ich hoffte, dass ich noch lange ein bisschen Dreck unter den Fingernägeln hätte und dass ein bisschen von dem mikroskopisch kleinen Material für immer dort bliebe.

Ich knipste das Licht aus.

Ich stellte meinen Rucksack auf den Fußboden, zog mich aus und stieg ins Bett.

Ich starrte die Sterne an, die unter meiner Decke klebten.

Wie wäre es, wenn jeder Wolkenkratzer eine Windmühle auf dem Dach hätte?

Wie wäre es mit einem Armband aus Drachenschnur?

Ein Armband aus Angelschnur?

Wie wäre es, wenn Wolkenkratzer Wurzeln hätten?

Wie wäre es, wenn man Wolkenkratzer begießen und ihnen klassische Musik vorspielen müsste und wenn man wüsste, was sie lieber mochten, Sonne oder Schatten?

Wie wäre es mit einem Teekessel?

Ich sprang aus dem Bett und rannte in Unterhose zur Tür.

Mom lag noch auf dem Sofa. Sie las nicht, sie hörte auch keine Musik, sie tat gar nichts.

Sie sagte: »Du bist ja noch wach.«

Ich fing an zu weinen.

Sie breitete die Arme aus und fragte: »Was ist denn?«

Ich rannte zu ihr und sagte: »Ich will nicht ins Krankenhaus.«

Sie zog mich so an sich, dass mein Kopf auf der weichen Stelle ihrer Schulter lag, und sie drückte mich. »Du kommst nicht ins Krankenhaus.«

Ich erwiderte: »Ich verspreche auch, dass es mir bald wieder besser geht.«

Sie sagte: »Du bist doch völlig in Ordnung.«

»Ich werde glücklich und normal sein.«

Sie legte mir ihre Finger auf den Nacken.

Ich sagte zu ihr: »Ich habe wirklich alles versucht. Ich weiß nicht, was ich noch hätte tun können.«

Sie sagte: »Dad wäre sehr stolz auf dich gewesen.«

»Glaubst du?«

»Ich weiß es.«

Ich weinte noch mehr. Ich hätte ihr am liebsten alle Lügen gebeichtet, die ich ihr erzählt hatte. Und am schönsten wäre es gewesen, wenn sie mir danach gesagt hätte, alles sei gut, weil man manchmal schlecht sein müsse, um etwas Gutes vollbringen zu können. Und dann hätte ich ihr am liebsten vom Telefon erzählt. Und dann hätte sie mir erzählen müssen, dass Dad trotzdem noch stolz auf mich gewesen wäre.

Sie sagte: »Dad hat mich damals aus dem Gebäude angerufen.«

Ich löste mich von ihr.

»Was?«

»Er hat aus dem Gebäude angerufen.«

»Auf deinem Handy?«

Sie nickte, und zum ersten Mal seit Dads Tod erlebte ich, dass sie ihre Tränen nicht zurückhalten konnte. War sie erleichtert? War sie bedrückt? Dankbar? Erschöpft?

»Was hat er gesagt?«

»Er hat mir gesagt, er sei auf der Straße, er sei aus dem Gebäude entkommen. Er hat gesagt, er sei auf dem Heimweg.«

»Aber das hat nicht gestimmt.«

»Nein.«

War ich wütend? War ich froh?

»Er hat gelogen, damit du dir keine Sorgen machst.«

»Genau.«

Frustriert? Panisch? Optimistisch?

»Aber er hat gewusst, dass du es gewusst hast.«

»Das hat er, ja.«

Ich legte ihr meine Finger auf den Nacken, unter ihren Haaransatz.

Ich weiß nicht mehr, wie spät es wurde.

Wahrscheinlich bin ich eingeschlafen, aber ich kann mich nicht erinnern. Ich musste so viel weinen, dass alles mit allem verschwamm. Irgendwann trug sie mich in mein Zimmer. Dann lag ich im Bett. Sie beschützte mich. Ich glaube nicht an Gott, aber ich glaube, dass alles unglaublich kompliziert ist, und dass sie mich beschützte, war viel komplizierter als alles andere. Aber zugleich war es auch unglaublich einfach. Im einzigen Leben, das ich hatte, war sie meine Mom, und ich war ihr Sohn.

Ich sagte zu ihr: »Du darfst dich ruhig wieder verlieben.«

Sie sagte: »Ich werde mich nicht mehr verlieben.«

Ich erwiderte: »Ich möchte es aber.«

Sie gab mir einen Kuss und sagte: »Ich werde mich nie mehr verlieben.«

Ich erwiderte: »Das musst du jetzt nicht sagen, nur damit ich beruhigt bin.«

Sie sagte: »Ich liebe dich.«

Ich drehte mich auf die Seite und hörte, wie sie zum Sofa zurückging. Ich hörte sie weinen. Ich stellte mir ihre nassen Ärmel vor. Ihre müden Augen.

Eine Minute und einundfünfzig Sekunden …

Vier Minuten und achtunddreißig Sekunden …

Sieben Minuten …

Ich griff in den Spalt zwischen Bett und Wand und zog mein *Was-ich-erlebt-habe*-Album hervor. Es war knallvoll. Ich musste bald einen neuen Band beginnen. Ich las, dass das Feuer in den Türmen vom Papier geschürt worden war. All die

Notizbücher und Kopien und ausgedruckten E-Mails und Fotos von Kindern und Bücher und die Dollarscheine in all den Brieftaschen und die Akten in den Ordnern ... alles war Brennstoff gewesen. Vielleicht wäre Dad noch am Leben, wenn wir in einer papierlosen Gesellschaft lebten, wie sie viele Wissenschaftler für die nahe Zukunft vorhersagen. Vielleicht sollte ich besser keinen neuen Band beginnen.

Ich holte meine Taschenlampe aus dem Rucksack und richtete ihren Strahl auf das Buch. Ich sah Karten und Zeichnungen, Bilder aus Zeitschriften und Zeitungen und dem Internet, Fotos, die ich mit Opas Kamera gemacht hatte. Das Album enthielt die ganze Welt. Schließlich fand ich die Bilder vom stürzenden Körper.

Ob es Dad war?

Vielleicht.

Wer immer es sein mochte, es war irgendjemand.

Ich riss die Seiten aus dem Album.

Ich ordnete sie in umgekehrter Reihenfolge, sodass das erste Bild das letzte und das letzte das erste war.

Als ich sie durchblätterte, sah es so aus, als würde der Mann nach oben in den Himmel fliegen.

Und wenn ich noch mehr Bilder gehabt hätte, wäre er durch ein Fenster ins Gebäude geflogen, und der Rauch wäre zurück ins Loch gequollen, aus dem im nächsten Moment das Flugzeug gekommen wäre.

Dad hätte seine Nachrichten auf dem Anrufbeantworter zurückgesprochen, bis das Band leer gewesen wäre, und das Flugzeug wäre rückwärts von ihm fortgeflogen, den ganzen Weg bis nach Boston.

Er hätte den Fahrstuhl nach unten genommen und auf den Knopf für das oberste Stockwerk gedrückt.

Er wäre rückwärts zur U-Bahn-Station gegangen, und die

U-Bahn wäre rückwärts durch den Tunnel bis zu unserer Station gefahren.

Dad wäre rückwärts durch das Drehkreuz gegangen, hätte seine Fahrkarte wieder herausgezogen, wäre dann rückwärts nach Hause gegangen und hätte dabei die *New York Times* von rechts nach links gelesen.

Er hätte den Kaffee zurück in die Tasse gespuckt, seine Zähne ungeputzt und sich Haare ins Gesicht rasiert.

Er wäre wieder ins Bett gegangen, der Wecker hätte ihn in den Schlaf geklingelt, und er hätte sich zurückgeträumt.

Und am Ende des Abends vor dem allerschlimmsten Tag wäre er wieder aufgestanden.

Er wäre rückwärts in mein Zimmer gekommen und hätte dabei »I Am the Walrus« von hinten nach vorn gepfiffen.

Er hätte sich zu mir ins Bett gelegt.

Wir hätten die Sterne unter meiner Zimmerdecke betrachtet, und die Sterne hätten sich ihr Licht aus unseren Augen zurückgeholt.

Ich hätte »Nichts« rückwärts gesagt.

Er hätte »Ja, Kumpel?« rückwärts gesagt.

Ich hätte »Dad?« rückwärts gesagt, und es hätte genauso geklungen wie »Dad« vorwärts.

Er hätte mir die Geschichte vom Sechsten Bezirk erzählt, angefangen beim Ende mit der Stimme in der Dose bis zum Anfang, von »Ich liebe dich« bis »Es war einmal eine Zeit ...«

Und alles wäre gut gewesen.

Jonathan Safran Foer

Alles ist erleuchtet

Roman

Aus dem Amerikanischen von Dirk van Gunsteren

Band 15628

Der literarische Überraschungsbestseller aus den USA

Ein junger Amerikaner reist durch die Ukraine. Lebt sie noch, die Frau, die seinem jüdischen Großvater während der Nazizeit das Leben gerettet hat? In einem klapprigen Auto macht er sich auf die Suche nach einer gespenstischen Vergangenheit. Seine Reiseführer sind ein alter Ukrainer und dessen Enkel Alex, der ein herrlich verrücktes Englisch spricht. Ein wundersames Road-movie, ein unwiderstehlich verspieltes Buch: herzzerreißend, komisch und tieftraurig.

»Ein witziges, fast weises Buch.«
Cosmopolitan

Fischer Taschenbuch Verlag

fi 15628 / 2

Alessandro Piperno
Mit bösen Absichten
Roman
Aus dem Italienischen
von Marianne Schneider
364 Seiten. Gebunden

Bepy Sonnino stirbt wie er gelebt hat. Sein letzter Wunsch: Das ewige Leben in einem maßgeschneiderten Nadelstreifenanzug aus der Savile Row anzutreten. Mit ihm, dem jüdischen Oligarchen einer reichen römischen Familie, geht die glanzvolle Epoche der Sonninos zu Ende. Ihre Abenteuer, ihre Liebesaffären, ihre Gier nach Leben. Erzählt wird die Geschichte Bepys von seinem Enkel Daniel. Schonungslos, mit bösem Spott und in einer rasanten Sprache führt er Aufstieg und Untergang der Sonninos vor. Eine Familienrevue mit unvergesslichen Figuren, der große Bestseller aus Italien.

»Der Roman ist eine Wucht, ein narratives Glanzstück.«
Welt am Sonntag

»... so rasant und beißend komisch heruntererzählt,
dass man das Buch kaum noch aus der Hand legen kann.«
Elle

»Mit bösen Absichten ist die ideale Drehbuchvorlage
für eine italienische Filmkomödie,
inszeniert von Woody Allen.«
Bayerischer Rundfunk

S. Fischer

fi 1-061904 / 1

Carlos Fuentes
Unheimliche Gesellschaft
Sechs phantastische Erzählungen
Aus dem Spanischen von Lisa Grüneisen
304 Seiten. Gebunden

»Carlos Fuentes ist der bekannteste
Schriftsteller Mexikos und einer der Grand Old Men
der lateinamerikanischen Literatur.«
Neue Zürcher Zeitung

Engel und Dämonen, Gespenster und Vampire treiben ihr Unwesen mit schönen Frauen und selbstbewussten Männern. Schmal ist der Grat, der Leben und Tod, Diesseits und Jenseits voneinander trennt. Das Unheimliche kommt mit leichtem Schritt, und das alltäglich Vertraute verliert den Boden unter den Füßen. Carlos Fuentes erzählt mit subtiler Grausamkeit und anspielungsreicher Ironie.

Sechs phantastische Erzählungen, sechs Variationen des Bösen. Die Mythen Mexikos bilden den Hintergrund dieser geheimnisvollen Geschichten, die auf einen ganz und gar unvorhersehbaren surrealen Showdown zulaufen.

S. Fischer

fi 1-020752 / 1

Sommerkinder
Geschichten aus den großen Ferien
Herausgegeben von Ingrid-Maria Gelhausen
Originalausgabe
Band 15042

In diesem »klassisch« und ein wenig nostalgisch komponierten Lesebuch erzählen bedeutende Autoren des 20. Jahrhunderts von unvergesslichen Sommererlebnissen der Kindheit. Mit dabei sind: Marcel Proust, Natalie Sarraute, Marcel Pagnol, Thomas Mann, Fabrizia Ramondino, Albert Camus, Vladimir Nabokov, Virginia Woolf, Ingmar Bergman, Marlen Haushofer, Marie Luise Kaschnitz, Erich Kästner, Alice Herdan-Zuckmayer, Walter Benjamin und viele andere.

»Die Kapitel der Sommerkinder liest man wie Blätter in einem alten Poesiealbum.«
Hanns-Josef Ortheil

»Eine Sammlung wunderbar nostalgischer Kindheitserinnerungen und -erzählungen berühmter Autoren.«
Die Welt

»Diese Geschichten lassen uns in eigenen Erinnerungen schwelgen.«
Westdeutscher Rundfunk

A.M. Homes
Dieses Buch wird Ihr Leben retten

Roman
Deutsch von C. Drechsler und H. Hellmann
Gebunden

Ein vermeintlicher Herzinfarkt wirft den ehemaligen Aktienhändler Richard Novak aus der Bahn und lässt ihn sein Leben noch einmal völlig umkrempeln. Eine hinreißende schwarze Komödie, scharfsinnig, zeitdiagnostisch, zu Herzen gehend.

»Ein sanftes, unterhaltsames Gegengift gegen die Überspanntheiten des modernen Lebens.« *The Observer*

A.M. Homes
Jack

Roman
Deutsch von Hans-Georg Noack
KiWi 979

Als der 15-jährige Jack bei einem Ruderausflug mit dem Vater erfährt, dass dieser schwul ist, muss er für sich völlig neu definieren, was »Familie« heißt.

»Ein bewegender Roman, und dazu ein sehr erfrischender. Jack ist so ein einnehmender, liebenswerter Mensch, dass man ihm mit Vergnügen zuhört.« *David Foster Wallace*